Enzyklopädie des Wiener Wissens

Band XVII Wiener Moderne

Enzyklopädie des Wiener Wissens
Band XVII Wiener Moderne

Enzyklopädisches Stichwort:
Nicht nur die großen Geister der Moderne werden in diesem Band gewürdigt, sondern vor allem der Strukturwandel der Wiener Öffentlichkeit in den letzten Jahren vor dem Ersten Weltkrieg. Um jede der führenden Gestalten – Herzl, Freud und Mahler, Altenberg, Kraus und Kokoschka, Otto Wagner, Josef Hoffmann und Adolf Loos, Berta Zuckerkandl, Rosa Mayreder und Genia Schwarzwald – bildete sich ein dynamischer Zirkel von Adepten, und durch die Verflechtung dieser Kreise miteinander entstand auf kultureller Ebene ein elektromagnetisches Netzwerk, das erstaunliche Energien auslöste. Mitbedingt wurde diese Kulturblüte durch die Initiativen von emanzipierten Frauen und die Unterstützung von kunstsinnigen Mäzenen, nicht zuletzt aus dem aufstrebenden jüdischen Bildungsbürgertum. Die Moderne wird aber als ein komplexes Phänomen verstanden, dem mit Schwarzweißmalerei nicht beizukommen ist. Denn im Wien Karl Luegers gab es schöpferische Wechselwirkungen zwischen progressiven und beharrenden Tendenzen, jüdischen Intellektuellen und bodenständigen Politikern, Avantgarde und Gemeinde.
Von den Kaffeehäusern Wiens gingen geistige und künstlerische Impulse aus, deren Auswirkungen in den Kulturkämpfen der Ersten Republik das Thema der abschließenden Kapitel des Buches bilden. Hier geht es um die politisch gespannte Gruppendynamik, die von der Sozialdemokratischen Kunststelle, der Christlichsozialen Kulturpolitik, der Deutschnationalen Anschlussbewegung und ähnlichen Strömungen geschaffen wurde. Sogar die Philosophen des Wiener Kreises und Wissenschaftler der Universität wurden in den Tumult des Hegemonialkampfes hineingezogen. Es lag vor allem an der internationalen Wirtschaftskrise um 1930 und der dadurch erzeugten Erschütterung demokratischer Institutionen, dass der Kampf um Wien mit der Niederlage der Moderne und der erzwungenen Emigration ihrer Hauptvertreter endete. *Rassesieg in Wien* hieß dann die monumentale Buchpublikation eines völkischen Studentenführers. Doch für Edward Timms, der als englischer Kulturhistoriker die Ereignisse aus einer distanzierten Sicht betrachtet, hatte auch jene Tragödie schöpferische Auswirkungen, indem die Initiativen der Wiener Moderne durch Vermittlung der Exilanten eine weltweite Verbreitung fanden.

Edward Timms
Dynamik der Kreise, Resonanz der Räume
Die schöpferischen Impulse der Wiener Moderne

herausgegeben von Hubert Christian Ehalt
für die Wiener Vorlesungen
Dialogforum der Stadt Wien

ISBN 978-3-99028-233-5

© 2013 *Verlag* Bibliothek der Provinz A-3970 WEITRA
www.bibliothekderprovinz.at

Titelbild: Festsaal der Schwarzwald-Schule. Aus: Deichmann, Leben mit provisorischer Genehmigung (Guthmann-Peterson)

Der Verlag hat sich bemüht, sämtliche Inhaber der Bildrechte ausfindig zu machen und ihre Zustimmung zur Verwendung der Bilder in dieser Publikation einzuholen. Sollten dennoch Urheberrechtsverletzungen vorliegen, bitten wir um Meldung.

Edward Timms

DYNAMIK DER KREISE, RESONANZ DER RÄUME

Die schöpferischen Impulse der Wiener Moderne

für Ritchie Robertson
Mitbegründer von *Austrian Studies*

Inhalt

Vorwort des Herausgebers 7

ERSTER TEIL: STRUKTUREN 11

1. Kreisbildung, Wechselwirkungen und
   das Ringen um kulturelle Hegemonie 14
2. Fragestellungen und Lösungsräume:
   Die freie Assoziation in der Berggasse 27
3. Zur Kritik der Männlichkeit:
   Stimmen aus der Frauenbewegung 35
4. Umstrittene Assimilation, dynamische Marginalität
   und ein modernes Märchen 48
5. Strukturwandel, Szenen des Schreibens und
   erotische Subkulturen 59

ZWEITER TEIL: KONTROVERSEN 84

6. Café, Markthalle, Pavillon, Werkstätte, Cabaret:
   Der Triumph der Raumkunst 84
7. Körpersprache, Kunstschau, Rumpf-Secession:
   Wirkungen weiblicher Formen 98
8. Gruppendynamik, Intimsphäre, Vereinsamung:
   Abschied von der Windsbraut 110
9. Rechtskämpfe, Bühnenwirkung, Operettenkultur:
   Der angebrochene Abend 127
10. Schwarzwald-Schulen, Wohlfahrtswerk und
    die Linderung der Nachkriegsnot 142

DRITTER TEIL: KAMPF UM DIE STADT 151

11. Umsturz, Minderwertigkeitsgefühle, Beratungsstellen
    und Destruktionstriebe 154

12. Die sozialdemokratische Kunststelle und
    die christliche Seelensanierung 171
13. Kino, Konzerthaus, Rundfunk, Kleinbühne und
    ihre politische Resonanz 188
14. Der Wiener Kreis, die Bildstatistik und der Streit
    der Fakultäten 215
15. Zusammenleben, Säuberung, Vertreibung:
    Kreative Auswirkungen des Exils 227

Epilog 240
Bildteil 241
Danksagung 257
Anmerkungen 258
Bildnachweis 272
Namensregister 273
Der Autor 280

Vorwort des Herausgebers

Man kann Geschichte und Gesellschaft soziologisch, politikwissenschaftlich, ethnographisch analysieren und hat dabei die Möglichkeit, zwischen quantitativen und qualitativen Perspektiven zu unterscheiden. „Wissen" ist jedenfalls ein Schlüsselbegriff von geistes-, sozial- und kulturwissenschaftlicher Arbeit, weil er die Dimension des eigenständigen autonomen Handelns, zu dem Menschen fähig sind, zum Angelpunkt hat.

Die Aufgabenstellung einer „Enzyklopädie des Wiener Wissens" besteht wesentlich in der Herausarbeitung jener Qualitäten des sozialen, kulturellen und intellektuellen Lebens, die für das Profil der Stadt, für Identitäten und Mentalitäten der Institutionen und der Menschen ausschlaggebend sind.

„Wissen" und „Enzyklopädie" sind positiv besetzte Begriffe, weil beide auf Differenzierung, auf Kritik, d.h. auf eine Widersprüche akzeptierende Auseinandersetzung und auf die Analyse von Zusammenhängen hinweisen. Wissen verweist auf die Qualität von Erkenntnis- und Auseinandersetzungsformen. Wissen steht auf der Seite der genauen und präzisen Auseinandersetzung, die zu Erkenntnissen führt, die mit den Erkenntnisgegenständen jedenfalls korrespondieren. Enzyklopädie weist darauf hin, dass der Kosmos des zu Erkundenden unendlich ist, dass es aber den Anspruch gibt, dem unbegrenzten Neuland enzyklopädisch zu begegnen.

Faktum ist, dass Wien Ende des 19. und in den ersten Jahrzehnten des 20. Jahrhunderts ein guter Erkenntnisort war, was die Frage provoziert, was die Stadt für die Gewinnung neuer Erkenntnisse so gut positioniert hat. Außer Frage steht, dass Wien im angesprochenen Zeitraum eine Stadt der Aufklärung, in der eine sich differenzierende Öffentlichkeit eine wichtige Rolle gespielt hat, gewesen ist.

Im Wien des Fin de siècle wurde eine intellektuelle und künstlerische Kultur entwickelt und gestaltet, von der unendlich viele Impulse für das Wissen der Welt im 20. Jahrhundert ausgegangen sind. Die gesamte Kunst des 20. Jahrhunderts, die Bildenden Künste (vom Surrealismus bis zu unterschiedlichen Formen der Aktionskunst), die Literatur, auch die Musik wären ohne die Psychoanalyse nicht denkbar. Aber es war nicht nur die Kultur der Eliten, die durch die Psychoanalyse geprägt wurde. Fast das gesamte Denken und Sprechen über den Körper, über die Sexualität, über das Verhältnis von Körper und Seele wurde durch psychoanalytische Erkenntnisse und durch deren Vokabular beeinflusst. Die Begriffe Frustration, Verdrängung, Regression und regredieren, Trauma und traumatisieren, Neurose, Perversion, Trieb, Triebhaftigkeit und Sublimierung haben den Alltag der Menschen fast völlig unabhängig von der sozialen Zugehörigkeit durchflutet und sind feste Bestandteile des alltäglichen Kernvokabulars, mit dem Gefühle und Befindlichkeiten beschrieben werden.

Ähnlich prägend war das Denken der Wiener Moderne über Architektur und Städtebau (Adolf Loos und Otto Wagner), über Sprache und Erkenntnis (Ludwig Wittgenstein), über eine wissenschaftliche Weltauffassung (Ernst Mach, Otto Neurath und die Mitglieder des Wiener Kreises). Gustav Klimt, Egon Schiele, Oskar Kokoschka mit ihrer sehr persönlichen Formensprache zwischen Jugendstil und Expressionismus haben die Epoche ebenso geprägt wie die psychologisierende von Sigmund Freud beeinflusste Literatur Arthur Schnitzlers und die Zwölftonmusik Arnold Schönbergs.

Aber auch viele andere Lebens- und Wissensfelder wurden in diesen Jahrzehnten der Jahrhundertwende in Wien neu gedacht und geprägt. Das Spannungsfeld von Ornament und Askese, der Konflikt mit dem Funktionalismus war im Denken von Adolf Loos schon vorprogrammiert. Theodor Herzl erdachte einen Staat für die Juden und das Ideengebäude des Zionismus, Victor Adler und Otto Bauer entwickelten die Ideen der modernen Sozialdemokratie, Rosa Mayreder und Eugenie Schwarzwald waren Vorkämpferinnen der Emanzipation. So wichtig wie die Einzelpersonen im Wien des Fin de siècle waren, so wichtig sind die Wiener Kreise, die Gesprächs-, Korrespondenz- und Publikationsbeziehungen, die die Protagonisten unterhielten und jenes kreative Milieu bildeten, das die Wiener Moderne ausmachte.

Der Autor des vorliegenden Bandes der „Enzyklopädie des Wiener Wissens", Edward Timms, schreibt über die inspirierenden intellektuellen Qualitäten einer kulturellen, räumlichen, mentalitäts- und wissensbezogenen Konstellation, die den Zeitgenossen durchaus bewusst war. Hermann Bahr hat die Zeit wie folgt charakterisiert: *„Riegl war Wickhoffs Kollege an der Universität in Wien seit 1895, zur Zeit, da Hugo Wolf noch lebte, Burckhard das Burgtheater, Mahler die Oper erneuerte, Hofmannsthal und Schnitzler jung waren, Klimt reif wurde, die Secession begann, Otto Wagner seine Schule, Roller das malerische Theater, Olbricht, Hoffmann und Moser das österreichische Kunstgewerbe schufen, Adolf Loos eintraf, Arnold Schönberg aufstand, Reinhardt unbekannt in stillen Gassen Zukunft träumend ging, Kainz heimkam, Weininger in Flammen zerfiel, Ernst Mach seine popularwissenschaftlichen Vorlesungen hielt, Joseph Popper seine Phantasien eines Realisten und Chamberlain, vor der zerstreuenden Welt in unsere gelinde Stadt entflohen, hier die ‚Grundlagen des 19. Jahrhunderts' schrieb... Es muss damals in Wien ganz interessant gewesen sein."*

Edward Timms, Autor einer umfassenden Karl Kraus Biographie, hat für die „Enzyklopädie des Wiener Wissens" die Dynamik der intellektuellen Wiener Kreise und die „Resonanz der Räume" unter sein kulturwissenschaftliches Mikroskop genommen. Er schafft damit Erklärung und Verständnis für den Reichtum der schöpferischen Impulse der Wiener Moderne.

Hubert Christian Ehalt

Erster Teil: Strukturen

‚Der Großteil des geistigen Lebens des zwanzigsten Jahrhunderts wurde in Wien erfunden' – ‚Most of the intellectual life of the twentieth century was invented in Vienna'. Diese Behauptung wurde vor 15 Jahren in London während eines Symposiums über ‚Fin-de-siècle Vienna and its Jewish Cultural Influences' zur Debatte gestellt. Der Ausspruch stammt indirekt von George Steiner, der den jüdischen Anteil an der Wiener Entwicklung betonte. Diese These wurde aber vom Kunsthistoriker Ernst Gombrich entschieden abgelehnt. Zu behaupten, der Großteil des modernen geistigen Lebens sei in Wien entstanden, sei gleichbedeutend (so Gombrich) mit der Behauptung, der Großteil des Mondes bestände ‚aus grünem Käse'. Mit Recht warnte er vor den Übertreibungen von Kulturhistorikern. Vor allem kritisierte er die geläufige Vorstellung vom ‚jüdischen Einfluss' auf das kulturelle Leben Wiens. Solche Begriffe erinnerten ihn an die Propaganda der Nazi-Zeit.[1]

Gombrich sprach mit der Autorität eines Gelehrten, der sich auf eigene Erfahrungen im Wien der Zwischenkriegszeit beziehen konnte. Aber auch die Position George Steiners hat etwas für sich. Denn im Wien des frühen zwanzigsten Jahrhunderts entwickelte sich eine kulturelle Revolution, die weltweite Auswirkungen hatte, vor allem wenn man die Errungenschaften des ‚Roten Wien' mit berücksichtigt. Nicht zu Unrecht wurde bei einer Ausstellung 2011 in New York der Begriff *Birth of the Modern* für die Wiener Jahrhundertwende geprägt.[2] Und die Konsequenzen jener Wiener Innovationen wären weniger gravierend gewesen, wenn so viele der Protagonisten nicht jüdischer Herkunft gewesen wären und deshalb Ende der dreißiger Jahre ins Exil gehen mussten. Man denke an Sigmund Freud und die Psychoanalyse, Arnold Schönberg und die atonale Musik, Ludwig Wittgenstein und den logischen Positivismus, oder Otto Neurath und die Bildstatistik.

Jene Innovationen waren umso erstaunlicher, als sie aus der Hauptstadt der erzkonservativen Habsburgermonarchie hervorgingen. In einem Brief an seinen Vater beklagte sich Hugo von Hofmannsthal 1909 über die ‚stagnierende Atmosphäre von Wien', die nur mit Vorsicht genossen werden sollte. Aufgrund solcher Zeugnisse kommt der Kulturhistoriker Jacques Le Rider zu dem Ergebnis, dass die Zeitgenossen Freuds und Hofmannsthals die Stadt als ‚eine Bastion aller Archaismen' empfunden hätten.[3] Aber gerade dieses Gefühl erzeugte bei Gegnern der alten Ordnung eine schöpferische Dialektik, die zu spektakulären Kontroversen führte. ‚Was wir umbringen' (F 1, 1) war das Motto, das Karl Kraus im April 1899 bei der Gründung seiner satirischen Zeitschrift *Die Fackel* wählte.[4]

Die Verdrängung einer archaisch gewordenen Kultur durch moderne Kunstströmungen wurde schon 1898 im Tagebuch einer begabten Musikstudentin registriert. Als Tochter eines früh verstorbenen, in aristokratischen Kreisen hochgeschätzten Landschaftsmalers wurde die siebzehnjährige Alma Schindler zu einem Empfang bei Baron Wittek eingeladen. ‚Da regnete es Excellenzen, Grafen und Baröner', bemerkte sie despektierlich, um dann die geistreiche Gegenwelt zu skizzieren, in die sie ihr Schwiegervater Carl Moll, Mitbegründer der Secession, eingeführt hatte:

> Nein – da lob ich mir meine Künstler und – Juden! Da geht's anders zu, Freiheit im Denken und Fühlen, keine Kriecherei, keine Speichelleckerei! Man weiß, warum man sich mit ihnen unterhält. Ist's ein Künstler, so lernt man, genießt man bei jedem Wort – ist's ein Jude (ein gescheidter Jude), so lernt man auch, und lernt sich verstecken. Die brauchen ihre Gedanken nicht hinter schlauen Diplomatenmienen zu verbergen, die können einem frei und offen in die Augen sehen.[5]

Beredtes Zeugnis einer aufgeschlossenen jungen Frau, die gegen die antisemitische Rhetorik der Jahrhundertwende keineswegs immun war, aber aus eigener Erfahrung die Vorzüge der jüdischwienerischen Melange erkannte. Aus solchen Quellen ersieht man, dass die Frage, ob Juden oder Nichtjuden den entscheidenden Anteil an der Kulturrevolution hatten, am Eigentlichen vorbeizielt. Das Entscheidende waren die schöpferischen Wechselwirkungen.

Der bunt schillernden Palette der Wiener Moderne wird man mit Schwarzweißmalerei nicht gerecht. Sie entstand aus der Spannung zwischen Tradition und Innovation, die im September 1899 von Max Burckhard in der Wiener Wochenschrift *Die Zeit* festgestellt wurde:

> [Der moderne Mensch] repräsentiert das eine der zwei welterhaltenden Prinzipien: die Bewegungstendenz gegenüber der Beharrungstendenz. Darum ist er ein Revolutionär auf dem Gebiet, auf das er sich wirft [...] Nicht so liegt die Sache, dass in einem Lager Recht und Talent, im anderen Unrecht und Talentlosigkeit zu finden ist. Beides ist in wechselndem Verhältnis geteilt. Aber mögen die Modernen in dem einen oder andern Fall noch so irren, [...] darum bleibt die ‚Moderne' doch das treibende Prinzip des Fortschrittes. Sie schafft die neuen Lebenskeime [...].[6]

Burckhard wusste, wovon er sprach. Als Direktor des Hofburgtheaters in den Jahren 1890–1898 hatte er eine ehrwürdige Institution erneuert, indem er klassische Schauspieler in modernen Rollen auftreten ließ: etwa Adolf von Sonnenthal in der Titelrolle von Gerhart Hauptmanns *Fuhrmann Henschel*. Unter ‚Moderne' verstand Burckhard nicht bloß einen sozialkritischen Naturalismus, sondern auch die erotische Subtilität von Arthur Schnitzlers *Liebelei*, welche 1895 im Burgtheater uraufgeführt wurde. Zu dieser Erneuerung gehörte vor allem die tiefschürfende Sexualpsychologie, die sich in den Schriften angesehener Mediziner ankündigte. *Die Traumdeutung* von Sigmund Freud hatte Burckhard schon am 6. Jänner 1900 in *Die Zeit* rezensiert. Diese Wechselwirkungen fanden ihre Resonanz bei einem Publikum, das für die neuesten Tendenzen in Kunst und Literatur, Musik und Theater äußerst empfänglich war. Wie Burckhard am Burgtheater, so hat auch Gustav Mahler als Leiter des Hofopernhauses durch innovative Aufführungen breitere Schichten angelockt.

Gegen Ende des Jahrhunderts erhielt das kulturelle Leben seinen entscheidenden Antrieb durch wirtschaftliches Wachstum und das Aufkommen eines wohlhabenden Bürgertums. Dabei spielten assimilierte Juden als ‚Förderer und Vorkämpfer alles Neuen' eine ausschlaggebende Rolle, wie Stefan Zweig in seinen Erinnerungen betonte.[7] Daher die politisch bedenkliche aber künstlerisch außerordentlich kreative Spannung zwischen den Kulturbestrebungen des assimilierten Judentums und dem Konservatismus der so genannten ‚Bodenständigen'. Auf dieser Grundlage gelang es den Avantgardisten, die Hegemonie des Ancien Regime auszuhöhlen und einen Freiraum für Experimente zu schaffen. In Clubs und Privathäusern, Cafés und Salons erweiterte sich dieser Raum durch die Aktionen von subversiven Schriftstellergruppen und phantasievollen Künstlerkreisen.

1. Kreisbildung, Wechselwirkungen und das Ringen um kulturelle Hegemonie

Um die sonderbare Dynamik der Wiener Moderne zu erklären, entwarf ich vor Jahren ein Diagramm der Wiener Kreise aus der Zeit vor dem Ersten Weltkrieg.[8] Netzwerk-Topologie war damals kein Begriff, doch das Diagramm fand eine freundliche Aufnahme und wurde mit geringfügigen Ergänzungen mehrmals nachgedruckt. (Graphik 1)

Die Stärke der Wiener Avantgarde lag in ihrer inneren Struktur. Besonders bekannt ist der von Moritz Schlick angeführte Wiener Kreis, der Mitte der zwanziger Jahre eine wissenschaftliche Weltauffassung zu begründen versuchte. Da das Diagramm die Situation vor dem Ersten Weltkrieg darstellt, wird links unten nur der so genannte Proto-Kreis angedeutet, der von den Theorien Ernst Machs ausging, welche sowohl Otto Neurath als auch Robert Musil beeinflussten.

Darüber hinaus lässt sich die ganze Struktur der Wiener Moderne als Gefüge solcher Kreise darstellen. Jede der Schlüsselfiguren versammelte einen Kreis von Adepten um sich, von Viktor Adlers Sozialdemokraten und Eugen Böhm-Bawerks volkswirtschaftlichem Seminar bis zu Schnitzlers Literatenkreis und Klimts Secessionisten. Zur selben Zeit belebte Mahler die Oper, vermittelte Arnold Schönberg seinen Schülern die Grundlagen der

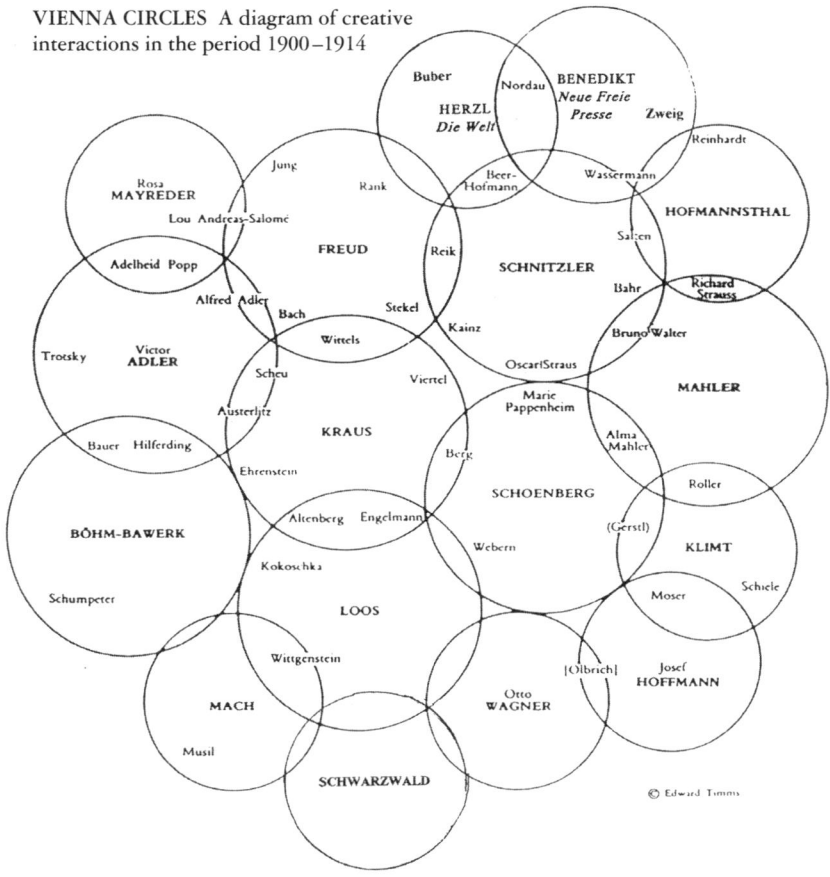

Graphik 1: Die Wiener Kreise, 1900–1914

Atonalität, versammelte Rosa Mayreder die Feministinnen um sich, gründete Genia Schwarzwald mit der Hilfe von innovativen Persönlichkeiten ein Realgymnasium für Mädchen. Während Josef Hoffmann die Wiener Werkstätte leitete, trugen andere Architekten wie Otto Wagner und Adolf Loos zur geistigen Veränderung bei, indem sie durch elegant-funktionale Bauten das Stadtbild modernisierten.

Hermann Bahr galt bis zu seinem Umzug nach Salzburg als Förderer junger Talente (zu seinen Entdeckungen gehörte Hugo von Hofmannsthal). Ob Moriz Benedikt, Herausgeber der *Neuen Freien Presse*, in diese Umgebung passt, bleibt umstritten. Für Karl Kraus und die Mitglieder des *Fackel*-Kreises verkörperte jene Zeitung die verhängnisvolle Macht der Tagespresse, doch Autoren wie Arthur Schnitzler und Stefan Zweig erreichten durch deren Spalten eine breite Leserschaft. Als noch wichtiger erwiesen sich die Aktivitäten Theodor Herzls als Leitartikler und Feuilleton-Redakteur, denn Herzl verstand es, das Prestige der *Neuen Freien Presse* zu benutzen, um Vorarbeiten für einen Judenstaat in Palästina einzuleiten.

Oft handelte es sich im wörtlichen Sinn um Kreise: Gruppen, die sich zu einer bestimmten Zeit (Freuds Mittwochabende) an einem bestimmten Ort (Peter Altenbergs Kaffeehausrunde) um einen Tisch versammelten. Die junge Hamburgerin Helga Malmberg, die eine Anstellung bei der Wiener Werkstätte gefunden hatte und zu Altenbergs Begleiterin geworden war, hinterließ eine begeisterte Schilderung der Szene:

> Wenn ich in diesem Kreis ‚geistreicher Menschen' schweigend saß, so erschloss sich mir eine neue, glänzende Welt. Wie Edelsteine, aus vielen Facetten strahlend, kamen mir diese eigenartigen Menschen vor. Ich hörte stundenlang tiefsinnige und humorvolle Gespräche. Niemals in meinem Leben hätte ich es für möglich gehalten, dass so viel Geist, Witz und Phantasie in einem so kleinen Kreis versprühten.[9]

Wären die Kreise aber ausschließlich auf sich selbst bezogen, hätten sie nie die Resonanz erlangt, von der ich gesprochen habe. Erst ihre enge Verbindung untereinander unterscheidet die Wiener Kreise von elitären Gruppen in anderen Städten.

Diese Kreise lassen sich daher als ein verdichtetes elektromagnetisches Netzwerk darstellen. Bestimmte Schlüsselfiguren gehörten zwei oder drei Zirkeln an, was für die rasche Verbreitung neuer Ideen und eine wechselseitige Befruchtung sorgte. Solche Wechselwirkungen erzeugten erstaunliche Synergien. Man denke etwa an Alfred Roller, den Mitbegründer der Secession, dessen phantasievolle Bühnenbilder den Erfolg von Mahlers Wagner-Aufführungen an der Oper erhöhten. Die Idee des Gesamtkunstwerks sollte nicht nur auf der Bühne, sondern auch durch multimediale Kunstausstellungen verwirklicht werden.

Paradigmatisch war der Kreis Sigmund Freuds, weil er so viele unterschiedliche Begabungen unter einem Dach versammelte. Besonders vielseitig war der junge David Joseph Bach, ein frühes Mitglied des Freud-Kreises, der gleichzeitig Sozialdemokrat und Musikkritiker war. An der Universität Wien hatte er unter Ernst Mach Philosophie studiert, und als Redakteur der *Arbeiter-Zeitung* setzte er sich energisch für Vertreter der Moderne ein. Schon 1904 würdigte er Freuds *Psychopathologie des Alltagslebens* und Mahlers Dritte Symphonie, und selbst die Experimente Arnold Schönbergs fanden in der *Arbeiter-Zeitung* seine Anerkennung. Mit Schönberg verband ihn eine lebenslange Freundschaft, aber der junge Musikkritiker war auch ein unternehmungslustiger Organisator. Unterstützt vom Parteiführer Viktor Adler und vom Dirigenten Ferdinand Löwe veranstaltete Bach am 29. Dezember 1905 im Großen Musikvereinssaal ein Arbeiter-Sinfonie-Konzert, das eine neue Form von schöpferischem Sozialismus einleitete. Das bürgerliche Kunstmonopol sollte durch die Kulturpolitik der Arbeiterbewegung gebrochen werden – das war Bachs Devise.[10]

Die Sozialdemokraten um Viktor Adler verstanden, dass eine organisierte Massenpolitik nötig war, um die reaktionären Kräfte im Staat zu bekämpfen. Am 1. Mai 1890 hatten sich die Bürger und Ladenbesitzer Wiens hinter geschlossenen Roll- und Fensterläden verkrochen, als die erste große Arbeiterkundgebung durch die Stadt zog. Die wachsenden Energien der Arbeiterbewegung wurden noch stärker bei der erfolgreichen Agitation für eine Wahlrechtsreform fühlbar. Der Erfolg der internationalen Sozialdemokraten, die im Mai 1907 unter Adlers Leitung als zweitgrößte Partei (nach den Christlichsozialen) aus den Reichsratswahlen hervorgingen, setzte die Weichen für weitere Reformen.

Gleichzeitig wurde die Arbeiterbewegung durch kulturelle Initiativen gestärkt, vor allem durch den Ausbau von Volkshochschulen. Die Eröffnung des Volksheims Ottakring am

Koflerplatz markierte 1905 einen entscheidenden Fortschritt bei den Bemühungen, handwerklich tätigen Arbeitern und Arbeiterinnen den Zugang zu volksnahen Abendkursen zu ermöglichen. Der Aufruf zur ‚Gründung eines Volksheims (Volksuniversität)' war von Wissenschaftlern, Schriftstellern und Pädagogen wie Ernst Mach, Marie von Ebner-Eschenbach, Rosa Mayreder, Karl Seitz, Michael Hainisch und Emil Zuckerkandl unterzeichnet worden. Unter der Leitung des Historikers Ludo Moritz Hartmann, Sekretär der volksnahen Universitätsvorträge, sollten die Kurse parteipolitisch völlig neutral sein, doch beim Ringen um Hegemonie in Wien sorgten sie bald für Kontroversen. Liberale wie Hartmann, ein jüdischer Konvertit zum Katholizismus, förderten die Volkshochschulen als Mittel zur Überbrückung von Klassengegensätzen, während sie für Sozialdemokraten wie Seitz die Emanzipationsbestrebungen der Arbeiter stärken sollten.

Dagegen erblickten die Christlichsozialen in solchen wissenschaftlichen Kursen eine Gefahr für die Vorherrschaft der Kirche. Daher unterstützte die Stadt Wien unter Karl Lueger das Programm der bürgerlich-konservativen Urania. Der Gemeinderat überließ der Urania einen zentralen Baugrund in der Nähe der Ringstraße am Donaukanal, und dort wurde 1909 das Volksbildungshaus Urania erbaut. Danach galten Urania und Volksheim als konkurrierende Wahrzeichen der Volksbildung. ‚Zwischen der Urania und den Arbeiterorganisationen besteht derzeit keine Verbindung', schrieb der Sozialistenführer Robert Danneberg im September 1910 in der Zeitschrift *Bildungsarbeit*.[11]

So stark verankert waren damals die Herrschaftsstrukturen von Thron und Altar, Adel und Armee, dass eine durchgreifende Gesellschaftsreform kaum denkbar war. Die liberalen Regierungen der 1860er Jahre hatten zwar den Modernisierungsprozess eingeleitet. Durch bedeutsame Verfassungsreformen sollte Österreich nach dem Ausgleich mit Ungarn sich zu einem fortschrittlichen Rechtsstaat entwickeln (1867 kam auch die Gleichstellung der Juden). Auch in der Wiener Stadtverwaltung verzeichneten die Liberalen vielversprechende Erfolge. Durch den Abriss der alten Befestigungsmauern, den Bau der Ringstraße und die Errichtung von massiven Parlaments- und Rathausgebäuden baute man Wien zu einer prächtigen modernen Metropole um. Das äußere Bild der Stadt wurde verwandelt, Tramways – zunächst von Pferden gezogen – sollten neu eingemeindete Vororte mit der inneren Stadt verbinden, und im Jahre 1897 begann die Elektrifizierung der Straßenbahn. Dadurch wurde eine integrierte Raumsyntax geschaffen, die den Wienern – über Klassengegensätze hinaus – das Gefühl einer Stadtgemeinschaft vermittelte.

An der Architektur der Ringstraße konnte man alle denkbaren Stilrichtungen studieren. Daran entzündeten sich Debatten, die den Kampf um kulturelle Hegemonie veranschaulichen. Für kaisertreue Anhänger der Monarchie wurden die breiten Boulevards zum Schauplatz großartiger Festzüge und Militärparaden. Doch nicht nur alte Aristokratie, auch neureiche jüdische Bankiers und Industriellenfamilien zogen in die prächtigen Ringstraßenpalais ein: die Ephrussi, Epstein, Gomperz, Gutmann, Königswarter, Lieben-Auspitz, Schey von Koromia und Todesco. Südlich der Ringstraße wohnten die Rothschilds in der Heugasse (jetzt Prinz-Eugen-Straße) und die Wittgensteins in der Alleegasse (Argentinierstraße).[12] Ohne diese erfinderischen Techniker, unternehmungslustigen Industriellen und weitsichtigen Investoren wäre es nie zu dem wirtschaftlichen Aufschwung der Wiener Jahrhundertwende gekommen. Doch die prachtvollen Palais der Neureichen erregten den Neid ihrer weniger erfolgreichen Mitbürger. ‚Der Ring ist ein Juwel, / Dort wohnt ganz Israel', hieß es in einem 1869 von Josef Weyl verfassten Wienerlied. Er schrieb den Text zu einem Walzer von Johann Strauss, der zunächst ‚Wiener seid froh' hieß, später unter dem Titel ‚An der schönen blauen Donau' um die Welt gehen sollte.[13]

Bei Teilen der Bevölkerung, besonders nach dem Börsenkrach des Jahres 1873, erzeugte die wirtschaftliche Entwicklung antijüdische Ressentiments, die unter dem frisch geprägten Begriff ‚Antisemitismus' instrumentalisiert wurden. Führer der Antisemiten war der Demagoge Georg Ritter von Schönerer, aber es war der christlichsoziale Politiker Karl Lueger, der es am besten verstand, jene Ressentiments auszunützen. Als Bürgermeister von Wien zwischen 1897 und 1910 beherrschte er die Szene durch eine Kommunalpolitik, die in der Stadtplanung modernisierend wirkte, kulturpolitisch aber eine Mischung aus Katholizismus und Lokalpatriotismus propagierte. Technisch und wirtschaftlich vermochte die Gemeinde Wien unter Lueger bedeutende Erfolge zu verbuchen. Kulturpolitisch aber gab es im Gemeinderat keinen Konsens, und nicht einmal die Pläne Otto Wagners für ein städtisches Museum am Karlsplatz konnten verwirklicht werden.[14] Nicht in Luegers Wien, sondern im angrenzenden Niederösterreich auf der Baumgartner Höhe wurde Wagners bedeutendster Sakralbau errichtet – die Kirche am Steinhof. Auch das lief nicht ohne Kontroverse ab, als sich herausstellte, dass sein Mitarbeiter Kolo Moser zum Protestantismus konvertiert war, um eine reiche Frau aus jüdischer Familie zu heiraten.[15]

Lueger selbst war ein Pragmatiker, der moderne Tendenzen in der Architektur und der bildenden Kunst keineswegs absolut ablehnte. Gerade in der Lueger-Zeit erwies sich das spannungsreiche Verhältnis zwischen beharrenden und erneuernden Tendenzen, das Max Burckhard erkannte, als besonders produktiv. Aus der Gründungsgeschichte des Secessions-Gebäudes ersieht man, dass der Bürgermeister fallweise bereit war, mit jüdischen Mäzenen zusammenzuarbeiten. Im Volksmund wird Lueger der Ausspruch zugeschrieben: ‚Wer ein Jud ist, bestimme ich!' Doch wenn sein Antisemitismus eher politische Taktik als persönliche Überzeugung war, seine ‚abscheuliche Praxis' wurde (in den Worten seines Biographen) zu einer ‚Last, die der österreichische Christliche Sozialismus auf ewige Zeiten mit sich herumschleppen muss'.[16]

Nach dem Tod Luegers erlitten die Christlichsozialen bei den Wahlen für Reichsrat und Gemeinderat empfindliche Verluste. Bei Stichwahlen wurden sie durch die Bündnistaktik von Sozialdemokraten, Liberalen und Deutschnationalen aus politischen Schlüsselpositionen verdrängt. Umso wichtiger wurden die Aktionen der klerikalen Kulturpolitik, die von Dr. Friedrich Funder, Herausgeber der *Reichspost*, koordiniert wurden. Jene Bemühungen kulminierten im Herbst 1912 beim Internationalen Eucharistischen Kongress. Aus allen Teilen der Monarchie strömten Delegationen herbei, um an der feierlichen Prozession teilzunehmen. Vom Stephansdom aus schlang sich die Kavalkade in einer großzügigen Schleife um die Ringstraße und bog durch das Burgtor, um auf dem Heldenplatz einem Festgottesdienst im Freien beizuwohnen. In der ersten Hofkutsche saßen Kaiser Franz Joseph und Thronfolger Erzherzog Franz Ferdinand nebeneinander, begleitet von Soldaten in Paradeuniformen, und winkten der jubelnden Menge zu (siehe Abbildung 1: Der Eucharistische Kongress). In weiteren Kutschen fuhren die Kirchenfürsten, gefolgt von einer nicht enden wollenden Schar. Eine von Funder gelenkte Pressekampagne sorgte für eine offizielle Festschrift mit Dutzenden von Abbildungen. Am Tage der Prozession regnete es in Strömen, aber die Pressefotos zeigen eine erhebende Feier, welche die unbesiegbare Macht von Kirche, Monarchie und Armee veranschaulichen sollte. Rückblickend bezeichnete Funder das Ereignis als den ‚feierlichen religiösen Abgesang' einer großen Epoche.[17]

Einem angehenden Kunststudenten aus der Provinz, der von 1907 bis 1913 seine Wiener Lehrjahre erlebte, gaben jene Kontroversen viel zu denken. Einerseits bewunderte der junge Adolf Hitler die Pracht der Ringstraße, sowie die Wagner-Aufführungen in der Oper, als Beweise der Überlegenheit der deutschen Kultur. Beim ersten Anblick war ihm die Ringstraße ‚wie ein Zauber aus Tausendundeiner Nacht' erschienen, und das Parlament (damals Reichsratsgebäude) bezeichnete er als ‚ein hellenisches Wunderwerk auf deutschem Boden'.[18] Doch in seiner Autobiographie beschrieb er auch, wie er zu einem Antisemiten wurde. ‚Befangen von der Fülle der Eindrücke auf architektonischem Gebiet' habe er anfangs keinen Blick für die ethnische Schichtung des Volkes gehabt. Doch ‚der Anschauungsunterricht der Wiener Straßen' schärfte sein Auge für rassische Unterschiede, nachdem er auf ‚eine Erscheinung in langem Kaftan mit schwarzen Locken' gestoßen war. Der ‚Judenfresser' Schönerer und der ‚Volkstribun' Lueger wurden zu seinen Leitbildern. Da Viktor Adler und andere Sozialdemokraten jüdischer Herkunft waren, folgerte er, dass sein Schreckbild, ‚der Jude', auch die Arbeiterbewegung ausnütze, um das Volk zu verführen. ‚Ich redete mir in meinem kleinen Kreise die Zunge wund', heißt es in *Mein Kampf*, um die Freunde ‚von der Verderblichkeit ihres marxistischen Irrsinns zu überzeugen'.[19]

Von dem Kampf um Hegemonie auf den Straßen Wiens wurde Hitlers Weltbild entschieden geprägt, und er zog daraus drastische Konsequenzen. Dagegen verfolgten die führenden Geister der Wiener Moderne subtile Reformideen, die auf längere Sicht zu einer gesellschaftlichen Verwandlung beitragen sollten. Fast gleichzeitig mit Hitlers Staunen über die Pracht der Ringstraße formulierte der Architekt Adolf Loos eine tiefschürfende Kritik des Historismus unter dem Titel ‚Die potemkinsche Stadt'. Nur um die Eitelkeit der Neureichen zu befriedigen, behauptete er, hätten profitgierige Bauunternehmer ihre Gebäude mit Schmuckfassaden versehen, die barocken Stuck oder toskanischen Stein nachahmten, tatsächlich aber aus Zement seien. Feudale Pracht würde vorgezaubert, als die eigentliche Aufgabe gewesen wäre, ‚für das neue Material eine neue Formensprache zu finden'.[20] Programmatisch forderte er in allen Bereichen praktische Nützlichkeit anstelle protziger Ornamentik. ‚Kein Ornament kann heute mehr geschaffen werden von einem, der auf unserer Kulturstufe steht', hieß es in seiner Polemik ‚Ornament und Verbrechen'.[21]

Als diese ikonoklastischen Theorien in die Praxis umgesetzt wurden, entstanden leidenschaftliche Kontroversen. Das von Loos mit Hilfe des Baumeisters Ernst Epstein 1911 erbaute Haus auf dem Michaelerplatz für die Schneiderfirma Goldman & Salatsch war als Gegengewicht zum prunkvollen Palais Herberstein gedacht, das erst zehn Jahre vorher errichtet worden war (siehe Abbildung 2: Goldman & Salatsch). Auf dem Michaelerplatz wurde nun das alte Österreich mit der Wiener Moderne konfrontiert. Während der Kaiser mit einem Gespann von acht schneeweißen Pferden über den Heldenplatz kutschierte, fuhren am Portal der Firma Goldman & Salatsch schon Automobile vorbei.

Das moderne Geschäftslokal stand direkt gegenüber vom Haupteingang der Hofburg, was als pietätlose Herausforderung aufgefasst wurde. Verstörung verursachte die faszinierende Widersprüchlichkeit der Loos'schen Fassade, denn es war wirklich ein Wagnis, die Marmorsäulen eines imposanten Geschäftsportals mit der schlichten Kalkmauer eines Wohnbaus zu harmonisieren.[22] Dass Loos seine neue Formensprache mit einem ausgeprägten Sinn für Tradition verband, macht das Gebäude zum Sinnbild der subtilen Wechselwirkungen innerhalb der Wiener Moderne.

In den Jahren vor dem Ersten Weltkrieg verschärften sich die Gegensätze. Nicht nur in Künstlerkreisen, auch in der Öffentlichkeit wurden ästhetische Debatten schlagkräftig ausgetragen – durch tendenziöse Presseberichte, Aufsehen erregende Vorträge und spektakuläre Plakate. Als Adolf Loos Ende 1911 einen Vortrag plante, um sich gegen die Kritik an seinem Haus auf dem Michaelerplatz zu verteidigen, wurde er vom Akademischen Verband für Literatur und Musik unterstützt – eine Gruppe, die sich auch für die Kompositionen des Schönberg-Kreises einsetzte. Die Ankündigung seines Vortrags erfolgte unter dem ironischen Motto ‚EIN SCHEUSAL VON EINEM HAUS'.

Graphik 2: Adolf-Loos-Plakat

Das Plakat wirkt wie ein Manifest für die Wiener Moderne. Das Bild zeigt das Geschäftshaus Goldman & Salatsch, umbrandet von enthusiastischen Kunden und vorbeifahrenden Autos, als einen Brennpunkt der Modernität, der wirtschaftliche Funktion mit architektonischer Eleganz verbindet. Von seinen Gegnern im Stadtrat wurde dem Architekten schließlich eine Kompromisslösung aufgezwungen, indem er sich bereit erklären musste, an den schmucklosen Fenstern der Obergeschoße Blumenbehälter anzubringen.

Im Gegensatz zu innovativen Geistern wie Adolf Loos und Otto Wagner, Sigmund Freud und Gustav Klimt erwies sich die klerikale Kulturpolitik als zu rückständig, um eine wesentliche Erneuerung herbeizuführen. Doch politisch hatten die Konservativen weniger zu befürchten, denn die Herausforderung der Avantgarde konzentrierte sich zunächst auf den kulturellen Bereich. Den Modernisten gelang es aber, ihre Einflussbereiche durch die sanfte Gewalt von Ideen zu erweitern, deren Radikalität punktuell auch politische Folgen hatte. Man denke an Herzls Zionismus, die Schulreformen von Genia Schwarzwald, die Religionskritik in Schnitzlers Medizinerdrama *Professor Bernhardi* oder Kraus' Polemik gegen eine verlogene Justiz.

Dass solche Vorstöße gelegentlich ein Eingreifen der Zensur provozierten, verwundert nicht. Doch kulturelle Innovationen wurden von den Behörden toleriert, manchmal sogar als Ventil gefördert, weil sie die bestehenden Machtstrukturen unangetastet ließen. Bis zur Auflösung der Monarchie blieb es bei einer friedlichen, teilweise fröhlichen Revolution mit Musikbegleitung und Bühnenwirkung. Aus dem Wettbewerb zwischen modernen Kunstrichtungen entstanden Bücher, Kompositionen, Kunstwerke und Gebäude, die den Glanz der Hauptstadt erhöhten. Auf längere Sicht aber wurde die Hierarchie des Ancien Regime ausgehöhlt, denn die schöpferischen Impulse schlugen Wellen, die weit über die Wiener Jahrhundertwende und den deutschen Sprachraum hinausfluteten.

Diese Moderne kann als Teil einer westlichen Kulturkrise verstanden werden, die durch den Aufschwung der Naturwissenschaften und den Verfall der Religion verstärkt wurde. Da für aufgeklärte Geister der jüdisch-christliche Gottesglaube keinen existentiellen Halt mehr bot, suchten sie ihre Erlösung im Bereich einer höheren Kultur. Allerdings geht der Historiker Carl Schorske zu weit, wenn er in seiner bahnbrechenden Fin-de-Siècle-Studie behauptet, das ‚Leben der Kunst' sei ein ‚Surrogat für das Handeln' geworden.[23] Die künstlerischen Projekte erzeugten eine erstaunliche Sprengkraft. Es wäre also irreführend, die kulturelle Revolution als politischen Eskapismus abzustempeln, denn die Spannungen zwischen Tradition und Moderne hatten umwälzende Konsequenzen.

Unter dem Titel ‚Wesen und Gestalt kreativer Milieus' hat der Historiker Emil Brix versucht, den Kontext ‚Wien 1900' näher zu bestimmen. ‚In den Jahren vor dem Ersten Weltkrieg', schreibt Brix, ‚konnte Wien für eine kurze Zeit als Welthauptstadt des Geistes gelten.' Um die Umfeldbedingungen für diese Kulturblüte zu erklären, hebt er folgende miteinander verknüpfte Merkmale hervor: Markt der Meinungen, kollektives Gedächtnis, Traditionen der Volkskultur, bürgerliches Mäzenatentum, Mobilität und Öffentlichkeit, Sprachenvielfalt, gemeinsames kulturelles Referenzsystem, Suche nach Ausgleich, Assimilation und Ambiguität.[24]

Um solche Gedankengänge spezifischer zu gestalten, wird im Folgenden eine Reihe von empirischen Faktoren akzentuiert. Der Begriff ‚Impulse' umfasst hier zeitgeschichtliche Umstände, geistige Strömungen, strukturelle Rahmenbedingungen und emotionale Triebe:

- eine durch die städtebauliche Entwicklung geschaffene neue Raumsyntax
- der dadurch bedingte Strukturwandel der Wiener Öffentlichkeit
- die Dynamik der Kreise und ihre Verflechtung mit erotischen Subkulturen
- Träume als verdrängte Wünsche gedeutet, Phantasien als Triebfedern der Kreativität
- eine mit der Frauenbewegung verbundene Auflockerung der Geschlechterrollen
- das Kaffeehaus als Drehbühne für soziale und geistige Verwandlungen

- Querverbindungen zwischen phantasievollen Modernisten und pragmatischen Behörden
- ein progressives, durch wirtschaftlichen Aufschwung bedingtes Bildungsbürgertum
- eine geistige Stadterweiterung durch die Volkshochschulen
- emanzipierte Frauen als Kunstschaffende und Kulturkonsumenten
- eine mit der Outsider-Stellung der Juden verbundene Macht der Marginalität
- die Verwandlung des Stadtbilds durch eine innovative Plakatkunst
- ein von geistreichen Architekten gefördertes multimediales Raumempfinden
- ästhetische Spannung zwischen byzantinischer Ornamentik und nackter Wahrheit
- Synergien zwischen Text, Musik, Bühnenbild und Ausdruckstanz
- Wechselwirkungen zwischen Gruppendynamik, Intimsphäre und Vereinsamung
- eine Wort und Ton verschmelzende musikalische Aufführungsstrategie
- eine multimediale Kunstszene, erweitert durch neue Ausstellungsräume
- Porträtkünstler, die emotional beladene Formen der Körpersprache entwickelten
- ein Austro-Marxismus, der den Kapitalismus gewaltlos zu überwinden trachtete
- die Erschütterungen des Weltkriegs, die weitere Reformen einleiteten
- der Durchbruch der Sozialdemokraten zur Herrschaft im Roten Wien
- eine politisch instrumentalisierte Krise der musikalischen Kultur
- eine Sprachkritik, die das Kaffeehaus mit dem Philosophischen Seminar verband
- eine ironisch orchestrierte Modernisierung des Habsburgischen Mythos

- die Entwicklung neuer Medien wie Grammophon, Kino und Rundfunk
- systematische sexuelle Aufklärung, Eheberatung und Kinderfürsorge
- der Kampf in der Ersten Republik um politische Hegemonie
- eine Paneuropa-Bewegung, die dem Kontinent eine bessere Zukunft versprach
- Satire und Cabaret als anti-faschistische Kunstformen
- nach dem Anschluss die erzwungene Emigration und ihre Auswirkungen

Diese Thesen sollen anhand einer Reihe von paradigmatisch verorteten Fallstudien erläutert werden, die bei Sigmund Freud in der Berggasse einsetzen und 1938 im beschlagnahmten Rothschild-Palais bei seinem Gegenpol Adolf Eichmann ihren Ausklang finden.

2. Fragestellungen und Lösungsräume: Die freie Assoziation in der Berggasse

Um die Dynamik der Wiener Kreise zu verstehen, müssen wir uns die Räume vorstellen, in denen sie regelmäßig zusammentrafen und innovative Debatten führten. ‚Räume' bedeutet hier also spezifische Räumlichkeiten – die Treffpunkte der Kreise. Am bekanntesten ist das Haus in der Berggasse, von dem die psychoanalytische Bewegung ausgegangen ist. Es war eine nicht ungewöhnliche, aber erweiterte Privatwohnung, denn die Adresse Sigmund Freuds im Alsergrund war Berggasse 19, Türe 3 und 4. Für die vielköpfige Familie – Sigmund und seine Frau Martha hatten sechs Kinder – wurden zwei Wohnungen mit insgesamt fünfzehn Zimmern zusammengelegt. (Graphik 3)

Das Haus wurde 1889 erbaut, und zwei Jahre später zog die Familie des jugendlichen Arztes ein – zunächst nur in die Wohnung links vom Stiegeneingang (bis 1908 lebte Freuds Schwester Rosa Graf in der Mezzaninwohnung rechts von der Stiege).[25]

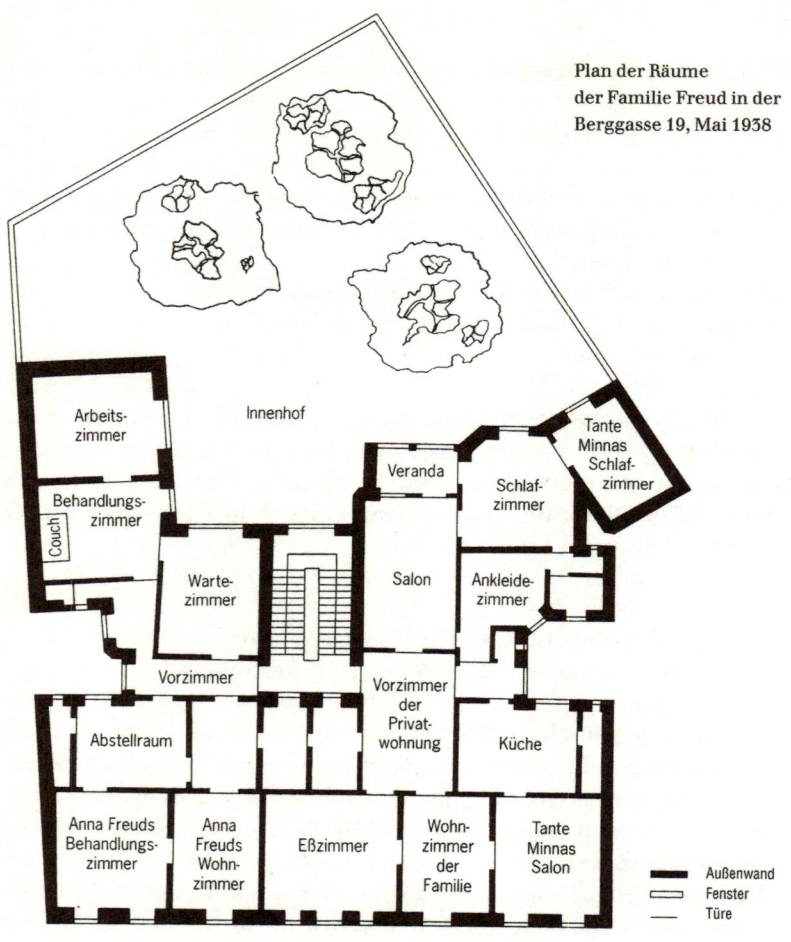

Graphik 3: Plan der Privatwohnung von Sigmund und Martha Freud

Noch heute staunt man über die großartige Raumplanung der Gründerzeit nach dem Abbruch der Altwiener Befestigungsanlagen. In der Nähe der Ringstraße erhielten solche neu erbauten Wohnhäuser großzügige Dimensionen. In diesem Wohnkomplex war auch Platz genug für Sigmunds verwitwete Mutter Amalie, welche erst 1930 starb, und für Marthas Schwester Minna Bernays

(Tante Minna). Der Plan dieser Doppelwohnung im Mezzanin zeigt die Situation in den dreißiger Jahren, als die ältesten fünf Kinder längst aus dem Hause waren. Da Anna Freud neben ihrem Vater als Analytikerin arbeitete, wurde auch für sie ein Behandlungszimmer und Wohnzimmer freigemacht.

Ursprünglich hatte Freud drei Zimmer im Parterre gemietet als Arbeitszimmer, Behandlungszimmer und Warteraum. Welches war das wichtigste für die Kreisformationen der Wiener Moderne? Etwa Freuds Behandlungszimmer mit der weltberühmt werdenden Couch? (siehe Abbildung 3: Behandlungszimmer in der Berggasse) Die Couch war das Geschenk einer Patientin aus dem Jahre 1891 (den Perserteppich, dunkelrot und hellbraun, hat Freud erst 1908 hinzugelegt). Das schuf ein einzigartiges Raumgefühl, völlig anders als in einem klinischen Behandlungszimmer. Man fühlte sich ruhig und geborgen, gleichzeitig aber geistig erhoben durch die Fülle von Bildern an der Wand.

Doch Schaulust war nicht das Moderne an der Psychoanalyse, sondern Hellhörigkeit – die Resonanz der Stimme. Freud saß hinter der Couchlehne, unsichtbar wie ein Beichtvater, und hörte zu. Als Seelenarzt schuf er eine säkularisierte Form von Beichte – durch die Deutung von Träumen. Die Hegemonie der Religion, welche er entschieden ablehnte, sollte durch eine Neubewertung der erotischen Sphäre in Frage gestellt werden. Aus dem Dialog mit seinen Patienten entwickelte sich eine Form von Heilung durch den Geist, vermittelt durch freie Assoziationen. Schon 1895 publizierte er gemeinsam mit seinem Kollegen Josef Breuer das Grundbuch der Psychoanalyse, *Studien über Hysterie* – eine Reihe von therapeutischen Fallgeschichten. Zusammengefasst wurden dort die ‚Komplexe', die sich bei Hysterikern bildeten, als ‚die dem Bewusstsein entzogene psychische Schicht: das Unterbewusstsein'.[26]

Für die Bildung des Freud-Kreises war aber nicht das Behandlungszimmer ausschlaggebend, sondern der unscheinbare Warteraum. Dort – damals noch im Parterre – begann im Jahre 1902 eine Gruppe von gleichgesinnten Freunden und Kollegen abends einmal in der Woche zusammenzutreffen. Es war die Psychologische Mittwoch-Gesellschaft, die später als Wiener Psychoanalytische Vereinigung weltbekannt werden sollte. Die Mitglieder waren erstaunlich vielseitig und verfolgten nicht nur medizinische Ziele. Der Initiator der Gruppe, Wilhelm Stekel, schrieb Feuilletons für führende Tageszeitungen, und die nach Freud intellektuell bedeutendste Figur, Alfred Adler, war Sozialdemokrat. Ein Buchhändler namens Hugo Heller, der Musikologe Max Graf und Otto Rank, ein Student der Mythologie, waren auch bald dabei, und von Oktober 1906 an führte Rank ein Protokoll der Diskussionen, welches zum Quellenbuch für modernes Denken werden sollte.[27]

In den ersten Jahren waren alle Mitglieder jüdischer Herkunft. Unter dem Druck einer überwiegend katholischen, ja antisemitischen Umwelt entwickelten sie Gegenpositionen, welche den Obskurantismus der kompakten Mehrheit in Frage stellten. Den Kern der Debatten bildeten die unbewussten Auswirkungen der Sexualität, ein Tabuthema für Katholiken. Dies war auch einer der Gründe, warum in den ersten Jahren keine Frauen in die Vereinigung aufgenommen wurden (Martha Freud durfte nur Kaffee und Kuchen auftragen). Die Voraussetzungen waren ursprünglich so patriarchalisch, dass Sexualität phallozentrisch verstanden wurde – mit dem Nachdruck auf ödipale Konflikte, Kastrationsangst bei Männern und Penisneid bei Frauen.

Nicht nur medizinische, auch geistesgeschichtliche Fragen waren auf der Tagesordnung: die Novellen von Conrad Ferdinand Meyer, Nietzsches Moralphilosophie und Wagners Musik, der Dichter Nikolaus Lenau und der Dramatiker Frank Wedekind. Künstlerische Themen alternierten mit klinischen Referaten über Sadismus, Inversion, Impotenz und Verfolgungswahn. Systematisch erforscht wurde die Technik der ‚freien Assoziation', die auch den Ablauf der Diskussionen beeinflusste. Denn die Gruppe verfolgte in der Tat eine freie Assoziation, wo alles hinterfragt werden konnte. Selten seit den Tagen von Sokrates hat man mit solcher Konsequenz die Geheimnisse des Eros diskutiert. Die interdisziplinäre Einstellung der Diskussionsteilnehmer erzeugte einen synkretischen Diskurs, welcher mythologische Begriffe aus der Bildungstradition mit modernen Wortprägungen verband: Eros, Libido und Katharsis mit Komplex, Verdrängung und Fehlleistung.

Innerhalb von zehn Jahren fanden solche Begriffe eine allgemeine Verbreitung. Wie kam es zu diesem Sprung aus dem Diskurs eines esoterischen Kreises in die Alltagssprache? Die Gründung eines gesetzlich eingetragenen Vereins markierte hier, wie bei anderen innovativen Gruppen, den ersten Schritt in die Öffentlichkeit. Als Staatswesen wurde Österreich noch autokratisch regiert, doch sein Vereinsleben war schon demokratisch. Seit 1867, der Blütezeit des Liberalismus, erlaubte das Versammlungsrecht die Gründung von sozialen, kulturellen und politischen Vereinigungen, deren Statuten ihre Abläufe regelten. In der Berggasse wurden Mitglieds-Karten verteilt und aufgrund von Abstimmungen ein Vorstand gewählt. Ab April 1910 fungierte Freud als wissenschaftlicher Vorsitzender, Adler als Obmann, Stekel als Obmann-Stellvertreter, Steiner als Kassier, Hitschmann als Bibliothekar, Rank als Schriftführer und Federn als Revisor.[28]

Der Erfolg der Psychoanalyse wurde durch strukturelle Komponenten gefördert, nicht nur durch Freuds Charisma. ‚Ich bin nichts als ein Conquistadorentemperament, ein Abenteurer', hatte er am 1. Februar 1900 in einem Brief an Wilhelm Fliess geschrieben. Doch es war die Gruppendynamik, welche die Autorin Lou Andreas-Salomé am meisten beeindruckte, als sie aus Göttingen kam, um den Sitzungen der Vereinigung als Gast beizuwohnen. Nach dem Diskussionsabend vom 22. Januar 1913 vermerkte sie in ihrem Tagebuch:

> Mir fiel wieder auf, wie so oft nun schon, dass abgesehen vom Wert des Einzelvortrags man sich hier doch in so guter Gesellschaft fühlt. Dass Freuds Präsidium und die unmerkbare Lenkung, die das Ganze von ihm empfängt, eine so gute Art der Arbeit hervorbringt, wie sie unter vielleicht – der Zahl nach – bedeutenderen Köpfen nicht zustande käme.[29]

In diesem demokratischen Forum steuerte jeder Teilnehmer nach dem einleitenden Referat einen Beitrag zur Diskussion bei. Nicht dominieren wollte Freud bei den Diskussionen, sondern sie zu produktiven Ergebnissen führen, indem er das Schlusswort sprach.

Die Wechselwirkungen zwischen psychologischen, therapeutischen und ästhetischen Perspektiven schufen neue Lösungsräume, indem sie über den medizinischen Bereich hinaus Vorgänge des Alltags beleuchteten. Der Begriff ‚Lösungsraum', ursprünglich von Mathematikern geprägt, soll hier als Chiffre für innovative Denkmodelle und Wahrnehmungsformen verstanden werden, die auch in anderen Bereichen der Wiener Moderne entwickelt wurden – von der Ausstellungspraxis der Secession bis zur Logik der Forschung beim Wiener Kreis. Raumplanung, auch architektonisch verstanden, implizierte einen erweiterten intellektuellen Horizont, und die Berggasse bietet das Grundmodell, weil aus der Dynamik einer Privatwohnung ein neues Menschenverständnis hervorging. Gedankensplitter sprühten in alle Richtungen, die asketischen Dogmen der jüdisch-christlichen Tradition wurden ausgehöhlt und die Prinzipien der logisch-linearen Kausalität durch die Erforschung des Unbewussten aufgehoben.

In wenigen Jahren erreichten diese Theorien ein zeitungslesendes Publikum durch die journalistischen Schriften von Wilhelm Stekel in Blättern wie das *Neue Wiener Tagblatt*. Zwischen 1901 und 1913 veröffentlichte er (oft unter Pseudonymen) neben erzieherischen Pamphleten über dreihundert Plaudereien, Buchrezensionen und populärpsychologische Zeitungsartikel zu Themen wie ‚Traumleben und Traumdeutung', ‚Das geheime Gedächtnis', ‚Die nervöse Frau', ‚Das Geschlechtsleben des Kindes', ‚Autoerotismus und Gesundheit', ‚Die Ursachen der Nervosität', ‚Entartete Kinder', ‚Die Hausfrauenneurose', ‚Zwangsvorstellungen', ‚Dichtung und Neurose', ‚Schülerselbstmorde', ‚Der Wille zur Krankheit' und ‚Probleme der modernen Seelenforschung'.[30]

Freud mag sich beklagt haben, dass so wenige Exemplare der *Traumdeutung* verkauft wurden und in Wien sich niemand für die Psychoanalyse interessierte. Aber Stekel sorgte dafür, dass Ideen aus der Psychoanalytischen Vereinigung durch Zeitungen, die in jedem Kaffeehaus auflagen, stadtbekannt wurden und zur Bildung einer neuen Sensibilität beitrugen. Dazu kamen Freuds viel gelesene *Psychopathologie des Alltagslebens* und seine kulturgeschichtlichen und literaturwissenschaftlichen Publikationen, sowie die feinsinnigen Bücher von Otto Rank und Theodor Reik. Schließlich führte 1912 die Öffentlichkeitsarbeit der Gruppe zur Gründung von *Imago: Zeitschrift für die Anwendung der Psychoanalyse auf die Geisteswissenschaften*.

Der erste Bruch in dieser Entwicklung kam nach 1910, als die Gruppe so zahlreich und unterschiedlich wurde, dass das Wartezimmer in der Berggasse nicht mehr ausreichte und ein neuer Raum gefunden werden musste. Man versuchte es zunächst mit Kaffeehäusern. Im Oktober 1911 wurde eine Außerordentliche Generalversammlung im Klublokal des Café Arkaden hinter der Universität abgehalten, aber im folgenden Frühjahr entschied man sich für den Sitzungssaal des Wiener Medizinischen Doktoren-Kollegiums am Franz-Josefs-Kai.[31] Spannungen innerhalb der Vereinigung führten zum Austritt von Alfred Adler und Wilhelm Stekel, und schließlich zum Bruch mit Carl Jung. So sehr Freud sich über diese Konflikte ärgerte, vom Standpunkt der Kreisformation stellten sie eine organische Entwicklung dar. Adler und seine Anhänger gründeten eine neue Gruppe, die sich zunächst Verein für Freie Psychoanalytische Forschung nannte, später Verein für Individualpsychologie. Zumal in der Ersten Republik sollte das soziale Engagement der Adlerianer das Kulturleben wesentlich bereichern.

Am Anfang bestand die Mittwoch-Gesellschaft ausschließlich aus Männern, denn Österreich war fast das letzte Land Europas, das Frauen ein Universitätsstudium erlauben sollte. Schon 1863 waren Frauen zum Studium in Zürich zugelassen, erst 1897 an der Philosophischen Fakultät in Wien. Endlich war es so weit, dass sie auch ärztliche Qualifikationen erwerben konnten. Im Wintersemester 1900/01 inskribierten an der Universität Wien die ersten elf Medizinstudentinnen (drei katholisch, sieben mosaisch und eine konfessionslos).[32] In der Psychoanalytischen Vereinigung gab es anschließend eine lebhafte Debatte, ob Frauen als Mitglieder aufgenommen werden sollten. Der schärfte Gegner war Fritz Wittels, ein schriftstellernder Mediziner aus dem *Fackel*-Kreis, der ‚Weibliche Ärzte' perhorreszierte. Doch Freud hatte im Prinzip keinen Vorbehalt gegen weibliche Mitglieder, und am 27. April 1910 wurde Dr. Margarethe Hilferding nach einer

Abstimmung (zwölf Stimmzettel ‚Ja', zwei ‚Nein') in die Vereinigung aufgenommen.[33]

Bald darauf erfolgte die Aufnahme einer Jung-Schülerin aus Zürich, Dr. Sabina Spielrein. In einem Brief vom 30. Mai 1909 hatte die junge Russin Freud um eine Audienz gebeten, um sein Urteil über das Betragen Carl Jungs einzuholen, dessen Patientin sie gewesen war. Gegen alle Regeln ärztlicher und analytischer Praxis hatte der schon verheiratete Jung eine Liebesaffäre mit seiner Patientin begonnen, sie aber abrupt abgebrochen, als ein Skandal drohte. In seinen Briefen reagierte Freud auf die Schuld seines Kollegen mit einer bedenklichen Toleranz, da er Jung als Kronprinzen der psychoanalytischen Bewegung heranziehen wollte. Bald darauf begriff er, dass Spielrein mit ihren Anschuldigungen im Grunde recht hatte. ‚Sehr geehrtes Fräulein Collega', schrieb er am 24. Juni 1909 aus der Berggasse, ‚ich sehe nun, dass ich einiges richtig erraten, anderes fälschlich zu Ihrem Nachteil konstruiert habe. Wegen dieses letzteren Anteils bitte ich Sie um Entschuldigung'.[34]

Aus der Dreierbeziehung Freud-Jung-Spielrein entwickelte sich eine geistig-emotionale Dynamik, die ebenso spannungsvoll wie schöpferisch wirken sollte. Freud wurde zu einer gütigen Vaterfigur, indem er der jungen Frau für ihre ungewöhnlichen geistigen und persönlichen Eigenschaften seine Anerkennung zollte. Jung blieb der ehemals so inspirierende Mentor, um dessen Liebe sie weiterhin trauerte, auch wenn sie seine moralische Feigheit verachtete. Beiden Männern gegenüber verteidigte Spielrein die ‚Gleichheit, resp. geistige Selbständigkeit der Frau'. Gleichzeitig wurde ihre Intelligenz durch eine weibliche Empathie bereichert, die sie in ihrem Tagebuch als ‚höhere Empfindlichkeit' bezeichnet.[35]

Spielrein erwies sich als die originellste Theoretikerin aus der Frühzeit der Psychoanalyse. Aus ihrer bahnbrechenden Arbeit ‚Die Destruktion als Ursache des Werdens' trug sie am 29. November 1911 einen Auszug in der Wiener Vereinigung vor. Sie versuchte den Nachweis zu erbringen, ‚dass die Todeskomponente im Sexualinstinkt selbst enthalten sei, dass dem Instinkt zugleich eine destruktive Komponente innewohnt, welche für das Werden unentbehrlich ist'.[36] Für die meisten Teilnehmer waren diese Ideen viel zu radikal, auch Freud äußerte seine Bedenken. Zehn Jahre später sollte er aber in *Jenseits des Lustprinzips* ein ähnliches Argument entwickeln, ohne die Priorität von Spielreins Arbeit zu erwähnen.

Als es 1912 zum endgültigen Bruch zwischen Freud und Jung kam, wurde das labile Dreiecksverhältnis umgestülpt. Von nun an war Spielrein die von beiden Männern umworbene Schiedsrichterin, die über ihre konkurrierenden Theorien ein differenziertes Urteil aussprechen sollte. Durch ihre feinfühligen Tagebücher und Briefe kann man verfolgen, wie sorgfältig sie sich mit den Argumenten und Gegenargumenten auseinandersetzte, um daraus ein eigenes Modell der Wirkungen des Unterbewusstseins zu entwickeln.[37] Besonders bekannt wurde Spielrein durch ihre Arbeit mit Kindern – zunächst in der Schweiz (wo Jean Piaget zu ihren Schülern gehörte), später in der Sowjetunion, wo sie zur Verbreitung der Psychoanalyse Wesentliches beitragen sollte.

Bei der Verbreitung der neuen Ideen in Deutschland war es Lou Andreas-Salomé, die eine bahnbrechende Rolle spielte. Als die Freudianer im Herbst 1911 einen richtungsweisenden Kongress in Weimar veranstalteten, war sie neben sieben anderen Frauen dabei. Nach ihren entscheidenden Erlebnissen als Gasthörerin bei der Wiener Psychoanalytischen Vereinigung kehrte Andreas-Salomé nach Göttingen zurück, wo sie ihre Karriere als Autorin und Analytikerin erfolgreich fortsetzte. Doch nicht nur in der Psychoanalyse wurde das männliche Monopol gebrochen, denn gleichzeitig entwickelte sich – in Österreich wie in Deutschland – eine dynamische Frauenbewegung.

3. Zur Kritik der Männlichkeit: Stimmen aus der Frauenbewegung

In Wien war es Rosa Mayreder, die am entscheidensten zur Debatte über Geschlechterrollen beitrug. Diese vielseitige Frau war 1858 als Tochter des Wiener Gastwirts Franz Obermayer und dessen zweiter Frau Marie geboren. Als Mitglied einer kinderreichen und wohlhabenden Familie besuchte sie eine private Mädchenschule in der Stadt. In den Ferien bezog sie ein Zimmer im Dachgeschoß von Obermayers geräumiger Sommervilla auf der Hohen Warte, um ihre Studien fortzusetzen. Sehr früh begann sie die herkömmlichen Schranken als lästig zu empfinden, die ein gut erzogenes Mädchen hemmten: ‚das Herkommen ist's, das den Frauen verbietet, zu lernen wie der Mann', heißt es in ihrem Tagebuch vom 14. Jänner 1874.[38] Mit achtzehn Jahren soll sie sich geweigert haben, das für junge Frauen obligate Mieder zu tragen. Anstelle der geschnürten Taille trug sie lieber lockere Reformkleider, wie man aus zeitgenössischen Fotos ersehen kann.[39] Bald darauf verliebte sie sich in den jungen Architekten Karl Mayreder, für den sie den Kosenamen Lino gebrauchte. Ihre 1881 geschlossene Ehe sollte – nach Überwindung vieler Bedrängnisse – über fünfzig Jahre dauern.

In Österreich war die Frauenbewegung weniger militant als in anderen Ländern. Während in London die Suffragetten öffentliche Gebäude anzündeten und die Fenster von Kaufhäusern einwarfen, bevorzugte man in Wien die sanfte Waffe der Überredung. Anstelle von Konfrontationen mit einer feindlichen Männerwelt waren die Wortführer der Bewegung bereit, mit Feministen zusammenzuarbeiten (‚Feminist' bezog sich damals auf Männer, die sich für Frauenrechte einsetzten). Als 1893 der Allgemeine Österreichische Frauenverein ins Leben gerufen wurde, wurde Rosa Mayreder neben Auguste Fickert und Marie Lang in den Vorstand gewählt. Besonders aktiv wurde der Verein bei der Kampagne für die erweiterte Frauenbildung und die Zulassung zum Universitätsstudium.

Die geistig und künstlerisch begabte Mayreder hatte bei verschiedenen Gruppen ihre Hand im Spiel. Im musikalischen Bereich machte sie sich einen Namen durch ihr Libretto für Hugo Wolfs Oper *Der Corregidor*; in der Literatur trat sie als Autorin von Gedichten und Novellen hervor; als Malerin nahm sie wiederholt an Ausstellungen im Wiener Künstlerhaus teil; als Pädagogin gründete sie 1897 im Bunde mit gleichgesinnten Freunden eine private Kunstschule für Frauen und Mädchen. Ihr bedeutendster Wirkungsbereich war aber die Frauenbewegung. Als Vizepräsidentin des Frauenvereins machte sie die entscheidende Entwicklungsphase der Bewegung mit, die im November 1900 auch zur

Eröffnung des Wiener Frauen-Clubs führte. Bei ihrer Rede zur Eröffnung, ‚Das Weib als Dame', sprach Mayreder von der Anerkennung einer spezifisch weiblichen Genialität:

> Zwar gilt es heute als ausgemacht, dass das Genie nur beim männlichen Geschlecht auftritt. Dabei übersieht man aber, dass die weibliche Genialität sich gewöhnlich auf andere Gebiete erstreckt als die männliche. Eine solche spezifisch weibliche Genialität – wenn auch durchaus nicht ausschließlich weibliche – ist die Genialität des geselligen Verkehrs, die Gabe, die eigene Persönlichkeit durch die Umgangsformen zum Ausdruck zu bringen.[40]

Man betraute Adolf Loos mit der Ausgestaltung der Clubräume im ersten Stock des Trattnerhofs am Graben. Neben Salons und einem Leseraum verfügte der Club über einen Speisesaal und sogar ein Billardzimmer! ‚Dieses Intérieur ist die *beste* Moderne', bemerkte Grete Meisel-Hess, eine enthusiastische Wortführerin der Frauenemanzipation.[41]

Der Frauenclub diente als ‚Vereinsheim für Damen, die nach ihrer Façon und gewissermaßen ‚ganz unter sich' einige Stunden des Tages angenehm und nützlich zugleich verbringen wollen'.[42] Das war nicht unbedingt Mayreders Szene, denn als Individualistin hielt sie zu der Schwesternschaft eine gewisse Distanz. In ihrem Tagebuch vermerkte sie, ‚dass die Männer die mir verwandteren Wesen sind, mit denen ich mehr gemeinsam habe als mit den Frauen'.[43] Ein ikonisches Bild zeigt sie nicht in Damengesellschaft (nur eine andere Frauengestalt ist sichtbar), sondern beim Schachspiel, umgeben von vier ehrfürchtig zuschauenden Männern (siehe Abbildung 4: Rosa Mayreder beim Schachspiel). Im Vordergrund sitzt sie als eine moderne Frau in Reformkleidern, die es mit jedem Mann aufnehmen könnte, denn ihre Begabung als Schachspielerin war legendär. Eine Anekdote erzählt, wie sie einen verwunderten männlichen Opponenten dreimal nacheinander besiegte.[44]

Während Zeitgenossen wie Arthur Schnitzler und Marie Ebner-Eschenbach Tagebücher führten, die ganze Jahrzehnte umfassen, hat Rosa Mayreder nur sporadisch Aufzeichnungen gemacht. Das Tagebuch diente ihr als privilegierter Raum, wo sie sich mit theoretischen Fragen und persönlichen Begegnungen auseinandersetzen konnte, die ihre bahnbrechenden Publikationen inspirierten. ‚Wir spielten Schach‘: Dieser Satz markiert die Wende in einem denkwürdigen Eintrag vom 13. Oktober 1887:

> Es gibt Augenblicke, wo der Schrei der Natur alle Stimmen der Pflicht, der Vernunft, der Überzeugungstreue übertönt. In einem solchen furchtbaren Augenblick gefragt zu werden: ‚Eh bien, que veux tu être: amie ou amante? Il faut enfin te décider!‘ ist herzzerreißend; und in dem einzigen Wort ‚amie!‘, das ich mir abgewann, war mehr Heldenmut, als ich in meinem Leben jemals bewiesen habe. Wir spielten Schach; die Figuren schwammen vor meinen Augen. Endlich sah er mich an und sagte weich: ‚Tu es fâchée?‘ Ich kniete mich wieder neben ihm hin, und diese gefährliche Nähe brachte auch ihn um seine Fassung. […]

Dem verständnisvollen Lino hat sie diese Episode gebeichtet, denn Rosa wollte standhaft bleiben. ‚Wir werden alle drei Freunde sein, ohne Schuld und Unwürdigkeit‘, soll der nicht näher identifizierte Schachpartner gesagt haben.[45]

Die Zusammenarbeit mit der Männerwelt verlief auf verschiedenen Ebenen.[46] An intellektuellen Debatten nahm Rosa Mayreder besonders gerne teil – zunächst bei der 1894 gegründeten Ethischen Gesellschaft, nach 1907 als Mitglied der Soziologischen Gesellschaft, an der führende Köpfe aus progressiven Kreisen wie Rudolf Goldscheid, Max Adler, Otto Bauer und Hans Kelsen teilnahmen. Mitspieler aus der Männerwelt gewann sie auch für Publikationen.

Rechtzeitig zur Jahrhundertwende erschien eine bahnbrechende Zeitschrift mit dem Titel *Dokumente der Frauen*, die von Rosa Mayreder, Auguste Fickert und Marie Lang gemeinsam gegründet wurde. Durch einen elektronischen Nachdruck ist diese bedeutsame Frauenzeitschrift allgemein zugänglich. Zwischen März 1899 und August 1902 erschienen insgesamt 83 Nummern mit Beiträgen von zweihundert Autorinnen und

Autoren. Neben österreichischen Frauenrechtlerinnen wie Fickert und Mayreder, Marianne Hainisch, Grete Meisel-Hess und Therese Schlesinger-Eckstein finden wir Beiträge von namhaften Autorinnen aus dem Ausland wie Ellen Key, Lily Braun, Gabriele Reuter – und Königin Victoria von England.

Der Hauptverdienst gehörte Marie Lang, die nach Meinungsunterschieden mit Fickert und Mayreder ab Oktober 1899 die Zeitschrift allein weiterführte. Als Alleinherausgeberin hat sie einen Kreis von originellen Köpfen aus der Wiener Moderne um sich versammelt. Die Wohnung im 6. Bezirk (Magdalenenstraße 12), die sie mit dem Juristen Edmund Lang teilte, wurde neben den Frauenrechtlerinnen auch zum Treffpunkt von fortschrittlichen Autoren wie Alfred Polgar und Stefan Grossmann. Während des Sommers mieteten sie die Villa Bellevue in Grinzing, um ihren Bekanntenkreis zu erweitern.[47] Aus diesem Umgang erklärt sich der hohe Anteil von männlichen Beiträgen zu den *Dokumenten der Frauen*. Neben literarischen und zeitkritischen Beiträgen von international bekannten Autoren wie Anatole France, Anton Tschechow und T. G. Masaryk finden wir auch Artikel von Grossmann und Polgar.

Zum Thema ‚Reform der Frauenkleidung' brachte Lang beispielsweise im März 1902 (Band 6, Nr. 23) Beiträge von Alfred Roller, ‚Gedanken über die Frauenkleidung', Hermann Bahr, ‚Zur Reform der Tracht', und Adolf Loos, ‚Damenmode'. Dann folgten die Meinungen von bekannten Ärzten: ‚Jedes gewöhnliche Mieder ist schädlich' (Dr. Theodor Beer); ‚Ein nicht künstlich und gewaltsam verengtes leichtes Mieder scheint mir hingegen vom hygienischen Standpunkt aus wohl zu dulden' (Dr. Josef Breuer); ‚Ich halte das Miedertragen für eine der schädlichsten Unsitten der Frauenkleidung' (Dr. Richard Krafft-Ebing). Kurze Beiträge von Frauen waren auch dabei, aber die Mieder-Frage scheint vor allem Männer fasziniert zu haben. Peter Altenberg steuerte eine Reihe von Aphorismen bei: ‚Der Oberkörper ohne Mieder!' verkündete er im Sperrdruck. ‚Ohne Brüstefolter!'

An der weiten Skala der Beiträge erkennen wir auch die ideologischen Spaltungen innerhalb der Frauenbewegung. Nur am Rande wurde die christlichsoziale Frauenbewegung erwähnt. Ein

Bündnis mit den Klerikalen war schon deshalb nicht denkbar, weil die Erinnerungen an die Ereignisse zur Zeit von Luegers Bürgermeisterwahl zu frisch waren. Unter der Wirkung antisemitischer Parolen waren um die Jahreswende 1895/96 Frauen aus christlichen Familien für einen Boykott gegen jüdische Geschäfte mobilisiert worden. ‚Luegers Amazonen', wie sie getauft wurden, ‚zogen in kleinen Gruppen durch die Stadt, pöbelten Passanten und Ladenbesitzer an, und schwangen unter ‚Hoch Lueger!'- Rufen ihre Regenschirme'.[48]

Unter den Frauen, wie auch bei der männlichen Bevölkerung Wiens, hatte sich ein Spektrum ideologischer Positionen entwickelt, das von radikalen Sozialdemokratinnen bis zu christlichsozialen Versammlungsmegären reichte. Kein Wunder, dass die *Dokumente der Frauen* nicht das allgemeine Wahlrecht sondern Erziehungsfragen zur Priorität machten (schon 1888 war von Reformern wie Marianne Hainisch und Ludo Hartmann ein Verein für erweiterte Frauenbildung gegründet worden). Mit Recht betont die englische Historikerin Deborah Holmes in ihrer Biographie der Pädagogin Eugenie Schwarzwald die zentrale Bedeutung einer modernen Erziehung von Mädchen:

> Die Kämpfe um die Mädchenbildungsreform sind exemplarisch für die nervösen Spannungen und Neuerungen der Jahrhundertwende. Auf der einen Seite stand das konservative Unterrichtsministerium, das nicht nur den Status quo erhalten, sondern auch Geld sparen wollte. Auf der andern propagierte eine Reihe von Einzelpersonen und kleinen, aber lautstarken Vereinigungen in einem Trommelfeuer von Pamphleten und Petitionen eine bessere Bildung für Mädchen.[49]

Der Schwerpunkt der *Dokumente der Frauen* lag bei fortschrittlichen Frauen aus dem Bildungsbürgertum, während die Lage von manuellen Arbeiterinnen meistens im Hintergrund blieb. Eine Ausnahme bildete im Juli 1900 der Aufsatz über ‚Die Arbeiterinnen der k. k. Tabakfabriken' von Adelheid Popp:

VIERHUNDERTDREISSIGTAUSEND Frauen und Mädchen sind in den 30 österreichischen k.k. Tabakfabriken beschäftigt. [...] Die Gesundheit der jungen Arbeiterinnen wird frühzeitig untergraben. [...] Die meisten sind bleich und blutarm. [...] Die Kinder der Tabakarbeiterinnen sterben frühzeitig, es gibt viele Frauen unter ihnen, die 3–4 Kinder geboren haben, und keines ist am Leben.

Aus der Statistik des Finanzministeriums entnimmt sie die steigende Zahl der Erkrankungen in den Jahren 1889, 1893 und 1898 – vor allem an Tuberkulose. Die Rohheit der Beamten wird auch kritisiert: In einem Fall hatten die Frauen als Protest gegen einen brutalen Fabrikverwalter sogar gestreikt. Laut Versammlungsgesetz war Frauen nicht erlaubt, Mitglieder eines politischen Vereins zu sein, und die vier Fachvereine der Tabakfabrikarbeiterinnen hatten nur 600 Mitglieder. Dennoch gibt Popp ihren Schlusswörtern eine politische Wendung: ‚Das sind keine zahmen Frauenvereine, die sich fürchten und hüten, irgendwo anzustoßen. Sie sind getragen vom sozialdemokratischen Geist, und die Arbeiterinnen sind stolz darauf, die Pionierinnen unter ihren Arbeitsgenossinnen zu sein'.[50] Nicht zu überhören ist hier der Protest gegen ‚zahme' Frauenvereine. Kein weiterer Beitrag von Popp erschien in den *Dokumenten der Frauen*, denn die bürgerliche und die proletarische Frauenbewegung gingen verschiedene Wege.

Viel radikaler als der Allgemeine Österreichische Frauenverein war der von Popp gegründete Verein Sozialdemokratischer Frauen und Mädchen, und ihre 1909 anonym erschienene *Jugendgeschichte einer Arbeiterin* erregte großes Aufsehen (das Geleitwort wurde von August Bebel verfasst). Dort beschrieb sie die Leiden eines Mädchens, das schon mit acht Jahren gezwungen wurde, abends nach Besuch der Dorfschule in Heimarbeit Knöpfe aufzunähen, um ein paar Kreuzer für die Familie zu verdienen. Krankheit und Entbehrung waren dann ihr Los, als sie in Wien Fabrikarbeit suchte. Erst als sie in einer größeren Korkfabrik eine Stelle fand, besserten sich die Arbeitsbedingungen, und sie begann die politischen Erkenntnisse zu erwerben, die zur Sozialdemokratie führten. Stolz beschreibt sie dann die erste Rede, die sie in einer

Versammlung über die Lage von Fabrikarbeiterinnen hielt. Nicht gegen die Männer richtete sich ihre Anklage, sondern gegen die ‚Herren' – die Fabrikbesitzer, die sie für die Ausbeutung von ‚Lohnsklavinnen' verantwortlich machte.[51]

In einer rigiden Klassengesellschaft war die Kluft zwischen der bürgerlichen und der proletarischen Frauenbewegung kaum zu überbrücken. Zum Prüfstein für die politische Konsequenz der Frauenrechtler wurde daher ‚Die Dienstmädchenfrage' – Thema einer Sondernummer der *Dokumente der Frauen* im Jänner 1900. Hier begegnen wir Beiträgen von modern denkenden Frauen aus dem Mittelstand, die den sozialen Fortschritt zwar begrüßen, aber für ihren Haushalt unbedingt Dienstboten brauchen. Das System wird daher als eine geradezu erzieherische Institution dargestellt. Dienstmädchen sollten mit menschlicher Würde behandelt werden, um sie ‚auf eine höhere menschliche Stufe zu heben', heißt es im einleitenden Artikel von Johanna Schmidt-Friese (Innsbruck). Der Ausgangspunkt des zweiten Beitrags von Katharine Migerka (Wien) ist die angebliche ‚Schlechtigkeit' der Wiener Dienstmädchen. So gut gemeint ihre Vorschläge auch sein mochten, der autoritäre Unterton ist nicht zu verkennen:

> Bei der großen Zahl der Mädchen, die schutzlos und in früher Jugend als Dienende Erwerb suchen, unterliegen leider viele den an sie herantretenden Versuchungen. Da gilt es für uns Frauen, mit strenger Zucht Nachsicht und Milde zu verbinden, damit unser Zorn und unsere Härte nicht jenen Quell verschütten, aus dem für die Sünderin, die Fehlende die Kraft quillt, sich zu bessern und zu erheben.[52]

Bei Mitgliedern des Frauenvereins waren die radikaleren Reformvorschläge des Juristen Julius Ofner auf Widerstand gestoßen. Er war ja ‚nicht von der Bequemlichkeit der Frau, sondern von der notwendigen Fürsorge für den Dienstboten ausgegangen'.[53] Solche Spannungen waren bei der damaligen Sozialordnung unvermeidlich, wie wir auch aus den Tagebüchern Rosa Mayreders ersehen. Nach einer Auseinandersetzung mit Resi, Dienstmädchen bei den Mayreders, beklagte sich die frustrierte

Hausfrau, ‚wie unmöglich es ist, trotz aller Bemühung ein persönliches Verhältnis mit diesen Leuten aufrechtzuerhalten'.[54]

Mayreders Tagebücher gehören zu den aufschlussreichsten Dokumenten der Wiener Moderne, denn sie schrieb mit ungewohnter Offenheit über zeitgeschichtliche und emotionale Fragen. Als sie nach längerer Unterbrechung im Frühjahr 1905 das Tagebuch wieder aufnahm, war der Anlass eine neue Liebesbeziehung – zu einem Rechtsanwalt aus Prag namens Paul Kubin. Als Frau von vierzig Jahren, deren Ehe ihre sinnlichen Bedürfnisse nicht völlig befriedigte, zeigen ihre Reflexionen über diese Affäre ein psychoanalytisch gefärbtes Selbstverständnis. Der neue Freund hatte ihren Roman *Idole: Geschichte einer Liebe* gelobt, daher schenkte sie ihm einen Separatabdruck ihres Essays über ‚Neue Religion'. Als sie dann versuchte, in ihren Aufzeichnungen die erste Regung einer ‚unbestimmten Erwartung' zu rekonstruieren, erinnerte sie sich an einen Traum:

Auch dürfte jener Traum, der mich zuerst darüber aufklärte, was unter der Schwelle des Bewusstseins zu entstehen begann, in der Zeit vorher fallen. Ich träumte, er säße in einem Wagen mir gegenüber und seine Knie schlössen mit leichtem Druck die meinen ein – nichts weiter als das. Aber das genügte, um noch beim Erwachen jenen Schauer in mir zu erzeugen, der das Geheimnis der erotischen Anziehung begleitet.

Dass man durch erotische Erlebnisse zur Kreativität angeregt wird, war nicht gerade neu. Neu war, dass jene Impulse so einsichtsvoll von einer Frau geschildert wurden. Sollten ‚wollüstige Träume beim Weibe' auf ‚eine geradezu pathologische sexuelle Reizbarkeit' zurückzuführen sein, wie August Forel in *Die sexuelle Frage* behauptete? Diese ‚verdammte Philistrosität der medizinischen Normen' wird im Tagebuch verlacht.[55]

Damals war Mayreders Hauptbeschäftigung die Fertigstellung ihres bedeutendsten Buches, *Zur Kritik der Weiblichkeit*. Am 12. Februar notiert sie im Tagebuch: ‚Ohne Schmerzen kann man nicht fruchtbar sein. Es ist im geistigen Leben wie im körperlichen: aus der Lust und aus dem Schmerz entsteht alles […]

Vielleicht ist es dieser Instinkt zur Produktivität, der mich eine zweite Liebe neben der ersten als etwas Selbstverständliches empfinden lässt'.⁵⁶

Als sie mit Paul Kubins Hilfe die Fahnen zu korrigieren begann, entstand ein schöpferischer Dialog, der in den Tagebüchern festgehalten wird. In diesem Gedankenaustausch ist Paul der konservative, Rosa der innovative Teil, während der verständnisvolle Lino im Hintergrund moderierend wirkt. Nachdem Paul die Fahnen zu Rosas Aufsatz ‚Einiges über die starke Faust' gelesen hatte, gab er ihr den Bürstenabzug mit einem Konvolut Notizen zurück. ‚Da er von den unübersteiglichen Schranken des Geschlechtes sprach', vermerkte sie, ‚wurde ich heftig: ich wolle keine unübersteiglichen Schranken anerkennen'. Nicht ‚Hingebung' der Frau sondern ‚Gemeinsamkeit' zwischen den Geschlechtern war das Ziel.

‚Ja, Ihr Buch ist aus einem exklusiven Kreise heraus geschrieben!', entgegnet er.

‚Nicht so exklusiv, wie Sie meinen', antwortet Rosa.⁵⁷

Schlag auf Schlag ging die Debatte weiter, bald mit den atemberaubenden Tempi eines Verbalgefechts, bald mit den wohlüberlegten Zügen eines Schachspiels. Nachdem Paul die Fahnen des Kapitels über ‚Frauen und Frauentypen' gelesen hatte, kamen sie auf die ‚herrische Erotik' zu sprechen, die Paul als ‚Kennzeichen der Mannesnatur' auffasste, während Rosa eine ganz entgegengesetzte Auffassung des ‚Mannesempfindens' vertrat.⁵⁸

Zur Kritik der Weiblichkeit erschien im Herbst 1905 bei Eugen Diederichs in Jena und wurde zu einem Erfolg. Der einprägsame Buchtitel erhöhte die Resonanz, denn im Vergleich mit den Begriffen ‚Frau' und ‚Frauenfrage' waren die Wörter ‚Weib' und ‚Weiblichkeit' ideologisch stark gefärbt. In der Debatte über Geschlechterrollen wurde von der Antithese zwischen ‚Frau' und ‚Weib' tendenziöser Gebrauch gemacht: ‚Weib' bezeichnete die sexuellen, ‚Frau' die sozialen Aspekte der Person. Mayreder polemisierte gegen Männer, welche Frauen als ‚Weiber' behandelten – nicht als gleichberechtigte Partner, sondern als willenlose Objekte ihrer Macht und Wollust.

Wenn man das von Paul Kubin beanstandete Kapitel ‚Einiges über die starke Faust' liest, spürt man, dass der Titel ‚Kritik der Männlichkeit' eine denkbare Alternative gewesen wäre:

> Wenn die großen Gewalthaber, die Männer der Tat und des unbeugsamen Willens, den Prinzipien der herrischen Erotik huldigen, so geschieht dem weiblichen Geschlechte damit nichts, was diese Männer nicht auch sonst ausüben. Die ‚starke Faust', die sie dem Weibe zeigen, wenden sie allen Lebenserscheinungen gegenüber an; sie unterwerfen sich wie das Weib so auch die Welt [...].[59]

Hier kündigt sich eine Kritik des Männlichkeitskults an, welche die ‚starke Faust'-Ideologie des Ersten Weltkriegs vorwegnimmt. Doch als 1913 die englisch-amerikanische Übersetzung erschien, wählte man den farblosen Titel *A Survey of the Woman Problem*.

Die Debatte über ‚herrische Erotik' hatte ein Nachspiel, das Rosa zu einer weiteren Aktion anfeuerte. Dass Paul mit Dirnen verkehrte, hatte sie zwar geahnt, aber sie erlebte schlaflose Nächte, nachdem er von anrüchigen Erlebnissen auf einem Faschingsball in den Sofiensälen erzählt hatte:

> Diesem Mann, der seine Auffrischung und Befreiung in der Berührung mit den gemeinsten Elementen sucht und findet, wollte ich Lehrerin höherer Lebenszustände sein? [...] Der große Irrtum, der mich zu so vielen Fehlgriffen leitet, ist eben, dass ich glaubte, er leide an dem Zwiespalt seines Wesens, indes er sich ganz wohl dabei fühlt [...] Ich aber gründe Gesellschaften zur Bekämpfung der Prostitution![60]

Mit Hilfe von Auguste Fickert organisierte sie im November 1906 eine Protestversammlung gegen die staatliche Registrierung von Bordellen, nachdem das Thema durch einen Skandal über die Ausbeutung von Freudenmädchen (den Prozess Riehl) wieder aktuell geworden war.

Radikaler als Mayreder hat die 1879 in Prag geborene Grete Meisel-Hess zum Thema Sexualität und Prostitution Stellung genommen. Diese Tochter einer wohlhabenden jüdischen Fabrikantenfamilie wuchs in Wien auf und war fünf Jahre lang Gasthörerin an der Universität, wo sie Vorlesungen in Philosophie, Soziologie und Biologie besuchte. Man spürt in ihren Schriften den Pulsschlag der Wiener Moderne, nicht zuletzt in den Hinweisen auf Freud. Doch sie entwickelte eine selbständige Position, welche ungewöhnliche Belesenheit mit der Parteinahme für Mutterschutz und Ehereform verband. In *Weiberhass und Weiberverachtung* (1904) setzte sie sich mit der Negativität Otto Weiningers auseinander, um dann in ihrem umfangreichen Hauptwerk *Die sexuelle Krise: Eine sozialpsychologische Untersuchung* (1909) ein fortschrittliches Programm für Sexualreform und Rassenhygiene zu entwickeln. In einem charakteristischen Abschnitt über ‚Zeugungsreformation' verknüpft sie das Recht der Frau auf freie Liebeswahl mit ihrer Verpflichtung als Mutter, tüchtige Kinder zu gebären:

> Eine Frau sehne ich mich zu kennen, die durch mehrere Liebesverhältnisse ging, jedes aus edler Neigung geknüpft, die nach einer Probezeit, die der Erfahrung gewidmet sein soll, ob die Eigenschaften des Mannes im Verein mit ihren eigenen ihr zur Vererbung wünschenswert erscheinen, ein Kind empfängt und gebiert.[61]

Neben Mayreders *Zur Kritik der Weiblichkeit* ist *Die sexuelle Krise*, die auch bei Eugen Diedrichs erschien, die bedeutendste Buchpublikation der Wiener Frauenbewegung. Nach ihrer Ehe mit dem Architekten Oskar Gellert übersiedelte Grete Meisel-Hess nach Berlin, doch ihre weiteren Publikationen sollten auch in Österreich zur Stärkung der eugenischen Bewegung beitragen.

In den Jahren nach 1910 wurden die Hoffnungen der fortschrittlichen Kreise um Rosa Mayreder von Ereignissen überholt, die ihren Tagebüchern eine tragische Wendung gaben. Karl Mayreder – der liebe Lino – begann an einer nervösen Erschöpfung zu leiden, die von Selbstmordgedanken begleitet war. In ihrer unvermuteten Rolle als Krankenpflegerin musste Rosa nicht nur mit seinen anhaltenden Depressionen zurechtkommen, sondern auch mit Linos Geständnis, dass auch er zu Prostituierten Kontakte gehabt hatte. In jenem Augenblick, vermerkte sie am 10. November 1912, war ‚die letzte Illusion meines Lebens zertrümmert worden'.[62]

Dass die Ehe kinderlos geblieben war (1883 hatte Rosa eine Fehlgeburt), dürfte auch einen Schatten geworfen haben. Da herkömmliche ärztliche Bemühungen ergebnislos verliefen, konsultierten sie Sigmund Freud. Das führte zu weiteren Verstimmungen, denn Freud erblickte in Linos Depressionen die verdrängte Konsequenz einer Abschwächung seiner Männlichkeit. Nach seiner Ansicht sei Linos ‚männliches Überlegenheitsbedürfnis' durch eine allzu tatkräftige Frau verdrängt worden. Dass der Sachverhalt ‚so schief interpretiert' wurde, führte Rosa auf Freuds Grundfehler zurück, ‚aus Begleiterscheinungen bewirkende Ursachen' zu machen.[63]

Die im Busen der Familie erlebte Krise der Männlichkeit fand nach 1914 ihre Entsprechung auf der Bühne der Weltgeschichte. Aus einem Eintrag vom 5. Oktober wissen wir, dass die Kreise um Rosa Mayreder den Kriegsausbruch als ‚Bankrott der Zivilisation' erlebten.[64] Einen geistigen Halt suchte sie bei den Gruppen, die ihr am meisten bedeuteten: der Allgemeine Österreichische Frauenverein und Goldscheids Soziologische Gesellschaft. Im Angesicht der Kriegsereignisse fand sie aber das soziologische Theoretisieren ‚ganz unzulänglich'. Die Ermordung des österreichischen Ministerpräsidenten Graf Stürgkh am 21. Oktober 1916 durch Friedrich Adler, einen radikalen Sozialisten aus dem Goldscheid-Kreis, konnte wenigstens als eine ‚Tat' begrüßt werden. Dagegen argumentierte Rosa, dass ‚durch einzelne gewaltsame Akte keine Veränderung herbeigeführt' werden könne. Betrübt musste sie feststellen, ‚dass selbst in diesem kleinen befreundeten Kreise keine Einigung über grundlegende soziale Werte zu erzielen ist'.[65]

Nur bei der Frauenbewegung fand Rosa einen Rest von Hoffnung. Am 8. Februar 1916 hielt sie einen Vortrag über ‚Die Frau und der Krieg', der von einem bis zum letzten Platz gefüllten Saal mit Begeisterung aufgenommen wurde.[66] Eine gedruckte Fassung war schon im Dezember 1915 in der *Internationalen Rundschau* (1. Jahrgang, Heft 10 und 11) erschienen. Hier erreichte

Mayreders Kritik der Männlichkeit ihre schärfste Spitze, denn sie bezeichnete den Krieg als ‚die letzte und furchtbarste Konsequenz der absoluten männlichen Aktivität'.

Um den ‚Gewaltstaat' in einen ‚Rechtsstaat' zu verwandeln, müsse die Frauenbewegung von einer ‚wesentlichen Änderung der bestehenden Ordnung' begleitet werden. Psychophysisch wird der ‚Zusammenhang der kriegerischen Impulse mit einer bestimmten Art der männlichen Geschlechtsimpulse', dem ‚sadistischen Element', als Grundübel erkannt. ‚Solange diese Art der männlichen Geschlechtsimpulse die Herrschaft führt, bleibt für die Frau als eigenberechtigtes, dem Manne gleichgestelltes Wesen kein Raum', vor allem, weil ‚im jedem Krieg Vergewaltigung an feindlichen Frauen geübt wird'. Niemand sollte ‚vor den Gräueln des Krieges die Augen schließen und dem organisierten Massenmord, zu dem durch die Mittel der modernen Technik der Krieg obendrein abgeartet ist, das Wort reden'.[67]

Als Autorin von Aufsätzen wie ‚Einiges über die starke Faust' und ‚Die Frau und der Krieg' war Rosa Mayreder ihrer Zeit um Jahrzehnte voraus. Erst in den zwanziger Jahren begann man ihre Vorstellung der Gemeinsamkeit zwischen Mann und Frau durch die Eheberatungsstellen der Stadt Wien in die Praxis umzusetzen. Als noch prophetischer erwies sich ihre Teilnahme an der Frauenliga für den Frieden. Schließlich nahm ihre Analyse der psychopathischen Wechselwirkungen zwischen Machtstaat, kriegerischen Impulsen, männlichen Geschlechtsimpulsen, Vergewaltigung und Massenmord die gewaltsamen Männerphantasien des Faschismus vorweg.

4. Umstrittene Assimilation, dynamische Marginalität und ein modernes Märchen

Die sozialdemokratischen und radikal-bürgerlichen Flügel der Frauenbewegung gehörten zu den bedeutendsten Strömungen der Moderne. Doch im Wien Karl Luegers war die Frauenemanzipation durch einen weiteren Faktor verkompliziert – die umstrittene Assimilation der Juden. Luegers Christlichsoziale Partei stand an der Spitze jener reaktionären Kräfte, die neben der ‚Verweiblichung' auch die angebliche ‚Verjudung' der Gesellschaft bekämpften. Die christliche Kultur sollte gleichzeitig gegen drei Hauptvertreter der Moderne verteidigt werden: die Marxisten, die Frauenrechtler – und die Juden!

Laut Volkszählung waren im Jahre 1910 ungefähr 175.000 der Wiener Bevölkerung mosaischen Glaubens – fast 9% der Gesamtzahl. Von dieser jüdischen Minderheit waren nur 20% in Wien geboren, die überwiegende Mehrheit kam aus anderen Teilen der Monarchie.[68] Als Außenseiter mussten zugewanderte Juden sich besonders anstrengen, um in der Hauptstadt Fuß zu fassen. Sie verstanden es aber besser als bodenständige Katholiken, sich mit den Modernisierungsschüben der Jahrhundertwende zu identifizieren: mit technischer Innovation, produktiver Finanzierung, sozialer Mobilität, wissenschaftlicher Ausbildung und beruflicher Fachkompetenz. Am wirtschaftlichen Aufschwung Österreich-Ungarns waren sie durch die Gründung neuer Industrien aktiv beteiligt. Besonders erfolgreich waren sie auch auf dem Feld der kulturellen Produktion: Literatur und Feuilleton, Zeitungswesen und Buchpublikation, Fotografie und Werbung, Unterhaltungsmusik und Operette.

Um diesen Assimilationsprozess zu erklären, haben Historiker drei Faktoren hervorgehoben. Erstens die Ausbildung: Die Juden der Monarchie wollten gute Österreicher werden, oder vielmehr *bessere* Österreicher – Bildungsbürger mit überdurchschnittlichen Qualifikationen, um den Ansprüchen des modernen Erwerbslebens gerecht zu werden; zweitens, die Anpassungsfähigkeit und Innovationsfreude vom Immigranten – ihre Bereitschaft, neue Methoden der Produktion und Kommunikation zu übernehmen; und drittens die Marginalität – das Gefühl, als emanzipierte Staatsbürger dennoch Außenseiter zu bleiben in einer überwiegend katholischen Gesellschaft. Diese paradoxe Form der Marginalität, ausgeschlossen von der traditionellen Elite, aber zugehörig zum aufstrebenden Bildungsbürgertum, bietet einen Schlüssel zur Sonderstellung der Juden Wiens. Ihre Außenseiterstellung verlieh ihnen eine kritische Distanz zur kompakten Mehrheit – daher die Innovationsfreude. Gleichzeitig gelang es aufgrund ihrer kulturellen Errungenschaften und wirtschaftlichen Erfolge, neue Institutionen im Zentrum der Stadt aufzubauen.

Die enge Beziehung zwischen Migration und Marginalität wurde schon 1928 vom amerikanischen Soziologen Robert Park erkannt, der vor dem Weltkrieg in Deutschland studiert hatte und den emanzipierten Juden als den prototypischen ‚Marginal Man' bezeichnete.[69] Für die ungewöhnlich schöpferische Wiener Variante habe ich den Begriff ‚dynamische Marginalität' (‚dynamic' oder ‚empowered marginality') geprägt.[70] Um ihre Einflussbereiche zu erweitern haben die Schlüsselfiguren der Wiener Moderne innovative Institutionen geschaffen oder existierende erneuert: Mahler durch seine Reformen an der Wiener Oper, Freud durch die Gründung Psychoanalytischen Vereinigung, Schnitzler durch die Modernisierung des Theaters, Kraus durch die Unabhängigkeit seiner Zeitschrift *Die Fackel*, Friedrich Austerlitz als Chefredakteur der *Arbeiter-Zeitung*, David Bach mit den Arbeiter-Sinfonie-Konzerten, Schönberg mit seiner Gesellschaft für musikalische Privataufführungen, Otto Neurath durch das Museum für Gesellschaft und Wirtschaft, Genia Schwarzwald durch die Gründung eines Realgymnasiums für Mädchen. Eine Herkunft aus der Provinz erwies sich als kein Hindernis, als man sich daranmachte, historische Barrieren wegzuräumen und neue Lösungsräume zu schaffen.

Rückblickend hat Kokoschka, der selbst aus der Provinz stammte, die Wechselwirkung zwischen jüdischer Marginalität und Wiener Moderne einsichtsvoll festgehalten:

> Meistens waren es Juden, die mir als Modell dienten, weil sie viel unsicherer als der übrige Teil der im gesellschaftlichen Rahmen fest verankerten Wiener und daher für alles Neue aufgeschlossener waren, viel empfindlicher auch für die Spannungen und den Druck infolge des Verfalls der alten Ordnung in Österreich.[71]

Psychologisch lebten die Juden in einer Randstellung lange vor ihrer Ausgrenzung durch die nationalsozialistische Judenverfolgung. Aber in der Blütezeit der Wiener Moderne teilten sie diese distanzierte Stellung mit Avantgardisten nichtjüdischer Herkunft.

Ausschlaggebend war nicht die religiöse Konfession, sondern ein kultureller Konsens, der in Cafés und Salons schöpferische Synergien erzeugte. An einem Tisch saßen Altenberg und Kraus mit Loos und Kokoschka, um die nächste Ausgabe der *Fackel* zu planen. Um die Ecke traf sich Felix Wärndorfer mit Josef Hoffmann und Koloman Moser, um die Wiener Werkstätte ins Leben zu rufen. Bei Zuckerkandls besprachen Klimt und Moll die Pläne für eine neue Künstlervereinigung, welche aber ohne den Beistand von jüdischen Mäzenen obdachlos geblieben wäre. Und Arnold Schönberg brauchte die Mitwirkung von Alban Berg und Anton Webern, um in improvisierten Konzerthaussälen den Durchbruch der Atonalität zu initiieren.

Es gehörte Mut und Ausdauer dazu, um die historisch bedingten Nachteile der Marginalität zu überwinden. Prototypisch war die Karriere des 1838 in Böhmen geborenen Ingenieurs Josef Popper, der sich unter dem Pseudonym Popper-Lynkeus einen Namen als Sozialreformer machen sollte. Als Sohn des Tuchhändlers Abraham Popper und dessen Frau Katharina besuchte er die Oberrealschule in Prag, studierte dann 1854–1859 in Prag und Wien angewandte Naturwissenschaften, durfte aber als Jude die ihm angebotene Assistentenstelle nicht annehmen. Ein Posten bei der k. k. Staatseisenbahn-Gesellschaft in Wien erlaubte ihm, seine Studien fortzusetzen, und er verstand es durch seine technischen Erfindungen sich selbständig zu machen. Seine geistreichen *Phantasien eines Realisten* (1899) machten ihn bei den Modernen bekannt (Ernst Mach und Sigmund Freud gehörten zu seinen Lesern). Wegen Verletzung der Sexualmoral und Beleidigung der Religion wurde das Buch von der österreichischen Zensur konfisziert, durfte aber im Deutschen Reich auch weiterhin erscheinen. Besonderen Einfluss gewann er durch sein Hauptwerk, *Die allgemeine Nährpflicht als Lösung der sozialen Frage* (1912). Die in diesem Grundriss für einen modernen Wohlfahrtstaat vorgelegten Reformideen sollten nach dem Weltkrieg durch den Verein Allgemeine Nährpflicht eine weite Verbreitung finden.

Während Popper-Lynkeus den Prämissen der Aufklärung und der Assimilation verpflichtet blieb, traf der 1860 in Budapest geborene Journalist Theodor Herzl eine grundverschiedene Entscheidung. Politisch bietet Herzl als Zionistenführer das bedeutendste Beispiel dynamischer Marginalität. Erst 1878 war seine Familie nach Wien gezogen, wo Erfolge im Bank- und Holzhandelsgeschäft es dem Vater Jakob Herzl ermöglichten, seinen Sohn beim Studium der Rechte zu unterstützen. Herzls Vorliebe für Musik und Literatur war dem Einfluss seiner Mutter Jeanette zu verdanken. Nach Eröffnung seiner Gerichtspraxis heiratete er 1889 Julie Naschauer, Tochter eines Wiener Geschäftsmanns, und das Ehepaar hatte drei Kinder. Schon früher hatte Herzl schriftstellerisches Talent gezeigt, und die entscheidende Wendung kam, als er 1891 zum Pariser Korrespondenten der *Neuen Freien Presse* ernannt wurde.

Inwiefern diese Zeitung zur Wiener Moderne gehört, bleibt umstritten. Schon 1864 zur Blütezeit des österreichischen Liberalismus gegründet, wurde die *Neue Freie Presse* so erfolgreich, dass sie fünf Jahre später ein palastartiges Redaktions- und Druckereigebäude am Ring (Fichtegasse 11) beziehen konnte (siehe Abbildung 5: Redaktionsgebäude der Neuen Freien Presse). Die von Christian Reisser geleitete Druckerei mit ihren Rotations- und Falzmaschinen war technisch so perfekt, dass die *Neue Freie Presse* zur ersten auf Endlospapierrollen gedruckten Zeitung Europas wurde. Die Herausgeber Eduard Bacher und Moriz Benedikt, die um 1900 die Redaktion leiteten, kamen aus jüdischen Gemeinden in den österreichischen Kronländern, und ihr Blatt galt als Sprachrohr für liberale Gegner des antisemitisch gefärbten Klerikalismus. Durch ein sensationelles Interview mit Bismarck, das am 24. Juni 1892 erschien, war Benedikt zu einem der bekanntesten Journalisten des deutschen Sprachraums geworden. In der Finanzwelt gewannen seine Beiträge unter der Wirtschaftsrubrik ‚Economist' große Bedeutung, doch auch das kulturelle Ressort – das Feuilleton – genoss beim Bildungsbürgertum hohes Ansehen. Dort erschienen Beiträge von Modernisten wie Arthur Schnitzler, Rosa Mayreder (unter einem Pseudonym), Adolf Loos, Karl Kraus (vor Gründung der *Fackel*), Hugo von Hofmannsthal und Stefan Zweig.

Die Wahl Theodor Herzls als Pariser Korrespondent der *Neuen Freien Presse* markierte einen Wendepunkt. Als Student war Herzl

Mitglied der Wiener akademischen Burschenschaft Albia gewesen, eine schlagende Verbindung mit deutschnationalen Sympathien. In Paris musste er umlernen, denn dort erlebte er unmittelbar die judenfeindliche Kampagne, die zur Verurteilung von Alfred Dreyfus führte. Noch schockierender als die Dreyfus-Affäre war die Situation in Wien, als Herzl im Juli 1895 zurückkehrte, um den Posten des Feuilleton-Redakteurs bei der *Neuen Freien Presse* zu übernehmen. Denn im selben Jahr musste Kaiser Franz Joseph die Ernennung von Karl Lueger zum Bürgermeister von Wien bestätigen, nachdem er unter Verwendung judenfeindlicher Parolen wiederholt als Sieger aus den Gemeinderatswahlen hervorgegangen war.

Nun erkannte Herzl den Antisemitismus als eine säkulare Gefahr, die radikale Abhilfe verlangte. Eine fantastisch klingende Strategie für die Lösung des Judenproblems begann er auszuarbeiten, die er im Februar 1896 unter dem Titel *Der Judenstaat: Versuch einer modernen Lösung der Judenfrage* bei der Max Breitenstein Verlags-Buchhandlung in der Währinger Straße veröffentlichte. ‚Wenn ihr wollt, ist es kein Märchen', war das Motto. Gleichzeitig gründete er unter dem Titel *Die Welt* eine zionistische Zeitschrift. Das Programm, das Herzl verkündete, hatte keine Spur von Zurück-zur-Scholle-Romantik oder mystifizierender Religiosität. Elektrifizierung war seine Parole, und sein hochmoderner Judenstaat sollte alle technischen Errungenschaften der Neuzeit benutzen, um die Wüste in einen Garten zu verwandeln.

Fast über Nacht wurde er zum Führer der Zionistenbewegung, die unter der verarmten jüdischen Bevölkerung Osteuropas schon viele Anhänger hatte. Wie Freud hatte auch Herzl etwas von einem Konquistador an sich. Sein außerordentliches Organisationstalent machte es möglich, im August 1897 mit der Hilfe von Sympathisanten aus Deutschland den Ersten Zionistenkongress im Baseler Stadt-Casino zu veranstalten. Die für Herzl charakteristische Verbindung von politischem Pragmatismus und visionärer Inspiration trug wesentlich zum Erfolg des Kongresses bei. So gewaltig war die Resonanz, dass er in seinem Tagebuch vom 3. September 1897 vermerken konnte: ‚In Basel habe ich den Judenstaat gegründet'.

Man fragt sich, warum die ersten Zionistenkongresse nicht in Wien veranstaltet wurden, wo Herzl als einflussreicher Zeitungsmann einen weiten Bekanntenkreis hatte. Von seinem Büro in der Fichtegasse aus hatte er die Fäden der Wiener Kulturpolitik in seiner Hand, und seine geistreichen Feuilletons brachten ihm viele Leser. Doch als Zionist blieb er in Wien ein Paria, denn er schlug die Trommel für eine revolutionäre Bewegung, von der die assimilierten Juden nichts hören wollten. Der lockere Kreis von Zionisten, der sich um Herzl bildete, konnte nicht in seinem Redaktionsbüro zusammentreffen, denn die Herausgeber der *Neuen Freien Presse* waren über seine Konversion zum Zionismus so empört, dass er dauernd befürchten musste, seinen Posten bei der Zeitung zu verlieren.

Seine engsten Mitarbeiter zur Zeit des Ersten Kongresses, Max Bodenheimer und David Wolffsohn, waren Rechtsanwälte aus dem Rheinland, die schon 1892 den Nationaljüdischen Klub Zion Köln gegründet hatten (später als Zionistische Vereinigung für Deutschland bekannt). Von Max Nordau in Paris wurde er auch aktiv unterstützt, dagegen hatte er zunächst in Wien nur einen namhaften Anhänger, den Arzt Dr. Moritz Schnirer, Mitbegründer der jüdischen Studentenverbindung Kadimah. Die begeisterte Unterstützung, die Herzl von Mitgliedern der Kadimah erhielt, trug wesentlich zum Erfolg der frühen zionistischen Organisation bei.[72]

Um seine Bewegung zu stärken, suchte Herzl Verbündete bei der Jüdischen Kultusgemeinde. An erster Stelle wandte er sich an den Wiener Oberrabbiner Moritz Güdemann und glaubte ihn durch seine Beredsamkeit für den Zionismus gewonnen zu haben. Einige Wochen lang schwankte der Rabbiner zwischen Enthusiasmus für den Zionismus und Loyalität zu seinen sesshaften Religionsgenossen, denen es als patriotischen Österreichern nicht im Traume eingefallen wäre, als Pioniere nach Palästina auszuwandern. Herzl, der durch Güdemanns Vermittlung den Zugang zu einflussreichen Politikern gewonnen hatte, war tief enttäuscht, als der Rabbiner auf die Publikation vom *Judenstaat* mit Gegenargumenten reagierte, die unter dem Titel *Nationaljudentum* auch bei Max Breitenstein erschienen.

Auch beim Rabbinat im Deutschen Reich stieß Herzl auf Widerstand. Nachdem es klar geworden war, dass für den geplanten Ersten Zionistenkongress kein Versammlungsraum in Wien zu haben war, dachte er an München als Alternative. Doch auch dort wurde sein Projekt abgelehnt, und im Juli 1897 erschien in der *Allgemeinen Zeitung des Judentums* eine gegen den Zionismus gerichtete ‚Protesterklärung', von den Vorstandsmitgliedern des deutschen Rabbinerverbandes unterschrieben. Die Protesterklärung wurde von anderen Zeitungen nachgedruckt, aber Herzl wusste die dadurch erzeugte Publizität zu seinen Gunsten zu nützen, indem er in der Zionistenzeitschrift *Die Welt* seine Gegner als ‚Protestrabbiner' abkanzelte.

Sowohl vom Stadttempel in der Seitenstettengasse als auch von der Redaktion in der Fichtegasse wurde der Zionismus systematisch totgeschwiegen. Auch in Kaffeehauskreisen fand das Projekt wenig Resonanz – Karl Kraus distanzierte sich von Herzl in seiner satirischen Broschüre *Eine Krone für Zion* (1898). Dennoch erwuchsen aus Herzls Position als Redakteur der *Neuen Freien Presse* bedeutende Vorteile, denn sie verlieh ihm bei seinen Verhandlungen in causa Zionismus ein zusätzliches Prestige. Das Gebäude in der Fichtegasse diente als Sprungbrett für seine internationale Kampagne. Diese Form der dynamischen Marginalität wird in seinen Briefen und Tagebüchern wiederholt belegt, denn er hatte als Redakteur der führenden österreichischen Tageszeitung Zutritt zu den Korridoren der Macht.

Damals galt die Tagespresse als ‚siebente Großmacht' (nach England, Deutschland, Frankreich, Russland, Österreich-Ungarn und den Vereinigten Staaten). Die Korrespondenten einer großen Zeitung wurden im Ausland ‚wie Botschafter' behandelt, wie Herzl in einem Brief an seine Eltern bemerkte.[73] Um in Paris ein Meeting mit dem einflussreichen Baron de Hirsch einzuleiten, stellte er sich als Korrespondent der *Neuen Freien Presse* vor. Die gleiche Taktik führte auch in London zum Erfolg, als er Kontakte mit Israel Zangwill und der *Jewish Chronicle* aufnahm. Als die *Chronicle* am 17. Jänner 1896 eine Zusammenfassung des zionistischen Programms abdruckte, zollte sie dem Verfasser besondere Anerkennung als Redakteur der *Neuen Freien Presse*.

Diese Strategie wurde noch wirksamer, als er im Juni 1896 nach Istanbul reiste, um mit der Regierung Sultan Abdülhamids zu verhandeln. Er wurde vom Großvezier als Abgesandter einer Großmacht empfangen – wegen seiner Stellung bei der *Neuen Freien Presse*. Die schwierigen Verhandlungen wurden dadurch erleichtert, dass Herzl sich bereit erklärte, in der Zeitung einen positiven Bericht über die Armenierpolitik des Osmanischen Reiches zu veröffentlichen, wenn der Sultan seinen Plänen für eine jüdische Heimstätte in Palästina Gehör schenken wollte. Der Großvezier ging auf diesen Vorschlag ein, telegraphisch wurde die Sache von Benedikt genehmigt, und am 28. Juni erschien Herzls ‚Unterredung mit dem Großvezier' – anonym – auf der ersten Seite der *Neuen Freien Presse*.

Dieses journalistische Manöver wird umso bedenklicher, wenn wir den historischen Kontext berücksichtigen. In der europäischen Presse war die osmanische Minoritätenpolitik, vor allem in der Armenierfrage, scharf kritisiert worden, aber Herzls Artikel war als Beschönigung konzipiert. Er begann mit einem feuilletonistischen Stimmungsbild:

> An den blauen Wässern des Goldenen Horns und des Bosporus liegt in heiterer Schönheit diese wonnevolle Stadt, Farben des Morgenlandes berauschen das Auge des Ankömmlings, und das geschäftige Leben in den Straßen, die Pracht des Selamlik, das kriegerisch stolze Aussehen der Truppen lassen die Meldungen von der verzweifelten Lage der Türkei als arge Übertreibungen erscheinen.

Der flüssige Stil hatte einen politischen Zweck. Der Zeitungsleser sollte den Eindruck gewinnen, dass Berichte über Konflikte zwischen Griechen und Türken in Kreta oder Massaker an Armeniern in Anatolien übertrieben waren. Dem Großvezier wird durch das Interview-Format erlaubt, die Armenier als die Täter zu beschuldigen, denn Herzl lässt ihn folgendermaßen zu Wort kommen: ‚Im vorigen Jahr waren überall, wo es Aufstände gab, die Armenier die Anstifter'. In der Provinz Wan habe auch vorige Woche ‚ein Haufen Armenier', von der russischen und persischen

Grenze kommend, ‚etwa hundert unserer Soldaten und Musulmanen getödtet'. Nach weiteren höflichen Fragen überlässt Herzl dem Großvezier das letzte Wort:

> Die Regierung ist genügend gerüstet, um all diesen Unruhen beizukommen. Die nöthigen Maßregeln sind getroffen. Schädlich sind nur die Interventionen anderer Mächte, denn sie nähren den Geist des Widerstandes bei den Aufrührern und untergraben die Authorität unserer Regierung, aber wir werden Ordnung machen.

Journalistisch war es gelinde gesagt problematisch, eine Plattform für diese bedrohliche Rhetorik zu schaffen, aber Herzls Priorität lag bei seiner zionistischen Mission. Dabei blieb die Parallele zwischen der Lage der Armenier in Anatolien und der Juden in Osteuropa unbeachtet, obgleich beide Volksgruppen gefährdete Minderheiten waren, die eines internationalen Schutzes bedurften.

Diplomatisch erzielte Herzl weitere Teilerfolge, als es ihm innerhalb von zwei Jahren gelang, sowohl Sultan Abdülhamid für die zionistische Sache zu interessieren, als auch Kaiser Wilhelm II. Der deutsche Einfluss im Osmanischen Reich war besonders stark, und neben seinen Kontakten in London spielte Herzl mit der Möglichkeit, eine jüdische Heimstätte unter deutschem Protektorat aufzubauen. Im Oktober 1898, zur Zeit seiner zweiten Reise in die Türkei, war es so weit. In Istanbul schiffte sich Herzl über Alexandrien nach Jaffa ein, begleitet von seinen engsten Mitarbeitern (siehe Abbildung 6: Herzl an Bord der Imperator Nikolaus II.).

Die Szene auf dem Deck des russischen Schiffes Imperator Nikolaus II. zeigt, wie weit er sich vom Milieu der gemütlichen Assimilation entfernt hatte. Nicht nur Frau und Kind, auch seine journalistischen Pflichten musste er wochenlang vernachlässigen. Sein Posten bei der *Neuen Freien Presse* hätte endgültig verloren gehen können! Doch er sitzt gelassen auf dem Deck in seiner Matrosenmütze, umgeben von den treuen Weggefährten: Max Bodenheimer links, Moritz Schnirer neben ihm, ganz rechts David Wolffsohn. Ungeklärt bleibt, was Herzl in der Hand hält

– vielleicht eine Charta für die erträumte Kolonie? Im Hintergrund erkennen wir Gestalten in arabischer Kleidung, die zu einer sehr gemischten Reisegesellschaft gehörten, wie wir aus Herzls Tagebuch vom 27. Oktober 1898 wissen.

Nach der abenteuerlichen Fahrt gelang es der Delegation in der Tat, die geplante Unterredung mit dem Kaiser zu führen, der auch in Palästina weilte. Doch diplomatisch erzielten sie nicht den erwünschten Erfolg.[74] Herzls Eindrücke von Jerusalem waren ebenfalls enttäuschend, und er kehrte zu seiner Stelle bei der *Neuen Freien Presse* zurück. Dennoch löste die Reise eine Fülle von Ideen aus, die ihn zum Schreiben von *Altneuland* anregten, eine utopische Vision des Lebens im zukünftigen Judenstaat. In Herzls 1902 erschienenem Zukunftsroman werden die Araber *nicht* aus ihren Dörfern vertrieben. ‚Seht Ihr denn diese Juden nicht als Eindringlinge an?', fragt man einen arabischen Bauern. Die Antwort grenzt an Wunschdenken: ‚Die Juden haben uns bereichert, warum sollten wir ihnen zürnen? Sie leben mit uns wie Brüder, warum sollten wir sie nicht lieben?'[75]

Hier ist nicht die Stelle, den weiteren Ablauf der diplomatischen Verhandlungen zu verfolgen, die allerdings zu Herzls Lebzeiten im Sande verliefen (er starb schon 1904). Langfristig ist an der Resonanz seiner Kampagne nicht zu zweifeln. Allerdings sollte der Judenstaat, den er als aufgeklärter Vertreter der Moderne plante, eine tolerante und multikulturelle Gesellschaft sein, frei von nationalen und religiösen Vorurteilen. Auch Nichtjuden sollten im Judenstaat willkommen und gleichberechtigt sein. Das war das moderne Märchen, das Herzl konzipierte, um die rassischen Konflikte des anbrechenden Jahrhunderts zu überwinden. Die sozialen Reformen und technischen Errungenschaften, die er sowohl in seinen zionistischen Schriften als auch in seinen Wiener Feuilletons befürwortete, sollten in Palästina die Voraussetzungen für einen vorbildlichen modernen Staat schaffen.

5. Strukturwandel, Szenen des Schreibens und erotische Subkulturen

Ein Modell für die Modernisierungprozesse der Jahrhundertwende wurde vor einigen Jahren im Rahmen einer Konferenz präsentiert, die Jürgen Habermas gewidmet war. Um sein Konzept vom Strukturwandel der Öffentlichkeit in der europäischen Moderne weiter auszuführen, entwickelte ich ein Diagramm der ‚Public Sphere':

In Vienna around 1900 the public sphere consisted of a group of interacting public spaces:

```
                    Government departments
                        (Press Bureau)

      Newspaper offices                Law courts

                              ?
      Stock exchange                   Theatres


      Commercial firms &              Publishers &
      advertising agencies            bookshops

                         The street
```

Graphik 4: Strukturwandel-Diagramm im Umriss

Die Pfeile auf diesem Diagramm zielen in verschiedene Richtungen, um eine gegenseitige Einflussnahme zwischen verschiedenen Bereichen anzudeuten. Von oben nach unten, indem die regierende Elite ihre Herrschaft aufrechtzuerhalten versucht; und von unten nach oben, indem moderne Berufsgruppen wie Journalisten und Verleger, Börsenmakler und Industrielle bemüht sind, ihre Einflusssphäre und Marktanteile zu erweitern.

Dieses Modell könnte auch auf Modernisierungsprozesse in anderen Ländern angewandt werden. Das spezifisch Wienerische ist der durch ein Fragezeichen bezeichnete Mittelpunkt. Unschwer zu erraten, was dadurch bezeichnet ist. Nicht das Parlament, das im alten Österreich wegen Obstruktion kaum handlungsfähig war. Nicht die Katholische Kirche oder die k. und k. Armee – das waren die Pfeiler des Ancien Regime. Etwa die Universität? Rein wissenschaftlich mag die Universität Wien auf der Höhe der Zeit gewesen sein, doch der Strukturwandel, der sich um die Jahrhundertwende bei der Studentenschaft vollzog, war eher antimodern. Zunehmend wurde die Szene teils von katholischen, teils von deutschnationalen Lesevereinen und Verbindungen beherrscht, die antidemokratische, antisemitische und frauenfeindliche Ideen verbreiteten. ‚Neben dem Vorlesungsbesuch stand der Studentenalltag fast total im Zeichen der Verbindungen', heißt es mit Bezug auf Österreich in einer Geschichte der Burschenschaften.[76] Dazu kam die judenfeindliche Einstellung in katholischen Regierungskreisen, die dafür sorgte, dass begabte Wissenschaftler jüdischer Herkunft wenig Aussicht auf eine ordentliche Professur hatten. In der Berggasse dagegen stammten die Gründungsmitglieder der Mittwoch-Gesellschaft alle aus jüdischen Familien.

Nicht die geschlossenen Institutionen Altösterreichs, sondern die zugänglichen Räume der Moderne werden auf diesem Diagramm dargestellt. Von diesen neuen Institutionen heißt es in Habermas' *Strukturwandel der Öffentlichkeit*: Sie wurden zu ‚Zentren einer zunächst literarischen, dann auch politischen Kritik, in der sich zwischen aristokratischer Gesellschaft und bürgerlichen Intellektuellen eine Parität der Gebildeten herzustellen beginnt'. Jene Zentren waren natürlich – die Kaffeehäuser.

In Vienna around 1900 the public sphere consisted of a group of interacting public spaces:

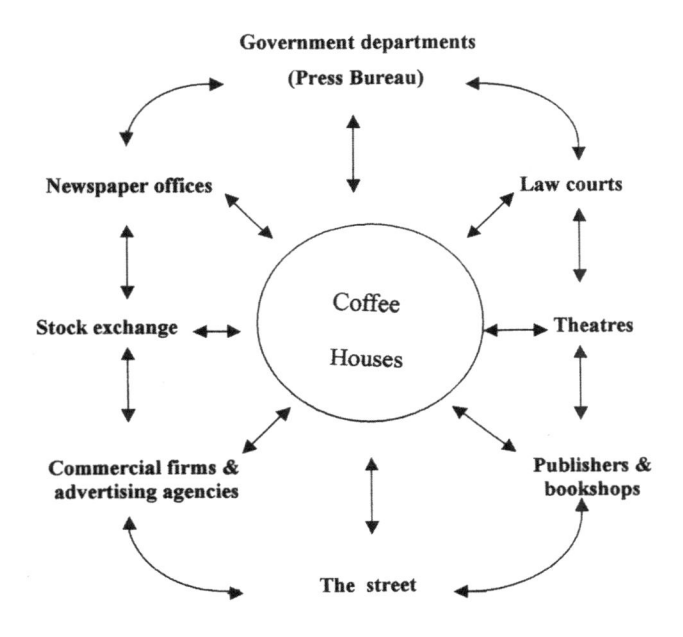

```
                    Government departments
                       (Press Bureau)

   Newspaper offices                    Law courts

                        ┌─────────┐
   Stock exchange  ←→   │ Coffee  │  ←→  Theatres
                        │ Houses  │
                        └─────────┘

   Commercial firms &                   Publishers &
   advertising agencies                 bookshops

                         The street
```

Graphik 5: Strukturwandel-Diagramm mit Kaffeehaus

Denn das Kaffeehaus, wie Habermas vermerkt, erfasste ‚die breiteren Schichten des Mittelstandes' und eröffnete einen ‚Zugang zu den maßgeblichen Zirkeln'. Es war nicht nur Diskussionsforum, sondern auch Leseraum. Die ‚Kreise der Kaffeehausbesucher' waren ‚so weit gezogen', dass der Zusammenhang der Zirkel nur durch Zeitschriften und Zeitungen gewahrt werden konnte.[77]

Habermas bezieht sich historisch auf das England des frühen 18. Jahrhunderts, als die berühmtesten Zeitschriften *Tatler* und *Spectator* hießen. Im Wien um 1900 war es *Die Fackel* von Karl Kraus, die den Ton angab. Auch für seine Generation war das Café nicht nur der Ort fürs Plaudern und Trinken, sondern auch fürs

Lesen und Schreiben (siehe Abbildung 7: Café Griensteidl, Leseraum). Das Café Griensteidl hatten einen großen Lesesaal. Und in seiner Broschüre *Die demolierte Literatur*, geschrieben 1899, als dieses Literatencafé abgerissen wurde, beschreibt Kraus mit sanfter Ironie eine ‚schier erdrückende Fülle von Zeitungen und Zeitschriften' und ‚sämtliche Bände von Meyers Konversations-Lexikon', welche ‚jedem Literaten ermöglichen, sich Bildung anzueignen'.[78]

Hermann Bahr ist das Verdienst zuzuschreiben, im Anschluss an seine Pariser Erfahrungen das Café Griensteidl um 1890 zum Sammelpunkt für die Gruppe Jung-Wien gemacht zu haben. Dass die Kaffeehäuser Zentren einer zunächst literarischen, dann auch politischen Kritik bildeten, war in Wien eine neue Entwicklung. Mitte des 19. Jahrhunderts waren die Gasthäuser und Weinstuben eher das Zentrum der Geselligkeit gewesen, und wenn im Griensteidl oder im Café Daum über Politik diskutiert wurde, musste das ‚flüsternden Tones' gemacht werden, denn der Zahlmarqueur hätte ein Polizeispitzel sein können.[79] Erst in den 1880er Jahren zog ein neuer Geist in die Kaffeehausrunden ein.

Hier muss man allerdings zwischen den Cafés der Inneren Stadt und Lokalen in anderen Gemeindebezirken sorgfältig unterscheiden, denn eine bedenkliche Spaltung machte sich im geistigen Leben fühlbar. Die intellektuelle Szene in den kosmopolitischen Cafés der Stadtmitte wurde von einer neuen Schriftstellergeneration thematisiert – von Theodor Herzl in seinem Feuilleton ‚Das Kaffeehaus der neuen Richtung' und von Arthur Schnitzler in der Erzählung ‚Er wartet auf den vazierenden Gott'.[80] Gleichzeitig begannen die Cafés in weniger privilegierten Bezirken eine Kundschaft anzuziehen, die den Vorstößen der Wiener Moderne feindselig gegenüberstand. Unter dem Druck einer anschwellenden Antisemitenbewegung entstanden neue Formen des Vereinslebens. Denn um 1895 hatte jeder Bezirk der Stadt ‚einen oder mehrere antisemitische politische Vereine, die für die politische Mobilisierung der Wähler verantwortlich waren. Jeder derartige Club hatte einen festen Kern loyaler Mitglieder, der sich in einem Stammkaffeehaus oder -gasthaus zur Arbeit versammelte'.[81]

Durch diesen ideologischen Strukturwandel verlagerte sich das politische Schwergewicht von der Innenstadt weg zu den Außenbezirken, wo sich auch die Sozialdemokaten zu organisieren begannen. Kulturell wurden die kosmopolitischen Kaffeehauskreise der Inneren Stadt umso bedeutsamer. In Wien wurden Kaffeesieder zu stadtbekannten Persönlichkeiten. Jean, der einfühlsame Zahlkellner im Café Central, wurde zum Vertrauten für eine ganze Generation von Modernisten, während Ludwig Riedl, der stolze Inhaber des Café de l'Europe am Stephansplatz, von Gästen aus aller Herren Länder Auszeichnungen erhielt. Solche Lokale fügten eine rhythmische Interpunktion zur Raumsyntax der Straße und erleichterten dem Besucher die Lesbarkeit der Stadt.

Der Abbruch des Griensteidl erfüllte die Ästheten mit Trauer – aber nicht die Ikonoklasten. Denn es gab in der Stadtmitte eine Fülle von anderen Kaffeehäusern, die als Treffpunkte für die Avantgarde dienen konnten. Fast gleichzeitig mit dem Abbruch des Griensteidl wurde das von Loos eingerichtete Café Museum an der Ecke Friedrichstraße-Operngasse eröffnet – nur einen Katzensprung vom Künstlerhaus und Musikverein entfernt. Auch für den konservativen Geschmack wurde großzügig gesorgt, zum Beispiel durch das im Makartstil dekorierte Café Prückel, Ecke Wollzeile-Stubenring, das auf dem ehemaligen Kasernengrund eröffnet wurde.[82]

Wenn das Griensteidl Fokus für die literarische Dekadenz gewesen war, wurde das Café Museum zur Drehscheibe der Moderne. Die von Loos entworfenen Thonet-Sessel verbanden Eleganz mit Haltbarkeit, indem sie aus Bugholz mit elliptischem Querschnitt hergestellt wurden. Der helle, kühl wirkende Innenraum kam dem Charakter des Cafés als Künstlertreffpunkt entgegen, während der hakenförmige Grundriss mit vielen Fenstern entlang den zwei Raumarmen dafür sorgte, dass man von fast allen Tischen einen Blick auf die Straße hatte.[83] Es wurde nicht nur Kaffee getrunken oder Billard gespielt. Man plante Ausstellungen, schuf Plakate, hielt Vorträge und veranstaltete Konzerte.

Das Kaffeehaus mag innovative Strömungen ausgelöst haben, der Salon die Geselligkeit stimuliert und das Bettgeflüster die Phantasie, aber systematische Arbeit verlangte einen abgeschlossenen Raum mit Schreibtisch, Notenpult oder Staffelei. Zum Glück wurden die Arbeitszimmer der bedeutendsten Pioniere fotografisch festgehalten. Freud saß an einem mit Antiquitäten überladenen Schreibtisch, während Herzl mit seinem Rücken zu überfüllten Bücherregalen arbeitete. Kraus musste sich durch einen Wust von Korrekturfahnen auf dem Schreibtisch durcharbeiten, während seine Phantasie durch die Schauspielerporträts an der Wand in fremde Regionen getragen wurde. Im Büro Genia Schwarzwalds scheint der Tisch tabula rasa gewesen zu sein, nur ein Telefon deutete an, dass sie – wie bekanntlich auch Berta Zuckerkandl – mündliche Kommunikation bevorzugte.

Für die meisten Modernisten diente das Kaffeehaus nicht als Szene des Schreibens, sondern als der Ort, wo Gedanken ausgetauscht und Argumente ausprobiert wurden. Allerdings eigneten sich die Marmorplatten der kleinen Tische ausgezeichnet als Schreibflächen. In seinen Erinnerungen beschreibt Carl Moll eine Episode in einem Café am Stephansplatz, das bis in die frühen Morgenstunden geöffnet war:

> Es muss auch diese Kleinigkeit hier ihren Platz finden, weil diese Morgenstunde im Kaffeehaus im Kunstleben Wiens eine wertvolle Spur hinterlassen hat. Richard Beer-Hofmann kommt zu so später – besser früher – Stunde mit Josef Hoffmann in ein anregendes Gespräch über seine Absicht eines Hausbaues. Auf der Marmorplatte des Kaffeehaustisches werden die ersten Striche eines Hausplanes eingekritzelt – und ein Jahr später steht Josef Hoffmanns Beer-Hofmann-Villa im Währinger Cottage.[84]

Systematischer hat Peter Altenberg das Kaffeehaus als Schreibplatz benutzt. In der Skizze ‚Wie ich wurde', die an seine literarischen Anfänge erinnert, machte er aus einer solchen Szene eine charakteristische Anekdote:

> Ich saß im Café Central, Wien, Herrengasse, in einem Raume mit gepressten englischen Goldtapeten. Vor mir hatte ich das *Extrablatt* mit der Photographie eines auf dem Wege zur Klavierstunde für immer entschwundenen fünfzehnjährigen Mädchens. Sie hieß Johanna W. Ich schrieb auf Quartpapier infolgedessen, tieferschüttert, meine Skizze ‚Lokale Chronik'.

Da traten Arthur Schnitzler, Hugo von Hofmannsthal, Felix Salten, Richard Beer-Hofmann, Hermann Bahr ein. Arthur Schnitzler sagte zu mir: ‚Ich habe gar nicht gewusst, dass Sie dichten!? Sie schreiben da auf Quartpapier, vor sich ein Porträt, das ist verdächtig!' Und er nahm meine Skizze ‚Lokale Chronik' an sich. Richard Beer-Hofmann veranstaltete nächsten Sonntag ein ‚literarisches Souper' und las zum Dessert diese Skizze vor. Drei Tage später schrieb mir Hermann Bahr: ‚Habe bei Herrn Richard Beer-Hofmann Ihre Skizze vorlesen gehört über ein verschwundenes fünfzehnjähriges Mädchen. Ersuche Sie daher dringend um Beiträge für meine neugegründete Wochenschrift *Die Zeit*!'

Altenberg schildert sich hier als den archetypischen Kaffeehausliteraten innerhalb eines kreativen Milieus. Später, als Kokoschka sein Porträt malen wollte, hat Adolf Loos seine Malsachen ‚zum Abendtisch ins Kaffeehaus mitgebracht, wo man des Dichters am besten habhaft werden konnte'.[85] Zeitweise gab Altenberg ‚Café Central' als seine Postadresse an. Auf dem Briefpapier des Cafés hat er auch feinfühlige Texte verfasst, zum Beispiel die Würdigung des slowakischen Malers Jóža Uprka, die Ende November 1900 in der *Fackel* erschien (F 60, 18-19).

Altenberg wohnte in kleinen Hotelzimmern, wo für einen Schreibtisch überhaupt kein Platz war – zuerst in der Wallnerstraße, ab 1913 in der Dorotheergasse. In *Vita ipsa* (1918) beschrieb er seine Zimmereinrichtung: ‚Mein einfenstriges Kabinett im fünften Stock des Grabenhotel ist mein ‚Nest', Halm für Halm zusammengesucht seit 20 Jahren. Die Wände ganz bedeckt mit Photos', schrieb er, und listete dann seine idiosynkratische Sammlung auf.[86] Als ein Fotograf ihn bat, für eine Illustrierte ein Stück seines Schreibtisches aufnehmen zu dürfen, bekam er von Altenberg die Antwort: ‚Ganz unnötig, denn erstens habe ich keinen, zweitens schreibe ich alles im Bett. Nehmen Sie ein Stück von meinem Bett dazu!'[87]

Auf zeitgenössischen Fotos ist bei Freud und Herzl, Kraus und Altenberg weit und breit keine Schreibmaschine zu sehen. Ausgerüstet bloß mit Papier, Tintenfass und Stahlfeder zogen sie hinaus, um die Welt zu erobern. Altenberg war ein Weltverbesserer im Kleinen, denn er schrieb Rezepte, um seine Leser bessere Formen der Lebensführung zu lehren: durch gesunden Schlaf, bequeme Kleidung, ausgesuchte Diät, patentierte Abführmittel – und vor allem durch eine gesteigerte Empfänglichkeit für das Ephemere des Alltags. Ob am Kaffeehaustisch oder im Bett geschrieben, seine schwungvoll hingeworfenen Skizzen und Briefe voller Gedankenstriche sprengen die traditionellen Gattungsbegriffe. Die Beschriftung von Fotografien, vor allem von schönen Frauen, gehörte auch zu seinen Spezialitäten.

Wer sollte sich für solche Donquichotterien interessieren? An erster Stelle Karl Kraus, denn er war es, der Altenbergs Zimmer durchstöberte und seine Skizzen für eine erste Buchpublikation zusammentrug. In *Vita ipsa* erzählt Altenberg, wie der Freund hinter seinem Rücken ‚die in Nachtkästchen, Tischlade, Kleiderkiste etc. etc. verstreut liegenden Manuskripte meines ersten Buches *Wie ich es sehe* an den ersten Verleger Deutschlands in modernibus S. Fischer, Berlin schickte'.[88] Eine Publikation beim renommierten Fischer Verlag bedeutete, dass man von der literarischen Elite des ganzen deutschsprachigen Raums ernst genommen wurde. Bald nach Erscheinen von *Wie ich es sehe* verkündete Rainer Maria Rilke in einer Prager Vorlesung, Altenberg sei ‚der erste Schriftsteller des modernen Wien', denn in seinen Skizzen habe Wien ‚plötzlich seine Sprache gefunden'.[89]

Karl Kraus schrieb Nacht für Nacht in der Einsamkeit seines Arbeitszimmers, war sich aber bewusst, dass er mit seiner metaphernreichen Sprache nicht allein war, denn seine Bilder bezog er implizit von Experten in anderen Fächern. Diesen Vorgang hat er sich folgendermaßen vorgestellt:

> Da müssten denn, wenn einer beim Schreiben ist, in den anderen Zimmern der Wohnung solche Kerle sitzen, die auf ein Signal herbeieilen, wenn jener sie etwas fragen will. Man läutet einmal nach dem Historiker, zweimal nach dem Nationalökonomen, dreimal nach dem Hausknecht, der Medizin studiert hat, und etwa noch nach dem Talmudschüler, der auch das philosophische Rotwälsch beherrscht (F 300, 25-6).

Auch für Kraus war der Schreibakt kaum denkbar ohne die Geselligkeit des Kaffeehauses, die er unbedingt brauchte. Wenn die Atmosphäre im Café Central ihm auf die Nerven ging, zog er sich in das vornehmere Café Imperial oder ins Café Pucher zurück. Dort traf er mit engeren Freunden zusammen, unter anderen dem Verleger Kurt Wolff aus Leipzig. Durch Privatgespräche in seiner Wohnung fühlte Wolff, dass er mit Kraus wirklich vertraut wurde, doch er erkannte auch die Funktion der Kaffeehäuser:

> Auch war ich Zeuge eines anderen Lebens, das sich am Caféhaustisch abspielte, dem von Kraus viele tausende von Stunden geopfert wurden – aber geopfert ist wohl das falsche Wort: er brauchte zweifellos diese Atmosphäre; vor aufmerksamen Zuhörern improvisierte er vieles, was später, in langen Nächten sorgfältig ausgearbeitet, Form erhielt. Hier auch wurde ihm wohl Material zugetragen, das in den Zeitungsspalten nicht zu finden war, und das früher oder später Verwendung fand.[90]

Kraus hatte Bleistift und Notizbuch parat, um aufgeschnappte Redewendungen oder Gedankenblitze ‚zwischen zwei Kaffeeschlucken' ins Notizbuch zu schreiben (F 279-80, 4). Die Debatten trugen den Blick über den Tellerrand hinaus in alle Himmelsrichtungen, und die Zeitungen dienten als weiterer Ansporn. Mit einer Schere pflegte er Artikel aus den im Café aufliegenden Zeitungen auszuschneiden, die als Anlässe für satirische Glossen dienen könnten. ‚Ausschneiden, was ist!', wurde zu seiner Devise, und er entwickelte auf der Basis dieser Kaffeehausbesuche eine subversive Form von Dokumentar-Satire.

Für Kulturschaffende hielten auch zentral gelegene Restaurants reservierte Tische bereit, denn von Mokka und Kipferln allein konnte man nicht leben:

> Am Ende der Teinfaltstraße, rechts gegen den Ring zu stand bis gegen 1911 ein stattliches Zinshaus mit drei Fronten gegen Teinfaltstraße, Ring und Oppolzergasse. Das ganze Erdgeschoß beherbergte ein großes Restaurant, das nach dem dort ausgeschenkten Münchener Bier kurz das ‚Löwenbräu' genannt

wurde. Sowohl wegen dieses Getränkes, als auch wegen seines vielgerühmten Frühstücksgullasches und seiner besonders abends gut besetzten Speisekarte war es viel besucht. [...] In der Schank standen entlang der Straßenfront drei runde Tische. Am letzten hatte früher der Burgtheaterdirektor Dr. Paul Schlenther seinen Stammtisch gehabt. [...] Um 1905 war es ein anderer Stammtisch, der bei mir und vielen anderen Interesse erregte. Es war der erste Tisch neben dem Eingang, vor dem Zug geschützt durch eine Glaswand. Dort saßen abends täglich Peter Altenberg, Karl Kraus und eine Gruppe anderer Leute.[91]

Diese Reminiszenz stammt von dem Juristen Adolf Seitz, der Kraus und Altenberg im Löwenbräu kennen gelernt hatte.
Was am Foto des Griensteidl-Lesesaals besonders auffällt, ist die Abwesenheit von Frauen. Kunstsinnige Damen fühlten sich eher in der Salonkultur zu Hause. Am bekanntesten war der Salon in Döbling, der von der Journalistin Berta Zuckerkandl geführt wurde, Tochter des jüdischen Zeitungsmagnaten Moritz Szeps. Von Frauen gepflegt entstand in Wien eine neue Blüte des Salons – ‚lockere Zusammenkünfte von Musikern, Malern, Schriftstellern, Politikern, aber auch kunstsinnigen Adligen'.[92] Bei einer differenzierten Darstellung der Jahrhundertwende sollte der dadurch entstandene Beitrag der Frauen hervorgehoben werden. Man liest die Liste der Gäste, die am 7. November 1901 zu den Zuckerkandls eingeladen wurden, und staunt. Gastgeber waren neben Berta und ihrem Gatten Emil Zuckerkandl, dem berühmten Wissenschaftler, auch Bertas Schwester Sophie, die den Bruder des französischen Politikers Georges Clemenceau geheiratet hatte. Anwesend waren auch Max Burckhard (ehemaliger Direktor des Hofburgtheaters), Friedrich Victor Spitzer (Chemiker und Fotograf), Gustav Mahler (Direktor der Oper) mit seiner Schwester Justine, Gustav Klimt (Führer der Secession), der Maler Carl Moll, und nicht zuletzt seine Stieftochter, die Musikschülerin Alma Schindler. Im Laufe des Abends verliebte sich Mahler in die blutjunge Alma, und innerhalb weniger Monate wurde sie seine Frau.

An den Tischen der Kaffeehäuser, wie in den Speisesälen der Salons, saßen Vertreter verschiedener Berufe und Konfessionen beieinander und bildeten eine elitäre Kulturgemeinschaft. An jenem denkwürdigen Abend in Döbling debattierte man über ein neues Ballett von Alexander Zemlinsky, dem Musiklehrer von Alma Schindler, und es entspann sich (wie sie in ihren Tagebuch-Suiten notierte) ‚eine interessante Polemik über das Übergreifen der Kunstgattungen in der Decadence-Zeit'.[93] Die Schlagfertigkeit, mit der Alma das Werk Zemlinskys verteidigte, hat Mahler besonders imponiert.

Kunstschaffende wie Klimt und Mahler erhielten aus Salon und Kaffeehaus einen doppelten Antrieb. Für junge Frauen war der gesellschaftliche Umgang weniger freizügig. Zwar gab es Cafés mit einem so genannten Damensalon, aber anständige Frauen in gemischten Kaffeehausgesellschaften zu sehen, war eine Seltenheit. Sowohl moralisch fanden sie die Atmosphäre bedenklich, als auch gesundheitlich – wegen des Zigarrenqualms! Allerdings hat die junge Schriftstellerin Rosa Mayreder schon in den 1880er Jahren im Griensteidl verkehrt und dort die Bekanntschaft des Komponisten Hugo Wolf gemacht, für dessen Oper *Der Corregidor* sie das Libretto schuf. Zum kreativen Fundament der Kaffeehausszene trugen aber vor allem Schauspielerinnen und Tänzerinnen bei. Solche ‚emanzipierte Frauen' bezeichnete Stefan Zweig in seinen Erinnerungen *Die Welt von Gestern* als ‚amphibische Wesen, die halb außerhalb, halb innerhalb der Gesellschaft standen'.[94]

Typisch für diese neue Generation waren die Erfahrungen der Schauspielerin Lina Loos. Als Tochter des Ehepaars Carl und Caroline Obertimpfler, Inhaber seit 1897 des Kaffeehauses Casa Piccola, Mariahilfer Straße 1, kam sie frühzeitig mit Künstlern in Berührung. Hier lag eine schier erdrückende Fülle von Kunstzeitschriften auf: *Kunst, Studio, Conoisseur, Kunst und Dekoration, Dekorative Kunst, Kunstchronik, Kunstwart, Zeitschrift für bildende Kunst, Pictorial Comedy, Album, Sketch, Ladys Pictorial, Black and White, Vanity Fair* und *Ladies Weekly* werden alle auf einer Ankündigung des Casa Piccola aufgelistet.[95] Für das Theater hatte sich schon Linas älterer Bruder Karl entschieden (er sollte sich als Karl

Forest einen Namen machen). Sie folgte seinem Beispiel und wurde Schauspielschülerin.

Kaum zwanzig Jahre alt, wurde Lina von ihrer Schwester ins Löwenbräu eingeführt und mit dem Kreis um Peter Altenberg bekannt gemacht. Prompt verliebte sich der für hübsche Schauspielerinnen und Tänzerinnen anfällige Adolf Loos in sie, und am 21. Juli 1902 fand die Trauung statt. Zwischen so ungleichen Partnern konnte die Ehe nur von kurzer Dauer sein, denn Loos behandelte seine Frau herablassend als Kindweib, während Lina sich selbständig entwickeln wollte. Schon im Juni 1905 kam es zu einer ‚einvernehmlichen Scheidung ohne Anspruch auf Alimentation'.[96] Die Schauspielerin wurde später nicht nur für Kunden des Löwenbräu wie Peter Altenberg und Egon Friedell zu einer inspirierenden Künstlermuse, denn Lina Loos schrieb auch einfühlsame Feuilletons für führende Tageszeitungen.

Wichtig für den Strukturwandel der Öffentlichkeit waren die Auftritte von Frauen in innovativen Berufen, auch wenn sie konkurrierende Prioritäten hatten. 1905 war Erica Conrat die erste Frau, die das Kunststudium an der Universität Wien mit einem Doktorat abschloss, doch im selben Jahr heiratete sie ihren Studienkollegen Hans Tietze. Beide sollten zu einflussreichen Kunsthistorikern werden, allerdings mit unterschiedlichem Tempo, denn Erica kümmerte sich zunächst um die vier Kinder, die aus der Ehe hervorgingen. Ihr erster Sohn Christoph war schon 1908 geboren. Wie sie die Prioritätsfrage löste, geht fünfzehn Jahre später aus ihrem Tagebuch hervor, als sie auch Gedichte zu schreiben begann. Ein hohes Ziel zu verfolgen hätte verlangt, ‚Egoist' zu sein und ‚Scheuklappen' zu tragen, doch sie sei viel breiter veranlagt: ‚So wie ich erst Frau, Mutter und dann erst Kunsthistorikerin war, so bin ich auch jetzt der viel- und tiefverzweigte Mensch – und dann Dichterin'.[97] So ausgewogen wie diese Reflexionen sollten auch ihre Gedichte werden.

Zielstrebiger hat Dora Kallmus ihren Weg gefunden. Zu den Kursen der Österreichischen Lehranstalt für Photographie waren Frauen im Prinzip nicht zugelassen, aber die unternehmungslustige Dora verstand es, diese Barriere zu durchbrechen. Im Herbst 1907 gewann sie ihren Gewerbeschein und eröffnete in der Wipplinger Straße ein Fotoatelier, das eine wichtige Rolle bei der Profilierung Wiener Künstlerkreise spielen sollte. Die einfühlsamen Porträts, die sie mit ihrem technisch begabten Partner Arthur Benda schuf, machten ‚Madame d'Ora' – durch Ausstellungen und den Vertrieb von Kunstpostkarten – weit über Österreich hinaus bekannt. Kunden fand sie vor allem in der sozialen Elite und dem jüdischen Bildungsbürgertum. Durch expressive Posen und raffinierte Beleuchtung gestaltete sie in ihren Studien von Personen wie Arthur Schnitzler und Karl Kraus ein Fotoarchiv der Wiener Moderne. Und Frauen wie die Malerin Tina Blau, die Journalistin Berta Zuckerkandl, die Modistin Emilie Flöge und die Tänzerinnen Elsie Altmann und Gertrud Bodenwieser gewannen durch ihre Porträts ein verstärktes Profil.

Die Moderne hing schon etymologisch mit der Mode zusammen, und die elegantesten Schöpfungen der internationalen Avantgarde fanden begeisterte Käufer vor allem bei Damen aus dem jüdischen Bildungsbürgertum. Daher das ‚Preisrätsel', das Ende 1900 (F 59, 28) in der *Fackel* erschien:

> Eine Dame
> sitzt auf einem Sessel von Olbrich-Darmstadt
> trägt ein Kleid von Van de Velde-Brüssel,
> Ohrgehänge von Lalique-Paris,
> eine Brosche von Ashbee-London,
> trinkt aus einem Glase von Kolo Moser-Wien,
> liest in einem Buche aus dem Verlage ‚Insel'-München,
> gedruckt mit Lettern von Otto Eckman-Berlin,
> verfasst von Hofmannsthal-Wien.
> Welcher Confession gehört die Dame an?

Nicht nur dem Kunstgewerbe verliehen Frauen als Konsumenten neue Impulse, denn sie begannen nun doch nach und nach Kaffeehäuser zu besuchen.

Im *Baedeker* aus dem Jahre 1905 wird der Tirolerhof in der Führichgasse als eine ‚Kaffee- und Milchwirtschaft' empfohlen, die besonders von Damen besucht wurde. Skizzenhaft wurden solche Szenen schon Jahre vorher vom 1894 verstorbenen Künstler Franz Kollarz vorweggenommen (siehe Graphik).

Graphik 6: Café mit Frauen, Zeichnung von Franz Kollarz

Angedeutet wird in dieser Zeichnung die Funktion des Kaffeehauses als Stelldichein für Liebespaare, denn das Café wurde zur Schwelle der Demimonde. Ohne solche halböffentlichen Räumlichkeiten wäre es nie zu dem erotischen Aufbruch gekommen, dessen Impulse so schöpferisch wirkten.

Eros wurde zum Vortex der Wiener Kreise – von Freud erforscht, von Schnitzler dramatisiert, von Altenberg gefeiert, von Mayreder problematisiert, von Künstlern kurvenreich und farbenfroh dargestellt. Selten wurde Frauenschönheit so subtil erotisiert wie bei Gustav Klimt, Oskar Kokoschka und Egon Schiele. Durch andächtiges Sichversenken in der Betrachtung des weiblichen Körpers entstand in ihren Ateliers eine neue Religion der sinnlichen Schau, die sie durch Ausstellungen in neu gegründeten Tempeln der Kunst öffentlich verkündeten. Die von Klimt geschaffene Körpersprache umfasste eine Palette, die vom dekorativen Überfluss zur Nuda Veritas reichte, von einer blutdurstigen Salome zur goldstrotzenden Danaä. Verglichen mit historisierenden Vorgängern wie Hans Makart signalisierte dies eine Revolution nicht nur in der Ästhetik, sondern in der Lebensführung.

Die Widersprüche der Wiener Situation führten zu gewagten psychologischen Einsichten. Wurde diese kritische Erkenntnis durch die Verdrängung, die sich so erstickend auf die Mittelschicht auswirkte, überhaupt erst hervorgerufen? Oder war es im Gegenteil die ungeniert zur Schau gestellten Libertinage, die dem Betrachter eine noch nie da gewesene Fülle an Material bescherte? ‚Beides kann unmöglich zugleich wahr sein', behauptete ein Historiker in einer Untersuchung über Freud.[98] Genau das war aber der Fall. Gerade das Nebeneinander von unvereinbaren Gegensätzen machte Wien um 1900 zu einem fruchtbaren Boden. Ein zugeknöpfter Moralismus existierte neben erotischer Aufdringlichkeit – bei Armeeoffizieren in vollem Wichs, üppigen Halbweltdamen oder molligen Vorstadtmäderln.

Was Freud geahnt, hat Klimt gemalt. Für das Musikzimmer des Palais Dumba auf der Ringstraße schuf er das Gemälde *Schubert am Klavier*, das im Frühjahr 1899 in der Secession ausgestellt wurde. Auf seinem kurzen, äußerst schöpferischen Lebensweg wurde dem schwermütigen Komponisten von einer Reihe von Männerfreunden weitergeholfen, wie wir aus Zeitzeugnissen wissen. Wenn in jenen Szenen kreativer Geselligkeit kaum Frauen auftreten, so lag das an der Grundhaltung der deutschen Romantik: Nicht die Gegenwart sondern die Entfernung, ja Unerreichbarkeit, von der Geliebten wirkte am meisten auf die Phantasie. Gerade durch das Idealbild der Geliebten wirkt Schuberts Vertonung melancholischer Liebesgedichte, von der *Schönen Müllerin* bis zur *Winterreise*, so ausdruckskräftig.

Anstelle eines von Liebesweh umflorten Biedermeierinteriors reflektierte Klimt im Wandbild für das Palais Dumba das Ambiente des Fin-de-Siècle. Um das Klavier werden bei Kerzenlicht nicht Schuberts Männerfreunde, sondern vier blendend gekleidete Frauengestalten gruppiert, denn ohne femininen Anhauch vermochte der Maler den kreativen Prozess kaum vorzustellen. Auch die vor den kurzsichtigen Augen des Komponisten platzierte Kerze dient weniger authentischer Milieuschilderung als emotionaler Symbolik, denn die Flamme umgibt die Figur des wunderhübschen Mädchens links im Bilde mit einer goldenen Aureole. Der romantische Musiker wurde von Klimt in eine delikat erotisierte Salonwelt versetzt, und aus dieser Transformation gewann das Gemälde seinen besonderen Reiz. Der schüchterne Blickwinkel des Biedermeier wurde mit der sinnlichen Schau des Finde-Siècle vermählt.[99]

‚Wer mag für jene wunderhübsche Figur Modell gestanden haben?', fragten Besucher der Ausstellung. Die Antwort geht aus Briefen und Tagebüchern hervor. Die Atmosphäre eines Salons mit Musikzimmer stammte wohl aus der vornehmen Familienwohnung Carl Molls, wo Klimt im Frühjahr 1898 mit Alma Schindler zu flirten begonnen hatte. Von ihrer Mutter Anna wurde Alma gewarnt, dass Klimt schon mit seiner Schwägerin, der Modistin Emilie Flöge, ‚eine Bandelei' begonnen hatte.[100] Doch weder Alma noch Emilie dienten als Model für Schuberts Freundin mit der goldenen Aureole, denn Klimt hatte sich gleichzeitig in eine arme Frau namens Maria (Mizzi) Zimmermann verliebt und sie zu seinem Modell – und seiner Maitresse – gemacht. Als Mizzi schwanger wurde, versuchte er sie in einem langen Brief mit dem Hinweis zu trösten, dass alle Welt das wunderschöne Mädchen auf seinem Bild bewunderte. Dabei vergaß er zu erwähnen, dass eine weitere Frau, ein tschechisches Dienstmädchen namens Maria Ucicky, auch ein Kind von ihm erwartete. Bei Klimt, wie bei *Schubert am Klavier*, waren vier Frauen auf der Bildfläche.[101]

Wenn die Cafés als Rendezvous-Orte dienten und die Ateliers als Szenerien der Verführung, so boten angesehene Restaurants so genannte Chambres Séparées an, um den Geschlechtsverkehr nach dem Souper zu erleichtern. Die Szene in Schnitzlers *Reigen*, wo das süße Mädel vom Gatten verführt wird, spielt in einem ‚Cabinet particulier im Riedhof', ein beliebtes Lokal in der Josefstadt. Auch in der Stadtmitte gab es in der Wallnerstraße gegenüber vom Café Central ein Stundenhotel, das Hotel London, wo Zimmer für Liebespaare dauernd geöffnet waren. Die in Wiener Verhältnisse noch nicht eingeweihte Helga Malmberg wunderte sich über das ständige Kommen und Gehen, als sie dort um 1908 den erkrankten Peter Altenberg besuchte, der im Dachgeschoß sein ständiges Quartier hatte.[102]

Im tiefkatholischen Wien wurde eine befreite Sexualität dadurch erleichtert, dass im Anzeigenteil fast jeder Tageszeitung ‚Präservative' angeboten wurden. Kondome dienten nicht nur als

Empfängnisverhütungsmittel, sondern auch als Schutzmaßnahme gegen die weit verbreiteten Geschlechtskrankheiten. Da der Gebrauch dieser Artikel von der Kirche verboten war, wurde es unvermeidlich, dass die führenden Hersteller jüdischen Ursprungs waren. Die beliebteste Marke wurde vom ‚Depot für hygienische Artikel Sigi Ernst' produziert. Wenn man nachts durch die Kärntnerstraße schlenderte, las man die Reklame ‚SIGI GUMMI' in grell erleuchteten Großbuchstaben. Dieses Phänomen wurde von Kraus in der *Fackel* als ‚Wahrzeichen des modernen Wien' persifliert (F 103, 12-13).

In seiner Darstellung von Jugenderlebnissen in Stundenhotels vermerkte Stefan Zweig in seinen Erinnerungen: ‚All diese Begegnungen mussten flüchtig und ohne eigentliche Schönheit bleiben, mehr Sexualität als Eros'.[103] Dabei scheint er zu vergessen, dass die Differenzierung zwischen grob sexuellen und raffiniert erotischen Erlebnissen zum Hauptanliegen der Wiener Moderne gehörte. Es entstand durch Kunst, Literatur und Psychologie ein neuer erotischer Diskurs, befreit sowohl vom seelenlosen Jargon der Mediziner als auch von den Schlüpfrigkeiten der Pornographen. Nicht ohne Grund machte Freud ‚Verdrängung' und ‚Sublimierung' zu Schlüsselbegriffen der Psychologie. Seine Fallgeschichten lasen sich wie Novellen und wurden neben erotisch gefärbten Texten wie Schnitzlers *Anatol* von modernen Lesern dankbar aufgenommen.

Gleichzeitig entstanden in Cafés, Cabarets und Nachlokalen die erotischen Subkulturen, die für die Künstlerkreise als emotionaler Fundus dienten. Wenn man diese halb verborgene, tiefer liegende Schicht zu skizzieren versucht, erweist sie sich als ein Knäuel von einander überkreuzenden Beziehungen, die häufig nicht aus Kreisen, sondern aus Dreiecken bestanden. Meistens bildeten jene emotional beladenen Trios zwei Männer und eine Frau: Freud, Jung und Sabina Spielrein; Schnitzler, Salten und Adele Sandrock; Kraus, Wittels und Irma Karczewska; Kokoschka, Gropius und Alma Mahler. Auch Frauen gewannen aus Dreierbeziehungen schöpferische Impulse, wie wir aus den Tagebüchern Rosa Mayreders ersehen haben.

Im Mai 1913 wurde dieser Strukturwandel in der erotischen Sphäre von Kokoschka in einem Brief an Alma Mahler erhellend beschrieben:

> Früher hat man es als ein Verbrechen empfunden, wenn ein Mensch sich mehreren hingegeben hat, weil man von ihm die Fähigkeit verlangte, aus dem Gegebenen – und sei es als Erwähltes auch ein Irrtum gewesen – mit seinem Glauben alles zu machen. Man hat in der Glaubensfestigkeit und Treue den Menschen erkennen wollen. Heute entschuldigt eine schwache Zeit das Experimentieren an fremden Leibern und vor allem leider auch am Eigenen, Deinem armen, süßen Körper.[104]

Während der Liebesbeziehung zu Alma erreichte sein Künstlertum einen ersten Höhepunkt, aber der Gedanke, dass ihr süßer Leib auch von anderen gesehen und genossen wurde, brachte Kokoschka an den Rand der Verzweiflung.

Zum Schaffensdrang der Wiener Moderne gehörte eine kaum verhüllte Eifersucht. Liebe, die mit Eifer sucht, was Leiden schafft – hier finden wir sie in Doppelportionen. Aber sie schuf auch innovative Kunstformen: Altenbergs Skizzen, Schnitzlers Dialoge und Kokoschkas Bilderzyklen. Für Altenberg erzeugten solche eifersuchtsbeladenen Triaden emotionale Krisen, die er mit Hilfe von künstlerisch beschrifteten Mädchenbildern und ästhetisch verfeinerten Prosagedichten zu bewältigen versuchte. Die Vision von Lina Obertimpflers ‚hechtgrauen Augen' und ‚ambrafarbigem Leib' ließ ihn befürchten, dass sie das ‚Opfer der schamlosen Sexualität' eines Mannes werden könnte, dem nichts heilig ist.[105] Als Lina Adolf Loos heiratete, war Altenberg geradezu untröstlich. Das Schauspiel wiederholte sich drei Jahre später, als der Architekt sich in die von Altenberg angehimmelte Tänzerin Bessie Bruce verliebte. Am 27. Jänner 1906 berichtete Loos in einem Brief an seine jetzt schon geschiedene erste Frau, dass Altenberg ‚vollständig wahnsinnig geworden' sei. ‚Er will mich erschießen und rennt mit dem Revolver rum'.[106]

Solche Eifersuchtsgeschichten konnten in der Tat eine tragische Wendung nehmen. Als der Maler Richard Gerstl bei der Familie Arnold Schönbergs logierte, verliebte er sich in Mathilde, die Frau des Komponisten und Mutter von ihren zwei Kindern. Die von diesem Trio 1907 und 1908 gemeinsam verbrachten Sommeraufenthalte in der Nähe von Gmunden waren künstlerisch besonders ergiebig, wie wir aus den Forschungen von Raymond Coffer wissen.[107] Die Dreierbeziehung gipfelte aber Ende August 1908 in einer Krise, als Schönberg die heikle Situation durchschaute und das Liebespaar nach Wien flüchtete. Am 12. September malte Gerstl sein ausdruckskräftigstes Selbstporträt, *Akt/12.9.1908*, wo er sich als schlanke gebrechliche Figur mit entblößten Genitalien darstellt. Mathildes Entscheidung, nach einigem Hin und Her zu ihrer Familie zurückzukehren, vermochte er nicht zu überwinden, und am 4. November beging er in seinem Atelier Selbstmord. Die Schockwirkung dieser Affäre dürfte die expressionistische Resonanz von Schönbergs Kompositionen verstärkt haben, vor allem seine Vertonung von Marie Pappenheims Libretto *Erwartung* (1909).

Verworren wurde die erotische Subkultur durch eine weniger sichtbare homosexuelle Szene, die auch mit bestimmten Lokalen zusammenhing. Die *Österreichische Illustrierte Kriminalzeitung* publizierte am 12. August 1907 Fotos von zwei Lokalen, die als ‚Päderastenquartiere' galten – die Weinstube Dipauli und das Hotel City. Vermutlich gab es in solchen Lokalen eine Ecke oder ein Extrazimmer, wo schwule Runden zusammentrafen. Gleichzeitig wurde das Café Tirolerhof zu einem beliebten Lesbentreffpunkt, wie man aus Leserbriefen in der *Kriminalzeitung* ersehen kann: ‚Herr Redakteur, warum schießen Sie Ihre giftigen Pfeile nicht auch gegen die so genannten warmen Schwestern ab? Ist etwa weibische Liebe erlaubt?'[108] Als ‚Unzucht wider die Natur' wurde vor allem männliche Homosexualität geahndet.

In Wien trug die schwule Szene weniger zur Avantgarde bei als in München oder Berlin, geschweige denn wie bei der Bloomsbury Gruppe in London. Homoerotische Tendenzen gab es allerdings schon bei den Ästheten Jung-Wiens – am deutlichsten bei Leopold von Andrian, Freund des jungen Hofmannsthal. Im Jahre 1895 erschien Andrians *Der Garten der Erkenntnis*, ein kurzer Roman mit schwulen Untertönen. Aus seinen unveröffentlichten Tagebüchern wissen wir, dass Andrian sich nach einer hellenistischen Kultur sehnte, in der Frauen nicht mehr das Schönheitsideal verkörpern würden. Nach einer Begegnung im März 1894 mit einem Engländer ‚aus der Schule von jungen Leuten in London, die alle keinen Schnurrbart tragen', träumte er von den ‚verborgenen Schönheiten', die er als Dichter gestalten würde. Im Roman dagegen werden diese Erkenntnisse nur schüchtern angedeutet, da sein empfindsamer Held Erwin emotional gehemmt bleibt. Zitternd vor Begierde verfolgen seine Blicke die einfachen jungen Männer, die er in Heurigenlokalen oder auf Bergwanderungen trifft, aber der ersehnte ‚Andere' bleibt unerreichbar.[109]

Zehn Jahre später war man im Café Central im Kreis um Karl Kraus streitlustiger. Der erfinderische junge Otto Soyka wurde zu einem beredten Wortführer für die ‚Perversionen', die 1906 in seinem Erstlingswerk *Jenseits der Sittlichkeitsgrenze* dargestellt wurden. Zu Soykas Freunden gehörte ein Mitglied der Psychoanalytischen Vereinigung namens David Oppenheimer, der später Lehrer am Akademischen Gymnasium werden sollte und bei der Adler-Gruppe Schriften über Erziehungsfragen veröffentlichte. Während der junge Oppenheimer sich über seine sexuelle Orientierung noch unsicher fühlte, machte er die Bekanntschaft einer Studentin an der Universität Wien namens Amalie Pollak. Zu seiner Überraschung entdeckte er, dass auch Amalie sich gefühlsmäßig zum eigenen Geschlecht hingezogen fühlte. Erst Jahrzehnte später kamen die Briefe ans Licht, in denen sie ihre Ideen über emotionale Bindungen austauschten, um am Ende doch einander zu heiraten.[110]

Unter den österreichischen Schriftstellern hat Robert Musil in *Die Verwirrungen des Zöglings Törless* (1906) die homoerotischen Impulse junger Kadetten am subtilsten dargestellt. Hanns Heinz Ewers, der auch in Wiener Kaffeehauskreisen verkehrte, machte sich einen Namen durch seine Darstellungen perverser Erotik. Und unter den jungen Malern hat Anton Kolig eine erstaunliche Begabung für männliche Aktzeichnungen entwickelt. Aber jene Dimension seines Werkes blieb zu Lebzeiten fast unsichtbar, während Kolig für seine martialischen und religiösen Gemälde Staatspreise erhielt. Die schwule Subkultur blieb auch deshalb wenig sichtbar, weil potentielle Wortführer wie Andrian, Ewers,

Musil, Oppenheimer, Kolig und Soyka alle geheiratet und mehr oder weniger konventionelle Ehen geführt haben.

Für die Entkriminalisierung der Homosexualität plädierte am überzeugendsten Karl Kraus. Unter der Überschrift ‚Perversität' denunzierte am er 2. Dezember 1907 in der *Fackel* ‚die Schändlichkeit, die eine staatliche Norm für die Betätigung des Geschlechtstriebs vorschreibt' (F 237, 18). Homosexualität (so Kraus) bot für die Gesellschaft keine Gefahr, das Strafgesetz schuf aber Gelegenheiten für Erpressung, die verheerende Folgen haben könne. Diese Prognose wurde im Mai 1913 spektakulär bestätigt, als Oberst Alfred Redl gezwungen wurde, sich zu erschießen. Im Laufe von homosexuellen Liebesaffären hatte er unter dem Druck der Erpressung österreichische Militärgeheimnisse verraten.

Zur Auflockerung der Geschlechterrollen trug ein innovatives Konzept von Bisexualität bei. In medizinischen Kreisen zirkulierten im späten 19. Jahrhundert neue Entdeckungen über bisexuelle Körpermerkmale. In Wien wurden diese Ideen vom Philosophen Otto Weininger aufgegriffen, der mit dem Freud-Schüler Heinrich Swoboda befreundet war. Als Weininger von Sigmund Freud eine Beurteilung seines Manuskripts einholte, stießen seine Theorien auf Ablehnung. Aber das Buch, das er im Frühjahr 1903 unter dem Titel *Geschlecht und Charakter* veröffentlichte, machte Furore. Die Zustimmung von Karl Kraus erhielt der junge Autor in der paradoxen Formulierung: ‚Ein Frauenverehrer stimmt den Argumenten Ihrer Frauenverachtung begeistert zu' (F. 229, 14). Frauen wurden von Weininger als ‚amoral' abgewertet, was aus entgegengesetzter Geistesrichtung mit des Satirikers Verherrlichung der ‚polygamen' Frau übereinstimmte. Allerdings war Weiningers Auffassung von Geschlechterrollen mit hochproblematischen Bemerkungen zur Judenfrage verknüpft – er selbst war jüdischer Herkunft. Um die Ambivalenz zwischen seiner sexuellen Orientierung und seiner Herkunft zu lösen, wählte der junge Philosoph den drastischen Ausweg des Freitods. Die Nachricht, dass er sich in Beethovens Sterbekammer erschossen hatte, erhöhte das Renommee seines Buches.

Die wertvollsten Abschnitte von *Geschlecht und Charakter* waren die einleitenden Kapitel über ‚sexuelle Mannigfaltigkeit'. Ausgehend von einem in der Naturgeschichte verankerten Konzept der ‚Bisexualität alles Lebenden' führt Weininger den Nachweis, dass Mann und Weib ‚nur Typen sind, die in der Realität nirgends rein sich vertreten finden'. Daher wurden im dritten Kapitel die ‚Gesetze der sexuellen Anziehung' auf eine Formel gebracht. Das Gesetz lautete: ‚Zur sexuellen Vereinigung trachten immer ein ganzer Mann (M) und ein ganzes Weib (W) zusammen zu kommen, wenn auch auf die zwei verschiedenen Individuen in jedem einzelnen Fall in verschiedenem Verhältnisse verteilt'.[111]

Diese Idee sollte jeder Leser durch eigene Erfahrung bestätigen können. Auf die einfachste Formel gebracht: Ein Mann mit M¾ und W¼ Eigenschaften wird sich von einer Frau mit M¼ und W¾ Veranlagung angezogen fühlen, und umgekehrt. Aus dieser Vorstellung entwickelte sich beim aufgeklärten Lesepublikum ein flexibleres Selbstverständnis. Sowohl in Freuds Fallgeschichten als auch in Wittgensteins philosophischen Notizen können solche Ideen weiter verfolgt werden. Im ‚Bruchstück über die Hysterie' (1905) identifizierte Freud bei seiner Patientin Ida Bauer (‚Dora') sowohl heterosexuelle als auch lesbische Impulse, mit einem abschließenden Hinweis auf die Anlage zur Bisexualität.

Wenn in der bildenden Kunst lesbische Liebespaare dargestellt wurden, wie in Klimts Zeichnungen zu einer 1907 erschienenen Ausgabe von Lukians *Hetärengesprächen*, so scheint der Künstler von einer männlichen Schaulust geleitet zu werden. Mehr Aufsehen als die gleichgeschlechtliche Liebe erregte in Wien die Verherrlichung blutjunger Mädchen, die von Klimt in vielen Skizzen, von Altenberg in seiner Kurzprosa und von Fritz Wittels in seinem Kult des Kindweibs betrieben wurde.

Wittels hatte sich in eine junge Schauspielerin aus dem Kraus-Kreis namens Irma Karczewska verliebt. Eine Erstfassung seiner Theorien über polygame Frauen präsentierte er am 29. Mai unter dem Titel ‚Die große Hetäre' als Referat bei der Psychoanalytischen Vereinigung (neben Freud waren auch Adler, Federn, Frey, Häutler, Heller, Hitschmann, Kahane, Rank und Stekel zugegen). Der stenographische Bericht über jenen Vortragsabend hat sich nicht erhalten. Vermutlich war das Thema – der Kult der frühreifen und völlig ungehemmten weiblichen Sexualität – zu skandalös, um in die Protokolle aufgenommen zu werden. Dazu bemerkte Freud akribisch: ‚Das Ideal der Hetäre ist für unsere Kultur unbrauchbar'.[112] Kraus aber, der Irma entdeckt und im Mai 1905 bei seiner Inszenierung von Wedekinds *Die Büchse der Pandora* herangezogen hatte, war von diesen Ideen so begeistert, das er Wittels' Artikel über ‚Das Kindweib' in der *Fackel* veröffentlichte (F 230-1, 14-33).

Während in Berlin Anklagen wegen Homosexualität für Schlagzeilen sorgten, vor allem im Prozess gegen Fürst Eulenburg, einen Intimus des Kaisers, wurde in Wien der Missbrauch von Minderjährigen zu einer *cause célèbre*. Gerade als Adolf Loos dabei war, eine Villa für den wohlhabenden Wiener Universitätsprofessor Dr. Theodor Beer zu bauen, wurde der Professor beschuldigt, in seinem Fotoatelier zwei minderjährige Knaben ‚unzüchtig berührt' zu haben. Im Herbst 1905 war der Prozess wochenlang die Sensation der Wiener Presse. Wegen ‚Kinderschändung' wurde unter § 128 des Österreichischen Strafgesetzbuchs bestraft, ‚wer einen Knaben oder Mädchen unter vierzehn Jahren' zur Befriedigung sexueller Gelüste berührte. Durch seine Verurteilung war Dr. Beer gesellschaftlich ruiniert. Tragischer war das Schicksal seiner Frau, Laura Beer, die sich wenige Wochen später erschossen hat.[113]

In England war durch den Criminal Law Amendment Act von 1885 die Altersgrenze für Geschlechtsverkehr auf sechzehn Jahre erhöht worden. In Österreich dagegen galten schon Mädchen von vierzehn Jahren als geschlechtsreif. Sonst wäre Peter Altenbergs Verherrlichung von pubertären Mädchen kaum öffentlich tragbar gewesen. Irma Karczewska war erst 14½ Jahre alt, und schon entjungfert, als sie von der Kraus-Gruppe vereinnahmt wurde, um zum Prototyp des ‚Kindweibs' und der ‚Hetäre' stilisiert zu werden. Das Äußerste an Darstellungen der Sexualerlebnisse minderjähriger Mädchen, inklusive Kinderprostitution, bot der pornographische Roman *Josefine Mutzenbacher: Die Lebensgeschichte einer Wienerischen Dirne*, angeblich ‚von ihr selbst erzählt', der 1906 anonym zu zirkulieren begann. Die Grenze zur Strafbarkeit wurde auch in der Malerei überschritten, als die Polizei Nacktzeichnungen von Egon Schiele beschlagnahmte und ein Gericht in St. Pölten ihn im Mai 1912 zu drei Wochen Haft verurteilte.

‚Ethik und Ästhetik sind eins', heißt es in einer berühmten Passage von Wittgensteins 1920 erschienenem *Tractatus logico-philosophicus*. Aber Altenbergs Skizzen und Schnitzlers Dramen, die Gemälde Klimts und Schieles, der Raumkunst Joseph Hoffmanns und die Ausdruckstänze der Schwestern Wiesenthal deuten eine denkbare Variante an: Ästhetik und Erotik sind eins. Rückblickend hat die weit gereiste Andreas-Salomé ihren Eindruck der Jahrhundertwende festgehalten: ‚Wenn ich die Wiener Atmosphäre im Vergleich zu anderen Großstädten schildern sollte, so erschien sie mir damals am meisten gekennzeichnet durch ein Zusammengehen von geistigem und erotischem Leben'.[114]

Zusammenfassend könnte man den Strukturwandel der Öffentlichkeit als eine Entwicklung darstellen, die ihre schöpferischen Impulse nicht aus zwei, sondern aus vier überlagerten Schichten bezog – geistig, erotisch, mäzenatisch und volkswirtschaftlich. Die Kulturblüte wurzelte im Boden eines wirtschaftlichen Aufschwungs, dessen aufgeklärteste Exponenten bereit waren, bedeutende Summen für Kulturzwecke auszugeben. Vor allem aus dem wohlhabenden jüdischen Bildungsbürgertum traten kunstsinnige Mäzene hervor, die abenteuerliche Projekte finanzierten. Ohne Unterstützung von Karl Wittgenstein hätte es kein Haus der Secession gegeben, ohne die Intervention August Lederers wären umstrittene Meisterwerke von Gustav Klimt verschollen. Und von Felix Wärndorfer, Mitbegründer der Wiener Werkstätte, heißt es sehr treffend in der Memoiren Helga Malmbergs: ‚Anstatt sich etwa einen Rennstall zu kaufen, steckte er sein Vermögen in die ganz unsichere Sache einer Gruppe junger Künstler mit auffallenden Ideen'.[115]

Wenn wir anstelle eines schematischen Diagramms die Kreativität der Wiener Moderne als organischen Wachstumsprozess darstellen wollten, so dürfte kein filigraner Garten der Erkenntnis entstehen, sondern ein wuchtiger Baum. Aus kräftigen Wurzeln im Boden der industriellen Produktion und des wirtschaftlichen Aufschwungs steigt er empor. Die Säfte werden durch einen robusten Baumstamm weiter getragen, auf dessen Rinde wir die Namen der großzügigsten Mäzene einritzen könnten: Karl Wittgenstein, Felix Wärndorfer und August Lederer.

Graphik 7: John Chaltas, ‚Der Baum der Erkenntnis'

Die nächste Stufe bilden die Verzweigungen der Erotik in der Form von saftigen Dreierbeziehungen wie Kokoschka, Gropius und Alma Mahler. Erst von dieser Basis steigt die Baumkrone empor, wo die um Kernfiguren wie Freud und Klimt, Schnitzler und Mayreder aufblühenden Kreise als organische Gewächse erscheinen, die Früchte und Samen ausstreuen. Sollte auf unserer Zeichnung Raum für weitere Knotenpunkte übrig blieben, so trügen sie wohl die Namen der Wiener Kaffeehäuser, wo Männer und Frauen, Projekte und Mäzene symbiotisch zusammenwuchsen.

ZWEITER TEIL: KONTROVERSEN

6. Café, Markthalle, Pavillon, Werkstätte, Cabaret: Der Triumph der Raumkunst

Dass ein Café als Ausgangspunkt für neue Stilrichtungen in den bildenden Künsten dienen konnte, ist unumstritten. Seit 1880 war das Café Sperl in der Gumpendorfer Straße ein Treffpunkt für Künstler und Musiker, Schauspieler und Offiziere gewesen. Dort hatte die Hagen-Gesellschaft ihren Stammtisch gehabt (Hagen – recte Haagen – war der Name eines Gastwirts). Unzufrieden mit den Ausstellungen des konservativ erstarrten Künstlerhauses auf dem Karlsplatz begann sich die Gruppe um 1900 als Künstlerbund Hagen neu zu profilieren, indem sie eine Reihe von Sonderausstellungen veranstaltete. Da die Mitglieder keine Ikonoklasten waren, fanden sie Gefallen in den Augen Karl Luegers. Vom Gemeinderat wurde ihnen eine Markthalle zur Verfügung gestellt – die Zedlitzhalle unweit des Stadtparks (siehe Abbildung 8: Die Zedlitzhalle um 1902). Durch den Architekten Joseph Urban, ein führendes Mitglied des Hagenbunds, wurde der Innenraum für Ausstellungen umgebaut.

Ein fester Mietvertrag war allerdings nicht zu haben. ‚Nehmt's die Halle, wie sie ist', soll Lueger gesagt haben, ‚und verlangt nichts, was ich vor eine Abstimmung bringen muss, denn dann geht's nicht.' Nur ein Drittel der Halle durfte für Ausstellungen benutzt werden. Der Rest behielt seine alte Funktion, so dass man am einen Ende der Halle Ölgemälde kaufen konnte, am anderen Obst und Gemüse. Mit dieser Kompromisslösung mussten sich die gemäßigt Modernen unter der Führung von Heinrich Leffler zufrieden geben. Radikale Experimente durften sie sich nicht leisten. Wenn sie's für die Stadtväter zu bunt treiben sollten, könnten sie aus der Zedlitzhalle delogiert werden.[116]

Ebenso unzufrieden mit der Ausstellungspraxis des Künstlerhauses war der Kreis um Gustav Klimt. Als Klimt mit den Malern Carl Moll und Josef Engelhart und den Designern Kolo Moser und Alfred Roller eine neue Gruppierung zu planen begann, wählten sie für ihre zunächst geheim gehaltenen Diskussionen ein unscheinbares Lokal in der Favoritenstraße, das Café Hotel Victoria. Als Schriftführer führte Roller ein Protokoll, das er mit Skizzen für einen Neubau verzierte, und aus jenen Kaffeehausberatungen heraus erfolgte die Gründung der unabhängigen ‚Vereinigung bildender Künstler Österreichs (Die Secession)'.

Aus Rollers Notizbüchern hat der Historiker Oskar Pausch den Ablauf ihrer Diskussionen rekonstruiert. Die Verhandlungen des Zeitschriften-Komitees führten unter der Ägide von Kolo Moser zur Gründung von *Ver Sacrum*, jener Zeitschrift, die als Forum für innovative Design-Ideen diente. Noch wichtiger für den Durchbruch der Gruppe waren die Beratungen des Bau-Komitees, das im benachbarten Café Dobner seine Sitzungen abhielt. Die Mitglieder der neuen Künstler-Vereinigung unterhielten gute Kontakte zu wohlhabenden Kunstmäzenen (an erster Stelle Karl Wittgenstein) und führenden Lokalpolitikern (nicht zuletzt Karl Lueger). Nach der Sitzung vom 10. April 1897 vermerkte Roller im Protokoll: ‚Olbrich spricht zunächst mit W[ittgenstein] hiervon hängt alles'.[117] Gleichzeitig wurde Engelhart, der sich durch seine Bilder von Wiener Volkstypen bei den Behörden beliebt gemacht hatte, ins Rathaus gesandt, um den Bürgermeister für das Projekt zu gewinnen. ‚Übrigens, g'fallt mir eigentlich – wie er sich einsetzt für seine Freund!', soll Lueger gesagt haben.[118]

Der junge Architekt Josef Maria Olbrich, Mitarbeiter im Atelier von Otto Wagner, legte phantasievolle Pläne vor, nachdem Wittgenstein mit anderen Mäzenen die Deckung der Baukosten garantiert hatte. Ein Grund an der Ringstraße war ursprünglich als Bauplatz vorgesehen, doch Olbrichs Entwürfe provozierten Proteste im Gemeinderat. Erst nach der Verlegung des Bauplatzes in die Friedrichstraße bewilligten sie die ‚Erbauung eines provisorischen Ausstellungspavillons auf die Dauer von längstens zehn Jahren' (Protokoll der Gemeinderatssitzung vom 17. November 1897). Das war ein guter Kompromiss, denn der geräumige Baugrund lag unweit von der Akademie der bildenden Künste, und gemessen am beschwingten Tempo der Secessionisten waren zehn Jahre eine halbe Ewigkeit.

Innerhalb von elf Monaten wuchs das Gebäude der Secession aus dem Boden. Olbrich passte seine Pläne den veränderten Bedingungen an, und schon am 28. April 1898 wurde der Grundstein gelegt. Sechs Monate später war der Bau schon fertig – das Meisterwerk des Wiener Jugendstils (siehe Abbildung 9: Pavillon der Secession). Über dem Portal las man das von Ludwig Hevesi geprägte Motto ‚Der Zeit ihre Kunst, der Kunst ihre Freiheit' – die Secessionisten wollten ästhetische Freiheit mit einem brisanten Zeitgefühl vereinen. Außen kontrastierte Olbrichs kubistische Geometrie mit der vergoldeten Kuppel, die das Gebäude krönte. Einheitlicher wirkte der streng funktionale Innenraum, der hinter der eleganten Eingangshalle aus einem erhöhten Mittelschiff, zwei Seitenschiffen und einem abschließenden Querschiff bestand. Über diesem flexiblen Ausstellungsraum verbreiteten zeltartige Glasdächer ein gleichmäßiges Licht.

Im Volksmund wurde das seltsame Gebäude als ‚Mausoleum' bespöttelt, aber beim Bildungsbürgertum ließ der Erfolg nicht auf sich warten. Hier wurden schon in den Jahren 1898 bis 1905 über zwanzig großartige internationale Kunstausstellungen veranstaltet, die ihresgleichen in der Kulturgeschichte suchen. In anderen Metropolen benutzten moderne Geister in der Regel den beschränkten Raum von Galerien, die schon etabliert waren. Für ihre Post-Impressionist Exhibition in London, zum Beispiel, wählte die Bloomsbury Gruppe 1910 die Grafton Galleries in der Bond Street, eine renommierte Firma im Kunsthändlerviertel. In Wien aber schufen sich die Avantgardisten einen eigenen Raum.

Ein solcher Freiraum war nötig geworden, weil die Experimente der Avantgarde heftige Kontroversen auslösten. Klimt versuchte die hohe Ernsthaftigkeit der europäischen Moderne mit sinnlichen Kurven zu verbinden, die von den Konservativen als pornographisch empfunden wurden. Für die erste Ausstellung der Secession, die vor Fertigstellung von Olbrichs Neubau in den Blumensälen der Gartenbaugesellschaft stattfand, schuf er ein Plakat, das Theseus – im Kampf mit dem Minotaurus – nackt zeigte. Unter dem Druck der Behörden musste der Künstler einen kräftigen Baumstamm wachsen lassen, um die Genitalien des Helden zu verbergen. Klimts Körpersprache verband erotische Freizügigkeit mit byzantinischer Farbenpracht, subversiven Humor mit esoterischer Symbolik. Nicht nur katholische Kreise, auch liberale Geister fühlten sich von dieser eigenwilligen Mischung bedroht. Daher der Streit über Klimts allegorische Universitätsgemälde, *Philosophie* (1900) und *Medizin* (1901), welche sowohl von den Graubärten der Akademie als auch den Hofräten des Ministeriums skandalisiert wurden. Der Künstler wäre ruiniert gewesen, wenn der freisinnige Mäzen August Lederer ihm nicht ausgeholfen hätte.

Zum Erfolg der Secession trug die flexible Raumplanung von Olbrichs Neubau wesentlich bei, die von Hermann Bahr am 15. Oktober 1898 in der *Zeit* entsprechend gewürdigt wurde:

Das will kein Tempel und kein Palast sein, sondern ein Raum, der fähig sein soll, Werke der Kunst zu ihrer größten Wirkung kommen zu lassen. [...] Und es ist nicht vergessen worden, dass unsere Kunst unaufhaltsam anders wird, es ist vorbedacht worden, dass immer mehr, wie die Künstler es ausdrücken: die ‚Flächenkunst' von der ‚Raumkunst' verdrängt wird.[119]

Ein Jahr später beschrieb der Kritiker Ludwig Hevesi den durchschlagenden Erfolg der Secession als ein ‚Naturereignis': ‚Unter Donner und Blitz und starken Erschütterungen ging die Erfrischung vor sich, die das Publikum jetzt in allen seinen Nerven spürt. [...] Es ist eigentlich erstaunlich, wie rasch es der Secession gelang, dem Publikum die Augen zu öffnen'.[120] Hevesi betonte auch, dass ihre Werke eifrige Käufer fanden. Die Secessionisten brauchten nicht in einer Markthalle auszustellen, aber noch erfolgreicher als die Hagenbündler beteiligten sie sich am Markt!

Die originelle Strategie der Secession erkennt man schon am Orientierungsplan für die XIV. Ausstellung vom Frühjahr 1902, die multimediale Beethovenfeier (siehe Graphik). Im Katalog wurde der Leitgedanke stolz zusammengefasst: ‚Der Sehnsucht nach einer großen Aufgabe entsprang der Gedanke, im eigenen Hause das zu wagen, was unsere Zeit dem Schaffensdrang der Künstler vorenthält: die zielbewusste Ausstattung eines Innenraumes'.[121]

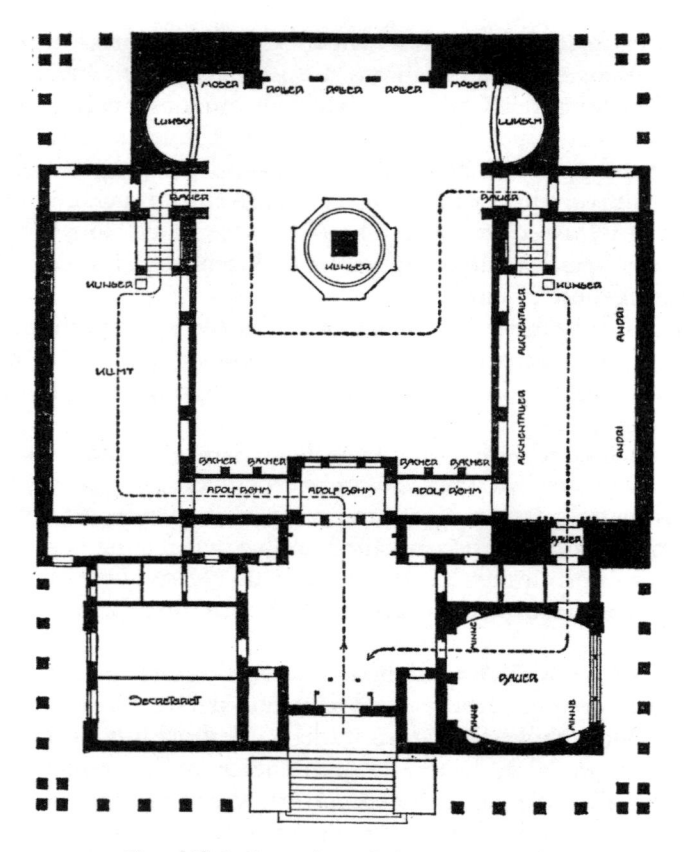

Graphik 8: Secession, Orientierungsplan

Den Mittelpunkt bildete eine wuchtige Plastik vom norddeutschen Künstler Max Klinger, der in Wien zu einer Kultfigur geworden war, nachdem sein Riesengemälde *Christus auf dem Olymp* im Dezember 1898 in der Secession ausgestellt wurde. Dort war es Christus gewesen, der durch seine ausgestreckten Arme eine Versammlung von griechischen Göttern und halbnackten Heiden zu versöhnen versuchte. Nun handelte es sich um eine überlebensgroße Skulptur, die einen thronenden Beethoven als Prototyp des gottbegnadeten Künstlers darstellte. Von diesem

Zentrum ausgehend versuchten die zwanzig Secessionsmitglieder, die zur Ausstellung beitrugen, die Erlösung der Menschheit durch Kunst und Musik zu verkünden. An der Wand hinter der Beethoven-Figur erblickte man Alfred Rollers großartige Darstellung der *Sinkenden Nacht*; am anderen Ende des Saales glänzte *Der Werdende Tag* von Alfred Böhm als Symbol der Erneuerung.

Am anschaulichsten gelang es Gustav Klimt in seinem Beethovenfries, diese Thematik durch allegorische Figuren darzustellen. Auf drei Wänden des linken Seitensaals stellte er ein Drama der Erlösung dar durch eine rhythmische Sequenz von teils dekorativ bekleideten, teils splitternackten Figuren. Hier, im eigenen Hause, durfte er seine sinnlichen Gestalten mit Penis und Schamhaar verzieren. Seine Dramaturgie reichte von den Sehnsüchten und Leiden der schwachen Menschheit (links an der Langwand beim Eingang) zum *Kuss der ganzen Welt* an der rechten, unten von Öffnungen durchbrochenen Langwand, durch die man die Beethoven-Figur erblickte. Der vom Choral der Neunten Symphonie angedeutete Triumph der Liebe über die Mächte des Bösen sollte gefeiert werden.

Durch die Raumdynamik erlangen die Figuren an der Schmalwand, welche die ‚Feindlichen Gewalten' darstellen, visuell das Übergewicht (siehe Abbildung 10: Die Feindlichen Gewalten). Den Mittelpunkt in dieser hochdramatischen Komposition bildete ein dunkelbraunes Affenmonstrum, von nackten weiblichen Gestalten umgeben, die weitere Abarten des Bösen verkörpern: die drei Gorgonen Krankheit, Wahnsinn und Tod (links) mit dem nagenden Kummer im Hintergrund; und noch verführerischer (rechts) Wollust, Unkeuschheit und Unmäßigkeit. Wie auf Spukgestalten eines erotischen Alptraums wurde beim Betreten des Saales der Blick auf diese Komposition hingezogen.

Dieser angsterfüllten, aber mit einer freudigen Erwachung gekrönten Allegorie war es zu verdanken, dass Klimt zum berühmtesten Maler der Zeit wurde. Den für die Wiener Moderne bezeichnenden Synergien zwischen ausschweifender Phantasie und reiner Funktion begegnen wir hier in exemplarischer Form. Denn der Architekt Josef Hoffmann, für die künstlerische Gesamtleitung verantwortlich, arbeitete mit den schlichtesten Materialien. Durch die Raumgestaltung schuf er einen bezwingenden Kontrast zwischen den leuchtenden Farben der Figuren und den hellgrauen Wandflächen aus schmucklosem Rohputz. Diese keineswegs als Leerstellen wirkenden Zwischenräume erhöhten – vor allem bei Klimts unregelmäßig spationierter Komposition – den Rhythmus von Erwartung, Gefährdung und Erfüllung. Weniger wirkungsvoll waren die Fresken von Josef Maria Auchentaller im rechten Seitensaal, die das unproblematische Choralmotiv ‚Freude schöner Götterfunken' illustrierten.

Der Gesamteindruck war überwältigend. Bei der Eröffnung am 12. April ertönte ein Bläserarrangement Gustav Mahlers von Motiven aus der Neunten Symphonie, und die Ausstellung wurde zum einem sensationellen Publikumserfolg mit Presseresonanz und Besucherrekord. Ergänzt wurde die Schau durch einen ungewöhnlich umfangreichen Katalog, der die esoterische Bedeutung der Allegorien aufschlüsselte. Das Affenmonstrum (so Klimt) sei der ‚Gigant Typhoeus, gegen den selbst Götter vergebens kämpften'. Das wurde als Seitenhieb gegen die konservativen Kritiker verstanden, die seine Kunst nach wie vor verteufelten. Doch aus der Platzierung des Monstrums in der Nähe der Figuren ‚Wollust' und ‚Unkeuschheit' ergaben sich noch stärker Assoziationen mit dem Alptraum der Geschlechtskrankheit, der auf Klimts Generation lastete.

Zellenartig begann die Avantgarde sich über Künstlerkreise und Kaffeehausrunden auszuweiten. Bald wurden Pläne geschmiedet für eine weitere Gruppe, die im Bereich des Kunstgewerbes international bekannt werden sollte. An der ehrwürdigen Kunstgewerbeschule des Österreichischen Museums für Kunst und Industrie herrschte seit einigen Jahren ein neuer Geist. Als 1897 der fortschrittliche Arthur von Scala die Leitung des Museums übernahm, ernannte er experimentierfreudige junge Lehrer wie Koloman Moser, Josef Hoffmann, Carl Czeschka, Alfred Roller und Bertold Löffler. Mit der verstaubten Erbschaft des Historismus wurde radikal aufgeräumt, indem sie schwungvolle Varianten des Jugendstils entwickelten. Im Gegensatz zur exklusiven Akademie der bildenden Künste auf dem Schillerplatz bildete die

Kunstgewerbeschule am Stubenring auch weibliche Talente aus. Da die Schule als fortschrittlich galt, war es durchaus verständlich, dass die Frauenrechtlerin Marie Lang ihre sechszehnjährige Tochter Lilith hinschickte, um dort als Hospitantin bei Löffler Zeichnen und Malen zu studieren.[122]

Im Frühjahr 1903 trafen die Kollegen Josef Hoffmann und Kolo Moser im Café Heinrichshof gegenüber von der Oper den vermögenden Geschäftsmann Felix Wärndorfer, einen Kunstkenner mit internationalen Kontakten, der für die Design-Ideen von Charles Rennie Mackintosh und der Glasgow-Schule schwärmte. Als sie ihn um das Gründungskapital für eine vergleichbare Produktionsgemeinschaft in Wien baten, soll Wärndorfer 500 Kronen auf den Tisch gelegt haben – und die Wiener Werkstätte war geboren.[123] Im Mai 1903 wurde die ‚Wiener Werkstätte Produktiv Genossenschaft von Kunsthandwerkern' in das Handelsregister eingetragen.

Die Mitglieder sollten nach dem Modell der Arts-and-Crafts-Bewegung ehrliche Handwerker sein. Unweit der Ringstraße zogen sie in ein altes Gewerbehaus in der Neustiftgasse ein, wo hart gearbeitet wurde. Nach Entwürfen von Hoffmann und Moser wurden Werkräume für Metallarbeit, Tischlerei, Lackiererei und Buchbinderei eingerichtet. Dort schufen Künstler und Handwerker gemeinschaftlich elegante Gebrauchsartikel in geometrischen Formen, vor allem Keramik, Möbel und Schmucksachen, später auch Kleider und Textilien. ‚Wir gehen vom Zweck aus, Gebrauchsfähigkeit ist unsere erste Bedingung', hieß es 1905 im Programm, herausgegeben von Hoffmann, Moser und Wärndorfer.[124]

Der Erfolg der Wiener Werkstätte wurde durch die Galerie Miethke eingeleitet. Mit Ausstellungsräumen in der Dorotheergasse und am Graben setzte sich diese kommerzielle Galerie unter der Leitung von Carl Moll energisch für die Moderne ein, und in Helga Malmberg besaß die Galerie eine begabte Verkäuferin. ‚Mit der Ausstellung der Wiener Werkstätte hatten wir Glück: ein erlesenes und kultiviertes Publikum füllte täglich unseren Saal', vermerkte sie in ihren Erinnerungen. ‚Es wurde viel mehr verkauft, als wir erwartet hatten, obwohl die Sachen hypermodern und ungewöhnlich teuer waren'.[125] Anstelle der sozial ausgerichteten Neubelebung des Handwerks, die Ruskin und Morris vorschwebte, entwickelte die Wiener Werkstätte eine Eliteproduktion. ‚Lieber zehn Tage an einem Stück arbeiten, als zehn Stück an einem Tag', war ihre Devise. Silberne Vasen, Zigarrendosen oder Teeservices waren für den Normalverbraucher unerschwinglich, fanden aber feinfühlige Käufer im aufsteigenden Bildungsbürgertum. Typisch für die Produktion der Werkstätte waren hübsche Handarbeiten mit femininem Einschlag – Hutnadeln, Armreifen, Broschen, Handtaschen, Tischlampen, Kaffeekannen, Blumenvasen, Dosen und Schachteln. Auch Druckgraphik und Plakate wurden von berufener Hand erzeugt – die Kunstpostkarten von Bertold Löffler waren besonders beliebt.

So unternehmungslustig waren Wärndorfer und seine Freunde, dass sie in der Kärntnerstraße ein Lokal mieteten, um das Cabaret Fledermaus zu gründen. Der Vorraum mit der Bar wurde von Bertold Löffler und Michael Powolny mit glänzenden Mosaiken dekoriert, und vom intimen Zuschauerraum aus konnte man Cabaret, Theater und Tanzaufführungen erleben. Das Unternehmen wurde zu einem Gesamtkunstwerk im Kleinen. ‚Neben den Möbeldesignern, den Keramikern, den Silberschmieden, den Entwerfern für Lampen, Tischgedecke und Tischschmuck hatten vor allem die Graphiker ein weites Betätigungsfeld gefunden: Plakate, Eintrittskarten, Menükarten, Programmhefte, Postkarten'. Die Innenausstattung wirkte daher wie ein ‚vollkommener Ausstellungsraum'.[126]

Das Publikum saß an Tischen, soupierte in kleinen Kreisen und genoss dabei ein pikantes Programm auf der Bühne. Selten ist solcher Glanz von einem so intimen Zuschauerraum ausgegangen (siehe Abbildung 11: Cabaret Fledermaus, Zuschauerraum). Literarisch markierte im Jänner 1908 die Premiere des von Alfred Polgar und Egon Friedell verfassten Einakters *Goethe* den ersten Höhepunkt. ‚Die Idee war sehr amüsant', schreibt Helga Malmberg:

> Der alte Geheimrat springt bei der Matura für einen schwachen Schüler ein, der in deutscher Literaturgeschichte geprüft wird. In ausgezeichneter Goethe-Maske trat hier Friedell auf und beantwortete im besten Frankfurterisch die Fragen der Professoren. Bei all diesen Prüfungsthemen versagt er voll-

kommen. Die letzte und heikelste Frage ist: ‚Was können Sie uns zu der Beziehung Goethes zu Frau von Stein sagen?' – ‚Nu, sie war sei Geliebte', antwortete Goethe mit größter Natürlichkeit. Alle Professoren sind empört, dass der Schüler dermaßen die Achtung vor dem Dichterfürsten verletzt.[127]

Das flotte Stück sorgte monatelang für ein volles Haus, und in der Goethe-Rolle trat Friedell in vielen österreichischen und deutschen Städten mit gleichem Erfolg auf.

Der intime Raum des Cabarets wurde auch zum Geburtsort einer weiblichen Variante des Gesamtkunstwerks. Tänzerinnen aus den Vereinigten Staaten wie Gertrude Barrison und Isadora Duncan waren schon früher in Wien aufgetreten, aber am 14. Jänner 1908 sorgte das Debüt der Schwestern Wiesenthal im Cabaret Fledermaus für eine größere Sensation. Grete, die älteste der drei Schwestern, war vom Ballettkorps des Hofoperntheaters ausgebildet worden. Dort, wie sie später vermerkte, war die Ballettkunst zu ‚schablonenhaftem Kitsch' erstarrt.[128] Daher verließ sie das Hoftheater und schuf mit ihren Schwestern Bertha und Elsa den bahnbrechenden modernen Wiener Ausdruckstanz.

Die Wirkung der Premiere wurde von Helga Malmberg festgehalten. An jenem Abend hatten sich die Wiesenthals ‚in die Herzen der Wiener hineingetanzt'. Die Auswahl der Musik schuf eine Folge von kontrastierenden Stimmungen: ein Walzer von Chopin, Auszüge aus Schumanns *Karneval*, das Andante aus einer Beethovensonate, der Strauss-Walzer ‚Rosen aus dem Süden', dann ein Menuett von Massenet. Alles war aufgelöst in Bewegung, denn ‚jeder Schritt war der Musik angepasst, der Melodie hingegeben. Die anwesenden Künstler waren begeistert – die Maler von der bildhaften Wirkung der Tänze, die Musiker davon, wie sich alles aus dem Rhythmus der Töne entwickelte'. Während der Strauss-Walzer ‚ein Wirbel gelöster Bewegung' gewesen war, wurde das darauf folgende Menuett zu einem ‚Kabinettstück an Finesse' (siehe Abbildung 12: Grete, Bertha und Elsa Wiesenthal):

Die beiden Schwestern, Grete und Bertha, tanzten als Damen in entzückenden weißen Perücken, während Elsa als Kavalier ihr natürliches schwarzes Haar trug. Die Erfindungen der Figuren in diesem Tanz waren voller Phantasie. Einmal näherte sich der dunkelhaarige Page der einen, dann wieder der anderen Dame. [...] Welche Fülle von Stimmungen konnten diese drei Mädchen ausdrücken! Dabei war alles nur leise angedeutet und in Tanz aufgelöst.

Schließlich tanzte Grete Wiesenthal solo ‚An der schönen blauen Donau', den Lieblingswalzer der Wiener. ‚Die Kindlichkeit' ihrer Erscheinung empfand Malmberg als rührend. Zugleich aber ‚fühlte man deutlich eine große erotische Anziehungskraft. Wie Ähren im Winde bogen sich ihre Glieder im Rhythmus der Musik. Sie beendete ihren Tanz mit einem letzten, himmelstürmenden Schwung'.[129] Für die beschwingte Körpersprache Grete Wiesenthals schwärmten nicht nur Maler und Musiker, sondern auch der Dichter Peter Altenberg. Bei der Premiere war er neben seinem Schützling Helga Malmberg gesessen, und auf einem Foto der Tänzerin hat er später handschriftlich seine Anbetung ausgedrückt: ‚Eine der Wenigen, die Unsereiner hätte heiraten müssen, um sie vom spielerischen Tanz des Lebens zum edel-ernsten Leben selbst zu geleiten'.[130]

In exaltierter Sprache hatte Altenberg andere Tänzerinnen und Schauspielerinnen gefeiert. Lobreden veröffentlichte er auch über Lina Loos, deren Auftritte im Cabaret Fledermaus (in den Worten ihrer Biographin) ‚ganz dem Weiblichkeitsklischee des Dichters' entsprachen. ‚Wenn er darin Lina Loos lobte, so lobte er in Wirklichkeit sich selbst'. Zu Altenbergs am 8. April 1908 im *Fremdenblatt* erschienenem Bericht über die Schwestern Wiesenthal wird weiter vermerkt, die Frauen seien damit ‚doppelt aus dem realen Raum vertrieben' worden: ‚Einmal sind sie als Objekte der Begierde auf diese reduziert und zweitens als ästhetisches Kunstwerk neu geschaffen. Ein männlicher Schöpfungswahn bemächtigte sich auf künstlerische Weise weiblicher Körper'.[131]

Der Weiblichkeitskult Peter Altenbergs verdient auf alle Fälle hinterfragt zu werden, aber diesmal machte er eine bedeutsame Entdeckung. Keineswegs bloß Objekt männlicher Schaulust, entwickelte Grete Wiesenthal durch ihre originelle Körpersprache eine selbständige weibliche Kreativität. Im Film *Das fremde Mädchen* (1913), Regie Mauritz Stiller nach einem Drehbuch Hugo von Hofmannsthals, spielte sie die Hauptrolle. Später wurde sie zu einer einflussreichen Tanzlehrerin, die Generationen von jungen Artisten ausbildete. Ihr primäres Anliegen (in den Worten einer langjährigen Mitarbeiterin) war, ‚alles Posenhafte in einen nie endenden Bewegungsfluss aufzulösen. Das Fließende, Schwingende, Wellenförmige des Dreivierteltakts, die Strauss-Walzer in Bewegung umzusetzen, das war ihre besondere Kunst, dafür wurde sie weltberühmt'.[132]

Den realen Raum, in dem solche Artistinnen auftraten, hat Altenberg auch erkannt und an verschiedenen Stellen dargestellt. In der Sammlung *Neues Altes* veröffentlichte er 1911 eine Skizze über die ‚kleine miserable Welt' im Nachtcafé und die ‚Schlacht des Lebens', die dort von den Frauen der ‚Damenkapelle' und den als ‚Hetären' behandelten Mädchen durchlitten wurde. Ergänzt wird diese sozialkritische Perspektive durch die Memoiren seiner Begleiterin Helga Malmberg, denn durch Altenberg lernte sie die Schattenseiten der Künstlerszene kennen. Von den ‚Dancing Girls' in Nachtlokalen vermerkte sie: ‚Ihr Leben war hart und entbehrungsreich. Spärliche Freizeit, ungenügende Ernährung, der Aufenthalt in überheizten Lokalen und in zugigen Garderoben, dies alles untergrub frühzeitig ihre Gesundheit'.[133] An anderer Stelle beschrieb sie das Schicksal der Akrobaten und Seiltänzerinnen, die in den Varieté-Theatern auftraten:

> Außerhalb der Bühne sind die Artisten meist arme, ehrliche, grundanständige Menschen, die ihr hartes Brot nicht leicht verdienen. Um wohlhabende Müßiggänger ein paar Minuten zu unterhalten, müssen sich diese Menschen der Todesgefahr aussetzen. Und was ist dann das Ende dieser Existenzen? Ein tragisches und unversorgtes Alter, wenn die Glieder nicht mehr geschmeidig sind und die Augen versagen. An solche Dinge zu denken, die oberflächliche Menschen hinnehmen, das lehrte mich Peter.[134]

Durch Altenbergs Vermittlung bekam Malmberg nach dem Erfolg ihrer Arbeit für die Galerie Miethke einen Posten als Verkäuferin bei den Wiener Werkstätten. Daher konnte sie die Vorgänge in den überlappenden Kreisen um Altenberg und Wärndorfer, Klimt und Hoffmann aus erster Hand beobachten. In Carl Moll sah sie den ‚kühnen' Geschäftsmann, während Felix Wärndorfer der ‚ideale Mäzen' war.

Von der Leitfigur jener Künstlerkreise entwarf Malmberg in einem Abschnitt über Wien bei Nacht ein köstliches Bild:

> Es wurde fast immer vier oder gar sechs Uhr morgens, ehe wir das letzte Lokal verließen. Um diese Zeit konnte man schon in das türkische Bad gehen, wo man sich mit Dampfbädern und Massage erfrischte. Besonders leistungsfähig war bei diesem Nachtleben Gustav Klimt. Er verlor niemals seinen ‚Gamin-Humor', seine erfrischende Natürlichkeit. Oft nahm er uns im Fiaker in sein schönes, von Hoffmann erbautes Haus in der Feldmühlgasse mit. Dort pflegte er sich eine Viertelstunde mit dem Gesundheitsball oder mit Keulenschwingen zu ermuntern. Der Fiaker musste vor der Tür warten; und dann ging es in der kühlen Morgenluft im offenen Wagen in den Prater, in die Krieau. Dort ließen wir uns ein herrliches Frühstück servieren: starken Kaffee, frische knusprige Semmeln mit Butter und Honig. Wie gut das schmeckte nach einer vergnügten Nacht! Die Herren aßen dazu noch Speck und Spiegelei. Gustav Klimt ging dann wieder an seine Arbeit und malte stundenlang nach dem Modell. Ich fuhr nach Hause, zog mich um und war um acht Uhr in meinem Büro.[135]

Die Arbeitsatmosphäre der Werkstätten in der Neustiftgasse fand Malmberg ebenso stimulierend: ‚Die Arbeiter hatten genau so viel Geschmack wie die Künstler', vermerkte sie. ‚Niemals habe ich ein hochmütiges, verletzendes oder auch nur befehlendes Wort in diesen Räumen gehört. Alles spielte sich reibungslos ab'.[136]

Die von Malmberg beschriebene Tendenz zur Produktion von Luxuswaren wurde später durch die Mitarbeit des Phantasiekünstlers Dagobert Peche weiter angekurbelt. Neben den männlichen Leitern des Konzerns spielten Frauen eine Rolle, die umso wichtiger war, da die Künstlervereinigungen – Künstlerhaus, Hagenbund, Secession – keine weiblichen Mitglieder aufnahmen.

Besonders produktiv waren Lotte Calm-Wierink, Mathilde Flögl, Ida Schwetz-Lehmann, Susi Singer-Schinnerl und Maria Strauss-Likarz. Aus einer raffinierten Mischung von Funktion und Phantasie entwickelte sich eine kreativ-kommerzielle Strategie, wodurch gelegentliche finanzielle Schwierigkeiten überwunden werden konnten. Nur einige Jahre blühte die Kleinkunst auf der Bühne des Cabaret Fledermaus, aber die Wiener Werkstätte wurde bis zur Weltwirtschaftskrise erfolgreich weitergeführt. Erst 1932 war man gezwungen, die Türen zu schließen. In ihrer Glanzzeit wurden neben den Verkaufslokalen in Wien auch Zweigstellen in Salzburg, Karlsbad, Marienbad, Zürich, Berlin und sogar New York eröffnet.

In Brüssel entstand das Meisterwerk dieser Richtung: das nach Plänen von Josef Hoffmann zwischen 1905 und 1911 erbaute Palais Stoclet. Ein so grandioses Projekt konnten sich nur reiche Kunden leisten wie das Ehepaar Adolphe und Suzanne Stoclet, Enthusiasten für die Wiener Moderne, die Hoffmann durch Carl Moll kennen gelernt hatte. Der Architekt kümmerte sich um jedes Detail der Ausführung – vom Essbesteck bis zur Gartenanlage. Das Organisationstalent, das er bei der Beethoven-Ausstellung gezeigt hatte, bewährte sich auch bei diesem Projekt, zu dem er die begabtesten Künstler aus seinem Kreis heranzog.

Der Speisesaal wurde durch einen Mosaik-Fries von Gustav Klimt geschmückt, der auf dem Hintergrund eines vergoldeten Lebensbaums die reichlich ornamentierten Figuren ‚Erwartung' und ‚Erfüllung' darstellte. Obwohl für eine Privatwohnung geschaffen, gilt das sich umarmende Liebespaar der ‚Erfüllung' als Kulminationspunkt seiner goldenen Periode. Für die elegante Möblierung sorgte Kolo Moser, denn es war eine Gemeinschaftsproduktion, an der auch andere Mitglieder der Werkstätte teilnahmen. Der Architekt verstand es, die Bemühungen der diversen Talente aufeinander abzustimmen. Hier erreichte der Sieg über die Flächenkunst seinen Höhepunkt. Daher das Urteil einer Sachverständigen, die das gut erhaltene Palais in seinem heutigen Zustand besichtigt hat: ‚Die Raumkunst erfahren wir bei Hoffmann in Perfektion'.[137]

7. Körpersprache, Kunstschau, Rumpf-Secession: Wirkungen weiblicher Formen

Zu den subtilsten Produkten der Wiener Werkstätten gehörte das von acht farbigen Lithographien begleitete Liebesgedicht eines jungen Künstlers, das mit äußerster Sorgfalt in der Buchbinderei hergestellt wurde: *Die träumenden Knaben* von Oskar Kokoschka. Ursprünglich als Kinderbuch von Felix Wärndorfer in Auftrag gegeben, wurde das kleine Werk zu einer bahnbrechenden Darstellung der erotischen Phantasien der Pubertät. In Löfflers Zeichenklasse hatte Oskar sich in eine Mitschülerin verliebt, in Lilith Lang, und im Studienjahr 1907/08 Nacktzeichnungen von der Sechzehnjährigen gemacht. Auch die Tanzkunst der von Kokoschka verehrten Grete Wiesenthal mag zum Konzept des Bilderbuches beigetragen haben.[138] Doch *Die träumenden Knaben* ist keineswegs eine gewöhnliche Liebesgeschichte. Wie man aus der vorletzten der von einem Textstreifen begleiteten Farblithographien ersehen kann, verwendet Kokoschka eine hermetische Formensprache, die alles entfremdet.

Graphik 9: ‚Die Erwachenden‘, Lithographie aus den *Träumenden Knaben*

Sowohl der schlanke Knabe (links) als auch das nackte Mädchen (rechts) werden mit verschlossenen Augen innerhalb einer dunklen Traumlandschaft dargestellt, die an japanische Vorbilder erinnert. Über dem Kopf des Mädchens hängt ihre Gestalt in verkleinerter Form – sie scheint von sich selbst zu träumen. Aus dem lichtblau angedeuteten Teich im Mittelfeld steigt eine von rötlichen Fischen umgebene Figur, die etwas Embryonisches an sich hat. Da die Figur sich gestikulierend dem Knaben zuwendet, dürfte sie eine erträumte Erinnerung an dessen Kindheit symbolisieren. Die unbeholfene Körpersprache wird von zackigen Bäumen im Hintergrund akzentuiert.

Um die Hermetik der *Träumenden Knaben* zu enträtseln, wenden wir uns den schmalen Textstreifen zu, von denen die Bildergeschichte am Rand begleitet wird. Die Lektüre wird aber dadurch erschwert, dass in den schmalen Spalten alles klein geschrieben und ohne Interpunktion ist. Der Druck erfolgte nicht in der Buchbinderei, sondern in den Werkstätten von Berger und Chwala, aber der Autor hat sich mit dem Satzbild große Mühe gegeben:

> [ich stehe]
> neben dir und sehe deinen
> arm sich biegen eine ge-
> schichte so die aufhört zu
> sein wenn man an sie
> rührt hinter allen worten
> und zeichen sehe ich oh
> wie freue ich mich dass du
> mir gleichst wie du mir
> gleichst komme du nicht
> näher aber wohne in
> meinem haus und ich will
> das kindliche zittern deiner
> schultern erwarten und se-
> hen wie dein mund / ohne
> worte zu suchen für mich
> spricht

Betont wird die enigmatische Gestik des Mädchenkörpers: Arm biegt sich, Schultern zittern, Mund spricht ohne Worte.

Am Anfang der Bildergeschichte scheint der Ich-Erzähler von einer Entdeckungsreise zu träumen, aber die Beziehung zwischen Wort und Bild wird immer verworrener. Auf den ersten Bildern stechen Schiffer von einer baumbewachsenen Küste fort und ziehen durch das von Fischen wimmelnde Gewässer an von nonnenartigen Frauen bewohnten Felsen vorbei. Auf einer Insel wartet ein sittlich gekleidetes, Tee trinkendes Mädchen, von Blumen und Bäumen umgeben. Doch im Text finden wir keine entsprechende Erzählung, sondern eine lose zusammenhängende Folge von poetischen Gleichnissen mit bedrohlichen Untertönen: ‚mein messerlein ist rot / meine fingerlein sind rot / in der schale sinkt ein fischlein tot', ‚der rasende liebende wärwolf in euch', ‚singende menschen wie in vogelkäfigen hängen'. Auch hier versucht der träumende Knabe von der Körpersprache des Mädchens einen Sinn abzulesen: ‚ich fühlte die geste der eckigen drehung deines jungen leibes und die dunklen worte deiner haut und der kindlichen mit glasschnüren behänkten gelenke', ‚deine mageren ungezeichneten finger sollten an meinen knieen hängen wie satte blumen', doch ‚aus meinen verworrenen innigkeiten ist kein tasten zu fremden greifenden fingern'.

Aus diesem undurchsichtigen Traumduktus gibt es für die in der Abbildung dargestellten ‚Erwachenden' keine Erlösung außer der Einsicht, dass im zittrigen Erwartungszustand Knabe und Mädchen einander gleichen. In der abschließenden Lithographie stehen ihre nackten Gestalten voneinander noch scharf getrennt, das Mädchen ist aber männlicher geworden, der Knabe beinahe mädchenhaft. Nur die Landschaft hinter ihnen ist fruchtbar geworden und zwei große Vögel fliegen zwischen den Figuren hin und her.

Aus den dekorativen Ansätzen eines Jugendstil-Kinderbuches ist ein modernes *livre d'artiste* entstanden, in dem nicht nur Knabe und Mädchen, sondern auch Wort und Bild einander fast verständnislos gegenüberstehen. *Die träumenden Knaben* hat Kokoschka seinem verehrten Meister Gustav Klimt gewidmet. Aber radikaler als sein Vorbild hat seine Traumdichtung die Diskrepanz zwischen sprachlichem und bildhaftem Raum abgesteckt. Diese Radikalität führte den Künstler über den Horizont der Wiener Moderne hinaus, um beim Frühexpressionismus zu landen. Denn erst durch die Ausstellungen der Kunstschau erreichte Kokoschka seinen Durchbruch.

Bei den Secessionisten war es zu einer Spaltung gekommen zwischen den Raumkünstlern um Gustav Klimt und den Naturalisten, die von Josef Engelhart angeführt wurden. Die Engelhart-Fraktion fühlte, dass ihre Rivalen sie an die Wand zu drücken drohten. Aus seinen Erinnerungen wissen wir auch, dass Engelhart Vorbehalte hatte gegen die ‚orientalischen Einflüsse', welche Klimts Gemälden ein ‚fremdartiges Element' verliehen, so dass man versucht sei, ‚sein Talent nicht bodenständig zu nennen'.[139] Hinter dieser Affäre verbarg sich eine Spannung zwischen experimentierfreudigen ‚Secessionsstilisten' und konventionellen Leinwandmalern. Der äußere Anlass war ein Streit, der von Carl Moll ausgelöst wurde, als er seine Funktion bei der Secession mit einer leitenden Stelle bei der kommerziellen Galerie Miethke zu verbinden suchte. Es kam zu einer Abstimmung, und die Gruppe um Klimt und Moll zog den Kürzeren. Vierundzwanzig Mitglieder, mit Klimt an der Spitze, schieden aus der Künstlervereinigung, und übrig blieb eine von Engelhart geführte ‚Rumpf-Secession'.[140]

Im hegemonialen Stellungskampf war dies ein empfindlicher Verlust für die Moderne. Die konservative Nachfolge-Secession wurde erfolgreich fortgeführt – allerdings für ein anderes Publikum. Um die Zäsur zu verdeutlichen, wurde im November 1905 im Gebäude der Secession eine ‚Ausstellung moderner religiöser Kunst' veranstaltet. Inspiriert wurde sie durch die Schule katholischer Künstler aus dem Kloster Beuron bei Sigmaringen, und als Schirmherr schrieb Richard von Kralik, Gründer des Gralbundes, den Begleittext im Katalog. Die dekadente Moderne der Klimt-Gruppe, von ihrer Sinnlichkeit gereinigt, sollte durch eine Erneuerung der christlichen Ikonographie überwunden werden.[141]

Die Klimt-Gruppe suchte einen neuen Ausstellungsraum und fand ihn – auf dem Eislaufplatz! Zwischen Lothringerstraße und Heumarkt lag ein unbebautes Grundstück, das im Winter vom Eislaufverein benutzt wurde. Da die Baupläne für ein neues Konzerthaus an dieser Stelle sich verzögerten, übernahm Josef Hoffmann die Initiative und präsentierte der Gemeinde Wien seine Pläne für eine Übergangslösung. Auf seinem Einreichplan skizzierte er eine um quadratische Innenhöfe gruppierte Folge von kleinen, meist einstöckigen Galerien, die als Ausstellungsgelände für die Klimt-Gruppe dienen sollte. Stichhaltig gemacht wurde das Projekt als Jubiläumsausstellung zu Ehren des Kaisers (seit sechzig Jahren auf dem Thron). Trotz der anhaltenden Kontroversen bekam der Architekt am 18. April 1908 die Baubewilligung mit der Bedingung, dass seine Struktur ‚nach Schluss der dort unterzubringenden Jubiläumsausstellung wieder beseitigt' werden sollte.[142]

Noch heute staunt man über den Elan, mit dem die Gruppe an die Arbeit ging. Selbst für ein kurzlebiges Ausstellungsgelände fanden sich private Sponsoren, und das Ergebnis war ein schnell fertiggestellter, aber anspruchsvoller Gebäudekomplex. Der Rhythmus der schlichten, fensterlosen Fassade auf der Lothringerstraße wurde durch einen Eingangspavillon mit einem geschwungenen Walmdach unterbrochen – ein Kleinod Hoffmann'scher Baukunst (siehe Abbildung 13: Eingangspavillon der Kunstschau). In den Nischen im Obergeschoß platzierte er symbolische Figuren, die Malerei, Plastik und Architektur verkörperten, und über dem Eingang wurde das originale Motto der Modernen wiederholt: ‚Der Zeit ihre Kunst, der Kunst ihre Freiheit'.

Auf der Gartenseite hinter den Galerien wurde ein zusätzlicher U-förmiger Baukörper errichtet mit Kaffeehaus, Musikkapelle, Freilichtbühne und Gartenterrasse. Für die kunstbegeisterte Helga Malmberg wurde diese ‚Miniatur-Gartenstadt' zu einem Lieblingsort, wo sie mit Peter Altenberg, dessen ständige Begleiterin sie geworden war, schöne Stunden verbringen konnte (siehe Abbildung 14: Peter Altenberg und Helga Malmberg). Die großartige Veranstaltung zog (in ihren Worten) ‚die Crème de la Crème der Wiener Gesellschaft' an. Die erste Vorstellung auf der Freilichtbühne war die Pantomime *Der Geburtstag der Infantin* nach dem gleichnamigen Märchen von Oskar Wilde, die zu phantasievoller Musik von Franz Schreker von den Schwestern Wiesenthal aufgeführt wurde. Grete tanzte die Rolle des Zwerges, der an gebrochenem Herzen stirbt, nachdem die Infantin ihm eine Rose zugeworfen hat.[143]

Angekündigt wurde die Ausstellung durch ein Plakat von Bertold Löffler, Meister der Wiener Grafik. In der Konkurrenz der Stilrichtungen hat jeder Künstlerkreis seine eigene Werbungsstrategie entwickelt, und Löffler hatte schon Aufsehen erregt durch seine Plakate für die Wiener Werkstätte und das Cabaret Fledermaus. Ebenso verlockend wirkte nun das wellige Haar des Mädchenkopfes auf einem Plakat, das die Freiheit visueller Stilisierung verkündete.

Graphik 10: Bertold Löffler, ‚Kunstschau Wien 1908'

Diesmal vermittelte Hoffmanns Raumsyntax keine offene Dramaturgie, sondern einen intensiven Fokus auf die Exponate in den kleinen Galerien. Von außen mochten die Proportionen des Eingangspavillons ästhetische Harmonie versprechen, doch innen bot die Ausstellung atemberaubende Sensationen. In seiner Eröffnungsansprache distanzierte sich Klimt emphatisch von engstirnigen Gegnern der Moderne. Noch eloquenter proklamierten seine ausgestellten Gemälde die Abkehr vom Realismus.

Unter drei reich kostümierten Frauenbildern erregte Klimts *Porträt von Adele Bloch-Bauer* (siehe Abbildung 15: Porträt von Adele Bloch-Bauer) die widersprüchlichsten Reaktionen. Auf diesem ‚Malmosaik' wird eine Frau aus dem jüdischen Bürgertum glänzender als je eine byzantinische Kaiserin dargestellt. Die beschwörenden Gesichtszüge kontrastieren mit der Opulenz eines Kostüms, das aus Goldstücken und Edelsteinen zu bestehen scheint. Vergleichen wir dieses Bild mit zeitgenössischen Frauenfotos, so erkennen wir, wie drastisch das reich kostümierte Porträt von der damaligen Mode abweicht. Eine moderne Frau wie Adele Bloch-Bauer hätte damals ein Reformkleid getragen, oder – wie Helga Malmberg – einen Homespun-Mantel nach englischem Geschmack. Die vergoldete Tracht, mit der die Frau mit grazilen Händen auf diesem Porträt eingekleidet wird, droht sie zu ersticken. Fast hypnotisiert wird der Betrachter nicht nur von ihren melancholischen Augen, sondern auch von den vulvaförmigen Motiven auf ihrem Kostüm, die uns gleichsam anzustarren scheinen. Bei diesem manierierten Frauenporträt werden moderne Formen von Selbstreflexion einbezogen.

Für weniger anspruchsvolle Besucher war *Der Kuss* wohl der Höhepunkt der Kunstschau. Diese reich kostümierte Darstellung einer ekstatischen Umarmung war eine Variante von Klimts Mosaik *Die Erfüllung* für das Palais Stoclet. Noch erotischer wirkte das gewagteste seiner mythologischen Gemälden, *Danaë*. Um die halbnackten Glieder einer wollüstig eingeschlafenen Frau strömt eine Wolke aus Gold – die Form, die Zeus angenommen haben soll, um sie zu schwängern.

Selten wurde die erotische Ausstrahlung weiblicher Formen so üppig dargestellt. Hier finden wir den Schlüssel zur einmaligen Wirkung der Wiener Moderne, die ihre Malkunst von den Hauptströmungen in anderen Ländern unterschied, vor allem im Deutschen Reich. In Deutschland um die Jahrhundertwende war eine Stilkunst entstanden, die zum ‚Volkhaft-Monumentalen' tendierte. ‚Herrscherliche Posen' waren gefragt, und durch die ‚Größe und Wucht der Darstellungsmittel' sollte der deutschen Kunst ‚Weltgeltung' verschafft werden.[144] In Wien dagegen ging es um ‚die Verwirklichung des Gedanklichen in einer dekorativen Form'.[145] Von den Schnörkeln des Jugendstils um 1900 führte diese Entwicklung zehn Jahre später zu einer psychologisch verfeinerten Porträtkunst. Der Bildraum solcher Porträts mag beschränkt erscheinen, aber sie zeugen mit artistischer Integrität von einem existentiell gefährdeten Humanismus. Von Klimt über Kokoschka bis Schiele begegnen wir einer Vielfalt von Menschengestalten in bunt schillernden Varianten, bekleidet oder nackt, in formaler Haltung oder erotischer Pose, als strenges Porträt oder phantasievolle Allegorie. Der Dominanz dieser Tradition war es wohl zu verdanken, dass Max Oppenheimer um 1910 die impressionistische Landschaftsmalerei aufgab, um moderne Porträts zu malen. Die karge Farbigkeit und eckige Körpersprache, die er dabei benutzte, markierten den Übergang zu einem frühexpressionistischen Porträtstil, dessen Hauptvertreter Kokoschka war.

Vor allem von Frauen gab es bei Klimt tausende von Variationen. Landschaften hat er nebenbei gemalt, seine Passion galt dem weiblichen Körper. Bleibt die Frage, warum seine Frauenbilder derart zwischen den Polen überschwänglicher Bekleidung und sinnenfreudiger Nudität schweben. Dieser Dualismus wurde im Abschnitt über den Strukturwandel der Öffentlichkeit schon angeschnitten: das Nebeneinander von ungeniert zur Schau gestellter Erotik und zugeknöpftem Moralismus. Auch Klimt war ein Sohn seiner Zeit. Mit seiner vornehmen Lebensgefährtin Emilie Flöge verband ihn eine freundschaftliche Beziehung, die erotisch neutral gewesen sein soll. Sexuell verkehrte er am liebsten mit Frauen aus der Vorstadt, mit denen er eine Reihe von unehelichen Kindern zeugte.[146] Menschlich war diese Einstellung bedenklich, wie man aus seiner Korrespondenz ersieht, künstlerisch aber ungewöhnlich produktiv.

Neben Klimt wurde in der Kunstschau auch dem Werk Broncia Kollers ein eigener Raum gewidmet. Diese begabte Malerin hatte in München studiert und war für ihre Porträts und Landschaften bekannt. Im Gegensatz zu den meisten Mitgliedern der Klimt-Gruppe war sie jüdischer Herkunft, seit 1896 aber mit dem katholischen Arzt Hugo Koller verheiratet. Ihre beiden Kinder wurden katholisch erzogen, aber Broncia verblieb bei der jüdischen Kultusgemeinde. Ihre bikulturelle Verpflichtung verlieh ihren religiösen Kompositionen einen besonderen Reiz. Darüber hinaus hat sie auch Aktstudien gemalt. Die Beziehung zu Klimt erlaubte ihr, eines von seinen Modellen wiederzugeben, eine junge Frau namens

Marietta. Dieses Ölgemälde (siehe Abbildung 16: Broncia Koller, ‚Sitzende') zeigt, wie ein nackter Frauenkörper von einer Frau gesehen wurde. Der Gegensatz zu Klimt war instruktiv: keine Kostümierung, keine Allegorisierung, kaum eine Spur von Erotisierung. Hier sahen die Besucher eine *nuda veritas* mit gelassener Körperhaltung und ruhigem Blick. Die Modernität lag in der Weigerung, männlicher Schaulust Konzessionen zu machen.

An jener ersten Kunstschau-Ausstellung nahmen auch Mitglieder der Wiener Werkstätte und der Kunstgewerbeschule teil – insgesamt über hundert Künstler und Künstlerinnen. Meisterwerke der modernen Plakatkunst wurden in zwei Galerien ausgestellt, um die besondere Bedeutung dieses Genres hervorzuheben. Nach Klimt und Koller war es vor allem Kokoschka, der Aufsehen erregte. Neben der Buchausgabe der *Träumenden Knaben* wurden auch andere Traumbilder gezeigt. An Kokoschkas ehemaligen Lehrer Carl Czeschka, der nach Hamburg umgezogen war, schrieb Felix Wärndorfer am 5. Juni, dass alle ausgestellten Werke des jungen Künstlers schon am ersten Tag verkauft wurden.[147]

Da der Bau des Konzerthauses sich weiter verzögerte, veranstaltete Klimts Ausstellungskomitee im Sommer 1909 eine zweite – Internationale – Kunstschau. Neben Werken von Munch, van Gogh und Gauguin, Bonnard und Matisse stellte Klimt wieder Gemälde aus, die durch ihre herausfordernde Nudität schockierten. Unter dem Titel *Die Hoffnung* wurde eine hochschwangere Frau splitternackt dargestellt. Noch provokanter war Kokoschkas Terracotta-Plastik *Der Krieger*, ein expressionistisches Selbstbild mit halbgeöffnetem Mund. Die Wirkung blieb nicht aus, wie Kokoschka sich später erinnerte: ‚Mein Raum wurde das ‚Schreckenskabinett' für das Wiener Publikum, mein Werk zum Gespött der Leute. Im aufgerissenen Mund meiner Büste fanden sich täglich Stückchen Schokolade oder sonst etwas, womit wahrscheinlich Mädchen ihren zusätzlichen Spott über den ‚Oberwildling' äußerten, als den mich der Kritiker Ludwig Hevesi bezeichnete'.[148]

Diese Tendenz zur Selbstinszenierung drückte sich im Sommer 1909 auch auf der Freilichtbühne aus. Dort wurde durch seine

Kurzdramen *Sphynx und Strohmann* und *Mörder Hoffnung der Frauen* ein unerbittlicher Kampf der Geschlechter dargestellt. Wie bei den *Träumenden Knaben* waren Gestik und Körpersprache wichtiger als der Dialog. Diesmal aber endete die Begegnung zwischen Mann und Frau in einem Todeskampf, der auf Kokoschkas Plakat für die Kunstschau drastisch dargestellt wurde.

Graphik 11: Kokoschka, Kunstschau-Plakat (1909)

Die Schockwirkung begann mit der Gestaltung des Namens. Die scharf zugespitzten Lettern, welche den oberen Bildraum dominieren, verraten nichts vom Sinn des Plakats, und auch unten finden wir kein Datum für das angekündigten Sommertheater, keinen genauen Ort, keine Titel der Dramen. Information wurde ausgespart, die Schockwirkung umso gewaltiger. Was für eine

Komödie könnte von einer vampirartigen Frauengestalt repräsentiert werden, die bereit zu sein schein, ihr Gebiss in den krampfhaften roten Körper eines hilflosen Mannes zu senken? Das dürfte das abschreckendste Plakat sein, das je geschaffen wurde, um ein Theaterpublikum anzulocken.

Die Radikalität der Kunstschau kontrastierte mit der konkurrierenden Ausstellung der Rumpf-Secession in Olbrichs Kunsttempel, denn dort wurde fast gleichzeitig eine Josef Engelhart-Retrospektive gezeigt. Wo früher Hoffmanns Raumplanung und Klimts Allegorien die Geister erhoben hatten, hingen jetzt dicht beieinander zweihundertdreiunddreißig Engelhart-Bilder. So konservativ seine Ästhetik auch sein mochte, rein quantitativ wog seine Produktion schwer. In seinen Erinnerungen vermerkt Engelhart, dass er mit seinen Gemälden ‚das Haus zweimal hätte füllen können'.[149] Besonders beliebt waren seine ‚Wiener Typen': Fiaker, Pülcher, Kartenspieler, Blumenmädchen, Oberkellner, Mädchen in Volkstrachten. Besonders stolz war er auf ein für die Gemeinde Wien gemaltes Volkssängerbild.[150]

Da Engelhart in Paris studiert hatte, verraten seine gelegentlichen Darstellungen moderner Gesellschaftsszenen Anleihen beim Impressionismus. Was seine Kunst aber vor allem feierte war das alte Wien – eine Stadt ohne soziale Mobilität. Typisch für seine Volksfiguren war das *Wiener Wäschermädl* (siehe Abbildung 17: Engelhart, ‚Wiener Wäschermädl'), eine aquarellierte Kreidezeichnung aus dem Jahre 1913. Dass diese Form der Kreativität von der Gemeinde Wien gefördert wurde, zeigt, wie sehr die Stadt ideologisch gespalten war. Nur eines scheint Engelhart mit seinen Rivalen gemein gehabt zu haben. Wie Klimt konzentriert er den Blick auf eine isolierte Frauenfigur in einem weit ausladenden Kostüm.

Es gab aber eine dritte Gruppe, die sich für Kompromisslösungen einsetzte – der Hagenbund. Als im Juni 1908 auf den Straßen Wiens der Kaiser-Jubiläums-Huldigungs-Festzug veranstaltet wurde, trugen die Hagenbündler unter der Leitung Joseph Urbans zu den Festdekorationen bei. Dargestellt wurde ein historisches Panorama der Monarchie und der Stadt Wien von der Gründung der Stephanskirche zur Türkenbelagerung, von den

Siegeszügen Prinz Eugens zu den Heldentaten des Tiroler Landsturms im napoleonischen Krieg. Feldmarschall Radetzkys Sieg in Italien wurde auch gefeiert (Benedeks Niederlage bei Königgratz taktvoll ausgelassen). Über zwanzig Gruppen mit Fanfarenbläsern, Bagagewagen und schweren Geschützen zogen in bunten Kostümen über die Ringstraße. Hoch zu Ross und in Ritterrüstung trotteten Nachkommen der alten Adelsgeschlechter vorbei, die vor sechshundert Jahren das Habsburgerreich mitbegründet haben sollen: Rudolf Graf von Abensperg und Traun, Alfred Fürst Liechtenstein, Alfons Baron Stillfried, Max Graf Trauttmansdorff, usw. Den Abschluss einer nicht enden wollenden Kavalkade bildete eine Darstellung der Kronländer Österreichs: ‚Vertreter ihrer Völker in den nationalen Trachten und volkstümlichen Aufzügen, durchgeführt von den Künstlervereinigungen und Landesmuseen'.[151] An der Gestaltung dieses Spektakels nahmen auch moderne Künstler wie Bertold Löffler und Carl Hollitzer teil. Doch für Ikonoklasten wie Karl Kraus und Adolf Loos war der Hokuspokus ein Nachweis der unaufgelösten Gegensätze, an denen die Monarchie zugrunde zu gehen drohte.

Drei Jahre später kam es zu einer entscheidenden Wendung, als der Hagenbund umschwenkte und eine Ausstellung zeitgenössischer Malerei und Plastik in der Zedlitzhalle veranstaltete. Dazu luden sie neben aufstrebenden jungen Künstlern wie Anton Faistbauer und Anton Kolig auch Kokoschka ein. Bei der Frühjahrsausstellung 1912 wurde die Neuorientierung des Hagenbundes noch provokanter. ‚Da seit Schließung der Kunstschau in Wien die neuesten Kunstregungen totgeschwiegen oder unterdrückt werden', hieß es im Katalog, ‚muss hier der Hagenbund eingreifen'. Eindeutig war auch das Titelbild des Katalogs, denn man machte sich lustig über die Engstirnigkeit der Gegner. Mit Stephansdom und Riesenrad im Hintergrund versucht auf dem Titelbild ein Hanswurst mit Hilfe eines Affen den fruchttragenden Baum des Hagenbundes abzusägen. Neben anderen so genannten Neukünstlern wurden auch Werke vom skandalumwitterten Egon Schiele ausgestellt. Während eines Aufenthalts in Neulengbach, einer Kleinstadt westlich von Wien, waren seine Nacktzeichnungen von der Polizei beschlagnahmt worden, und im Mai

1912 wurde er wie erwähnt in St. Pölten zu drei Wochen Haft verurteilt. Seine beim Hagenbund ausgestellten Bilder waren weniger bedenklich, aber auch sie wurden vom Kritiker der *Neuen Freien Presse* als furchtbare Karikaturen verurteilt.[152]

Den Stadtvätern riss die Geduld, den Hagenbündlern wurde gekündigt, und bis Ende August 1912 mussten sie die Zedlitzhalle räumen. Das markierte einen Wendepunkt im Ringen um kulturelle Hegemonie, denn einige Wochen später wurde der frei gewordene Raum von den Christlichsozialen als Ausspeisungshalle für Teilnehmer am Eucharistischen Kongress benutzt. Diese Episode signalisierte einen Sieg des alten Österreich über die heimatlos gewordene Wiener Moderne. Ohne Raum keine Resonanz!

Die Schockwirkung wird verständlich, wenn wir Engelharts *Wäschermädl* mit Schieles *Sitzender Mädchenakt* aus dem Jahre 1914 vergleichen (siehe Abbildung 18: Schiele, ‚Sitzender Mädchenakt, die Arme aufs rechte Knie gestellt'). Die Körperhaltung der nackten Frau mit dunklen Strümpfen – Arme verschränkt, Schenkel geöffnet – scheint aus einer völlig anderen Welt zu stammen als die verschlossene Haltung der Volksfigur. Die moderne Kunst war so radikal, dass die Meisterwerke, die Schiele in den folgenden Jahren schuf, aus der Wiener Öffentlichkeit fast völlig verbannt wurden (Unterstützung fand er eher in Deutschland und bei privaten Sammlern). Erst nach dem Zweiten Weltkrieg wurde die unverblümte Körpersprache seiner Selbstbildnisse, Porträts und Aktstudien als Höhepunkt der Wiener Moderne anerkannt.

8. Gruppendynamik, Intimsphäre, Vereinsamung: Abschied von der Windsbraut

Am intensivsten wurde die durch dynamische Marginalität erzeugte Dynamik der Wiener Moderne von Gustav Mahler verkörpert, der aus einem deutschsprachigen jüdischen Milieu in einem tschechischen Grenzgebiet stammte. Als ‚Man on the Margin' schöpfte er eine ‚multikulturelle Musik' aus melodischen Quellen, die teils lyrisch bejaht, teils ironisch verfremdet wurden.[153] Als er zunächst in Budapest, dann in Hamburg und ab

1897 in Wien zum Leiter des Opernhauses wurde, kam ein neues Tempo in jene heiligen Hallen. Die Modernen begrüßten Mahlers innovativen Einsatz als eine längst überfällige Auffrischung des Repertoires, aber in der antisemitischen Presse galt seine Ernennung zum Hofoperndirektor als weiteres Anzeichen der ‚Verjüdung'. Seine Einstellung war in der Tat ungewöhnlich, denn im Zeitalter eines anschwellenden musikalischen Nationalismus hat er die Konventionen der deutschen symphonischen Tradition aufgelockert und durch ironische Stilbrüche verfremdet. Am 19. November 1900 provozierte die Wiener Uraufführung seiner Ersten Symphonie mit ihren Anspielungen auf böhmische Volksmusikanten allgemeine Verblüffung. Musikalisch war Mahler von Kindesbeinen an außerordentlich empfänglich, und seine ästhetische Sensibilität nahm Anregungen aus allen möglichen Richtungen auf – Landschaft und Folklore, Dichtkunst und Liturgie. Kurz vor seiner Ernennung zum Kapellmeister an der Wiener Oper war er zum Katholizismus konvertiert.

Mahlers Kompositionen markierten den Übergang zwischen den Höhepunkten der deutschen Romantik und den sich ankündigenden Dissonanzen der internationalen Moderne. Am Dirigentenpult machte er eine völlig andere Figur als seine Vorgänger in Wien, besonders der klassisch geschulte Hans Richter. In Karikaturen und Schattenrissen verglich man Richters steife Haltung mit Mahlers dynamischer Körpersprache.

Graphik 12: Schattenrisse von Hans Richter und Gustav Mahler

Später hat der Künstler Max Oppenheimer (MOPP), der auch jüdischer Herkunft war, Mahlers Souveränität am Dirigentenpult auf einem großformatigen Orchesterbild gefeiert.[154]

Bei den erzkonservativen Wiener Philharmonikern stieß Mahlers eigenwilliger Dirigentenstil auf Widerstände, doch an der Oper gelang es ihm, einen neuen Ensemblegeist heranzuzüchten. Durch seine vielseitige Begabung war er geradezu berufen, Orchester, Text, Chor, Solisten, Körpersprache und Szenenbild aufeinander abzustimmen. Seine anspruchsvollen Proben stellten an alle Mitglieder des Ensembles die höchsten Forderungen, vor allem an Solisten wie Anna von Mildenburg und Leo Slezak, Selma Kurz und Maria Gutheil-Schoder. Nachdem er den jungen Bruno Walter als Assistenten und den erfinderischen Alfred Roller als Bühnenbildner gewonnen hatte, veranstaltete Mahler eine Reihe von multidimensionalen Opernaufführungen auf einem bisher unerreichten Niveau.

Das Repertoire reichte von *Freischütz* bis *Fidelio*, von Offenbachs *Hoffmanns Erzählungen* bis Hugo Wolfs *Corregidor*. Durch Mahlers innovative Aufführungsstrategie ging auch Wagners Vision des Gesamtkunstwerks in Erfüllung. Seine Aufführungen von *Lohengrin*, dem *Ring-Zyklus* und *Tristan und Isolde* erzeugten eine weltweite Resonanz – auch in New York begann man aufzuhorchen. Nur in das Bayreuther Festspielhaus wurde Mahler nie einladen, denn Wagners antisemitisches Pamphlet *Das Judentum in der Musik* warf einen langen Schatten. Man fragt sich, wie es möglich war, in Luegers Wien einen Kapellmeister jüdischer Herkunft zu ernennen. Zum Glück war für diesen Posten nicht die Stadt, sondern der Hof zuständig. Dort wirkten weitsichtige Aristokraten wie Joseph von Bezecny und Fürst Montenuovo, die Mahlers überragende Begabung erkannten.

In seiner dreifachen Rolle als Komponist, Operndirektor und Gastdirigent musste Mahler mit einem Tagesablauf von aufreibender Hektik zurechtkommen. Die anspruchsvolle Gruppendynamik hatte schon seine Gesundheit zu untergraben begonnen, als er in der Intimsphäre einen Ausgleich fand: Er verliebte sich in Alma Schindler. Begegnet waren sie (wie wir gesehen haben) einander in der Wohnung Berta Zuckerkandls. Die 1879 geborene Alma war Tochter des Landschaftsmalers Emil Schindler und seiner Frau Anna. Nach Schindlers Tod hatte Anna in zweiter Ehe den Maler Carl Moll geheiratet, was den Zugang zu weiteren Künstlerkreisen vermittelte. Musikalisch ausgebildet wurde Alma von Alexander Zemlinsky, in den sie sich beinahe verliebt hatte. Gustav Mahler war um 19 Jahre älter als Alma, aber ein Heiratsantrag vom weltberühmten Hofoperndirektor war kaum auszuschlagen.

Über ihre eigene Zukunft als Komponistin machte sich Alma keine Illusionen – es fehlte ihr, wie sie am 9. Februar 1898 im Tagebuch vermerkte, nicht an Begabung, sondern an Ernst. Schon Zemlinsky hatte die Tendenz zur Oberflächlichkeit erkannt, die ihr als Komponistin im Wege stand. ‚Entweder Sie componieren', hielt er ihr entgegen, ‚oder Sie gehen in Gesellschaften – eines von beiden'.[155] Ihre Kompromisslösung war, Gefährtin von berühmten Männern zu werden. Allerdings stellte der Brautbrief, den sie von Mahler erhielt, drakonische Bedingungen:

> Dass Du so werden musst, wie ich es brauche, wenn wir glücklich werden sollen, mein Eheweib und nicht mein College – das ist sicher! Bedeutet dies für Dich einen Abbruch Deines Lebens und glaubst Du auf einen Dir unentbehrlichen Höhepunkt des Seins verzichten zu müssen, wenn Du Deine Musik ganz aufgibst, um die Meine zu besitzen, und auch zu sein?[156]

Nach einigem Zögern ging Alma auf den von Gustav vorgeschlagenen Teufelspakt ein, und sie heirateten am 9. März 1902 in der Karlskirche.

Die musisch begabte Alma beherrschte die Kunst, ihre Partner zu neuen Taten anzufeuern. Neben gesellschaftlicher Eleganz besaß sie Sexualausstrahlung, Geschäftigkeit und Energie. Ihre Tagebuch-Suiten aus den Jahren 1898–1902 bieten eine einmalige Quelle – die Innovationen der Jahrhundertwende mit ihren reaktionären Gegenströmungen, gefiltert durch die Empfindungen eines kaum zwanzigjährigen Mädchens. Weniger zuverlässig sind ihre im amerikanischen Exil geschriebenen Memoiren, und über ihren persönlichen Charakter gehen die Meinungen weit auseinander.

Selbständige Werke hat Alma kaum geschaffen: Die von ihr komponierten Lieder fanden wenig Anklang. Doch sollte die Evokation männlicher Kreativität von der Kulturgeschichte nicht marginalisiert werden. Wie Lisa Fischer in ihrer Lina Loos-Biographie bemerkt: ‚Produkte entstehen nur im Wechselspiel zwischen Personen und nicht im luftleeren Raum. Nur die Einbeziehung des Systems, in dem Schaffen stattfindet, wird auch dem Anteil der Frauen daran gerecht'.[157] Ohne dieses Wechselspiel wären die Wiener Kreise in der Tat eindimensional geblieben. Ohne Almas Beistand ist es schwer vorstellbar, dass Mahler in den Jahren ihrer Ehe Meisterwerke wie *Das Lied von der Erde* komponiert hätte.

Souverän beherrschte Alma die Übergänge von der Gruppendynamik zur Intimsphäre, aber von Gustav lernte sie auch, dass zur Kreativität Vereinsamung gehört. ‚Sie ist eine gefeierte Schönheit, gewöhnt an ein glänzendes gesellschaftliches Leben', schrieb Bruno Walter an seine Eltern, ‚er ist so weltfern und einsamkeitsliebend'.[158] Die erwünschte Abgeschiedenheit fand das Ehepaar nicht in der Hektik der Wiener Saison, sondern während des Sommers in den herrlichen Landschaften der Provinz. Eine Villa erwarben sie in Maiernigg am Wörthersee, und schon frühmorgens um 7 Uhr pflegte Gustav in ein kleines Häuschen zu verschwinden, um sich völlig ungestört der Komposition zu widmen. Die Routine wurde nach dem Mittagessen durch Spaziergänge, Schwimmpartien oder Bootsfahrten ergänzt. Gustav fand nicht nur die Harmonie der Landschaft inspirierend, sondern manchmal auch den Takt der Ruderschläge. Bei der Instrumentierung seiner Kompositionen und der Reinschrift von Partituren leistete ihm Alma wertvollen Beistand.

Aus dieser Ehe wurden zwei Töchter geboren: Maria am 3. November 1902 und Anna am 15. Juni 1904. Das Familienglück wurde aber durch einen tragischen Zwischenfall zerstört. Während eines Sommeraufenthalts in Maiernigg erkrankte Maria an Diphterie, und sie starb am 12. Juli 1907 im Alter von viereinhalb Jahren. Ein solcher Verlust war schwer zu überwinden. Nicht die Villa in Maiernigg, sondern ein abgelegenes Bauernhaus in Alt-Schluderbach bei Toblach war in den folgenden Jahren ihr Sommeraufenthalt. Auch dort ließ sich Gustav ein Komponierhäuschen errichten, um ungestört weiterzuarbeiten – und das von Trauer umflorte *Lied von der Erde* fertigzustellen.

In jenen ländlichen Idyllen entstand aus Ton und Wort eine erhabene Programm-Musik. Goethe und Nietzsche, Schöpfungsvisionen und Naturereignisse, Kinderängste und Kriegermärsche, Lebensfreuden und Leidenschaften, Tanzreigen, Marschrhythmen und Jagdmotive, deutschböhmische Volksweisen und lateinische Liturgie: Alles löste sich in Musik auf. Selten haben schöpferische Impulse solche verhängnisvollen Tiefen berührt und so sublime Höhen erreicht wie in Mahlers *Das Lied von der Erde*. Nicht umsonst heißt der letzte Satz ‚Der Abschied‘, eine Beschwörung versiegender Lebenskräfte, die durch ihren deutsch-chinesischen Sprachduktus den Rahmen musikalischer Tradition sprengt. Durch seine Orchestrierung von Versen aus Hans Bethges *Die chinesische Flöte* hat Mahler im *Lied von der Erde* ästhetische Distanz mit einem gefühlsbeladenen österreichischen Tonkolorit verschmolzen. Herbstliche Einsamkeit soll durch eine Fülle des goldenen Weins und die funkelnden Augen schöner Mädchen vertrieben werden. Wenn man hier nicht an die bittersüße Melancholie eines Heurigenabends erinnert wird, so doch beim fröhlichen Mittelstück ‚Von der Jugend‘ an das Ambiente des Kaffeehauses:

> In dem Häuschen sitzen Freunde,
> Schön gekleidet, trinken, plaudern,
> Manche schreiben Verse nieder.

Durch den Wechsel von männlicher und weiblicher Stimme gewinnt die Spannung zwischen Geselligkeit und Vereinsamung eine unerhörte Resonanz, und bei dem Finale kommt es zu unüberwindlichen Todesahnungen:

> Es wehet kühl im Schatten meiner Fichten.
> Ich stehe hier und harre meines Freundes;
> Ich harre sein zum letzten Lebewohl.

Nach New York wurde Mahler zu einem Zeitpunkt eingeladen, als seine Stellung in Österreich durch die Anfeindungen konservativer Kritiker unhaltbar geworden war. Als er als Operndirektor demissionierte, sorgte er dafür, dass Almas Zukunft nach seinem Tod durch eine ansehnliche Witwenrente gesichert wurde. Das Ehepaar schiffte sich wiederholt nach New York ein, wo Mahlers Auftritte neben großen Erfolgen auch weitere Kontroversen erzeugten. Höhepunkt seiner letzten Jahre war die vom Komponisten dirigierte Premiere seiner Achten Symphonie am 12. September 1910 in München. Zurückgekehrt nach einer weiteren anstrengenden Saison in New York starb er am 18. Mai 1911 in Wien und wurde in Grinzing begraben. Erst nach seinem Hinscheiden wurde das von Schwermut durchtränkte *Lied von der Erde* von Bruno Walter uraufgeführt.

Die letzten Monate dieser Ehe wurden davon überschattet, dass Alma eine Liebesaffäre mit dem Architekten Walter Gropius anknüpfte, den sie Anfang Juni 1910 während einer Kur in Tobelbad (Steiermark) kennen gelernt hatte. Briefsendungen poste restante sollten die Affäre geheim halten, bis Gropius am 20. Juli in einem – versehentlich? – an ‚Herrn Direktor Mahler' adressierten Brief die Geheimnisse ihrer Liebesnächte verriet. ‚Da es quasi durch Zufall herausgekommen ist u. nicht durch ein offenes Geständnis von meiner Seite', schrieb Alma anschließend an Gropius, ‚hat er jedes Vertrauen, jeden Glauben an mich verloren!'[159] In den folgenden Wochen versuchte Gustav die Untreue seiner Frau auszugleichen, indem er sie mit Beweisen seiner Liebe überschüttete. In einem letzten Rettungsversuch konsultierte er Sigmund Freud, der als Störungsfaktor in seiner Liebesbeziehung eine ‚Mutterbindung' vermutete. Vergebens versuchte Mahler, sich an diesem ‚Strohhalm' festzuhalten.[160] Seine tödliche Erkrankung wurde wohl durch Almas Affäre beschleunigt: ‚Gustavs Tod auch – habe ich gewollt', schrieb sie abschließend in ihrem Tagebuch.[161]

Nicht Gropius sondern Kokoschka war künstlerisch Almas bedeutendste Eroberung in den Jahren nach Mahlers Tod. Daraus erwuchs eine Liebesbeziehung, die wieder einmal von der Gruppendynamik über die Intimsphäre zur Vereinsamung führte. Nicht weit ausholende Resonanzen sondern gedrängte Bildflächen bildeten diesmal den ästhetischen Raum. Doch wie der Komponist wurde auch der Künstler von einem narrativen Impuls geleitet, der seinen Leiden eine erzählerische Form verlieh.

Mehr als jeder andere Künstler wurde Kokoschka von der Gruppendynamik der Wiener Moderne begünstigt. Mit Hilfe eines staatlichen Stipendiums hatte er einen Ausbildungskurs an der Kunstgewerbeschule des Museums für Kunst und Industrie absolviert, wo er zuerst von Carl Otto Czeschka, später von Bertold Löffler gefördert wurde. Es war Löffler, der ihm den Zutritt zu den Wiener Werkstätten vermittelte, wo er neben den *Träumenden Knaben* auch dramatische Texte, Postkarten und Fächer kreierte. Der Durchbruch kam, wie wir gesehen haben, als er eingeladen wurde, an der Kunstschau teilzunehmen. Die internationale Ausstellung im Sommer 1909 markierte eine entscheidende Wende, denn seine Plastik *Der Krieger* wurde von Adolf Loos gekauft.

Der Architekt vermittelte ihm weitere Aufträge – vor allem als Porträtist. Gleichzeitig führte ihn Loos in den anspruchsvollsten Kreis der Moderne ein – die Kaffeehausrunde um Karl Kraus. Zu jenem Zeitpunkt war *Die Fackel* zu einem Forum für die literarische Moderne geworden – mit Beiträgen von Franz Werfel und Else Lasker-Schüler, Albert Ehrenstein und Berthold Viertel. Am 21. März 1910 erschien dort unter dem Titel ‚Oskar Kokoschka: Ein Gespräch' eine ausführliche Würdigung durch den Kunstkritiker Ludwig Erik Tesar. Kraus vermittelte auch Kontakte zu Herwarth Waldens Sturm-Kreis in Berlin, wo Kokoschka durch weitere Ausstellungen und Publikationen international bekannt zu werden begann. Auch beim Blauen Reiter-Kreis in München fand er eine enthusiastische Aufnahme.

In Wien wurde Kokoschka sowohl vom Akademischen Verband für Literatur und Musik als auch vom Hagenbund unterstützt. Bei der Hagenbund-Ausstellung vom Frühjahr 1911 zeigte er fünfundzwanzig Ölgemälde, darunter Porträts von Kraus, Loos und Altenberg. Seine Bilder wurden von bürgerlichen Kritikern bespöttelt. Selbst Arthur Roessler behauptete in der *Arbeiter-Zeitung* am 4. Februar 1911, Kokoschka habe ‚zwei Säle mit seinen aus einer Brühe von molkigem Eiter, Blutgerinnsel und salbig verdicktem Schweiß gezogenen Lemuren' gefüllt. Einsichtsvoller fasste der Kunsthistoriker Hans Tietze die Situation im *Fremden-*

blatt vom 10. Februar zusammen: ‚Kokoschka ist ein Revolutionär, ein Zerstörer, und wer ihn nicht begreift und bewundert, muss ihn als Gottesgeißel, eine Pest der Kunst, verfluchen'.[162]

Von der konservativen Kritik abgelehnt, wurde Kokoschka hingegen bei führenden Geistern der Wiener Moderne aktiv gefördert, denn sie vermittelten ihm weitere Kommissionen, um seine ständigen Geldsorgen auszugleichen (er lebte bei seinen Eltern und fühlte sich verpflichtet, die Familie finanziell zu unterstützen). Aber erst im Frühjahr 1912 setzte die schöpferische Krise ein, die ihn zu einem führenden Künstler der Zeit machen sollte. Der Qualitätswechsel wurde durch die Spannung zwischen Gruppendynamik und Intimsphäre ausgelöst. Denn in der Wohnung des Malers Carl Moll und seiner Frau Anna hatte er am 2. April Alma Mahler kennen gelernt. ‚Wie schön sie war', erinnerte sich Kokoschka später, ‚wie verführerisch hinter ihrem Trauerschleier!'[163]

In den ersten Monaten waren persönliche Begegnungen selten, Postsendungen umso häufiger – nicht weniger als achtzehn Briefe erhielt Alma von Oskar im Juli 1912 während eines Sommerurlaubs. In seinen Briefen finden wir einen Schlüssel zu der Überschwänglichkeit einer Leidenschaft, die durch Trennungsängste und Eifersuchtsausbrüche verstärkt wurde. In den ersten Monaten ging es darum, auf beiden Seiten eine tief gründende Bindungsangst zu überwinden. Oskars Brief vom 19. Juli 1912 deutete die Hoffnung an, mit Alma eine längst vermisste Intimität zu genießen, ‚wenn ich die Einigkeit mit Dir eingehe, die das stärkste Erlebnis für mich ist, weil ich nie an einen lebenden Menschen geglaubt habe, mich immer misstrauisch gedeckt hatte vor jeder wirklichen Nähe'.[164]

Die psychologischen Quellen der Entfremdungen, die ihr Verhältnis störten, wurden am 3. Jänner 1913 präziser erfasst:

> Da ich von Kindheit an, durch eine unangebrachte Entdeckung gestört in der Entwicklung meiner Natur, die eigentlich Gutes will und Gutes sein kann, den Menschen kalt und kontaktlos gegenüber stand, empfand ich alles als unsicher, fremd zu mir, und von mir fremden Trieben absorbiert.[165]

Auf dieses traumatische Kindheitserlebnis kam er im Mai in einem weiteren Brief zurück. Alma, die auf dem Semmering weilte, versuchte ihren schlechten Gesundheitszustand durch eine Arsenkur aufzubessern. Dazu stellte Kokoschka folgende Bedingung:

> Ich bitte Dich nur um eine Gnade, dass Du die Injektion in den Arm geben lässt, opfere lieber die Eitelkeit als die Schamhaftigkeit, denn ich brauche dieses starke Empfinden von Dir, wenn ich die unangenehmen Erlebnisse durch Dich vergessen will, die ich als Kind durchmachen musste durch die Verletzung meines Gefühls in solcher Art und als Liebender durch neue Erfahrungen.[166]

Bis zur Begegnung mit Alma scheint irgendein das Schamgefühl verletzendes Ereignis aus Kokoschkas Kindheit seinen Zugang zu Frauen gestört zu haben. Wenn es sich dabei um ein ödipales Trauma gehandelt hat, werden seine Eifersuchtsausbrüche umso verständlicher. Die Befürchtung, dass Almas Körper von anderen Augen betrachtet werden könnte, bildet ein Leitmotiv in seinen Briefen. Denn als Liebender wurde er durch solche neuen Erlebnisse an jene Verletzung des Gefühls in seiner Kindheit erneut erinnert.

Wir beginnen jetzt die sprunghaften emotionalen Entwicklungsstufen zu verstehen, die zu den Meisterwerken der Jahre 1912–1914 führten. Im von einem Kindheitstrauma überschatteten Frühwerk blieben Kokoschkas Darstellungen der Beziehungen zwischen den Geschlechtern völlig realitätsfern. Als phantastische Traumlandschaft wurden sie in *Die träumenden Knaben* abgebildet, als zerstörerischer Zweikampf in *Mörder Hoffnung der Frauen*. Und nicht einmal beim Doppelporträt des Ehepaares Hans und Erica Tietze (1909) war es ihm gelungen, zwischen Mann und Frau einen intimen Bezugsraum zu schaffen. Da änderte sich schlagartig nach der Begegnung mit Alma. Leicht erkennbare Frauengestalten füllten die Bildfläche von unzähligen Zeichnungen und Gemälden, die ihre stürmische Liebesbeziehung reflektierten. Durch Pinselstriche und Federzüge versuchte er Verlobung und Hochzeit herbeizuführen, und sein Atelier wurde zu einem Sakralraum, wo er Alma als seine Braut feierte.

Der Zugang zur Intimsphäre des weiblichen Körpers erhöhte den kreativen Impuls. Immer wieder drückte Oskar die Sehnsucht nach körperlicher Nähe in seinen Briefen aus – als Quelle schöpferisch-erotischer Erfüllung. Mit Bezug auf ‚das Heiligtum Deines schönen Leibes' schrieb er am 20. Mai 1913 an Alma: ‚Je mehr Du ihn [Deinen Körper] für mich darbringst, desto fruchtbarer wird für mich sein Geheimnis und ungehemmter stelle ich ihn dar, was mein Beruf in der Welt ist'.[167] Almas Körperformen in nicht aufhören wollenden Varianten darzustellen, wurde tatsächlich zu seinem Beruf. Von seiner Geliebten hat er über vierhundert Bildnisse geschaffen mit einer in der Kunstgeschichte seltenen, wenn nicht einzigartigen Versessenheit.

Auf dem allerkleinsten Raum gelang es dem Künstler, ein erschütterndes Liebesdrama darzustellen. Als Student an der Kunstgewerbeschule hatte Kokoschka gelernt, Fächer in japanischer Manier zu bemalen. Aus einem Brief vom 23. Dezember 1912 wissen wir, dass ein Fächer zu seinen Weihnachtsgeschenken für Alma gehörte. Für sie schuf er insgesamt sieben Fächer, eine Liebesgeschichte in Bildersprache mit einer Wendung ins Tragische.

Die Tragödie setzte ein, als Alma sich weigerte, das Kind auszutragen, das durch die hochgespannte Liebesbeziehung gezeugt worden war. Schon im Juli 1912 hatte Oskar davon geträumt, dass sie ‚ein liebes Kind' von ihm haben könnte. ‚Wir finden jetzt das Heilige der Familie, Du wirst Mutter werden'.[168] Der Eingriff, den sie Mitte Oktober in einer Wiener Klinik vollziehen ließ, wurde zu einer schweren Enttäuschung. Gerade ‚das Mütterliche' an ihrem schönen Leib wird in seinen Briefen gepriesen.[169] Hätte man Freud auch in diesem Fall konsultiert, so wäre wohl der Begriff ‚Mutterbindung' wieder aufgetaucht! Im März 1913 schöpfte Oskar neue Hoffnung, als Alma ihn auf einer Reise nach Neapel begleitete. Nach der Rückkehr heißt es in einem Brief vom 20. Mai: ‚Ich aber liebe Dich als Verwandtes, Mütterliches, ich stamme von Dir innerlich ab, weil Du dasselbe Wesen bist wie ich'.[170]

In dieser Zeit voll Hoffnung und Schaffensdrang erreichte der im Entstehen begriffene Fächer-Zyklus seinen ersten Höhepunkt. Die Entstehungsgeschichte hat der Kunsthistoriker Heinz Spielmann in einer feinfühligen Spezialstudie rekonstruiert, die auch farbige Abbildungen der Fächer enthält. Sowohl in den erzählenden als auch in den symbolischen Szenen erkennt er eine ‚innere Kontinuität'.[171] Nach einleitenden Bildern auf den ersten zwei Fächern, welche die Wiedergeburt des Künstlers durch die Begegnung mit der Geliebten skizzieren, feiert der dritte, nach Neapel entstandene Fächer die Apotheose der Liebe. Von links nach rechts gestalten die ausgebreiteten Felder drei Stationen einer wunderbaren Reise zu einem Triptychon der Beglückung. Links erblicken wir die Ausfahrt der Liebenden in einer herrlichen Kutsche, rechts eine dramatische Theaterszene, die sie in Neapel auf der Bühne erlebten. Das Mittelfeld bildet künstlerisch die bedeutendste Szene dieses Fächers, ja vom ganzen Zyklus (siehe Graphik 13).

Graphik 13: Dritter Fächer für Alma Mahler (Mittelfeld)

Hier werden Mann und Frau als ebenbürtige Partner dargestellt, ausruhend nach dem Liebesakt auf einem schwebenden Boot. Die elementare Macht der Leidenschaft wird in japanischer Manier durch den symbolischen Hintergrund angedeutet: Ozean, Berge, Himmel, Vulkan. Auf dem beschränkten Raum dieses Fächers erkennen wir auch den Ausgangspunkt für *Die Windsbraut* – das Gemälde, das Kokoschka in einem Brief an Alma vom Mai 1913 als ‚mein bestes Bild' bezeichnete: eine Arbeit, ‚in die ich uns zwei ganz hineindichte, so wie wir uns in guten lichten Momenten fühlen'.[172]

In den vier weiteren Fächern für Alma, die nach Mai 1913 entstanden, nimmt die Bildergeschichte eine tragische Wendung. Über den – verschollenen – vierten Fächer, den der Künstler ihr zu Weihnachten schenkte, wissen wir nur, dass er mit den Worten beschriftet wurde: ‚Du stichst und brennst mich fürchterlich / als ich in Dich zum Sterben schlich – / In Deiner Mitten glänzt mein Herz / süß schmelzen Deine Feuer'.[173] Hier wie auf anderen Fächern deutet die Flammensymbolik eine verzehrende Leidenschaft an.

Der fünfte Fächer, im Frühjahr 1914 entstanden, markiert einen Wendepunkt. Die Hoffnung auf eine erneute Erweckung durch die engelhafte Alma-Figur (im linken Segment des Fächers) wird hier durch Ungetüme bedroht. Im Mittelfeld wird eine nackte Alma-Figur von einem Drachen verschlungen, und die Hoffnung auf eine friedliche Nacht des Zusammenseins im Schlafgemach (rechts) wird von einer Schlange in Frage gestellt, die sich um eine riesige Pflanze windet. Sowohl die heimtückischen Gestalten hinter der Pflanze als auch der große, dunkle, bärtige Mann im Mittelfeld erhöhen das Gefühl, dass das Liebesverhältnis durch feindliche Mächte zerstört wird. Diese Szenen deutet Heinz Spielmann als eine Satire auf die schale Geselligkeit, die – aus der Sicht des Künstlers – Alma zu verschlingen drohte.

In seinen Briefen beklagte sich Kokoschka immer wieder über jene trivialisierende Gruppendynamik, die ihm die ersehnte Intimität versperrte: ‚Falle nicht wieder in Deinen alten Fehler, mit aller möglichen Baggage Dich zu umgeben, die Dich als Erbin feiern', hatte er am 25. Juli 1912 geschrieben.[174] Als Nachlassverwalterin Gustav Mahlers verkehrte Alma häufig in Musikerkreisen, und sogar ihre Erinnerungen an den im Vorjahr verstorbenen Komponisten machten Kokoschka eifersüchtig. Die vielen ‚Bestien', die ihm Alma entfremden, indem sie ‚mit ihrem gottverfluchten Gesellschaftstratsch keine Ruhe geben', werden sowohl auf den Fächern als auch in den Briefen zu einem Leitmotiv.[175]

Die emotionalen Konflikte trafen mit den ersten Monaten des Weltkriegs zusammen. Auf den abschließenden Fächern hat Kokoschka das persönliche Drama und die politische Katastrophe ikonographisch zu einer künstlerischen Einheit verschmolzen. Den sechsten Fächer, als Geschenk für Almas Geburtstag am 31. August 1914 konzipiert, gestaltete er zu einer Gegenüberstellung von Krieg und Frieden. Links erblicken wir eine Friedenslandschaft mit Zugtieren und Frauen, die unter dem Schatten eines herrlichen Baums die Erde fruchtbar machen; rechts das genaue Gegenteil – Krieger in Uniformen, die einander mit Gewehren und Artillerie angreifen, während der Baum zerschossen wird und am Horizont eine Kirche brennt. Auf dem Mittelfeld erscheint eine idealisierte Alma-Figur, die beschwörend ein Lamm auf dem Arm hält, während ein heldenhafter Reiter mit einer Lanze gegen ein dreiköpfiges Ungetüm ankämpft. Dieses Selbstporträt deutet die Hoffnung des Künstlers an, seine Feinde doch zu besiegen und die Braut aus den Klauen der Gegner zu befreien.

Psychologisch lässt sich diese Gegenüberstellung auf einen Passus im Brief an Alma vom 10. Mai 1914 beziehen, wo Oskar ‚drei blutige Teufel' benennt, die ihn bedrängen: ‚völlige Einsamkeit, quälende Eifersucht (auf Alles, wofür Du mich verlässt) und freiwillige schwere Armut'. Alma dagegen wird im selben Brief als sein ‚mütterlicher Genius' angesprochen.[176] Acht Monate später, nachdem er bei der Armee eingerückt war, gab er der dreiköpfigen Figur eine weitere Deutung – sowohl persönlich als auch politisch: ‚Ich bin ein Dragoner und habe es auf dem letzten Fächer vorgeahnt, wo ich gegen drei Drachen angeritten komme'. Dabei dachte er nicht nur an die russischen Truppen, gegen die er ins Feld ziehen sollte, sondern an seine Rivalen im Hinterland. In diesem Brief aus der ersten Februarhälfte 1915 werden die

Musiker Hans Pfitzner und Siegfried Ochs als Zielscheiben seines Grolls genannt.[177]

Als Reaktion auf die doppelte Krise, den Friedensbruch in seinem Verhältnis zu Alma und die Kriegserklärung Russlands, hatte Kokoschka sich freiwillig zum Militärdienst gemeldet. Ihre Tochter Anna wusste später zu berichten, dass Alma ihn so lange ‚einen Feigling' nannte, bis er sich zum Kriegsdienst meldete, weil sie ‚schon genug vom ihm' hatte.[178] Der naive Künstler scheint sich mit dem Ritter auf seinem Fächer identifiziert zu haben, denn er erwarb wirklich ein Pferd, um bei einem elitären Kavallerieregiment in Wiener Neustadt ausgebildet zu werden. Um seine ständigen finanziellen Schwierigkeiten zu überwinden, verkaufte er *Die Windsbraut* an einen deutschen Sammler. Dieses liebevolle Doppelporträt auf schwebendem Boot hatte er nicht zu Unrecht ‚das Meisterstück aller express[ionistischen] Bestrebungen' genannt.[179] An dessen Stelle vollendete er ein Meisterwerk in Miniatur, indem er im Dezember 1914 einen abschließenden Fächer voller Todesahnungen schuf. Hier verschmelzen persönliche Trauer und politische Katastrophe zu einer wüsten Apokalypse, wo alles in Flammen unterzugehen droht.

Links erblicken wir auf diesem letzten Fächer eine schutzlose Frau mit zwei Kindern in einer zerschossenen Landschaft; im Mittelfeld dominiert eine wuchtige Kanone, vor der einige trauernde Gestalten zu fliehen versuchen, während der Hintergrund vom Getümmel des Kampfes erfüllt ist. Anknüpfend an die christliche Symbolik hat der Künstler rechts eine Reihe von Frauen dargestellt, die an Gräbern vorbeigehend ein Kreuz tragen. Doch der religiöse Trost wird durch die Figuren im Vordergrund untergraben: zwei Totenköpfe und ein sterbender Krieger mit Bajonett in der Brust. Zu Füßen einer scheinheilig aussehenden Frau liegt auch zusammengekrümmt ein ungeborenes Kind. Die Leiden des Krieges verbindet Kokoschka hier mit der schmerzlichen Erinnerung an das Kind, das sein Bündnis mit Alma besiegelt hätte, wäre die Schwangerschaft nicht unterbrochen worden. Scheinheilig war Alma in der Tat, denn sie trieb mit Oskar ein Doppelspiel. ‚Mit Vertrauen wirst Du wieder in meine Arme kommen', schrieb er am 2. Jänner 1915, nachdem ein paar dienstfreie Tage ihm erlaubt hatten, die Neujahrsnacht in ihrer Wohnung auf dem Semmering zu verbringen.[180] Doch auf Vertrauen antwortete sie mit Untreue. Nachdem sie unter einem Vorwand den Schlüssel zu seinem Atelier in der Hardtgasse ausgeliehen hatte, ging sie hin und nahm die Liebesbriefe zu sich, die ihr wieder angeknüpftes Verhältnis mit Walter Gropius hätten kompromittieren können. Für den Freiwilligen, der fürchterliche Strapazen auf sich genommen hatte, kam es als schwerer Schock, als er von der Frau, die er über alles liebte, zu hören bekam: ‚Du verdienst betrogen zu werden'.[181] Im Frühjahr 1915 vermutete Oskar immer noch, dass es Musiker waren, die ihm Alma entfremdet hatten. Er wusste, dass sie nach Berlin gefahren war, aber sie hatte vor ihm verheimlicht, dass sie Gropius zu heiraten gedachte. Erst im Juni erkannte Oskar, dass sie ihn endgültig verlassen hatte. Die angebetete Frau, an deren Brust er sich ‚so klein gehängt', hatte ihn ‚aus dem Arm fallen lassen'.[182]

Als im Jahre 1909 *Der Krieger* bei der Kunstschau ausgestellt wurde, wurde die Plastik als Symbol der künstlerischen Avantgarde verstanden. Nun sollte der Künstler am eigenen Leib erfahren, was Krieg bedeutet. Nur durch ein Wunder hat Kokoschka das Schlachtfeld überlebt. Ende Juni 1915 sandte er an Alma die tieftraurigen Abschiedsworte: ‚Du hast mir mit Deinem Brief heute weher getan als bis jetzt. Ich habe geweint, weil ich nun sehe, dass ich gar keine Zuflucht mehr habe'.[183] Am 29. August wurde er an der russischen Front durch einen Kopfschuss und einen Bajonettstich schwer verwundet und musste wochenlang im Spital liegen. Ohne ihn zu verständigen, hatte Alma schon am 18. August in Berlin Walter Gropius standesamtlich geheiratet, und am 5. Oktober 1916 wurde ihre Tochter Manon Gropius geboren. Inzwischen war Kokoschka durch eine explodierende Granate zum zweiten Mal verwundet worden, nachdem er an die italienische Front geschickt worden war, um Zeichnungen von Kriegsszenen anzufertigen.

Bleibt die Frage, warum ein innovativer Künstler für seine verhängnisvolle Liebesgeschichte – neben anderen Ausdrucksformen – den intimen Raum der Fächer bevorzugte. Hier muss man auf den zeitgeschichtlichen Kontext zurückgreifen. Kunstgegenstände im japanischen Stil waren um die Jahrhundertwende sehr beliebt, und bemalte Fächer gehörten zur Damenmode. Um seine Werbung zu unterstützen, eigneten sie sich vorzüglich als Liebespfände. Denn in der Wiener Werkstätte hatte Kokoschka gelernt, dass handgemachte Objekte nicht nur die Schaulust, sondern auch den Tastsinn ansprechen. Sie gehören berührt, ja gestreichelt. Darüber hinaus wird die verführerische Wirkung von Fächern durch ihre Beweglichkeit verstärkt – mal verschlossen, mal aufgeschlagen, mal steif, mal weich. Zu traditionellen Assoziationen mit der weiblichen Intimsphäre gesellt sich auch ein phallisches Element. Farbenprächtig wie ein Pfauenschwanz kann ein Fächer aufgeschlagen werden.

Diese Symbolik wurde durch Erfahrungen im Cabaret Fledermaus bekräftigt. Kokoschka gehörte zu den Malern, die die erotisch angehauchte Tanzkunst Grete Wiesenthals bewunderten, und im Oktober 1907 wurde dort neben anderen Kurzdramen sein Schattenspiel *Das getupfte Ei* aufgeführt. Die erotische Atmosphäre des intimen Theaters wird durch eine Programmzeichnung aus jenen Jahren belegt (siehe Graphik 14).

Graphik 14: Fledermaus-Programm

Die nackte Frau in schwarzen Strümpfen auf der Bühne steigert ihre erotische Ausstrahlung, indem sie durch einen Fächer ihre Brüste vor den erregten Blicken des Publikums halb verbirgt. Diese Symbolik wird durch den vorgehaltenen Fächer verstärkt, mit dem die Dame in der ersten Reihe auf die erotische Schau reagiert.

Kokoschka konnte damit rechnen, dass Alma die Fächersymbolik verstehen würde. Dazu kam, dass er die Fächer nicht auf Papier malte, sondern auf so genannter ‚Schwanenhaut', einem aus geglätteter Tierhaut hergestellten Pergament, auf Ebenholzstäbchen montiert. Dadurch wurden die erotischen Assoziationen verstärkt. Bemalte Haut erzeugt einen Schauer des Primitiven, verbunden in der Fächerausgestaltung mit orientalischer Raffinesse. Nicht ästhetisch distanziertes Anschauen verlangten seine Liebesgaben, sondern ein hautnahes Befühlen. Bei Kokoschka wurde die japanische Tradition der Fächermalerei erotisch verfeinert. Daraus erklärt sich auch, warum der vierte Fächer verschollen ist. Nachdem Alma Walter Gropius geheiratet hatte, verbrannte der frischgebackene Ehemann jenen Fächer in einer Anwandlung von Eifersucht – ein Autodafé, das die Bedeutung des Kunstwerks besiegelte.

9. Rechtskämpfe, Bühnenwirkung, Operettenkultur: Der angebrochene Abend

Die politisch-persönlichen Krisen, die Kokoschka zu bewältigen hatte, schlugen auch bei seinem Freund Karl Kraus gewaltige Wellen. Im Gegensatz zu Zeitschriften wie *Ver Sacrum* ging es in der *Fackel* nicht primär um ästhetische Debatten, sondern um radikale Zeitkritik. Denn er hatte nach journalistischen Lehrjahren begriffen, dass es notwendig war, Eigentümer und Herausgeber einer eigenen Zeitschrift zu werden, wenn man mit einer unabhängigen Stimme sprechen wollte. Er griff die Journalistencliquen an, die um 1900 das Übergewicht im Wiener Kulturleben gewonnen hatten, vor allem durch den Einfluss der *Neuen Freien Presse*. Kraus wollte seine Leser lehren, offiziöse Druckwerke mit Skepsis zu lesen: ‚Werde misstrauisch, und einer von Druckerschwärze fast schon zerfressenen Kultur winkt die Rettung' (F 56, 11).

Als Anwalt der öffentlichen Moral führte er auch einen Kampf ums Recht. Die Formulierung stammt von dem Juristen Rudolf von Ihering, der im Jahre 1872 an der Universität Wien einen Vortrag unter diesem Titel hielt. Iherings *Der Kampf um's Recht* wurde zu einem Standardtext für angehende Juristen, und der junge Kraus dürfte diesen Text gelesen haben, als er im Dezember 1892 an der juristischen Fakultät immatrikulierte. Für Ihering war das Recht eine ‚unausgesetzte Arbeit und zwar nicht etwa bloß der Staatsgewalt, sondern des ganzen Volkes'. Wenn altehrwürdige Interessen ‚die Gestalt erworbener Rechte angenommen haben', entsteht ‚ein Kampf, den das Neue zu bestehen hat, um sich den Eingang zu erzwingen'. Jeder an seiner Stelle ist berufen, ‚Wächter und Vollstrecker des Gesetzes innerhalb seiner Sphäre zu sein'.[184]

Aus dieser Schrift hatte Kraus eine programmatische Grundlage für seine Zeitschrift bezogen. Sie liegt in dem Konzept der von Ihering aus dem Römischen Recht abgeleiteten ‚actiones populares' – ‚Popularklage'. Anfang Juli 1900 verkündete Kraus mit Nachdruck: ‚Weil unser öffentlicher und mündlicher Strafprocess die Popularklage nicht kennt, habe ich ja zum Zwecke der *öffentlichen, schriftlichen Popularklage* die ‚Fackel' gegründet' (F 46, 20). Für den Begriff ‚Popularklage' gab er keine Quelle an, aber bei Ihering kann man nachlesen, wie dieser Begriff verstanden werden sollte. Durch die Institution der ‚actiones populares', heißt es in *Der Kampf um's Recht*, war jeder römische Staatsbürger berechtigt, ‚als Vertreter des Gesetzes aufzutreten und den Verächter desselben zur Verantwortung zu ziehen'.[185]

Die Popularklage wurde zur Grundstrategie der *Fackel* und der ehemalige Kaffeehausliterat zu einem radikalen Rechtskritiker. Kraus hatte schon in der allerersten Nummer festgestellt, dass die politische Diskussion aus dem Parlament ‚in den unweiten Gerichtssaal geflüchtet' war (F 1, 11). Polemisiert wurde sowohl gegen die Parteilichkeit von Geschworenen als auch gegen die Arroganz von individuellen Richtern. Vor allem im Bereich der Sexualmoral bekämpfte er eine Reihe von Fehlurteilen, indem er die Sache der zu Unrecht Verurteilten verteidigte und sich für spezifische Reformen einsetzte. Besondere Aufmerksamkeit schenkte er den Vorgängen im Landesgericht, denn im gewaltigen Gebäudekomplex hinter der Universität konnte man die Schattenseiten einer Gesellschaftsordnung beobachten, welche Ehebrecherinnen an den Pranger stellte und den Diebstahl einer Handtasche mit jahrelanger Haft bestrafte. Durch diese Rechtskritik wurde die Legitimationskrise einer anachronistischen Hierarchie bloßgestellt. Dass im Landesgericht auch Todesurteile vollstreckt wurden, machte es zu einem Brennpunkt für die Spannungen zwischen Machtstaat und Menschenrecht.

Besondere Achtung erwarb sich Kraus bei jüngeren Juristen durch die Aufsätze, die er 1908 im Sammelband *Sittlichkeit und Kriminalität* veröffentlichte. Doch nicht nur im Bereich der Sexualmoral, auch auf der Ebene der Außenpolitik erkannte er die Legitimitätskrise eines rückständigen Staatswesens. Im selben Jahr kam es zu einer völkerrechtlichen Krise, als Österreich die formell zum Osmanischen Reich gehörigen Provinzen Bosnien und Herzegowina annektierte. Auf dieses Ereignis hat Kraus schon im Oktober 1908 in seinem von Endzeitgefühlen durchtränkten Aufsatz ‚Apokalypse' angespielt, welcher eine herannahende Katastrophe vorwegnimmt. Die Zeichen einer Zeit, deren technische Errungenschaften ein moralisches Vakuum zu schaffen drohen, wurden dort prophetisch zusammengefasst: ‚An allen Enden dringen die Gase aus der Welthirnjauche, kein Atemholen bleibt der Kultur, und am Ende liegt eine tote Menschheit neben ihren Werken, die zu erfinden ihr so viel Geist gekostet hat, das keiner mehr übrig blieb, sie zu nützen'. Dass die Tragödie der Menschheit von Österreich ausgehen könnte, hat er damals kaum geahnt. Eher dachte er an die Machtpolitik des Deutschen Reichs, denn Kaiser Wilhelm II. wurde als ein ‚apokalyptischer Reiter' dargestellt, dem Macht gegeben wurde, den Frieden von der Erde zu nehmen. Einen Hinweis auf die Balkankrise fügte er hinzu: ‚Ich habe gehört, dass Österreich Bosnien annektiert hat. Warum auch nicht? Man will alles beisammen haben, wenn alles aufhören soll' (F 261-2, 1 und 4).

Systematischer setzte Kraus sich mit dem Balkan auseinander, als die wahren Hintergründe der Affäre Ende 1909 durch den Friedjung-Prozess sichtbar wurden. Als deutschnationaler Historiker aus einer assimilierten jüdischen Familie war Heinrich Friedjung durch sein 1897 erschienenes Hauptwerk *Der Kampf um die Vorherrschaft in Deutschland 1859–1866* zum führenden Wiener Historiker seiner Zeit geworden. Seine Kritik an der Rückständigkeit österreichischer Institutionen, die zur Niederlage im Krieg gegen Preußen geführt hatte, machte ihn aber keineswegs zu einem Vertreter der internationalen Moderne, denn er identifizierte sich mit der Expansionspolitik des Deutschen Reichs. Nun ging es aber um die Hegemonie Österreich-Ungarns in Südosteuropa.

Die Annexion Bosniens und Herzegowinas hatte zu einer andauernden Krise geführt, da sie vom benachbarten Königreich Serbien nicht akzeptiert wurde. Um die Gefahr abzuwägen, war der Chefredakteur der *Reichspost* Friedrich Funder eigens nach Sarajewo gefahren. Dort begegnete ihm ‚ein brodelnder Hexenkessel':

> Alle drei Volkselemente, aus denen die Bevölkerung Bosnien-Herzegowinas zusammengesetzt war, hatte eine tiefe Erregung ergriffen. Die Mohammedaner, ein Drittel der 1,8 Millionen zählenden Bevölkerung, verlangten nach Vereinigung mit dem Osmanischen Reich. [...] Gegen sie stieß das Begehren der relativen, rund 800.000 Köpfe zählenden serbischen Bevölkerungsmehrheit, welche nach der Vereinigung mit Serbien rief. Eingezwängt zwischen diesen leidenschaftlich auseinanderstrebenden Massen stand die Minderheit von 400.000 katholischen Kroaten.[186]

Für Funder war die Annexion die einzige Möglichkeit, den Hexenkessel zu beruhigen und die Rechte der katholischen Minderheit zu schützen.

Da es schien, als könnte der Konflikt mit Serbien nur durch einen Krieg gelöst werden, wurden im März 1909 die k. und k. Streitkräfte mobil gemacht. Mit einem Sieg über Serbien hoffte die österreichisch-ungarische Regierung, die politischen Bestrebungen der Südslaven im eigenen Lande zu vereiteln – unter zwei Voraussetzungen. Zunächst galt es sicherzustellen, dass der

Krieg lokal begrenzt blieb, und dann musste ein Vorwand für die Kriegserklärung an Serbien geschaffen werden.

Der Außenminister Graf Aehrenthal entschloss sich, eine Pressekampagne zu lancieren, und fand dazu in Heinrich Friedjung einen bereitwilligen Verbündeten. Die *Neue Freie Presse*, die unter der Leitung Moriz Benedikts mit einer Reihe von Berichten gegen Serbien aufgehetzt hatte, veröffentlichte am 25. März 1909 einen Artikel von Friedjung, der einen militärischen Angriff rechtfertigen sollte. Aufgrund von Dokumenten, die ihm das Außenministerium zugespielt hatte, beschuldigte Friedjung Abgeordnete des Agramer Landtags einer hochverräterischen Verschwörung mit der Regierung in Belgrad. Der Artikel war als Fanfarenstoß für den Krieg gedacht. Im letzten Augenblick jedoch zog die serbische Regierung unter dem Druck Russlands ihren Einspruch gegen die Annexion zurück, und die Kriegsgefahr wurde abgewendet.

Anstatt dass man mit Serbien militärisch aufräumte, wurde nun der österreichischen Außenpolitik der Prozess gemacht. Im Dezember 1909 reichten Mitglieder des kroatischen Landtags gegen Friedjung und die *Neue Freie Presse* eine Ehrenbeleidigungsklage ein. Auch gegen die *Reichspost* wurde geklagt, denn weitere inkriminierende Dokumente waren von Funder abgedruckt worden. Kraus hielt den Prozess für so bedeutsam, dass er der Verhandlung persönlich beiwohnte. Die Verhandlung dauerte vierzehn Tage und es wurde in der *Neuen Freien Presse* lang und breit darüber berichtet (9.–22. Dezember). Die Verhandlung begann mit großen patriotischen Tönen und mit Versuchen der Verteidigungsanwälte, serbische und kroatische Zeugen einzuschüchtern. Friedjung legte Kopien seiner berüchtigten Dokumente vor, in denen einzelne Verschwörer namentlich aufgeführt wurden. Dr. Bozo Markovic, Hochschulprofessor aus Belgrad, erfuhr zu seiner Überraschung durch Zeitungsberichte über den Prozess, dass er angeblich geheime Treffen mit den ‚Verschwörern' abgehalten und ihnen für ihren Verrat Geld aufgedrängt habe. Auch Dr. Franjo Supilo, ein kroatischer Abgeordneter des ungarischen Reichstags, der ein unabhängiges Jugoslawien befürwortete, sollte Bestechungsgelder angenommen haben.

Markovic und Supilo reisten nach Wien, um sich zu rechtfertigen. Markovic gab vor Gericht an, er sei zur fraglichen Zeit in Berlin gewesen, um an einer rechtswissenschaftlichen Vortragsreihe teilzunehmen. Richter und Geschworene begegneten dieser Zeugenaussage mit Unglauben. Doch die für ihre genaue Meldekontrolle bekannte preußische Polizei bestätigte, dass Markovic zum Zeitpunkt der angeblichen Verschwörung tatsächlich in Berlin gewesen war. Die Dokumente des Außenministeriums waren, wie es sich herausstellte, gefälscht, und Friedjung wurde zum schmachvollen Widerruf seiner Verleumdungen gezwungen. Auch Funder musste zugeben, dass die vermeintlichen Beweisstücke gegen Serbien Falsifikate waren: ‚Der k. und k. Gesandte Graf Forgach in Belgrad war einem Fälscher zum Opfer gefallen und nach ihm das Wiener Auswärtige Amt'.[187] Vieles spricht dafür, dass Forgach der eigentliche Anstifter der Fälschungen war.

Die Analyse, die Kraus im Jänner 1910 unter dem Titel ‚Prozess Friedjung' veröffentlichte, verurteilte Aehrenthal und das Außenministerium wegen ihrer Verantwortungslosigkeit. Sein Hauptthema war jedoch die Labilität der öffentlichen Meinung. Kraus erkannte in dieser Bereitschaft zur Selbsttäuschung, in der Unfähigkeit, aus dem Fiasko Lehren zu ziehen, ein verhängnisvolles Alarmzeichen: ‚Österreich ist ein Land, wo keine Konsequenzen gezogen werden' (F 293, 29). Der Fall bestätigte die wichtigsten Argumente der *Fackel*: Rechtskampf, Journalistenkritik und Kriegsgefahr, indem er die Gefahren diplomatisch-journalistischer Duplizität für den Weltfrieden aufzeigte.

Kraus' Analyse befasste sich insbesondere mit der Figur Friedjungs, der die politische Korrumpierbarkeit der Intelligenz exemplarisch verkörperte. Der Prozess ließ keinen Zweifel daran, dass er in gutem Glauben gehandelt hatte. Was für eine Geisteshaltung zeigte sich darin, dass er so willfährig sein Ansehen für einen dreisten Propagandatrick aufs Spiel setzte? Als Antwort analysierte Kraus eine lebensfremde Denkweise, die sich durch anachronistisch martiale Metaphern noch zusätzlich betäubte. Die Skrupel des Historikers gingen in Heldenrhetorik unter. In der Zeugenaussage Friedjungs erkannte er die sonore Stimme eines liberalen Gelehrten alter Schule, der an der Propagandaspitze der deutsch-österreichischen Expansionspolitik mitmarschierte.

Mit Recht nannte Kraus diese Gerichtsverhandlung ‚einen weltgeschichtlichen Prozess' (F 293, 4). Denn er erkannte, dass es mit Österreich vorbei war, wenn es so weitergehen sollte. Nach Erscheinen dieser Analyse in der *Fackel* erhielt Kraus einen denkwürdigen Brief von Thomas Masaryk, der selber dem Prozess beigewohnt hatte und später Präsident der unabhängigen Republik Tschechoslowakei werden sollte:

Sehr geehrter Herr Kraus,
Nr. 293 der ‚Fackel' sagt vieles, was ich denke und gelegentlich noch öffentlich zu sagen gedenke – ich fühle mit Ihnen, dass das ‚kleine' Serbien und die Kroaten in der Sache um so viel höher gestanden sind, als das ‚große' Österreich und ich beurteile dieses offizielle Österreich ganz so wie Sie.
Ihr ergebener
Professor T. G. Masaryk,
Prag.

Noch klarer als Kraus erkannte Masaryk die Legitimationskrise, an der Österreich-Ungarn zugrunde zu gehen drohte.[188]

‚Prozess Friedjung' war die ausgewogenste Analyse der Meinungsmanipulation, die Kraus in den Jahren vor dem Ersten Weltkrieg verfasste. In anderen Fällen neigte er dazu, die Rolle von Regierungen als Urheber politischer Mystifikation zu unterschätzen und die Presse isoliert zu betrachten – als eine eigenständige Macht des Bösen. Hier dagegen zog er alle beteiligten Faktoren in Betracht: die österreichische Regierung als Anstifter der Affäre; die Presse als ihr bereitwilliger Helfershelfer; die Gefügigkeit der Intellektuellen, die Leichtgläubigkeit der öffentlichen Meinung und schließlich die Dimension des falschen Bewusstseins, das sich in einem anachronistischen Sprachduktus zeigt. Und er machte auch die verheerenden Folgen deutlich, die sich aus einer solchen Verbreitung patriotischer Mythen ergeben: ein Krieg, der Tausenden das Leben kosten würde.

Neben dem Gerichtssaal wurde das Theater für Kraus zur einer schier unerschöpflichen Quelle sozialkritischer Erkenntnisse. Schauspieler zu werden war seine erste Ambition gewesen, doch sein Misserfolg im Januar 1893 bei einer Schüleraufführung von Schillers *Die Räuber* machte klar, dass eine leichte Wirbelsäulenverkrümmung ihn von einer Bühnenlaufbahn ausschloss. Untauglich auch für den Militärdienst, wurde er umso kampflustiger im geistigen Bereich. Talent hatte er auch in seiner Jugend gezeigt, bei Lesungen radikaler literarischer Texte, insbesondere Hauptmanns *Die Weber*. Erst fünfzehn Jahre später aber, als seine Satire zunehmend von schauspielerischen Impulsen geprägt wurde, wagte er wieder öffentlich aufzutreten. Zuerst am 13. Jänner 1910 in Berlin, bald darauf auch in Wien, startete er die Reihe von Vorlesungen aus eigenen Schriften und aus anderen kongenialen Werken, die zur Wirkung seiner Zeitkritik wesentlich beitragen sollten. Es mag kein Zufall gewesen sein, dass die Vorlesungen kurz nach dem Friedjung-Prozess begannen, denn jene Affäre hatte zu einer Untergangsstimmung geführt, deren beredtester Verkünder eben Kraus geworden war.

In Wien wurde der Entschluss, öffentlich aufzutreten, durch einen neuen Freundeskreis erleichtert, der sich vorwiegend aus jungen Juristen zusammensetzte. Den Kontakt hatte Kraus zunächst über Adolf Seitz aufgenommen, den er im Restaurant Löwenbräu zu sich gebeten hatte, um sich über den ‚Akademischen Verein für Kunst und Literatur' zu informieren, der in finanzielle Schwierigkeiten geraten war.[189] Bald darauf wurde ihm – auch im Löwenbräu – der Jurist Max Sobal vorgestellt, Obmann der erfolgreicheren Nachfolger-Organisation, des ‚Akademischen Verbandes für Literatur und Musik in Wien'. Diese im Herbst 1908 von Universitätsstudenten gegründete Gruppe unterschied sich prinzipiell von den deutschnationalen Verbindungen und Lesevereinen, die zu Brutstätten reaktionärer Ressentiments geworden waren.

Das Programm des Akademischen Verbandes war erfrischend pluralistisch und interdisziplinär, denn es reichte von einem Schubert-Abend unter Mitwirkung vom Wiener Sängerbund zu einem Arnold Schönberg-Abend mit dem Rosé-Quartett. In ein und demselben Monat (Februar 1912) wurde für die Avantgarde eine Wedekind-Woche veranstaltet und für Nostalgiker ein Vortrag von Karl May. 1913 wurden auch zwei Ausstellungsprojekte realisiert: eine Wanderausstellung der Futuristen und eine internationale Graphik-Ausstellung. Besonders häufig wurden Vertreter der Wiener Moderne zu Leseabenden eingeladen – von Alfred Adler bis Stefan Zweig. Zu den verlockendsten Rednern und Themen gehörten Arnold Schönberg über Gustav Mahler, Egon Friedell über Bernard Shaw, ein Rilke-Abend von Ludwig Hardt, Adolf Loos über ‚Ornament und Verbrechen' und Oskar Kokoschka über ‚Das Bewusstsein der Gesichte'. Aus dem Protokollbuch des Verbandes für die Jahre 1911–13 hat der Kulturhistoriker Heinz Lunzer auch die Hintergründe zu den ersten Wiener Vorlesungen von Karl Kraus rekonstruiert.[190]

Wichtig für jene Pioniere der Moderne war der Zuspruch einer jüngeren Generation, die keine Angst vor ästhetischen Experimenten hatte. An der Universität mochten engstirnige Studentenverbindungen einen ‚Arierparagraphen' einführen, um Juden auszuschließen. Dagegen durfte jeder Interessierte ohne Rücksicht auf Herkunft oder Konfession in den Akademischen Verband aufgenommen werden. Es gab eine musikalische Sektion, die von dem Musikologen Paul Stefan geleitet wurde, und eine literarische Sektion, bei der Ludwig Ullmann, Erhard Buschbeck und Robert Müller aufeinanderfolgend als Obmann fungierten. Leiter der technischen Abteilung und Kassierer war Philipp Berger, der ein ausgezeichnetes Organisationstalent besaß.

Die Verdienste des Akademischen Verbandes sollen hier besonders hervorgehoben werden, denn am Durchbruch der Wiener Moderne waren nicht nur Dichter, Künstler und Komponisten beteiligt, sondern auch Veranstalter und Sponsoren. Bei der Gründung des Verbandes musste ein ‚Nichtuntersagungsbescheid' von der Niederösterreichischen Statthalterei eingeholt werden.[191] Neben Verhandlungen mit der Zensur musste alles andere sorgfältig geplant werden: Saalvermietung und Kartenverkauf, Publizität und Plakate, nicht zu vergessen die Überweisung eines Honorars an den Vortragenden oder an einen karitativen Zweck. Beim Verband wurden Differenzen unter Vorstandsmitgliedern laut Vereinsgesetz demokratisch durch Abstimmungen entschieden. Die Finanzplanung schuf beträchtliches Kopfzerbrechen, denn gewagte Experimente wie das Schönberg-Konzert am 30. März 1913 – das berüchtigte ‚Watschenkonzert' – konnten zu beträchtlichen Verlusten führen. Doch die Kontroverse um das neue Geschäftshaus auf dem Michaelerplatz sorgte dafür, dass der von Adolf Loos am 11. September 1911 im großen Sophiensaal unter dem ironischen Titel ‚Ein Scheusal von einem Haus' gehaltener Lichtbildvortrag besonders erfolgreich war. Der 2700 Personen fassende Saal war bummvoll, Loos sprach mit leidenschaftlicher Stimme, und das Ereignis markierte den Höhepunkt in dieser kämpferischen Phase der Wiener Moderne.

Auch die elf vom Akademischen Verband veranstalteten Kraus-Vorlesungen, meistens im Festsaal des Ingenieur- und Architektenvereins in der Eschenbachgasse, hatten einen durchschlagenden Erfolg. Die am 2. Mai 1912 abgehaltene Nestroy-Feier im Großen Musikvereinssaal, durch ein hübsches Plakat angekündigt, zog sogar 1500 Hörer an – weitere 500 mussten abgewiesen werden. Daher hat Kraus die Vorlesung drei Wochen später mit teilweise geändertem Programm wiederholt.[192] Darauf folgte die nicht abreißen wollende Sequenz von insgesamt 700 Kraus-Vorlesungen, die sich über 25 Jahre erstreckten, von unterschiedlichen Organisatoren veranstaltet wurden, und die Resonanz seiner Stimme nach allen Ecken und Enden des deutschen Sprachraums tragen sollten. Der Akademische Verband musste schon 1914 aufgelöst werden, aber ihm vor allem gebührt das Verdienst, Kraus zum Sprung aufs Podium verholfen zu haben.

Die Persona des einsamen Satirikers, die Kraus' Bühnenwirkung verstärkte, war also eine Konstruktion, die auf kooperativer Basis aufgebaut wurde. Doch wenn er von Verehrern als Einzelkämpfer gefeiert wurde, blieben die Helfer im Hintergrund zu Unrecht unbeachtet. Die Beteiligung aus dem Akademischen Verband beschränkte sich nicht nur auf die frühen Vorlesungen, denn Ullmann verfasste das erste Register von *Fackel*-Beiträgen und Berger übernahm eine Zeitlang die Organisation weiterer Vorlesungen. Andere Verbündete aus dem Kreis um Karl Kraus spielten eine noch wesentlichere Rolle. Von seinem am 18. Juli 1911 verstorbenen polnischen Freund Ludwig von Janikowski, dessen Gesichtszüge in einem Kokoschka-Porträt festgehalten wurden, beteuerte Kraus, er habe ‚als erster die geistige Perspektive' seines Werkes erkannt (F 331-2, 64). Noch wichtiger für den anhaltenden Erfolg der *Fackel* war der selbstlose Beistand des Druckereibesitzers Georg Jahoda, den Kraus in einem Gedicht als ‚Mitschöpfer' apostrophierte (‚An meinen Drucker', F 649-56, 1). Auf persönlicher Ebene bekam er andauernd Hilfe von seiner Freundin Helene Kann, die auch von Kokoschka porträtiert wurde. Noch unsichtbarer blieb zu Lebzeiten die Inspiration, die Kraus von seiner Geliebten und Briefpartnerin Sidonie Nadherny empfing.

In einem viel beachteten Aufsatz über Karl Kraus schrieb Walter Benjamin von seiner ‚dreifachen gestaffelten Einsamkeit: der des Kaffeehauses, wo er mit seinem Feind, der des nächtlichen Zimmers, wo er mit seinem Dämon, der des Vortragssaales, wo er mit seinem Werk allein ist'.[193] Im Café war er aber mit Freunden zusammen, beim Korrekturlesen hat ihm gelegentlich Sidonie im nächtlichen Zimmer geholfen, und nicht einmal auf der Bühne war er ganz allein. Denn bei hunderten von Vorlesungen teilte Kraus das Podium mit einem Klavierbegleiter. Seine Anteilnahme an der musikalischen Kultur Wiens ist umso verwunderlicher, als er sich im März 1913 als ‚vollständig ungebildet' auf dem Gebiet der Musik bezeichnete (F 370-1, 18). ‚Melodische Erinnerung' wurde aber, wie er später bemerkte, zu einer Quelle seiner Kreativität (F 649-56, 8).

Schon das erste *Fackel*-Heft enthält einen Hinweis auf eine Tradition des Musiktheaters, die Kraus besonders liebte: ‚Nestroy und den herrlich verwienerten Offenbach' (F 1, 15). Neben Nestroys Possen mit Gesang sollten später auch Offenbach-Bearbeitungen zu Glanznummern in seinem Repertoire werden. Schon bei der Nestroy-Feier im Mai 1912 hatte Kraus versucht, einige Couplets vorzutragen. Viel wirksamer wurde seine Stimme, als er zum ersten Mal am 9. Juni 1914 Nestroy mit Klavierbegleitung vortrug (mit Otto Janowitz am Klavier). In den folgenden Jahren arbeitete er bei musikalisch untermalten Vorlesungen mit mehr als dreißig Pianisten zusammen, unter anderen Egon Kornauth, Victor Junk, Georg Knepler, Franz Mittler, Josef Bartosch, Eduard

Steuermann, Eugen Auerbach und Friedrich Holländer.[194] Mit Frauen kollaborierte er auch gerne: neben Klavierbegleiterinnen wie Olga Novakovic, Johanna Jahoda und Fritzi Pollak vor allem mit der musikalisch begabten Autorin Mechtilde Lichnowsky.

Aus dieser musikdramatischen Tradition gewann Kraus schöpferische Impulse für seine eigenen Bühnenwerke, vor allem *Die letzten Tage der Menschheit*. Nicht zufällig werden dutzende von Szenen in diesem Weltkriegsdrama von musikalischen Motiven untermalt. Neben Auftrittsliedern im Nestroy-Stil werden patriotische Lieder in den Dialog eingeflochten, um einen ironischen Kontrapunkt zu den schauerlichen Kriegsereignissen zu schaffen. Denn Wien betrachtete Kraus, wie an anderer Stelle nachgewiesen wurde, als eine Kulturgemeinschaft, die sich durch patriotische Melodien und populäre Lieder konstituierte – mit teils heiteren, teils verhängnisvollen Folgen.[195] Er machte es sich zur Aufgabe, den ‚endgültigen akustischen Ausdruck für Österreich' zu identifizieren (F 632-9, 25). Im Weltkrieg war es der höllische ‚Fußmarsch' gewesen, zu Friedenszeiten *Die lustige Witwe*.

Kraus betrauerte den Verfall ehrwürdiger Theatertraditionen und das Aufkommen einer seichten Operettenkultur. Gemessen an Offenbachs Subtilität empfand er bei Lehárs Salonoperetten eine geistige Leere. Die Premiere der *Lustigen Witwe* am 30. Dezember 1905 im Theater an der Wien fand er so trivial, dass er in der Pause wegging. Lehárs außerordentlicher Erfolg lag darin begründet, dass er mit der Hilfe von begabten jüdischen Librettisten wie Viktor Leon und Leo Stein den Spannungen der österreichischungarischen Identität eine melodienreiche Resonanz verlieh. Soziale Aufstiegsträume, graziöse Liebesverwicklungen, die farbenfrohe Vielfalt der Völker, die ambivalente Stellung der Aristokratie und der Glanz des Militärs wurden zu einer bezaubernden Fabel orchestriert. Kraus hob die militärischen Untertöne hervor, indem er Lehár wiederholt als ‚Musikfeldwebel' bezeichnete. Durch kleine Orchester oder auf Grammophon wurde in Wien um 1909 ‚in jedem Nachtcafé' Lehárs volkstümlicher Schlager ‚Vilja, o Vilja, du Waldmägdelein' gespielt, was Kraus den Aufenthalt verleidete (F 274, 18). ‚Wenn die Welt untergeht', bemerkte er in der *Fackel*, wird ‚Dummer, dummer Reitersmann' aus der *Lustigen Witwe* noch ‚in allen Zentren europäischer Kultur' gehört werden (F 241, 15).

Diese schwermütigen Bemerkungen über leichte Musik gewannen eine apokalyptische Dimension, als die Konflikte am Balkan mit dem Leichtsinn des Wiener Vergnügungslebens immer krasser kontrastierten. Mit Bezug auf die internationalen Bühnenerfolge Franz Lehárs bemerkte Kraus im März 1912: ‚Theateragenten sind stolz denn sie managen den Weltuntergang' (F 343-4, 8). Die Polemik gegen einen verantwortungslosen Journalismus und eine verfehlte Außenpolitik verband er nun mit der Kritik an einer frivolen Operettenkultur. Die Mystifizierung des Krieges durch die österreichische Berichterstattung über den Balkan führte ihn im Herbst 1912 zu der apokalyptischen Diagnose, die am überzeugendsten in ‚Untergang der Welt durch schwarze Magie' formuliert wurde.

Am Schluss desselben *Fackel*-Heftes wird diese Kritik unter dem Titel ‚Und in Kriegszeiten' knapp zusammengefasst: ‚Eine Operettenkultur rückt zu Zeiten auch mit Kriegsbegeisterung aus. Ihre Söldner sind Schreiber. Völlig verantwortungslose Subjekte, die heute eine Premiere und morgen einen Krieg lancieren'. Der Text gipfelte in der prophetischen Warnung: ‚Im Krieg [...] erneuert sich keine Kultur mehr, sondern rettet sich durch Selbstmord vor dem Henker' (F 363-5, 71). Durch seine Vorlesungen wurden diese Mahnungen unterstrichen. Schon am 18. Dezember 1912 hat Kraus ‚Und in Kriegszeiten' vorgetragen. Die Aktualität dieses Textes erwies sich erst recht, als er ihn am 13. Februar 1915 im Kleinen Musikvereinssaal wiederholte.

Was unter einer Operettenkultur verstanden werden sollte, trat im Juni 1914 nach der Ermordung des Thronfolgers Erzherzog Franz Ferdinand klar zutage. Wenn die Regierung dem Ernst der Lage entsprechend die gekrönten Häupter Europas zu einem Staatsbegräbnis nach Wien eingeladen hätte, wäre die Kriegsgefahr wohl durch konziliante Diplomatie gebannt worden. Am Ballhausplatz aber hatte die Kriegspartei die Oberhand gewonnen, angeführt unter anderen vom Hauptverschwörer bei der Friedjung-Affäre, Graf Forgach. Anstelle eines Staatsbegräbnisses wurde (in Kraus' Formulierungen) eine ‚kläglich reduzierte

Trauer' angeordnet, denn Österreich war zu einer ‚Versuchsstation des Weltuntergangs' geworden (F 400-3, 2 und 4).

Am 10. Juli 1914, drei Wochen vor dem Ultimatum an Serbien, war dieses *Fackel*-Heft erschienen. In einer unscheinbaren Glosse hatte Kraus unter dem Titel ‚Ermessenssache' die frivole Stimmung in Wien erfasst. Man wollte sich die schönen Sommerabende nicht verderben lassen:

Ermessenssache

> Viele Vergnügungsetablissements haben bei den Behörden angefragt, ob sie die Vorstellungen abhalten sollen. Es wurde mitgeteilt, dass irgendeine Hoftrauer noch nicht angeordnet sei und dass es dem Ermessen jeder einzelnen Direktion anheim gestellt werden müsse.

‚Venedig in Wien' ermaß, Hoppsdoderoh zu machen. Denn wenn wir auch nimmer leben werden, wird es doch schöne Maderln geben, und was fängt man mit dem angebrochenen Abend an (F 400-3, 8).

Die Amtssprache (‚Ermessen') und das Gejodel (‚Hoppsdoderoh') klangen gleich hohl, während die Kriegsgefahr durch Zeilen aus einem bekannten Heurigenlied angedeutet wurde: ‚wenn wir auch nimmer leben werden'.[196]

Abschließend deutet Kraus durch eine unscheinbare Floskel – den ‚angebrochenen Abend' – eine Endzeitvision an. In einer Stadt mit hedonistischem Nachtleben hatte sich im Volksmund die Vorstellung durchgesetzt, dass erst am Abend die schönste Tageszeit ‚angebrochen' sei. Transitiv besitzt die Wendung auch einen taktilen Beigeschmack: Vom Nachtbummler wird der Abend wie eine Flasche Champagner ‚angebrochen', um ihn bis zum letzten Tropfen zu genießen. Bei Kraus reicht die Resonanz der Wendung über den Volksmund hinaus. Wie so vieles im Sprachfundus der *Fackel* hat der ‚angebrochene Abend' einen jüdischen Unterton, der implizit zur Besinnung auffordert (der Schabbat bricht ja nicht am Feiertag an, sondern am Abend vorher).

Im April 1917, als die Gräuel des Krieges für einen jeden sichtbar geworden waren, kam er auf das Motiv des ‚angebrochenen Abends' zurück. Mit patriotischem Sang und Klang war ein neues Wiener Kaffeehaus eröffnet worden – das Café-Restaurant Hotel Krantz zwischen Kärntnerstraße und Neuem Markt mit täglichen Konzerten von der Kapelle Kleinberg. Unter dem Titel ‚Sterben und leben lassen!' kontrastierte Kraus den Restaurantbetrieb, wo man ‚Rhein-, Mosel- und Dessertweine glasweise, sowie schon am frühen Morgen warme Speisen bekommt', mit einem Bericht über die Lage an der russischen Front, wo die Truppen ‚bei 26 bis 30 Grad Kälte' im Schnee liegen mussten (F 454-6, 26). Abschließend druckte Kraus unter dem Titel ‚Was sich am Ende der Zeit begab' ein patriotisches Marsch-Tongemälde aus dem Programmzettel der Kleinberg-Kapelle ab, gefolgt von trivialen Versen, die zum Tanz aufforderten. ‚Nun ist der Abend schon so sehr angebrochen', schrieb er in seinem Kommentar, dass wir ‚diese animierten Totentänze' endlich aufgeben sollten (F 454-6, 60-2). Nach dem Zusammenbruch sollte es in einer noch schärferen Satire heißen: ‚ich bitt Sie, was fängt man mit dem angebrochenen Weltuntergang an' (F 554-6, 1).

‚Was sich am Ende der Zeit begab', hat Kraus am 1. April 1917 im Kleinen Konzerthaussaal vorgetragen. Gefolgt wurde diese Glosse von einem Auszug aus der im Entstehen begriffenen Tragödie *Die letzten Tage der Menschheit,* dem satirischen Meisterwerk der Wiener Moderne. Trotz Kriegszensur war es ihm gelungen, nicht nur das Erscheinen der *Fackel,* sondern auch seine Vorlesungen fortzusetzen. Schon November 1914 hatte Kraus im Mittleren Konzerthaussaal unter dem ironischen Titel ‚In dieser großen Zeit' eine tiefsinnige Kriegskritik vorgetragen, die gleich darauf in der *Fackel* erschien (F 404, 1-20). Vor allem seine Technik der Dokumentar-Satire machte es möglich, die Kriegszensur zu umgehen und eine grandiose Collage von Zeitdokumenten abzudrucken. Am Ende glaubte er nachgewiesen zu haben, wie es im Vorwort zu den *Letzten Tage der Menschheit* heißt, dass ‚Operettenfiguren die Tragödie der Menschheit spielten'.

10. Schwarzwald-Schulen, Wohlfahrtswerk und die Linderung der Nachkriegsnot

Im Gegensatz zu seinen Freunden Kokoschka, Schönberg und Loos vermied Kraus einen Kreis, der bei der Entwicklung der Wiener Moderne im Krieg und im Frieden eine bedeutende Rolle spielte – den Salon Genia Schwarzwalds. Geboren 1872 als Eugenie Nussbaum in einer Kleinstadt in Galizien, war die begabte Tochter einer jüdischen Familie 1895 nach Zürich gezogen, um an der Universität Literatur und Philosophie zu studieren. Sie promovierte 1900 mit einer Dissertation über deutsche Literaturgeschichte und heiratete im Dezember desselben Jahres den Wirtschaftsexperten Hermann Schwarzwald. Die ‚Frau Doktor' begann schon Anfang 1901 in Wien Kurse für junge Damen über deutsche Literatur zu halten sowie auch Kurse für Arbeiter im Volksheim. Dann übernahm sie im Herbst 1901 ein bereits existierendes Mädchen-Lyzeum am Franziskanerplatz als Leiterin. Das wurde nur provisorisch vom niederösterreichischen Landesschulrat genehmigt, weil Genia keine Lehramtsprüfung absolviert hatte.[197] Trotzdem gelang es ihr, den Lehrplan für Mädchen und junge Frauen radikal zu modernisieren. 1909 gründete sie auch das erste österreichische Realgymnasium für Mädchen, um sie auf ein Universitätsstudium vorzubereiten. Schwarzwald, wie Deborah Holmes treffend bemerkt, ‚war mehr als nur ein unangenehmer Stachel im Fleisch der Staatsbürokratie, diese sah in ihr vielmehr die Verkörperung einer weit größeren Herausforderung, der Untergrabung des patriarchalen Status quo.'[198]

Im selben Jahr zogen die Schwarzwalds in eine elegante Wohnung in der Josefstadt ein. Hermann hatte sich als Finanzberater einen Namen gemacht, trat in den Staatsdienst ein, arbeitete zunächst bei der Exportförderung im Handelsministerium und sollte später Sektionschef im Finanzministerium werden. Die Wohnung war schon vor ihrem Umzug von Adolf Loos eingerichtet worden, und als Genia ihren Salon zu einem Treffpunkt für moderne Geister machte, wurde Loos zu einem gern gesehenen Gast.

‚In meinem Salon ist Österreich', soll Berta Zuckerkandl gesagt haben. Für eine Außenseiterin wie Genia Schwarzwald war es ein Wagnis, einen Salon zu gründen, der als Konkurrenz zu den Zuckerkandls gelten könnte. Sie war aber eine energische Frau, die ihre Position vorteilhaft auszubauen wusste. Die Zuckerkandls wohnten außerhalb der Stadt (erst 1917 sollte Berta ihren Salon in die Stadtmitte verlegen – Oppolzergasse 6 unweit des Café Landtmann). Für die Schwarzwalds dagegen war die zentrale Lage der Wohnung in der Josefstädter Straße und der Schule im Ersten Bezirk besonders günstig, und Genia schuf zwischen Schule und Salon einen dynamischen Austausch. Bei ihr verkehrte die radikalere Generation der Modernisten, nicht Schnitzler, Bahr und Klimt, sondern Loos, Kokoschka und Schönberg. Von sich hätte Genia wohl sagen können: In meinem Salon ist die Wiener Moderne.

Es gelang ihr auch, diese bahnbrechenden Figuren als Lehrer und Kursleiter zu gewinnen. Schon die Geburtsstunde des Schönbergkreises hing mit ihrer Schule zusammen. In der *Neuen Musikalischen Presse* wurden am 8. Oktober 1904 ‚Musiktheoretische Abendkurse' angekündigt, die unter der Leitung von Schönberg und Zemlinky ‚in den Räumen des Mädchengymnasiums in Wien' – der Schwarzwald-Schule – abgehalten werden sollten. Die Zahl der Teilnehmer sollte ‚sehr beschränkt' sein, doch nicht die Qualität: Angemeldet hatten sich Anton Webern und Alban Berg, Heinrich Jalowetz und Karl Horwitz, die zu Schönbergs begeisterten Jüngern gehören sollten.[199]

Am gewagtesten war Genias Entschluss, den fast mittellosen Oskar Kokoschka 1911 als Zeichenlehrer einzustellen. Das provozierte einen Wutausbruch vom Schulinspektor. Um sich zu verteidigen, erzählte Frau Schwarzwald, sie habe Kokoschka im vorangegangenen Jahr in einem verwahrlosten Zustand kennen gelernt, habe dann aus Mitleid versucht, ihn auf bessere Wege zu bringen, denn er sei ‚nur durch die unheilvolle Klimtgruppe und die Modernen der Museumschule' so verwildert. Als Antwort vermerkte der Schulinspektor, Kokoschka habe die Mädchen ‚nach der Methode der ‚Übermodernen' zeichnen lassen', woraus ein ‚Chaos von kindischen Patzereien' entstanden sei.[200] An dieser Reaktion erkennt man die Kluft zwischen traditionellen und modernen Kunstauffassungen. Pädagogisch war Kokoschka keineswegs unerfahren, denn unter Alfred Rollers Leitung arbeitete er gleichzeitig als Lehrer an der Kunstgewerbeschule des Österreichischen Museums für Kunst und Industrie.

Die Schwarzwald'schen Schulanstalten waren so erfolgreich, dass sie 1913 ein großartiges neues Gebäude in der Stadtmitte beziehen konnten. Der Eingang in der Wallnerstraße lag neben der Herrengasse, und von der Dachterrasse aus hatte man einen Blick auf den Stephansdom. Der Architekt des Gebäudes war Victor Siedek, aber die Ausgestaltung der Schulräume wurde von Adolf Loos durchgeführt. Die Schule besaß in den oberen Stockwerken zweiundzwanzig Klassenzimmer, Direktion, Professorenzimmer, Bibliothek, Sammlungsräume, eine Schuldienerwohnung, und im erhöhten Dachgeschoß einen Festsaal (siehe Abbildung 19: Festsaal der Schwarzwald-Schule). In der reichhaltigen Literatur über Adolf Loos wurde die Schule in der Wallnerstraße wenig beachtet – zu Unrecht. Denn von seinen vielen Entwürfen für Schulgebäude ist dies der einzige, der ausgeführt wurde.

In diesem Festsaal, 1913/14 eingerichtet, spürt man die sachliche Poetik eines Raumes, der ohne großen Kostenaufwand ausgeführt wurde. Wenn Ornament für Loos wirklich ein Verbrechen bedeutete, so blieb er hier seinen Prinzipien treu. Denn er vermied die kostbare Vertafelung, die in seinen luxuriösen Innenräumen für Privatwohnungen oft überladen wirkt. Stattdessen gestaltete Loos die Fenster rein funktional mit zusätzlichem Licht von oben. An den verkleideten Betonpfeilern der Längswände wurden die Lampen mit gelber Seide verhängt, um das Ensemble etwas aufzuweichen. Aber die Betonrahmenkonstruktion, die über das übrige Dachgeschoß hinausragt, ließ er frei sichtbar.[201]

Noch bedeutsamer wurde dieser Raum durch bahnbrechende Veranstaltungen. Der Saal bildete eine Brücke zwischen fortschrittlicher Privatschule und modern denkendem Publikum. Hier schuf Frau Schwarzwald eine weitere Form jener Halböffentlichkeit, die so wesentlich zur Verbreitung moderner Ideen beitrug. Um ein bezeichnendes Beispiel zu nennen: An österreichischen Universitäten war es seit Jahren ein Skandal, dass Frauen nicht zum Studium der Rechte zugelassen wurden. Um hier Abhilfe zu schaffen, bildete die tatkräftige Frau Doktor im

Februar 1916 ein Komitee und lud Interessierte zu einer Zusammenkunft im Festsaal der Schwarzwald-Schule. Eingeleitet wurde die Diskussion von Professor Edmund Bernatzik, einem Juristen, der seit Jahren für die Zulassung von Frauen plädiert hatte. Da das Ministerium sich nach wie vor weigerte, Frauen zuzulassen, gründete Frau Schwarzwald eine private ‚Rechtsakademie für Frauen' unter dem Vorsitz von Bernatzik.[202] Zum Ausschuss der Rechtsakademie gehörte auch Hans Kelsen, der seit Jahren schon zum Schwarzwald-Kreis zählte.

Es kam also um die Zeit des Ersten Weltkriegs zu einer Allianz zwischen dieser pragmatischen Frauenrechtlerin und der österreichischen Avantgarde. Zu den Figuren, die Fortbildungskurse für erwachsene junge Mädchen an den Schwarzwald-Schulen leiteten, gehörten neben Adolf Loos auch Hans Kelsen (Jus), Otto Rommel (Literatur), Egon Wellesz (Musik) und Marcel Ray (Französisch). Genia führte auch Fachkurse für Chemie ein, eine für Mädchen ungewöhnliche Innovation. Die Allianz setzte sich während des Krieges fort. Um 1916 verkehrten bei den Schwarzwalds nicht nur Loos und Kokoschka, sondern auch Rilke. Einzig Karl Kraus, der vor dem Krieg einmal bei den Schwarzwalds soupiert hatte, hielt sich strengstens auf Distanz, wie man aus seinen Briefen an Sidonie Nadherny erkennt.

Die Schwarzwalds waren keineswegs Hurrapatrioten, aber loyale Österreicher, die nach besten Kräften die Bestrebungen der Monarchie unterstützten. Hermann, der durch ein körperliches Gebrechen vom Militärdienst befreit war, arbeitete fleißig bei der Finanzplanung im Ministerium mit, während Genia sich mit charakteristischer Energie in die Sozialarbeit und Kriegsfürsorge stürzte. Um die durch den Krieg entstandene Hungersnot zu lindern, gründete sie in Wien Gemeinschaftsküchen. Und für ihre Aktion ‚Wiener Kinder aufs Land!' schuf sie mit der Hilfe eines Komitees ein Programm für Erholungsheime an ländlichen Orten wie Gloggnitz und am Semmering. Der Aufruf, der in der Presse erschien, wurde von prominenten Personen unterzeichnet, und zum Komitee gehörten, neben Genia als Schriftführerin, Prinzessin Windisch-Graetz als Präsidentin und die Frauen des Bürgermeisters von Wien und des Unterrichtsministers als Vizepräsidentinnen. Doch das war nicht jene Art von selbstgefälliger Wichtigtuerei, die von Kraus in der *Fackel* ironisiert wurde. Genia schuf eine praktische und finanzkräftige Gruppendynamik, die zu greifbaren Ergebnissen führte. Schon im Jahre 1916 verhalf das Programm 4000 Kindern zu Ferien auf dem Land. Das Büro war selbstverständlich in der Wallnerstraße, und sogar die Dachterrasse des Schulgebäudes wurde für karitative Zwecke benutzt. Ein zeitgenössisches Foto zeigt verwundete deutsche Soldaten dort bei einer ‚Dachgartenjause'.[203]

Nach dem Zusammenbruch der Zentralmächte und der Gründung der Republik Österreich wurden diese Wohlfahrtsaktionen intensiver weitergeführt, denn bei kinderreichen Familien in Wien stiegen Krankheit und Hungersnot weiter an. Neben den Ferienheimen gab es Kurse für heimkehrende Offiziere und Erholungsheime für notleidende Künstler. Organisatorisch wurden diese Projekte unter dem Titel ‚Schwarzwald'sches Wohlfahrtswerk' zusammengefasst, ein eingetragener Verein mit Verwaltung in der Wallnerstraße. Auf dem Briefkopf wurden folgende Aktivitäten aufgelistet: Gemeinschaftsküchen, Erholungsheime für Erwachsene, Kinderheime, Feriensiedlungen für Kinder, Altersgemeinschaft, Lehrmädchenheim, Bekleidungsaktion.[204]

Auch mit internationalen Hilfsaktionen hat Genia in jenen Krisenjahren erfolgreich zusammengearbeitet. Der Kreis der Schulreformerin war zu einem weit ausholenden Netzwerk von karitativen Organisationen geworden, das bald auch Berlin erreichte. Dort hat sie mit unverwüstlicher Tatkraft unter dem Titel ‚Österreichische Freundeshilfe' eine Reihe von Gemeinschaftsküchen aufgemacht. Deren Wirkung wird am 23. Februar 1924 in einem Brief des Bürgermeisters von Pankow widergespiegelt: ‚Sie, gnädige Frau, haben mit dem hier geschaffenen Liebeswerk einen hellen Lichtschein in die Gemüter der Erwerbslosen getragen [...] In diesem so harten Winter wird Ihre Wohltat doppelt empfunden'.[205]

Neben diesen Projekten blieb die Schule in der Wallnerstraße ein Hauptanliegen, und die halböffentliche Funktion des Festsaals wurde immer wichtiger für die Wiener Moderne. Als Schönberg den Verein für musikalische Privataufführungen gründete, veranstaltete er die ersten Konzerte, ab Dezember 1918, auch in jenem Saal. Am 27. Mai 1921 fand der berühmte modernistische Walzerabend dort statt. Neben Schönberg spielten Alban Berg, Anton Webern, Eduard Steuermann und Rudolf Kolisch ihre eigenen Johann-Strauss-Bearbeitungen (die musikalische Moderne war keineswegs humorlos). Sogar für Karl Kraus wurde die Schule zu einer wertvollen Ressource, denn er hatte in seiner Wohnung in der Lothringerstraße kein Klavier. Daher traf er etwa zwei Dutzend Mal seinen Begleiter Georg Knepler in der Schwarzwald-Schule, um mit Genias Erlaubnis ihre Offenbach-Bearbeitungen auszuprobieren.[206]

Persönlich blieb Kraus' Beziehung zu den Schwarzwalds distanziert, obgleich sie ihn als Schriftsteller verehrten. Doch sein Freund Adolf Loos und dessen zweite Frau Elsie Altmann waren in der Josefstädter Straße häufig zu Gast. Als zehnjährige Schwarzwald-Schülerin hatte Elsie bei einem Ballettfest Adolf Loos zum ersten Mal erblickt und den Zauber seiner Persönlichkeit schon gespürt. Als Loos seine blutjunge Frau als Tänzerin ausbilden wollte, wählten auch sie den Festsaal in der Wallnerstraße für das Debüt. In ihrem Erinnerungsbuch listet Elsie einige der Gäste auf, die sie in Genias Salon kennen lernte: Alma Mahler, Karin Michaelis und Louis de Rothschild, Richard Coudenhove-Kalergi mit seiner Frau Ida Roland, die Tänzerin Grete Wiesenthal, und Schriftsteller wie Rilke, Wassermann und Zuckmayer. Es zeugt von Genias Magnetismus, dass die Gäste so gerne kamen, denn die Schwarzwalds waren Antialkoholiker. Trinkfeste Kunden wie Egon Friedell mussten heimlich eine Flasche in der Hosentasche mitbringen, wenn sie etwas Stärkeres als Wasser wollten. Bei den Schwarzwalds gab es aber stets interessante Gespräche und immer etwas zu essen, denn Gastfreundschaft (wie Elsie betont) war ihnen etwas Selbstverständliches: ‚Ihre Freigebigkeit kannte keine Grenzen. Niemand verließ hungrig ihr Haus, und wer kein Dach über dem Kopf hatte, konnte bei ihnen auf einem Sofa schlafen'.[207]

Sonntags hatten die Schwarzwalds ein offenes Haus und manchmal kamen bis zu einhundert Gäste zu ihnen. Auch halbwüchsige Schülerinnen wurden zum Tee eingeladen. ‚Man saß auf Pölstern auf dem Boden', erinnert sich eine ehemalige Schülerin.[208] Aus dieser Melange von pubertären Mädchen und Vertretern der Avantgarde wie Oskar Kokoschka entstand (wie Deborah Holmes bemerkt) die ‚aufregende, erotisch aufgeladene Atmosphäre, die Schwarzwald und ihren Kreis umgab'.[209] Bestätigt wird das durch die Erinnerungen einer anderen Schülerin: ‚Es knisterte und funkte, wie von ungesicherten elektrischen Leitungen, die im nächsten Augenblick ein Feuer entzünden könnten. Es war unheimlich und gefährlich. Zugleich aber wurde ein Anspruch, ein Verlangen nach wahrer Reinheit erhoben, die in jener Zeit der doppelten Moral und der gekonnten Verlogenheit etwas sehr Seltenes und Kostbares war.'[210]

Auch Hermann Schwarzwalds Anteil an den Abendunterhaltungen wird in den Erinnerungen von Gästen festgehalten:

> Fast immer erst, wenn das Haus schon voll von Leuten war, kam er aus seiner Bibliothek hereingehumpelt. Er war äußerlich ebenso klein und unansehnlich, wie Genia imposant war. Sein Scheitel war ganz kahl und er ging mühsam auf einem Klumpfuß, und doch spürte man sofort, schon bevor man die klugen, klaren Pfefferkornaugen auf sich ruhen fühlte, seine intellektuelle Überlegenheit. Es mag genügen zu verzeichnen, dass seine seltenen, leisen Beiträge zu Frau Doktors lautestem Gespräch alles ‚übertönten'.[211]

Diese kongeniale Partnerschaft trug wesentlich zum Erfolg der Schule bei. Für Mädchen, die sich auf ein Universitätsstudium vorbereiten wollten, leitete Hermann noch vor dem Weltkrieg Fortbildungskurse, die die Rechte der Frauen, ihre wirtschaftlichen Funktionen und ihre Emanzipationsbestrebungen in den Vordergrund rückten. Das war, wie Holmes bemerkt, für damalige Begriffe ein ‚revolutionäres Unterfangen'.[212]

Während Genias Wohlfahrtsaktionen nach dem Zusammenbruch der Monarchie hunderten von Kindern und Jugendlichen ein Rettungsseil boten, war Hermann als Mitglied der österreichischen Delegation in Saint-Germain, um als Finanzberater die Verhandlungen für einen Friedensvertrag zu unterstützen. Für Patrioten waren die Ergebnisse tief enttäuschend. Von dem

Territorium der Monarchie war nur ein kleiner Rest für die Republik Österreich übrig geblieben, und der Anschluss an Deutschland, der von vielen Deutsch sprechenden Österreichern angestrebt wurde, war ausdrücklich verboten. Architekt der Verfassung der österreichischen Bundesrepublik war ein weiteres Mitglied des Schwarzwald-Kreises, Hans Kelsen.

Nun ging es darum, die Finanzen des stark reduzierten Landes zu stabilisieren, die bald von den gewaltigen Wellen der Inflation hinweggeschwemmt zu werden drohten. Bei den Verhandlungen mit dem neu gegründeten Völkerbund in Genf spielte Hermann Schwarzwald wieder eine entscheidende Rolle. Und als er im Sommer 1923 aus dem Staatsdienst schied, um Präsident der Anglo-Austrian-Bank zu werden, konnte er nicht ohne Stolz feststellen, dass ‚die wichtigsten Sanierungsarbeiten' vollendet waren: ‚die Begebung der Völkerbundanleihen, die Equilibrierung des Budgets, die Konstituierung der Notenbank und die Stabilisierung der Währung'.[213]

Was waren also die Aussichten für junge Frauen, die in der Schwarzwald-Schule ausgebildet, und für Intellektuelle, die von den Schwarzwalds gefördert wurden? Elsie Altmann war nicht die einzige Schülerin, die sich später in der Öffentlichkeit einen Namen machen sollte. Man denke etwa an Grethe Hentschel, die auch von Loos gefördert wurde und sich später in Frankfurt am Main als Modistin etablieren sollte. Oder an die Autorin Hilde Spiel, deren erster Roman, *Kati auf der Brücke*, 1934 den Julius-Reich-Preis gewann. In der Dokumentation über die Schule, die von Hans Deichmann zusammengestellt wurde, finden wir weitere Zeugnisse über die Auswirkungen des fortschrittlichen Lehrprogramms. Aber als visuelle Kurzformel für den Geist der Schule in den zwanziger Jahren könnte man das Szenenbild von *Fast Ausgelernt* hinzufügen, einer von den Schülerinnen im Festsaal aufgeführten Revue von Peter Hammerschlag aus dem Jahre 1929 (siehe Abbildung 20: ‚Fast Ausgelernt': Schülerinnen in einer Revue von Peter Hammerschlag).

Hammerschlag war ein witziger junger Kabarettist, der sich in seinen Chansons auch über die Frau Doktor mokierte. In *Fast Ausgelernt* wurden die Kleidungskonventionen und die damit verbundenen Geschlechterrollen durch Bubikopf, Krawatte, Hemd und Hose geistreich subvertiert. Die Schwarzwald-Schule bildete ja Staatsbürger für eine progressive Zukunft aus – eine Zukunft, die in den zwanziger Jahren mit großen Hoffnungen verbunden war. Denn in Wien waren die Sozialdemokraten als Sieger aus den Gemeinderatswahlen hervorgegangen, an denen zum ersten Mal auch Frauen teilnahmen, und für fortschrittliche Vertreter der Wiener Moderne war aus den Trümmern der Monarchie ein neuer Tag angebrochen.

DRITTER TEIL: KAMPF UM DIE STADT

Bezeichnend für die meisten Schlüsselfiguren der Wiener Moderne um 1900 war eine elitäre Haltung gewesen, die sie von den politischen Zielen der Sozialdemokratie distanzierte. Die Kampagne um das allgemeine Männerwahlrecht hatte in den Kaffeehäusern der Inneren Stadt wenig Resonanz gefunden, und die Skeptiker sollten recht behalten, als es unmöglich wurde, unter den streitenden Nationalitäten eine stabile Koalitionsregierung zu schaffen. Zeittypisch war die Haltung von Karl Kraus, der aus einer angeblich ‚unpolitischen' Perspektive eine Tugend zu machen versuchte. Als es im Herbst 1911 auf den Straßen Wiens zu Massenprotesten gegen die Hungersnot kam und demonstrierende Arbeiter erschossen wurden, hinterließen die Ereignisse in der *Fackel* kaum eine Spur.

Das änderte sich radikal im Laufe des Weltkriegs und erst recht nach dem Zusammenbruch der Monarchie. Es entstand nach dem November 1918, als die Republik ausgerufen und die Zensur aufgehoben wurde, eine Politisierung fast aller Sphären des öffentlichen Lebens, von der die Intellektuellen sich nicht mehr abschirmen konnten. Ein Diagramm der Wiener Kultur in den zwanziger Jahren müsste also ganz anders strukturiert sein als das Diagramm für die Vorkriegszeit, das im ersten Kapitel abgebildet wurde (vergleiche Graphik 1). Für den zweiten Band von *Karl Kraus – Apocalyptic Satirist*, der 2005 erschien, arbeitete ich eine revidierte Fassung jener graphischen Darstellung aus. Der verwandelten geschichtlichen Situation entsprechend wird auf dieser Graphik der politische Rahmen des Feldes der kulturellen Produktion unverkennbar zum Ausdruck gebracht. (Graphik 15)

Natürlich ergibt eine solche Forschungsmethode nur eine schematische Destillation der richtungsweisenden Kreise und Impulse. Für ein umfassenderes Panorama von Schauplätzen, Strömungen und Gedenkstätten muss der Leser zu einem illustrierten Begleitbuch wie *Wien und der Wiener Kreis: Orte einer unvollendeten Moderne* greifen.[214]

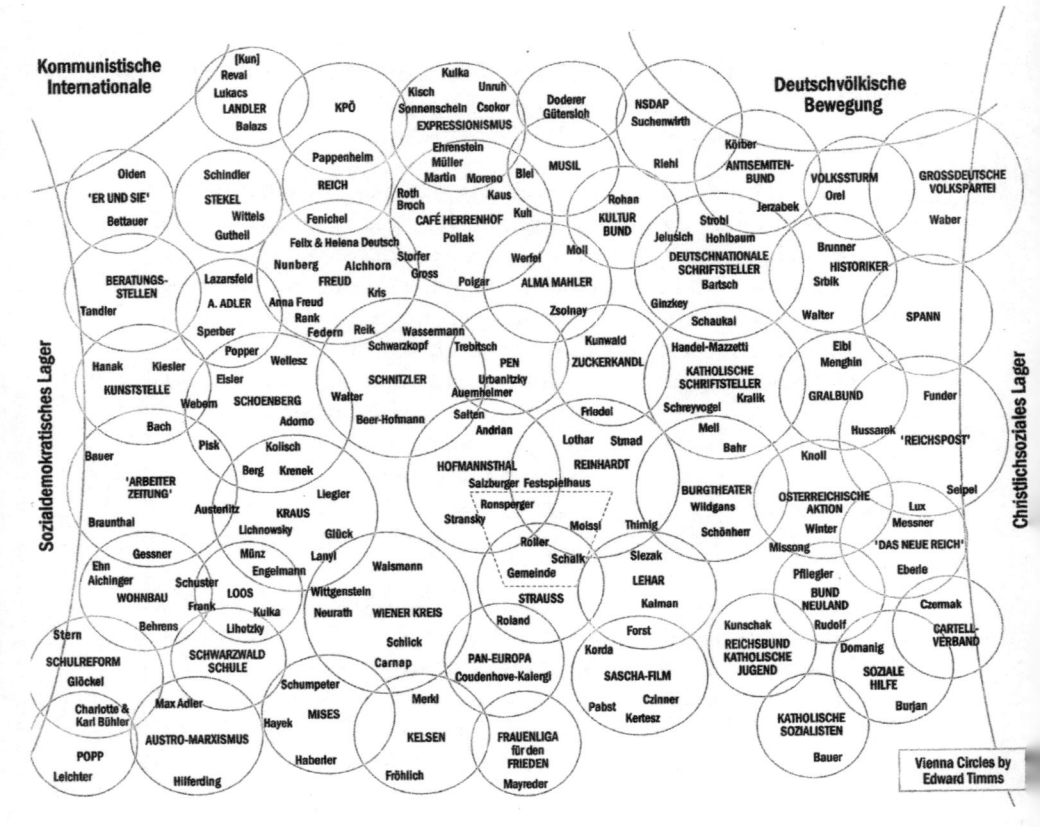

Graphik 15: Die Wiener Kreise in den 1920er Jahren

Die Netzwerk-Topologie ist viel komplizierter geworden als vor dem Weltkrieg. Was an diesem Diagramm sofort auffällt, ist die Aufspaltung der ideologischen Landschaft in vier konkurrierende Lager nach einem Links-Rechts-Schema. Sowohl die Christlichsoziale als auch die Sozialdemokratische Partei bemühten sich viel aktiver als vor dem Krieg, die führenden Denker und Schriftsteller auf ihre Seite zu ziehen. Rechts und links ließen sich Intellektuelle, die früher so stolz auf ihre Unabhängigkeit gewesen waren, als Verbündete des jeweiligen Lagers einbinden. Auch die neu gegründeten Kommunistischen und Nationalsozialistischen

Parteien (oben links und oben rechts) gewannen einen bedeutenden Einfluss auf die jüngere Generation.

Die Sozialdemokraten wurden von mehreren Gruppen unterstützt. Auf dem linken Flügel sieht man, wie eng nach 1919 die Beziehungen zwischen Kraus, Loos, Schönberg, Adler und der Sozialdemokratie wurden. Im Wiener Rathaus wurde Bürgermeister Karl Seitz zum führenden Kommunalpolitiker Wiens, und unter der Leitung von Friedrich Austerlitz verlieh die *Arbeiter-Zeitung* der sozialistischen Kulturpolitik eine verstärkte Resonanz. Durch Julius Tandlers Wohlfahrtsreformen, durch das Wohnbauprogramm der Gemeinde Wien und durch Otto Glöckels Schulreform wurden ehemals bürgerliche Geister in die sozialdemokratische Kulturpolitik eingespannt. Kraus hielt Vorlesungen in der Hofburg bei Republikfeiern, Webern wurde zum Leiter der Arbeiter-Sinfonie-Konzerte. Auch Loos hatte zum ersten Mal in seinem Leben eine öffentliche Anstellung als Chefarchitekt des Siedlungsamtes der Stadt Wien. Natürlich verlief das nicht ohne Spannungen: Loos war für gartenstadtähnliche Siedlungen nach englischem Muster, während die Stadt Wien sich schließlich für festungsartige Wohnblocks entschied.

Dennoch gab es in den frühen zwanziger Jahren eine Phase der begeisterten Kooperation zwischen einer fortschrittlichen Elite und der Arbeiterbewegung. Gewisse Kaffeehäuser, vor allem das neu eröffnete Café Herrenhof, wurden zu Brutstätten der Revolution. Und im Restaurant Zum grünen Anker in der Grünangergasse leitete Ludwig von Mises in den zwanziger Jahren jeden zweiten Freitag sein bahnbrechendes Privat-Seminar über ökonomische Fragen. Auch die liberale Mitte, die Gruppen um Freud und Schnitzler, Hofmannsthal, Musil und Zuckerkandl, vermochte sich dem Druck der Politisierung nicht zu entziehen. Vor allem der durch die Kriegsfolgen verschärfte Antisemitismus machte es unmöglich, sich als frei schwebender Geist vom ideologischen Kampffeld fernzuhalten. Auch parteiferne Denker und Künstler, Schriftsteller und Journalisten mussten Farbe bekennen, links oder rechts einer unsichtbaren Mittellinie.

Im rechten Flügel entstanden kulturpolitische Bündnisse, die im Parlament von Bundeskanzler Ignaz Seipel und in der Publizistik von Friedrich Funders *Reichspost* angeführt wurden. Die Geisteshelden auf jener Seite waren international weniger bekannt, doch um den katholischen Schriftsteller Richard Kralik und den konservativen Historiker Othmar Spann bildeten sich Kreise, welche die autoritären Strömungen innerhalb der Regierungspartei verstärkten. Auffallend am rechten Flügel waren die Überschneidungen zwischen den katholischen und den völkischen Gruppen. Auch auf studentischer Ebene wurden die Kontakte zwischen deutschnationalen, katholischen und antisemitischen Verbindungen weiter ausgebaut.

Ausführlich dokumentiert wurde der durch diese Lagerformationen erzeugte Kulturkampf in Publikationen wie *Österreich I: Die unterschätzte Republik* von Hugo Portisch und *Kampf um die Stadt*, Katalog einer Ausstellung des Wien Museums. Die folgenden Kapitel beleuchten Aspekte des Kampfes, die mit Kreisen und Vereinen, Räumen und Resonanzen zu tun haben. Abschließend kommen wir auf unsere Ausgangsfrage zurück: inwiefern die Wiener Moderne, durch die Spannung zwischen den Kulturbestrebungen des assimilierten Judentums und dem Konservatismus der so genannten ‚Bodenständigen' geprägt, durch das Exil ihrer Hauptvertreter eine weltweite Resonanz gewonnen hat.

11. Umsturz, Minderwertigkeitsgefühle, Beratungsstellen und Destruktionstriebe

Vor 1914 waren es vor allem Innenräume unweit der Stadtmitte, die als Zentren der Moderne dienten: Cafés, Salons, Chambres Séparées, Ateliers, Pavillons und Werkstätten. Die von Olbrich, Hoffmann und Loos gestalteten Interieurs setzten die Akzente für eine schöpferische Gruppendynamik in kleineren Kreisen. Nach 1918 rückten andere Schauplätze in den Vordergrund – die Außenbezirke und der Lärm der Gasse. Dadurch entstand eine weit ausholende Raumsyntax, welche größere Interessengruppen mobilisierte und zu verhängnisvollen Straßenkämpfen führte. Schon Mitte 1919 kam es zu Konflikten zwischen kommunistischen Putschisten und der Exekutive, die mit einigen Todesopfern endeten, nachdem die von Johannes Schober geführte Wiener Polizei die Oberhand gewonnen hatte. Nun handelte es sich nicht mehr um einen fließenden Übergang zwischen beharrenden und erneuernden Tendenzen, sondern um einen jähen Umsturz, der zu erbitterten Rekriminationen führte. Ein ominöses Vorzeichen, dass nicht Parlamentsdebatten, sondern Straßenschlachten das Schicksal der Republik entscheiden könnten.

Wieder war es Karl Kraus, der für den Strukturwandel eine treffende Formel fand. Im November 1920, nach dem Sieg der von ihm nunmehr verpönten Christlichsozialen in den Parlamentswahlen, publizierte er eine ‚Klarstellung', die er schon am 21. Oktober als Manuskript im Mittleren Konzerthaussaal vorgetragen hatte:

> Denn ich sitze konsequent an einem Schreibtisch und will immer eben das schreiben, wovon sie behaupten, es hätte ihnen besser gefallen. Aber ihr Lärm stört mich und hindert mich daran. Vor der Tür ist ein Streit entstanden, worin es um mein Leben geht, und ich muss mich unterbrechen, um mich dazu zu stellen, denn die Entscheidung droht, mich noch gründlicher zu stören. [...] Ich möchte auf die Gasse stürzen, alle aufrufen mitzuhelfen, denn es geht um aller Leben (F 554-6, 5).

‚Auf die Gasse stürzen' bedeutete eine Parteinahme für die Sozialdemokraten, deren Reformen wenigstens für Wien eine bessere Zukunft versprachen. Gerade in dieser Zeit begann Kraus Lesungen für Arbeiter in den Außenbezirken zu halten.

Wem sollte die Straße gehören? In der Ersten Republik gab es kontinuierliche Krawalle und Demonstrationen auf der Ringstraße und dem Heldenplatz, als die paramilitärischen Organisationen von links und rechts – der Schutzbund und die Heimwehr – die Oberhand zu gewinnen versuchten. Auch die militante Bewegung für Anschluss mit dem Deutschen Reich brachte zehntausende von Demonstranten auf die Beine. Der antisemitische Ton der Straßenkrawalle war nicht zu verkennen, denn das neue Österreich wurde von ganz rechts als ‚Judenrepublik' denunziert und die Vertreter der Wiener Gemeindeverwaltung als ‚jüdisch-rote Rathaus-Terroristen'. Eine Karikatur vom ‚Judenzirkus', die in Deutschland in der antisemitischen Schmähschrift *Der Stürmer* erschien, verdeutlicht den angeblichen Kontrast zwischen der traditionellen ‚Stadt ohne Juden' und der als bedrohlich modern empfundenen ‚Stadt mit Juden'.

Graphik 16: Karikatur vom ‚Judenzirkus'

Das Stadtbild auf der rechten Seite der Karikatur wird von der Hektik des modernen Kommerzes beherrscht, während grotesk gestikulierende Figuren mit vermeintlich ‚jüdischen' Gesichtszügen den Vordergrund dominieren. Solche Karikaturen gewannen eine verstärkte Resonanz in Wien, wo der Anteil der Juden an der Gesamtbevölkerung – durch die Zuwanderung von Kriegsflüchtlingen aus dem Osten – auf 10% gestiegen war.

In Wirklichkeit waren es die Sozialdemokraten, die im Begriff waren, das Stadtbild zu verwandeln. Es war aber für die Rechtsradikalen nicht schwer, sie als ‚Judenschutztruppe' zu denunzieren, denn die Sozialdemokraten arbeiteten tatsächlich mit reformistischen Gruppen zusammen, die sich vorwiegend aus der fortschrittlichen jüdischen Bourgeoisie rekrutierten. Das galt vor allem im Bereich der Sexualreform, die – von der Psychoanalytischen Vereinigung angebahnt – nun von radikalen Splittergruppen fortgesetzt wurde. Im Rahmen des Akademischen Vereins jüdischer Mediziner wurde Anfang Februar 1919 unter der Leitung von Otto Fenichel ein ‚Wiener Seminar für Sexuologie' gegründet, das von Freud und anderen Wissenschaftlern gefördert wurde. Die vielfältigen Themen, die zwischen Februar 1919 und Juli 1921 behandelt wurden, reichten von ‚Äußerungen der weiblichen Klitorissexualität' bis zu ‚Quellen des Sadomasochismus'. Neben Fenichel war der aktivste Teilnehmer ein blutjunger Medizinstudent aus dem Osten namens Wilhelm Reich, der sich gegen die ‚Unterdrückung der Sexualität' auflehnte.[215]

Die ‚sexuelle Krise', schon 1909 unter diesem Titel von Grete Meisel-Hess dargestellt, gewann zehn Jahre später eine neue Dynamik. In einem überwiegend katholischen Land gab es viele Hemmungen und Hindernisse, aber der Sieg der Sozialdemokraten hatte einen Lösungsraum geschaffen für längst überfällige Reformen, etwa in der Sphäre von Ehescheidung und zweiter Heirat. Sexualreform war nicht mehr die Domäne einer Subkultur. Nun fühlten sich alle Gruppen verpflichtet, dreinzureden: Politiker, Priester und Psychologen, Journalisten und Rassenhygieniker, Frauenrechtler, deutsch gesinnte Jünglinge und assimilierte jüdische Intellektuelle.

Um 1900 war es Freuds Mittwoch-Gesellschaft gewesen, die auf psychologischer Ebene die Wiener Moderne einleitete. Nach dem Umsturz waren es die Adlerianer. Den Kontroversen über die Laienanalyse, die Freuds Gruppe so viele Kopfschmerzen bereiten sollten, gingen sie aus dem Weg, indem sie ihre Aktivitäten aus dem medizinischen in den pädagogischen Raum verlegten. Die Adlerianer setzten sich energisch für den Wiederaufbau ein, vor allem in Erziehungsfragen. Der Erfolg lag an den pädagogischen Institutionen, welche sie im Einvernehmen mit gleichgesinnten Gruppen gründeten, zum Teil aber auch am sozialpsychologischen

Konzept, von dem Adlers Individualpsychologie ausging: dem Minderwertigkeitsgefühl. Als er diesen Begriff 1912 in seinem Buch *Über den nervösen Charakter* formulierte, erntete er überwiegend skeptische Reaktionen. Das Gefühl der ‚Organinferiorität', von dem – laut Adler – das Leben von kleinen Kindern überschattet wurde, schien zu biologistisch, um zu originellen Einsichten zu führen.

Anerkennung fand damals *Über den nervösen Charakter* nur in dem kleinen Kreis von Adlerianern, die sich von der Psychoanalytischen Vereinigung abgespalten hatten. Generell übersehen wurden die von Adler im Kapitel über ‚Die psychische Kompensation' beschriebenen schädlichen Konsequenzen des ‚männlichen Protestes', den er als ‚eine Urform psychischen Geltungsdranges' bezeichnete. Um seine tief empfundene Inferiorität zu kompensieren, geht der neurotisch gewordene Mensch ins andere Extrem und wird herrschsüchtig:

> Der Endzweck bleibt immer die Beherrschung Anderer, die als männlicher Triumph empfunden und gewertet wird. Niemals auch fehlen in der Charakterologie dieser Patienten die oben geschilderten kompensierenden Züge, wie man sie bei Menschen zu erwarten hat, die das Gefühl der Verkürztheit zur Operationsbasis nehmen, und nun auf jede Weise den Ersatz, das zu einem übertriebenen Persönlichkeitsgefühl Fehlende hereinzubringen trachten. [...] Eine Form dieses Ersatzes finden sie in der Herabsetzung, Verweiblichung aller anderen Personen. Aus dieser Entwertungstendenz stammen namhafte Verstärkungen gewisser Charakterzüge, die weitere Bereitschaften vorstellen und bestimmt sind, Andere zu beeinträchtigen, wie Sadismus, Hass, Rechthaberei, Unduldsamkeit, Neid etc.[216]

Das ‚Denken in schroffen Gegensätzen' wird als eine weitere Quelle der Neurosen identifiziert, denn der Gegensatz von ‚Oben-Unten' ist eine ‚selbst geschaffene Fiktion', von der die Menschheit sich befreien sollte.[217] Klarer als Freud erkannte Adler die destruktiven Impulse des neurotischen Charakters, die sich über einen zwanghaften Mechanismus zu entladen drohen: Minder-

wertigkeitsgefühl – Kompensationsdrang – männlicher Protest
– Herrschsucht – Hass – Sadismus – und eine Erniedrigung des
anderen, die gewalttätig werden kann.

Zur Blütezeit der Wiener Moderne waren Theorien der Minderwertigkeit nicht gefragt. Nach 1918 aber war Adlers Stunde gekommen, denn nicht nur die notleidende Bevölkerung Wiens, auch die anderen Bürger der auf schwächlichen Beinchen stehenden Republik litten an Minderwertigkeitsgefühlen. Die von Kraus im Januar 1919 in der *Fackel* ausgesprochene Erleichterung, ‚nicht mehr Österreicher zu sein!' (F 501-7, 3), wurde von einer Mehrheit seiner Landsleute geteilt. Man wollte ‚Deutsch-Österreicher' werden – ein Teil des Deutschen Reiches. Als der Anschluss an Deutschland, ja sogar der Name Deutschösterreich durch den Vertrag von Saint-Germain verboten wurde, veranstalteten einige Bundesländer unverbindliche Abstimmungen über die Anschluss-Frage, bei denen über 90% gegen die Selbständigkeit Österreichs stimmten. Dass durch den Vertrag jede Diskriminierung religiöser Minderheiten verboten war, galt als weiterer Stein des Anstoßes für deutschvölkische Politiker, die die jüdische Bevölkerung zum Sündenbock für die katastrophalen Kriegsfolgen machen wollten.

Während der Aufbau einer neuen österreichischen Identität mit fast unüberwindlichen Schwierigkeiten verbunden war, konnte man sich in Wien auf wertvolle Kontinuitäten stützen. Enge Verbindungen zu den Sozialdemokraten hatte Adler schon vor dem Weltkrieg unterhalten, und gleich nach dem Umsturz ging er an die Arbeit. Zum Jahreswechsel 1918/19 hielt er an der Volkshochschule ‚Volksheim' in Ottakring einen Kurs ‚Über praktische Erziehungskunst und Menschenkunde' und gründete dabei eine Erziehungsberatungsstelle. Ebenfalls 1919 eröffnete er im Volksbildungshaus Stöbergasse im 5. Gemeindebezirk eine Beratungsstelle für schwer erziehbare Kinder. In Zusammenarbeit mit anderen Organisationen, etwa dem Fürsorgeverein ‚Bereitschaft' und der katholischen ‚Caritas', baute der Verein für Individualpsychologie weitere Beratungsstellen auf. 1927 wurden vierundzwanzig individualpsychologische Beratungsstellen aufgelistet.[218]

Die Adlerianer, die Freuds Überbewertung der Sexualität ablehnten, gingen von dem pluralistischen Ansatz aus, dass

‚das Geschlechtsleben ein mit allen anderen seelischen Belangen untrennbar verknüpfter Teilfaktor des Gesamtlebens ist'. Diese von Sofie Lazarsfeld formulierte Einsicht wurde 1931 in ihrer Studie *Wie die Frau den Mann erlebt* aufgrund langjähriger Erfahrungen als Beraterin belegt. Typische Ergebnisse aus hunderten von Fällen aus allen sozialen Schichten wurden vorgelegt, um den Wert der Psychotherapie zu beweisen: ‚Überall, wo es sich um nicht organisch bedingte, sondern seelisch erworbene Sexualschwierigkeiten handelt, bringt die Aussprache, wenn sie richtig durchgeführt wird, eine Besserung'. Auch schriftliche Anfragen an die Beratungsstellen wurden berücksichtigt, um ‚dokumentarische Belege über das Seelenleben' nicht nur des ‚kleinen Mannes' zu sammeln, sondern vor allem ‚das Frauenerlebnis, wie es aus den Beratungsstunden ersichtlich wurde', darzustellen.[219]

Als Hindernis erwies sich die Behauptung vieler Ratsuchender, dass sie ‚selbst ganz unschuldig' an Zwistigkeiten mit dem Ehe- oder Liebespartner seien: ‚Hat man sie erst zu der Einsicht gebracht, dass an einem Zerwürfnis zwischen zwei Menschen immer beide teilhaben, dann ist der erste schwere Schritt getan'. Aus der psychoanalytischen Forschung haben die Berater ihre Grundansichten gewonnen: ‚die entscheidende Rolle, welche unbewusst aufgenommene oder nicht gut verarbeitete Erlebnisse in unserem Seelenleben spielen' (Freud); und ‚den seelischen Mechanismus von Minderwertigkeitsgefühl und dessen Überkompensation' (Adler). Bei Störungen wie Frigidität auf der einen Seite, Impotenz auf der anderen, kann daher ‚durch Aussprachen mit einem geschulten Berater oft ganz überraschend schnell und dauernd geholfen werden'. Auch die Wechseljahre von älteren Frauen und Männern werden berücksichtigt, um sie vor ‚Torschlusspanik' zu bewahren.[220]

Um das umfangreiche Thema lebendiger zu gestalten, wird Lazarsfelds Dokumentation von Bildern aus der vergleichenden Kulturgeschichte begleitet. Zum Abschluss eröffnen zwei moderne Fotos einen Blick in die Zukunft. ‚Gleiche geistige Rechte für Frau und Mann' ist der Titel eines Bildes aus Frankreich, auf dem eine Rechtsanwältin neben ihrem männlichen Kollegen im Gerichtssaal arbeitet. ‚Vollkommen gleiche seelische wie auch körperliche

Entwicklungsbedingungen für Knaben und Mädchen sind das oberste Gebot für Eltern und Berufserzieher', vermerkt Lazarsfeld in ihrem Kommentar. Was ‚gleiche körperliche Rechte' verheißen soll, zeigt ein Foto aus der Freikörperkultur, auf dem eine kräftig gebaute nackte Frau in einer Runde mit nackten Männern tanzt (siehe Abbildung 21: Gleiche körperliche Rechte für Frau und Mann). Der Mann, heißt es zum Schluss, muss ‚auf die Herabsetzungstendenz gegenüber der Frau verzichten' lernen.[221] Das Foto, aus der sozialdemokratischen Zeitschrift *Der Kuckuck* abgedruckt, zeigt die Konvergenz zwischen den Erziehungsidealen der Adler-Gruppe und austromarxistischen Vorstellung des ‚neuen Menschen'.

Auch die Freudianer verlegten den Schwerpunkt ihrer Aktivitäten aufs Feld der öffentlichen Sexualaufklärung. In der Pelikangasse, einer winzigen Abzweigung von der Alser Straße zwischen Poliklinik und Gürtel, eröffneten sie in den Räumen des Vereines ‚Herzstation' ein Psychoanalytisches Ambulatorium. Dort wurde im Gegensatz zur individuellen Privatpraxis eine größere Anzahl von Patienten gratis behandelt. Allerdings wurde dieses schon 1920 geplante Projekt durch die Opposition orthodoxer medizinischer Kreise aufgehalten. Erst zwei Jahre später, nach weiteren Einsprüchen seitens der städtischen Sanitätsbehörde, wurde das Ambulatorium systematisch in Betrieb genommen, nachdem ärztliche Mitglieder der Wiener Psychoanalytischen Vereinigung sich verpflichtet hatten, durch Gratisbehandlungen den Betrieb aufrechtzuerhalten. Finanziert wurde es auch aus privaten Spenden. Durch das Ambulatorium wurde neuen Bevölkerungsschichten der Zugang zur Psychotherapie ermöglicht. Der Erfolg lässt sich von den systematisch geführten Protokollen ablesen und hielt auch in den dreißiger Jahren an. Im Jahre 1935/36 wurden insgesamt 271 Fälle im Ambulatorium psychoanalytisch behandelt (147 Männer und 124 Frauen).[222]

Ohne die Mitwirkung einer jüngeren Generation von sozial engagierten Psychoanalytikern wie Siegfried Bernfeld, Grete Bibring, Richard Sterba und Wilhelm Reich wäre ein solches Novum nicht denkbar gewesen. Die Gruppe, die sich um Reich und Bernfeld bildete, verlieh der Bewegung entscheidende

Impulse. Auf einer Aufnahme aus dem Jahre 1920 erkennen wir Bernfeld (vorne rechts) und Reich (hinten Mitte), halb verdeckt von der Gestalt seiner künftigen Frau Annie (siehe Abbildung 22: Gruppe von Psychoanalytikern um Wilhelm Reich). In den zwanziger Jahren war Reich ein aktiver Mitarbeiter am Ambulatorium, dessen Einsatz Freud so imponierte, dass er ihn 1925 zum Leiter des Wiener Seminars für psychoanalytische Therapie ernannte – eine Aufgabe, die er bis 1930 erfüllte.

Aus katholischer Sicht war schon die Existenz solcher Beratungsstellen ein Dorn im Auge, denn die Kirche betrieb ihre eigene Form von Seelentherapie – durch Priester, Beichtstuhl, Gebet und Buße. Familienbetreuung und Eheberatung hatten immer zur katholischen Seelsorge gehört, und die Kirche hatte gute Gründe, sich hier von modernen Trends abzugrenzen, zumal der Schwerpunkt bei einer befreiten Sexualität lag. Das war ein arger Affront gegenüber dem sakralen Konzept der Ehe, welches Enthaltsamkeit vor der Hochzeit voraussetzte und keine Empfängnisverhütungsmittel oder Ehescheidung zuließ. Schon die von der Wiener Landesregierung eingeführten Dispens-Ehen, die vormals verheirateten Personen die Wahl eines neuen Ehepartners erlaubten, waren in den Augen der Kirche ein Gräuel.

Weitere Impulse erhielt diese Reformstrategie durch die Eheberatungsstelle der Stadt Wien, die seit 1920 als selbständiges Bundesland über beträchtliche finanzielle Mittel verfügte. Die Schlüsselfigur war Julius Tandler, Stadtrat für das Wohlfahrts- und Gesundheitswesen. Als junger Mensch musste Tandler, der aus einer verarmten jüdischen Familie stammte, das Geld für sein Universitätsstudium selbst verdienen. 1895 wurde er zum Doktor der Medizin promoviert, 1899 habilitierte er sich, und 1910 erhielt er den Lehrstuhl für Anatomie an der Universität Wien. Da er im sozialen Elend die Ursache vieler Erkrankungen erkannte, machte er Präventivmedizin und Kinderfürsorge zu seinen Prioritäten. Während des Weltkriegs nahm er Kontakt zu den Sozialdemokraten auf, und 1919 wurde er in den Wiener Gemeinderat gewählt. Kurz darauf erfolgte seine Bestellung zum Unterstaatssekretär in der Koalitionsregierung und Leiter des Volksgesundheitsamtes. In dieser Funktion schuf er das Krankenanstaltengesetz und sicherte damit den Krankenhäusern, die bis dahin durch wohltätige Fonds finanziert wurden, die Übernahme von deren Kosten durch Bund und Länder.

Nach dem Zusammenbruch der Koalition zog Tandler im November 1920 ins Rathaus ein und übernahm die Verantwortung für das Wohlfahrts- und Gesundheitswesen. Die furchtbaren Folgen von Hunger, Krankheit und Not versuchte er durch den Aufbau von sozialen Fürsorgestellen und einem modernen Gesundheitssystem zu beheben. Um Säuglingssterblichkeit und Kinderkrankheit entgegenzuwirken, gründete die Gemeinde Wien vorbildliche Fürsorgeinstitutionen, nicht zuletzt die Kinderübernahmestelle im 9. Bezirk. Dort wurden Kinder aus notleidenden Familien gepflegt und ihre Wachstumsphasen gemäß der von Charlotte Bühler eingeführten Methoden der Verhaltensbeobachtung registriert. Ebenso wichtig war das zur Lehrerakademie der Stadt Wien gehörige Psychologische Institut, das an der Ringstraße im Palais Epstein untergebracht war. Dort wurden innovative Kurse über die geistige und körperliche Entwicklung von Kindern nicht nur von Charlotte Bühler veranstaltet, sondern auch von ihrem Mann, dem Sprachphilosophen Karl Bühler. Diese Zusammenarbeit in der Sphäre der Kinderfürsorge, an der auch Nachwuchskräfte wie Karl Popper, Marie Jahoda und Ilse Hellman teilnahmen, war vorbildlich für die Einbindung der Reformbewegung in ‚die blühende außeruniversitäre Wissenschaftskultur' des Roten Wien, zumal Otto Glöckels Stadtschulrat sich im selben Gebäude befand.[223]

Unter Tandlers Leitung schuf die Gemeinde Wien 1922 auch ein System der Eheberatung. Schon vor dem Weltkrieg war Tandler Mitglied der ‚Sektion für Sozialbiologie und Eugenik' von Rudolf Goldscheids ‚Soziologischer Gesellschaft' gewesen.[224] Nun war er bemüht, innerhalb des sozialistischen Projekts für den ‚neuen Menschen' die Geburt von körperlich oder geistig behinderten Kindern zu verhindern. Meisel-Hess hatte in *Die sexuelle Krise* Frauen geraten, bei der Wahl eines Partners zu bedenken, ob die Eigenschaften des Mannes im Verein mit ihren eigenen ihr zur Vererbung wünschenswert erschienen. Nun sollten Frauen bei dieser Entscheidung den Beistand eines qualifizierten Beraters haben, der mit den modernsten Ergebnissen der Eugenik vertraut war. Eine Skizze, die am 8. Dezember 1923 in der *Arbeiter-Zeitung* erschien, veranschaulichte die Szene.

Arbeiter-Zeitung: 8. Dezember 1923

Graphik 17: Zeichnung der Eheberatungsstelle

Eine modern gekleidete Frau hört dem Rat des Arztes aufmerksam zu, während draußen im Wartesaal der Mann, den sie zu heiraten gedenkt, mit verständlicher Nervosität auf und ab geht. Auf der Bank sitzen auch ältere Männer und Frauen und sehen ‚mit Bangen der Entscheidung des Arztes entgegen', wie es im Begleittext heißt.[225] Rathausstraße 9 war die Adresse, an die man sich wenden sollte, wenn man Eheberatung brauchte. Die kostenlose Auskunft wurde jeden Dienstag und Freitag von 5 bis 6 Uhr abends erteilt. Im Jahr 1926 waren es über neunhundert Menschen, die hier Rat und Beistand suchten.

Tandler war ein Humanist, dem es um das Wohl der ganzen Bevölkerung ging – ohne Rücksicht auf soziale oder ethnische Herkunft. Für ihn, wie für die Kreise um Freud und Adler, sollte das Wiener Wohlfahrts- und Fürsorgesystem konsensual wirken. Gegen den Reformer, der durch Neuerungen wie das Krankenanstaltengesetz die Grundlage für einen modernen Wohlfahrtsstaat geschaffen hatte, konnte nicht einmal ein eingefleischter Antisemit argumentieren, es handle sich um eine ‚jüdische Verschwörung' gegen das deutsche Volk (Tandler war zum Katholizismus konvertiert). Die verdienstvolle Aufbauarbeit war aber nicht einmal halb fertig, als ein unternehmungslustiger Journalist den Reformern durch die Gründung einer skandalösen Zeitschrift einen Strich durch die Rechnung machte.

Bettauer hieß der Mann, der in den Jahren 1924/25 für Aufregung sorgte. Wie so viele moderne Wiener Autoren war Hugo Bettauer jüdischer Herkunft – als Schüler war er Klassenkamerad von Karl Kraus gewesen. Seine ersten Erfolge erreichte er aber als deutschsprachiger Schriftsteller in den Vereinigten Staaten, und dort wurde er amerikanischer Staatsbürger. Nach Wien zurückgekehrt, arbeitete er während des Krieges in der Redaktion der *Neuen Freien Presse*, wie Murray G. Hall in einer klassisch gewordenen Fallstudie belegt.[226] Die Spannungen der Nachkriegszeit schilderte Bettauer dann in einer Reihe von flüssig geschriebenen Romanen, die auch verfilmt wurden.

Für größere Aufruhr sorgten Bettauers Wiener Romane, denn sie setzten sich mit den brisantesten politischen Themen auseinander: mit dem bodenständigen Antisemitismus in *Die Stadt ohne Juden: Ein Roman von Übermorgen*; mit finanzieller Krise und politischer Polarisierung im Schlüsselroman *Der Kampf um Wien*; und mit Armut, Verbrechen und Prostitution in *Die freudlose Gasse: Wiener Roman aus unseren Tagen*. Erst im Februar 1924 aber machte Bettauer die ‚erotische Revolution' zu seinem Hauptthema – durch die Gründung der Zeitschrift *Er und Sie: Wochenschrift für Lebenskultur und Erotik*. Der Publikumserfolg war verblüffend. In wenigen Wochen stieg die Auflage auf 60.000 Exemplare und erreichte etwa 200.000 Leser.[227]

Mit seiner erotischen Revolution geriet Bettauer auf Kollisionskurs nicht nur mit der Prüderie der Klerikalen und den Sexualphobien der Antisemiten, sondern auch mit den Reformern der Beratungsstellen. Während es ihnen vor allem um Diskretion ging, zielte Bettauer auf Publizität. Tandler war einer der ersten, der Lunte roch. Als Leiter des Jugendamtes der Stadt Wien schrieb er am 29. Februar an die Polizeidirektion, um unter

Paragraph 12 des Pressegesetzes ein Verbot von *Er und Sie* zu empfehlen. Die ‚schrankenlose Propaganda' bedeutete (so Tandler) ‚in gesundheitlicher, bevölkerungspolitischer und sittlicher Beziehung eine große Gefahr (Geschlechtskrankheiten, Ehelösungen ohne Vorsorge für die Kinder usw.)'. Es kam zunächst zu einem temporären Verbot der Zeitschrift, die dann von Bürgermeister Karl Seitz, als Landeshauptmann von Wien, nach weiterer Konsultation wieder aufgehoben wurde. Und die Kontroverse hätte sich vielleicht beruhigt, wenn Bundeskanzler Ignaz Seipel sich nicht eingemischt hätte. In einer Rede vor einer christlichsozialen Versammlung am 12. März denunzierte er eine ‚Flut von Pornographie' und versuchte, den Bürgermeister für die ‚Entsittlichung und Verseuchung des Volkes' verantwortlich zu machen.[228]

Anschließend kam es zu tumultartigen Szenen bei einer Debatte im Wiener Gemeinderat über Kinderhorte. ‚Von welchem Geist soll die Jugend in diesen Horten beeinflusst werden?', fragte provokatorisch der christlichsoziale Gemeinderat Anton Orel. Er bezog dann den Fall Bettauer in die Debatte ein, um eine Tirade gegen Karl Seitz loszulassen. Wenn wir dem Bericht des christlichnationalen *Volkssturm* Glauben schenken dürfen, so wurde Orels Ton noch giftiger. Bettauers Zeitschrift sei ‚eine wahre Pestseuche für unser deutsches Christenvolk', denn der Bürgermeister habe uns ‚einen schmutzigen jüdischen Geschäftemacher' aufgedrängt, der ‚unsere Kinder mit jüdischem Gift, mit jüdischer Schweinerei versauen will'.[229] ‚Bettauer-Partei' war zu einem Schlagwort geworden, um die ganze Jugendfürsorge der Sozialdemokraten zu diffamieren – gerade diese Gefahr hatte Tandler geahnt, als er für ein Verbot der Zeitschrift plädierte.

Ein weiteres Alarmzeichen kam aus anderer Himmelsrichtung. Durch Seipels Sparprogramm war in Österreich die Arbeitslosigkeit gestiegen, wofür er heftige verbale Attacken von Otto Bauer und den Sozialdemokraten einheimste. In dieser überhitzten Atmosphäre griff ein verzweifelter ehemaliger Eisenbahnarbeiter namens Karl Jaworek zur Gewalt. Als der Bundeskanzler am 1. Juni 1924 von einer Burgenland-Reise zurückkehrte, wurde er am Südbahnhof von Jaworek angeschossen und schwer verletzt.

Nur langsam vermochte Seipel sich zu erholen, und unter glücklicheren Umständen hätte das Attentat vielleicht zu einem Burgfrieden zwischen den streitenden Parteien geführt. Doch die anhaltenden sozialen und finanziellen Probleme, die auch Spannungen innerhalb der Christlichsozialen Partei erzeugten, sorgten für weitere Proteste gegen Seipels Sanierungspolitik, und im November trat er als Bundeskanzler zurück.

Sich einzumischen in die Bettauer-Affäre, war nicht unbedingt notwendig gewesen, denn es lag nicht am Bundeskanzler sondern an den Gerichten zu entscheiden, ob Bettauer ein Verbrechen begangen hatte. Nach den Interventionen von Seipel und Orel wurden Bettauer und sein Mitarbeiter Rudolf Olden von der Staatsanwaltschaft beschuldigt, in *Er und Sie* ‚unsittliche und durch die Gesetze verbotene Handlungen angepriesen' zu haben, nicht zuletzt durch die ‚Förderung außerehelichen Geschlechtsverkehrs'.[230] Da es in der Tagespresse solche anrüchige Annoncen seit Jahren schon gegeben hatte, wirke diese Anklage etwas lächerlich, und am 19. September wurden die Angeklagten vom Geschworenengericht freigesprochen. In der Nachfolgezeitschrift *Bettauers Wochenschrift*, die seit dem 15. Mai an die Stelle von *Er und Sie* getreten war, war der Ton moderater, aber der Schaden, den die Affäre der politischen Kultur Wiens zugefügt hatte, war kaum wiedergutzumachen.

Bettauer, der journalistische Sensation mit Sexualaufklärung verband, besaß überhaupt keine Qualifikationen als Psychologe. Sein Konzept der erotischen Revolution war äußerst naiv, und von den psychotischen Reaktionen, die seine Kampagne auslösen könnte, hatte er keine Ahnung. Nicht einmal zwischen Individualpsychologie und Psychoanalyse wusste er zu unterscheiden. Als das Konzept der Minderwertigkeitsgefühle auftauchte, verwies er seine Leser an das Psychoanalytische Ambulatorium in der Pelikangasse: ‚Ihr Fall ist typisch für Minderwertigkeitsempfindungen. Ohne die Macht der Psychoanalytiker zu überschätzen, glaube ich doch, dass Sie nur auf diesem Wege zu heilen sind. Es müssten die Ursachen dieser Minderwertigkeitsgefühle festgestellt werden, um die Folgen zu beseitigen'.[231] Ein Eingeweihter hätte eher an die Beratungsstellen der Adlerianer gedacht.

Das Nachspiel sollte noch grausamer werden. Für die reaktionäre Presse war der Fall ein gefundenes Fressen, denn der Nationalsozialist Kaspar Hellering behauptete in Schriften und Versammlungen, dass Bettauer ‚längst gelyncht gehörte'.[232] Aber Bettauer hatte viele Anhänger, und sein Redaktionsbüro in der Josefstadt, Langegasse 7, wurde zu einer Art von Beratungsstelle für Hilfesuchende, die ihn mit allen möglichen Fragen und Problemen bestürmten. Gerade diese Zugänglichkeit wurde dem Erfolgsautor zum Verhängnis, als am 10. März 1925 ein junger Mann namens Otto Rothstock ihn in seinem Büro aufsuchte. Während Bettauer einen mitgebrachten Brief las, zog Rothstock einen Revolver aus der Tasche und feuerte fünf Schüsse auf den Autor ab. Zwei Wochen später erlag Bettauer seinen Wunden.

Rothstock war ein arbeitsloser Zahnarzttechniker aus dem nationalsozialistischen Milieu (eine Zeitlang war er Parteimitglied gewesen). Während der psychiatrischen Untersuchung behauptete er, er wollte durch seine Tat ‚das ganze deutsche Volk vor der Entartung schützen'. Ein Adlerianer hätte hier einen sexualbedingten Minderwertigkeitskomplex diagnostiziert und die Gewalttat als einen sadistischen Akt der Überkompensation gesehen. Doch ob Rothstock aus einer ‚Sinnesverwirrung' gehandelt habe, die ihn für seine Tat ‚unzurechnungsfähig' machte, vermochten die Gerichtspsychiater nicht zu entscheiden – sie vermuteten eine im Entstehen begriffene ‚dementia praecox'. Diese Diagnose wurde von einem Professorenkollegium der Wiener medizinischen Fakultät entschieden verneint, denn Rothstocks ‚jugendlicher Überschwang' führte die Professoren zu dem unverbindlichen Urteil: ‚Otto Rothstock steht an der Grenze der Geisteskrankheit; gegenwärtig ist er nur ein jugendlicher Wirrkopf mit abwegigen Gedankengängen'.[233]

Vor Gericht gelang es Rothstock, angeleitet von seinem Anwalt Walter Riehl, die Sinnesverwirrung eines jugendlichen Idealisten vorzuspielen. Auch beim besten Willen war es für die Geschworenen schwer zu entscheiden, ob der junge Mann wirklich zurechnungsfähig war. Einstimmig befanden sie Rothstock des Mordes und des illegalen Waffenbesitzes für schuldig. Die

Zusatzfrage aber, ob er zum Zeitpunkt des Anschlages ‚des Gebrauches der Vernunft völlig beraubt' gewesen sei, wurde mit sechs Ja- und sechs Nein-Stimmen beantwortet. Technisch kam das einem Freispruch gleich. Rothstock wurde in die Heilanstalt Steinhof eingeliefert, weil ein weiteres Gutachten ihn als ‚gemeingefährlichen Menschen' bezeichnete. Aber innerhalb von zwei Jahren war er, nach einer Entscheidung des Obersten Gerichtshofes, wieder auf freiem Fuß.[234] Rothstock verschwand bald aus dem Brennpunkt des Interesses, doch der Fall Bettauer wurde systematisch von der NS-Propaganda ausgenützt. Als im Herbst 1938 die Wanderausstellung ‚Der ewige Jude' in Wien gezeigt wurde, figurierte Bettauer unter den Hauptbeschuldigten als ‚Vater der erotischen Revolution'.[235]

Zur Zeit des Bettauer-Skandals arbeitete Wilhelm Reich gewissenhaft innerhalb eines ärztlich kontrollierten Raumes am Ambulatorium. Er war es aber, der durch seine Erfahrungen in Wien die politische Gefahr der Sexualpsychosen erkannte. In der von Freud herausgegebenen Reihe ‚Neue Arbeiten zur ärztlichen Psychoanalyse' erschien 1927 Reichs *Die Funktion des Orgasmus*, eine Zusammenfassung seiner Erfahrungen als Psychotherapeut. Für Jugendliche sei (so Reich) nicht die Ausübung von Sexualimpulsen schädlich, wie so oft behauptet wurde, sondern deren Unterdrückung. In katholischen Kreisen, wo Enthaltsamkeit gepredigt wurde und das Zölibat als Lebensideal galt, grenzten solche Theorien an Ketzerei. Mit Bezug auf die steigende Aggressivität nationalsozialistischer Kreise nach der Bettauer-Affäre gewannen diese Theorien eine noch größere Bedeutung.

In *Die Funktion des Orgasmus* wird eine Analyse des Destruktionstriebes durchgeführt, die weit über Freuds verschwommene Ideen in *Jenseits des Lustprinzips* hinausgeht. Im 7. Kapitel, ‚Die Abhängigkeit des Destruktionstriebes von der Libidoaufstauung', verkündet Reich im Sperrdruck: ‚Die Versagung der Sexualbefriedigung hat also die Aggressivität hervor getrieben; durch die Mischung des Racheimpulses mit dem versagten sexuellen Triebanspruch entstand die sexuelle Destruktionstendenz, der Sadismus'.[236] Abschließend formuliert Reich im 8. Kapitel ‚Über die soziale Bedeutung der genitalen Strebungen' das Endergebnis, dass die Neigung zur aggressiven Haltung gegen die Außenwelt sich steigert, wenn die genitalen Strebungen auf äußere oder innere Hindernisse stoßen. Bei der Zwangsneurose wird das Glied in der Phantasie zum Instrument des Hasses, die genitale Erotik hat sich in den Dienst des Destruktionstriebes gestellt.[237]

Im Register von Reichs Buch kommt der Name Rothstock nicht vor. Aber solche Formulierungen ließen sich ohne Weiteres auf die Impulse des jungen Mannes anwenden, der mit seinem Instrument des Hasses fünf Schüsse in den Leib seines Opfers hineinpumpte.

Abschließend empfiehlt Reich eine ausgeglichene Form von Psychotherapie, die den Destruktionstrieben entgegenwirkt, indem sie Sexualbefriedigung mit Sublimierung und Anpassung verbindet:

Dadurch, dass die Psychoanalyse gewisse Sexualtriebe zur Sublimierung bringt, durch Wandlung der Aggressivität die soziale Anpassung ermöglicht und unnötige Sexualhemmungen beseitigt, ermöglicht sie auch eine spontane und organisch von innen her quantitative und qualitative wirkende ‚Organotherapie': die Sexualbefriedigung, die die Stauung der Libido aufhebt.[238]

Solche Ideen sollten noch kontroverser wirken, als Reich drei Jahre später nach Berlin umgezogen war. Doch die Heilsbotschaft der Organotherapie gewann schon 1928 in Wien Verbreitung durch die gemeinsam mit Marie Frischauf-Pappenheim gegründete Sozialistische Gesellschaft für Sexualberatung und Sexualforschung.[239] Bei diesen von kommunistischen Bestrebungen inspirierten Beratungsstellen ging es keineswegs nur um Sublimierung und Anpassung. Man wollte die verkrampften Beziehungen der kapitalistischen Gesellschaft auflockern und das Erblühen einer emotional befreiten Gemeinschaft herbeiführen.

12. Die sozialdemokratischen Kunststelle und die christliche Seelensanierung

Neben dem Rathaus, wo Seitz, Breitner, Tandler und Kohorten das Schicksal der Metropole lenkten, war die Druck- und Verlags-Anstalt Vorwärts in der Rechten Wienzeile das zweite Machtzentrum des Roten Wien. Dieser Komplex, erbaut in den Jahren 1909/10 nach Entwürfen von Hubert und Franz Gessner, wurde zum Hauptquartier der Arbeiterbewegung in der Blütezeit der österreichischen Sozialdemokratie (siehe Abbildung 23: Das Vorwärts-Gebäude). Hier waren die wichtigsten Institutionen untergebracht: die Parteileitung mit dem Büro Viktor Adlers und seines Nachfolgers Otto Bauer; der historische Sitzungssaal, wo vor 1914 auch russische Emigranten wie Trotzki, Lenin und Bucharin gelegentlich zu Beratungen zugezogen wurden; die Redaktion der *Arbeiter-Zeitung*, wo Chefredakteur Austerlitz über einem Stab von engagierten Journalisten thronte; und die Druckerei, wo neben der *Arbeiter-Zeitung* eine Vielzahl anderer Publikationen hergestellt wurde.

Eine parlamentarische Mehrheit hatten die Sozialdemokraten im Nationalrat nie errungen. Nur in den Jahren 1919/20 waren sie innerhalb einer Koalition mit den Christlichsozialen in der Lage, unter Bundeskanzler Karl Renner das Schicksal der jungen Republik mitzubestimmen. Umso wichtiger wurde die Stadt- und Landesregierung Wiens, wo sie als dominante Partei eine moderne sozialistische Gemeinschaft aufzubauen begannen. Die Liste der Errungenschaften des Roten Wien, von Gemeindewohnblocks zu Kinderhorten, war imponierend. Zwischen 1923 und 1933 baute die Gemeinde über 60.000 neue Wohnungen mit sozialen Gemeinschaftseinrichtungen und Kinderspielplätzen. Bei der Jugenderziehung gewann der Verein Sozialdemokratische Kinderfreunde ein besonderes Gewicht. Von der Partei wurde auch eine Bildungszentrale gegründet mit der Aufgabe, ‚Einrichtungen zu schaffen zur geistigen und kulturellen Hebung der Arbeiterschaft' und ‚jegliches Kunstverständnis zu fördern'. Dazu gehörte – unter der Aufsicht von Fritz Rosenfeld, Filmkritiker der *Arbeiter-Zeitung* – das ‚Lichtbild- und Filmwesen'.[240]

Die sozialdemokratische Kulturpolitik gewann eine größere Resonanz durch das Feuilleton der *Arbeiter-Zeitung*. Nach dem Tod des Veteranen Engelbert Pernerstorfer wurde der Musikkritiker David Josef Bach zum Feuilleton-Redakteur ernannt, wo er neben Friedrich Austerlitz eine richtunggebende Rolle spielte. Noch bedeutender war Bachs Rolle als Leiter der neu gegründeten Sozialdemokratischen Kunststelle, die in den Jahren 1919–1934 die Kultur der Stadt Wien entscheidend neu gestaltete. Nach dem anhaltenden Erfolg der Arbeiter-Sinfonie-Konzerte war Bach berufen, diese bedeutendste Organisation des Wiener Kulturlebens zu übernehmen.

Im Vorwärts-Gebäude hatte Bach als Feuilleton-Redakteur nur einen schmalen Arbeitsplatz – und nicht einmal einen Zettelkasten, wie er sich einmal in seinen Briefen beklagte. Aber die Zentrale der Kunststelle befand sich in einem anderen Teil des Gebäudekomplexes, Eingang Sonnenhofgasse 6. Dort baute er von seinem Büro aus ein Netz von Ortsgruppen auf, das jeden der 21 Wiener Bezirke umfasste. Finanziert wurde ihre Arbeit durch einen Prozentsatz der Lustbarkeitssteuer, welche die Stadt Wien unter der Leitung ihres Finanzdirektors Hugo Breitner von bürgerlichen Vergnügungs-Etablissements einhob. Zweck des Vereins, dessen Wirkungsbereich sich auf das ganze Gemeindegebiet Wien erstreckte, war ‚die Förderung des gesamten Volksbildungswesens auf allen Gebieten der Kunst' (Satzungen, § 1 und 2).

Innerhalb von zwei Jahren hatte der Verein Sozialdemokratische Kunststelle über 40.000 Mitglieder, welche berechtigt waren, Eintrittskarten zu Theatern, Konzerten und Operetten zu ermäßigten Preisen zu kaufen. Die Karten konnten von der Ortsgruppe abgeholt werden, die sich oft im selben Gebäude wie die Arbeiterbücherei des Bezirkes befand. ‚Geist siegt über Gewalt' war die Devise (siehe Abbildung 24: Arbeiterbücherei). Durch diese dynamische Kulturpolitik wurde Bach zu einer stadtbekannten Persönlichkeit, denn er übte indirekt ein umfassendes Kunstmäzenatentum aus. Theaterdirektoren wussten, dass sie sich nur dann von der Kunststelle einen Pauschalankauf versprechen konnten, wenn ihr Programm ein höheres Niveau oder eine erzieherische Tendenz beabsichtigte. Auch Autoren, Komponisten und

Künstler wussten Bachs Gunst zu schätzen, denn in dürftigen Zeiten konnte er wertvolle Aufträge vermitteln. In der Vereinszentrale, Sonnenhofgasse 6 (Telefon B 20-5-58), war er für jedermann zu sprechen (Parteienverkehr Montag, Dienstag und Donnerstag von 12 bis 2 und von 5 bis 7 Uhr abends).

Von Anfang an musste Bach sich gegen Kritiker von ganz rechts abschirmen, die ihn für die ‚Verjüdung' der Kultur diffamierten. Schon im Juni 1920 hatte er für die Gemeinde Wien ein Musikfest unter dem Titel ‚Meisteraufführungen Wiener Musik' organisiert, an dem neben dem Orchester des Vereins für volkstümliche Musikpflege auch Männergesangsvereine, Arbeiterchöre und Kirchenchöre teilnahmen. In der Aula der Alten Universität gaben die Philharmoniker ein Haydn-Mozart-Konzert, und neben katholischen Kirchenmessen wurden auch Schönbergs ‚Gurrelieder' aufgeführt. Die gut besuchten Konzerte ergaben einen finanziellen Gewinn, der an städtische Erholungsheime für tuberkulöse Kinder überwiesen wurde. Darauf erschien in der Wochenschrift *Der Volkssturm* folgender Bericht:

> Unter dem Titel ‚Meisteraufführungen Wiener Musik' veranstaltete die jüdisch-rote Gemeindeverwaltung der Musikstadt Wien eine internationale Kunstfeier, die leider durch ihren *jüdischen* Charakter vollständig enttäuschen musste. An die Spitze des ganzen Geschäfts – denn unter Judenhänden wird alles zum Geschäft – wurde der jüdische Redakteur des sozialdemokratischen Regierungsorgans ‚Arbeiter-Zeitung' Dr. David Josef *Bach* gestellt, nach dem die ganze Veranstaltung den sarkastischen Namen des ‚Bach-Festes' erhielt. Ihm zur Seite waltete der jüdische Bankier und sozialdemokratische Gemeinderat *Breitner*.

Der Artikel endete mit einem Ausruf, der in den folgenden Jahren nur zu oft auf den Straßen der Stadt zu hören war: ‚Hinaus mit den Juden aus Wien und Österreich!'[241]

Bach war ‚eine Schlüsselfigur für eine Epoche der Musikgeschichte Wiens, die von krassen ästhetischen Auseinandersetzungen zwischen einer radikalen Avantgarde und einem reaktionären

Traditionalismus gekennzeichnet wurde'.[242] Dabei darf man nicht übersehen, dass Bach – trotz seiner Freundschaft mit Schönberg und Webern – keineswegs einseitig vorging. Durch eine ausgewogene Programmgestaltung, die aus heutiger Perspektive besonders weitsichtig erscheint, versuchte er zwischen den konkurrierenden Lagern zu vermitteln. Denn er war einer der wenigen, die nach dem Zusammenbruch der Monarchie die Möglichkeit erblickten, in der Musikstadt Wien auf der Grundlage einer umfassenden Kulturpolitik eine neue Identität aufzubauen. Ein ähnliches Ziel wurde von Hofmannsthal und Reinhardt bei den Salzburger Festspielen verfolgt, allerdings mit einer betont katholischen Resonanz. Ideologische Gegner mochten versuchen, auch hier das Gespenst der ‚Verjüdung' heraufzubeschwören, aber der internationale Erfolg der Wiener Festwochen und der Salzburger Festspiele sprach eine andere Sprache.

Im Bereich der bildenden Künste war Bach weniger erfolgreich. Vom sozialdemokratischen Gemeinderat wurde den Hagenbündlern die Zedlitzhalle wieder zur Verfügung gestellt. Doch nicht von der Kunststelle wurden sie unterstützt, sondern von Otto Kallir-Nirensteins 1923 gegründeter Neuer Galerie in der Grünangergasse. Durch gemeinsam veranstaltete Ausstellungen avancierte der Hagenbund zur aktivsten Wiener Künstlervereinigung. Aus der Monarchie hatte Österreich wunderbare Schätze geerbt, die die Bestände der Museen bereicherten. Doch Wien war keine internationale Kunstmetropole mehr – man spürte eine ‚provinzielle Engstirnigkeit'.[243] Es gab nach dem Tod Egon Schieles kein Wiener Atelier, das die schwungvolle Klimtlinie hätte fortsetzen können. Erlösung durch sinnliche Schau war nicht mehr zeitgemäß, aber Alternativen wie die Neue Sachlichkeit blieben unterentwickelt und führende Künstler verließen die Stadt. Kokoschka, der nach Dresden umgezogen war, kehrte gelegentlich zurück, um wichtige Malaufträge auszuführen. Den Auftrag des Kunsthistorischen Museums, im Sommer 1931 das Kinderheim der Stadt Wien auf dem Wilhelminenberg darzustellen, vermittelte ihm David Bach.[244]

Als Fliege an der Wand möchte man diesem vielseitigen Kunstförderer bei der Arbeit zugeschaut haben. An einem Herbstmorgen im Jahre 1923 hätte man folgendes Schauspiel erlebt, das im Tagebuch Erica Conrats festgehalten wurde:

> Heute früh war ich beim Bach, der mich in der Kunststelle empfing. Unser Gespräch war kurz, er war so nervös, dass er sich entschuldigte, er könne sich nicht setzen, wurde überdies durch Hofrat Bittner unterbrochen (Vorstellung – dann ‚Ihr Name ist mir geläufig von den wunderbaren Gedichten, wirklich sehr schön'), dann durch Antelephonierung vom kleinen Umansky, der sich nach einer Novelle aus dem Russischen übersetzt erkundigte (‚Ich muss Ihnen sagen, ich habe Sie nicht verstanden'). Bach sagte zu mir: ‚Ihr Stück hat mich sehr interessiert, ich reise heute abends zu einem Theaterdirektor und will ihn dazu bringen, dass er es liest'. Ich sagte ihm, wie mir sein günstiges Urteil gerade jetzt gelegen komme, da ich nach einem Gespräch mit Hock, der mir jede dramatische Begabung absprach, kollabiert bin. ‚Der ist ein Aff', sagte Bach im Ton unwilliger Überzeugung. ‚Aber er ist Germanist und Theaterdirektor zugleich, jedes allein würde schon genügen, seine Nicht-Zuständigkeit verständlich zu machen. Nein, lassen Sie das nicht zu Herzen gehen'. Dann bekam ich für die als Feuilletons erschienenen Gedichte 200.000 Kronen.

Als Autorin hatte Erica Conrat gute Verbindungen, denn sie war seit achtzehn Jahren mit dem Kunsthistoriker Hans Tietze verheiratet. Da die Tietzes vier Kinder hatten, begann sie wohl erst als reife Frau zu dichten, was ihrer Lyrik – etwa zum Thema ‚Altern' aus weiblicher Sicht – einen eigentümlichen Reiz verlieh. Gedichtet hat sie manchmal in der Straßenbahn, während sie zwischen der Wohnung in Döbling und der Inneren Stadt pendelte, wo sie beim Aussortieren von staatlichen Kunstsammlungen beschäftigt war. Alma Mahler, eine Freundin seit ihrer Schulzeit, hatte Ericas Gedichte an Bach geschickt, der sie gleich in der *Arbeiter-Zeitung* veröffentlichte. Eine Zeile (‚damals hatte ich noch ein Mädchen und eine Köchin') hatte er allerdings gestrichen – ‚wahrscheinlich um das ehemals gutbürgerliche Milieu zu unterdrücken!', wie Erica vermutet.[245]

Diese Episode belegt, wie Bach in seiner Doppelrolle als Leiter der Kunststelle und Feuilleton-Redakteur der *Arbeiter-Zeitung* bemüht war, neben linken Beiträgen – Konstantin Umansky war ein schriftstellernder Diplomat aus der Ukraine – Raum zu schaffen für bürgerliche Intellektuelle. Der Theaterleiter und Hochschullehrer Stefan Hock war offensichtlich weniger zugänglich. Dagegen setzte sich der mit Bach befreundete Komponist Julius Bittner, ein ehemaliger Richter, energisch für die musikalische Moderne ein. Besonders zu Tonkünstlern pflegte Bach enge Beziehungen. ‚Bald gab es keinen, den Bach nicht gekannte hätte – sie kannten ihn wohl alle', heißt es in einer Biographie, die nach dem Zweiten Weltkrieg erschien.[246]

Um dieses Bild zu präzisieren, können wir auf eine einzigartige Quelle zurückgreifen: die Geschenk-Kassette voller Ehrungen, die Bach zu seinem 50. Geburtstag erhielt. Die Entstehungsgeschichte dieser in der Wiener Werkstätte hergestellten Kassette wird durch die Inschrift auf dem Deckel belegt: ‚Herrn Dr. Bach überreicht von den Angestellten der Kunststelle'. Ein Kollege hatte schöne Pergamentblätter an Autoren, Komponisten und Künstler verteilt, die mit Bach befreundet oder von ihm gefördert worden waren. Es war das Jahr der Theater- und Musikausstellung der Stadt Wien, und Bach stand auf dem Höhepunkt seiner Karriere. Als er im August 1924 seinen Geburtstag feierte, überraschten ihn seine Freunde mit achtzig handschriftlichen Widmungsblättern, die in der Kassette verwahrt waren (einige Nachzügler kamen später hinzu).

Diese Geburtstagsadressen stammten keineswegs nur aus dem sozialistischen Lager. Das geht aus den Kurzbiographien hervor, die von einem kleinen Team von David Bach-Enthusiasten in England – mit der Hilfe von Freunden in Österreich – zusammengestellt wurden.[247] Die bekanntesten Schriftsteller Wiens trugen zur Sammlung bei: Bahr, Beer-Hofmann, Billinger, Csokor, Friedell, Hofmannsthal, Kralik, Kraus, Mell, Musil, Schnitzler, Stoessl, Trebitsch, Werfel und Stefan Zweig, während die jüngere Generation durch Fritz Brügel, Ernst Fischer, Lina Loos, Josef Weinheber und Martina Wied vertreten war. Auch Schriftsteller aus dem Ausland wie Anna Aurednicek, Karel Capek, Georg Kaiser, Heinrich Mann, Ernst Toller und John Galsworthy waren vertreten, denn Bach setzte sich für internationale Verständigung ein (Galsworthy war Begründer des internationalen PEN-Clubs).

Von bildenden Künstlern finden wir über zwanzig Werke – von Leo Delitz, Carry Hauser, Josef Hoffmann und Carl Moll bis Oskar Kokoschka, Anton Hanak, Oskar Strnad und Harry Täuber. Der Geist des vorwärts strebenden Sozialismus kam in Hanaks Graphik *Noch nicht – langsamer – Du – rasendes Geschick* besonders dynamisch zum Ausdruck:

Graphik 18: Hanak: ‚Noch nicht –'

‚Noch nicht –, langsamer – Du / rasendes Geschick' heißt es am Anfang. Der Text kann als Dialog zwischen den abgebildeten Figuren gelesen werden. Die etwas zögernde weibliche Figur (links) bekommt von der vorwärtsstrebenden männlichen die Antwort: ‚Nicht müde sind wir –, wollen auch nicht zur Ruhe –'.

Über die Beiträge von Künstlerinnen wird sich Bach besonders gefreut haben, denn weibliche Talente, wie wir aus der Conrat-Episode wissen, hat er aktiv gefördert. Aus dem Umkreis der Wiener Werkstätte finden wir schön gestaltete Blätter von Mathilde Flögl, Susi Singer-Schinnerl, Felice Rix-Ueno, Fritzi Löw, Maria Strauss-Likarz und Charlotte Calm. Während Hanak die männliche Dynamik der aufstrebenden Arbeiterbewegung darstellte, bildete das Aquarell von Strauss-Likarz ein elegantes weibliches Pendant: Frauen in modernen Badekostümen um ein Schachbrett gruppiert mit einem im Sandkasten spielenden Kind. (Graphik 19)

Nach anstrengender Arbeit ruht man sich aus, wohl an einem jener Erholungsorte, die für die sozialistische Gesellschaft der Zukunft geschaffen wurden.

Das Imponierendste an der Sammlung waren mehr als dreißig musikalische Ehrungen, die von den bekanntesten Komponisten der Zeit stammten: Bartok, Berg, Bittner, Eisler, Kienzl, Kodaly, Korngold, Lafite, Lehár, Joseph Marx, Paul Pisk, Salmhofer, Schönberg, Strauss, Suk, Webern und Zemlinsky. Von Schönberg stammte eine lange handgeschriebene Reminiszenz, denn er war mit Bach seit der Jugend befreundet. Unter den Notenbeispielen finden sich neben einem Auszug aus Bergs *Wozzeck* auch Akkorde von Lehár. Das Lustigste war wohl Bittners ‚Shimmy auf den Namen BACH', eine vom amerikanischen Ragtime inspirierte ‚kontrapunktische Fleißaufgabe'.

Die Kassette ergibt einen Querschnitt durch das geistige Leben der Republik. Bach war bemüht, wenigstens im Kulturbereich eine Versöhnung zwischen den konkurrierenden Lagern herbeizuführen. Daher wurden auch Personen einbezogen, die zum rechten Flügel des ideologischen Spektrums tendierten, etwa der Dramatiker Richard Billinger oder Richard Kralik, Vertreter des Christ-

Graphik 19: Strauss-Likarz, unbetitelt

lich-Germanischen Schönheitsideals. Am interessantesten ist das Sonett, das von Josef Weinheber beigesteuert wurde mit Zeilenanfängen, die ein Akrostichon auf den Namen D – A – V – I – D – J – O – S – E – F – B – A – C – H bildeten. Seinen Dank spricht der Dichter im Namen von vielen tausenden Fronarbeitern aus, die ohne Bachs Vermittlung keinen Zugang zur Kunst gehabt hätten.[248] Später sollte der Wiener Volksdichter bekanntlich Sympathien für den Nationalsozialismus entwickeln.

Ein Plakat aus dem Jahre 1925 belegt, wie weit die Aktivitäten der Kunststelle schon reichten.

Graphik 20: Verein Sozialdemokratische Kunststelle

Die Zeichnung eines jungen Mannes mit erhobenem Zeigefinger stammt von Leo Delitz, Mitglied des Hagenbunds. Die von dieser heroischen Figur verkündete Botschaft heißt: ‚Geistige und manuelle Arbeiter! Tretet in Massen dem Verein Sozialdemokratischer Kunststelle bei!' Nicht nur passives Zuhören bei Konzerten und Theatervorstellungen wurde gefördert, sondern aktive Teilnahme beim Singverein oder im Sprechchor. Auch Kurse für Rhythmische Gymnastik wurden angeboten und Ermäßigungen in den Schulen des Vereins für volkstümliche Musikpflege.

Was bei solchen Veranstaltungen bezweckt wurde, ersehen wir aus Artikeln, die in der angekündigten Kunstzeitschrift erschienen, *Kunst und Volk: Mitteilungen des Vereines ‚Sozialdemokratische Kunststelle'*. Anfang 1929 kündigte die Zeitschrift an, dass die Kunststelle Kurse in der ‚Neuen Schule für Bewegungskunst' eröffnet hatte, in denen ‚ganz besonders auf die Lebens- und Arbeitsweise der Teilnehmer' Rücksicht genommen wurde. Den Teilnehmern sollte ‚eine neue Lebensfreude erblühen', wenn ‚der müde Körper in den Abendstunden neue Kräfte zugeführt erhält'.[249] Ein typisches Beispiel dafür, wie es Bach gelang, Bündnisse zwischen der bürgerlichen Avantgarde und der Arbeiterschaft zu schmieden. Die Schule für Bewegungskunst war 1926 von der einundzwanzigjährigen Ausdruckstänzerin Hilde Holger begründet worden und entwickelte sich bald zu einem Zentrum des expressiven Tanzes. Eine Kunstform, die früher zur Elitekultur gehörte, sollte jetzt die müden Glieder von Arbeitern erfrischen.

Ebenso kreativ waren die Outreach-Aktivitäten des Vereins für volkstümliche Musikpflege, der 1919 von Bach gegründet wurde und 1921 den Schönberg-Schüler Hanns Eisler als Lehrer bestellte. Im Juni 1926 druckte *Kunst und Volk* eine Annonce des Vereins, die Unterrichtskurse für folgende Instrumente versprach: ‚Violine, Klavier, Flöte, Klarinette, Horn, Trompete, Cello, Bass, Schlagwerk, Gitarre und Mandoline'. In derselben Nummer wurde der Verein von Julius Bittner unter dem Titel ‚Proletarische Musikkultur' gewürdigt. Er beschrieb die Schule in der Mollardgasse (im sechsten Bezirk) und die Kulturarbeit, die ‚da draußen im trostlosen Bereiche der rauchenden Essen und stumpfsinnig klappernden Maschinen' geleistet wurde. Dort wurde ‚den Ärmsten der Armen, kleinen Lehrbuben, dürftigen Ladenmädeln' Musik vermittelt, z. B. in einer Harmonielehreklasse, worin ‚halbwüchsige Jungen und Mädel das eben fertig gestellte Harmoniebeispiel von der Tafel fröhlich absangen'. Nur fehlte es an guten Instrumenten: Man musste ‚an einer wurmstichigen Cellokiste mit höchst wacklichtem Stege' herumfingern. Daher endete der Artikel mit dem Aufruf: ‚Wer immer um diese Stadt ernstlich Sorge trägt, muss hinzuspringen, um zu helfen. Die Schule braucht Instrumente'.[250]

Durch seine Kulturpolitik erwies sich Bach als flexibler als die meisten Parteigenossen. Als Leiter der Kunststelle versuchte er die ideologischen Gegensätze des ‚Lagerdenkens' zu überwinden. Das war auch der Grund, warum er von radikalen Sozialisten als Kompromissler kritisiert wurde. Mit Recht konnte man einwenden, dass Bachs Behauptung, ‚alle große Kunst' sei ‚revolutionär', politisch naiv war. Schon die Wahl des Titels *Kunst und Volk* war problematisch, denn die Idee des ‚Völkischen' hatte rassenbiologische Untertöne. Ja, als Bach im Februar 1926 auf der Titelseite des ersten Hefts Richard Wagners Definition der Kunst als ‚Vermählung mit dem Volksganzen' zitierte, hätte ein kritischer Leser aufhorchen sollen. Gerade Wagner hatte die Debatte über volkstümliche Kunst durch seine judenfeindliche Polemik *Das Judentum in der Musik* vergiftet.

Auf der anderen Seite ist es verständlich, dass Bach einen Titel wie ‚Kunst und Proletariat' vermied. Seine Kulturpolitik sollte einschließend wirken und durch eine gemäßigt radikale Form von Volkstümlichkeit auch nicht-sozialistische Wiener seinem Programm annähern. Wer immer um diese Stadt ernstlich Sorge trug, sollte (in Bittners Worten) ‚hinzuspringen'! Innerhalb eines größeren Zeitraums wäre eine solche Strategie eventuell erfolgreich gewesen, aber schon 1931 – infolge der kapitalistischen Wirtschaftskrise – musste *Kunst und Volk* eingestellt werden. Insgesamt waren 58 saftige Hefte mit einer Fülle von gedankenreichen und phantasievollen Beiträgen erschienen.

Von Pragmatikern wie Oskar Pollak wurde Bach vorgeworfen, dass seine Kulturpolitik sich mehr nach dem Geschmack der ‚literarischen Gourmands' in den Kaffeehäusern der Inneren Stadt orientiere, als nach den Bedürfnissen der Arbeiter von Favoriten.[251] Es war in der Tat unmöglich, eine Quadratur des Kreises zu finden, die die Interessen der Arbeiterbezirke mit denen der Inneren Stadt verbinden würde. Aber es wäre irreführend, das Programm der Kunststelle isoliert zu betrachten, ohne gleichzeitige Veranstaltungen der Volkshochschulen zu berücksichtigen, die von Parteigenossen wie Otto Koenig geleitet wurden. Als Redakteur der *Arbeiter-Zeitung* unterhielt er zu Bach gute Beziehungen, und neben seiner Arbeit als Leiter der Schulungskurse für Bibliothekare war Koenig vor allem in der Volkshochschule Ottakring als Vortragender tätig.

Bei seinen Bemühungen um das Wohl der ganzen Gemeinde musste David Bach pluralistisch vorgehen, um die Kontakte mit konservativen Institutionen wie den Bundestheatern und den nichtsozialistischen Kunststellen aufrechtzuerhalten. Bachs Verhandlungen mit der Bundestheaterverwaltung wurden von Robert Pyrah im Sonderband von Austrian Studies über ‚Culture and Politics in Red Vienna' dokumentiert. Er hatte ein klares Ziel: Moderne Theateraufführungen sollten ‚wirklich der Bevölkerung und nicht einer dünnen Schicht ganz reicher Leute' zugänglich gemacht werden. Mit dem Burgtheater und der Staatsoper war er bereit zusammenzuarbeiten, vorausgesetzt, dass seine Kunststelle nicht gegenüber den nichtsozialistischen Kunststellen benachteiligt werde: ‚Wenn man eine Gruppe, die 500.000 Teilnehmer umfasst, genau so behandelt wie eine Gruppe von 30.000, so ist dies keine Objektivität, sondern eine sehr ungerechte Methode'.[252]

Die Gruppe mit nur 30.000 Teilnehmern war die von Hans Brečka geleitete ‚Kunststelle für christliche Volksbildung'. Es gab auch andere, noch kleinere Gruppen: ‚Die deutsche Kunst- und Bildungsstelle', ‚Die Kunststelle für öffentliche Angestellte' und ‚Die Kunststelle des Zentralrats der geistigen Arbeiter'. Aber die Konkurrenz der christlichen Kunststelle musste ernst genommen werden, weil sie eine Schlüsselrolle im Kulturkampf zwischen Rot und Schwarz spielte. In *Der Kunstgarten*, der Zeitschrift der christlichen Kunststelle, betonte Brečka die ‚Verschiedenheit der Weltanschauungen', die bei der Wahl der aufzuführenden Stücke das Programm jener Gruppen bestimmte, die ursprünglich eher zusammenarbeiten wollten.[253]

Im Gegensatz zum sozialistischen Konzept des ‚neuen Menschen' vertraten die Christlichsozialen ein Programm der geistigen Erneuerung, für die Bundeskanzler Seipel in einer Rede vom 16. Januar 1924 die bündige Formel ‚Seelensanierung' prägte. Wie es ihm in Genf bei seinen Verhandlungen mit dem Völkerbund gelungen war, aufgrund einer Anleihe den österreichischen Staatshaushalt durch strenge Sparmaßnahmen zu stabilisieren, so wollte er nun seine Landsleute auf den Weg zum ‚sittlichen Wiederaufbau' führen.[254]

Dass dieses Konzept als Reaktion auf die Politik der Sozialdemokraten gemeint war, ging einen Monat später aus seinem Vortrag im Zentralrat der geistigen Arbeiter Österreichs hervor. Nicht ohne Erfolg hatten die Sozialisten die geistigen Arbeiter zur Solidarität mit den manuellen Arbeitern aufgerufen: ‚Kommt zu uns, [so stellt sich Seipel die Lockrufe der Sozialdemokraten vor], wir nehmen euch als geistige Arbeiter – also doch als Arbeiter – auf; vereinigt euch nur mit uns zu gemeinsamem Kampfe!' Aber auch die Christlichsozialen wollten diese gebildete Mittelschicht durch eine gezielte Kulturpolitik auf ihre Seite ziehen. Daher Seipels Aufruf:

> Der geistige Arbeiter muss ausschauen, wo außer dem Gebiet der Staatswirtschaft noch saniert und ausgebaut werden muss. In der Volkswirtschaft, in der Politik, im ganzen großen Umkreis dessen, was wir Kultur nennen, und nicht zuletzt im eigenen Innern, durch Vertiefung und Verbesserung des eigenen Wesens.[255]

Worin bestand in der Praxis diese Strategie? Für den asketischen Seipel hätte das traditionelle ‚Bete und Arbeite' (‚ora et labora') wohl genügt, aber das Fußvolk brauchte etwas Attraktiveres, und gerade das war Brečkas Aufgabe als Leiter der Christlichen Kunststelle.

Brečka, wie Judith Beniston in einem weiteren Band von Austrian Studies nachgewiesen hat, war ein begabter Organisator, der seit 1908 als Theaterreferent und Feuilleton-Redakteur der *Reichspost* gewirkt hatte. Auch sein Ziel war, ‚das Unterhaltungsbedürfnis unseres Volkes auf edlere Art zu befriedigen', wie er am 6. März 1920 bei der Gründung der Christlichen Kunststelle schrieb.[256] Zu seinem Programm gehörten neben katholischen Laienspielen und volkstümlichen Dialektstücken auch Aufführungen von Max Mells *Das Apostelspiel* und Richard von Kraliks Oratorium *Veronika*. Problematischer dagegen war Brečkas Anknüpfung an das von Adam Müller-Guttenbrunn zwischen

1898 und 1903 geführte deutschvölkische Theater, denn dort war der Schwerpunkt weniger pro-katholisch als antisemitisch – nur ‚arische' Talente sollten gefördert werden.

Was in den ersten Jahren der Republik unter katholisch-konservativer Kultur verstanden wurde, geht aus einem illustrierten Band hervor, der 1923 unter dem Titel *Neu Österreich* erschien. Besonders hervorgehoben wurden Werke von Rudolf Hans Bartsch, Karl Hans Strobl, Emil Ertl, Franz Nabl, Franz Karl Ginzkey, Rudolf Greinz, E. G. Kolbenheyer, Robert Hohlbaum und Enrica Handel-Mazzetti.[257] Bei solchen Autoren wurde häufig kulturelle Nostalgie mit großdeutschen Sympathien verbunden – eine Formel, die die Trivialromane von Bartsch and Strobl zu Bestsellern machte. Das waren, wie Kraus bissig bemerkte, ‚die Parnassiens der *Reichspost*' (F 622-31, 76).

Nicht alle Beiträge zu *Neu Österreich* waren so tendenziös. Es gab auch aufschlussreiche, zum Teil wissenschaftlich fundierte Kapitel über Schulreform, Neue Kunst, Musik und Theater, Kunstgewerbe, Soziale Fürsorge, Volksbildung, Elektrifizierung der Bundesbahnen, Wasserbauten, Kleinindustrie, Forstwirtschaft, usw. Doch das Ziel des holländischen Verlegers, ein ‚Propagandabuch für Österreich' zu schaffen, wurde durch dieses Panorama nur einseitig erfüllt.[258] Denn in einem Band von über 600 Seiten mit mehr als hundert Abbildungen wurden die Leistungen der sozialdemokratischen Gemeinde Wien nur am Rande erwähnt. Dagegen wird die Kultur der Provinz unter Überschriften wie ‚Salzburg als Musikstadt' und ‚In den Firnen Tirols' überschwänglich gepriesen.

Im abschließenden Kapitel über das ‚Alpenvolk' wird der Rhythmus einer beinahe unberührten ländlichen Religiosität gefeiert:

> Die neue Zeit hat freilich auch in den Bergen an den Seelen gerissen; aber was dem Menschen von altersher im Blute liegt, das vergisst er nicht so schnell. Darum ist das Gotteshaus und der Herr Pfarrer, mit wenigen Ausnahmen, noch heute der Mittelpunkt des Dorfgeschehens; Orgel und Sängerchor der kleineren oder größeren Kirchen sind das sonntägige Konzert und die Predigt ist eine Stunde der Erbauung und der Ruhe.

> Kirche und Sonne, das sind die beiden Jahresuhren des Älplers. Die Sonne teilt die Arbeit aus und die Kirche schenkt die Feste. Die Arbeit ruft Knecht und Magd zu gemeinsamem Werke; die Kirche sondert sie in getrennte Bänke [...].²⁵⁹

So verführerisch solche Texte für Liebhaber der Heimatliteratur auch geklungen haben, als Modell für eine katholische Erneuerung waren sie völlig ungenügend. Denn in diesem Beitrag spürt man einen Grundton, der das ganze Österreich-Projekt in Frage stellte: die Sehnsucht nach Anschluss an Deutschland. Ihre letzte Seite widmete die Autorin einer völkisch-heidnischen Sonnwendfeier, deren Brände ‚über die Grenzen unseres Staates' hinauslohen sollten – ‚zu unseren Brüdern, die unser sind nach Blut und Art'.²⁶⁰

Man könnte eher von einer Erneuerung katholischer Kultur reden, wenn man literarisch an die von Ludwig Ficker in Innsbruck geleitete Zeitschrift *Der Brenner* denkt; oder liturgisch an die Bibelrunden, die in Klosterneuburg von Augustinerchorherr Pius Pasch gegründet wurden. In Wien gewann der von Michael Pfliegler 1921 ins Leben gerufene ‚Bund Neuland' viele Anhänger, indem diese von der Jugendbewegung ausgehende Gruppierung sich um eine Annäherung zwischen Kirche und Sozialismus bemühte.²⁶¹

Allzu häufig aber wurden in katholischen Kreisen auch gut gemeinte Projekte durch Rahmenbedingungen beeinträchtigt, welche historiographisch zu folgenden Ergebnissen geführt haben:

- Selbst führende katholische Denker und Schriftsteller fanden es schwierig, ihre Position vom deutschvölkischen Gedankengut abzugrenzen (Paradebeispiel Richard Kralik mit seinem christlich-germanischen Schönheitsideal).²⁶²
- Dabei war der österreichische Katholizismus institutionell mit Antijudaismus kontaminiert. Das lag in erster Linie an den historischen Doktrinen der Römischen Kirche, die die Juden für die Kreuzigung des Heilands verantwortlich machten.²⁶³
- Darüber hinaus wurde die Lueger-Tradition der antisemitischen politischen Agitation fortgesetzt, eine ‚abscheuliche Praxis' mit schwerwiegenden Folgen.²⁶⁴

- Das antidemokratische und antikapitalistische Denken Karl von Vogelsangs wurde von Nachfolgern wie Anton Orel und Josef Eberle mit verstärkten antisemitischen Akzenten fortgesetzt.[265]
- Im Laufe der zwanziger Jahre merken wir eine Tendenz, nicht zuletzt bei Ignaz Seipel, von konsensualen Ideen abzudriften und eine autoritäre Staatsform anzustreben.[266]
- Bei der Studentenschaft wurden die Grenzen zwischen deutschnationalen und katholischen Burschenschaften verwischt, weil beide Gruppen einen militanten Antisemitismus und Antimarxismus vertraten.[267]
- Auch unter Basiskatholiken wurden durch die weit verbreiteten Pfarrzeitungen reaktionäre Ideen verbreitet, besonders mit Bezug auf die angebliche Schuld der Juden an allen Verirrungen der modernen Welt.[268]

Aus diesen Gründen gibt es im rechten Segment meines Diagramms der Wiener Kreise der zwanziger Jahre nur wenige Autoren, von denen man noch heute wertvolle Einsichten gewinnen könnte. Das Niveau der ‚christlichen' Tages- und Wochenpresse war besonders deprimierend. Zeitschriften wie *Die Reichspost*, die *Wiener Stimmen*, *Der Volkssturm*, *Schönere Zukunft* und *Das Neue Reich* zu studieren, war ein beschämendes Erlebnis für jemand, der – als Mitglied der Anglikanischen Kirche – in einer christlich-humanistischen Tradition erzogen wurde. Man erwartete die Stimme der Nächstenliebe und hörte das Neidmaul des Antisemitismus. Sogar der bedeutendste katholische Publizist jener Zeit, Dr. Friedrich Funder, war damals ‚ein sehr scharfer Antisemit'.[269]

Wie war es im damaligen Wien möglich, die Lehren der Evangelien derart zu verdrehen, dass von katholischer Seite die Grundlagen für den Sieg des Faschismus geschaffen wurden? Mitschuldig waren auch die Austromarxisten, die sich ebenso unfähig erwiesen, die Kompromisse einzugehen, ohne die eine parlamentarische Demokratie nicht auskommt. Wir müssen daher untersuchen, wie die Nationalsozialisten den durch die Polarisierung zwischen Rot und Schwarz entstandenen Leerraum ausnützten, um eine braune

Machtergreifung zu erzwingen. Um das österreichische Volk für die Hitler-Bewegung zu gewinnen, wurde auch von den Nazis kulturpolitisch vorgearbeitet. Denn es ging nicht demokratisch um Wählerstimmen, sondern im Bereich faschistischer Phantasiegebilde um Gefühl und Gemüt, und dazu diente neben dem Zauber des Kinos die politische Resonanz der Musik.

13. Kino, Konzerthaus, Rundfunk, Kleinbühne und ihre politische Resonanz

Um 1910 war das Kino eine experimentelle Randerscheinung gewesen, im Weltkrieg ein problematisches Propagandamittel. Nach Gründung der Republik wurde es aber zu einem Kulturfaktor, der das Stadtbild verwandelte und die Unterhaltungsindustrie zu dominieren begann. Im Jahre 1902 hatte es in Wien nur drei Kinos gegeben, zwanzig Jahre später war die Zahl auf 173 gestiegen. Schon die flackernden Stummfilme der zwanziger Jahre – mit Zwischentiteln und Musikbegleitung – genossen eine enorme Popularität. Nach der Ankunft des Tonfilms konnten selbst die beliebtesten Wiener Volkskomiker und Operettentenöre nicht mehr Schritt halten, es sei denn, dass auch sie zur Filmindustrie übertraten.

Symptomatisch für diesen Modernisierungsprozess war die Verwandlung von altmodischen Schauspielhäusern in Kinos. Ein Zeichen der Zeit war 1929 der Umbau des Apollo-Theaters in Mariahilf in einen luxuriösen Filmpalast mit 1.500 Sitzplätzen. Auch kleinere Gruppen wie die Roland-Bühne passten sich dieser Entwicklung an. Unter der Leitung von Emil Richter-Roland übernahm diese Theatertruppe 1919 das leerstehende Rauchtheater, Praterstraße 25, wo in der Vorkriegszeit das Budapester Orpheum jüdische Schwänke gespielt hatte. Statt Tischen und Sesseln wurden nun fixe Zuschauerreihen aufgestellt und das Vatiété-Programm erweitert. Besonders beliebt war die Gruppe, die sich ‚Theater der Komiker' nannte: Armin Berg, Adolf Glinger, Sigi Hofer und Hans Moser. In der *Neuen Freien Presse* wurde das Komikerquartett am 24. November 1924 als eine

‚unwiderstehliche Sturmtruppe der Heiterkeit' gefeiert. Dennoch war die Bühne gezwungen, Film-Projektionen einzusetzen, um mit benachbarten Kinos zu konkurrieren; und Hans Moser wurde zum Star-Komiker des österreichischen Films.[270]

In Büro der *Arbeiter-Zeitung* wurde diese Entwicklung mit lebhaftem Interesse verfolgt. Nicht nur für organisatorische Energie war David Bach bekannt, sondern auch für die Wahl eines talentierten Nachwuchses. Im Feuilletonteil erschien von 7. Oktober bis 6. November 1923 in Fortsetzungen der hochaktuelle politische Zeitroman *Das Spinnennetz*, dessen Autor Joseph Roth damals fast unbekannt war. Gleichzeitig gewann Bach den Philologiestudenten Fritz Rosenfeld als Filmkritiker. In Wien im Dezember 1902 als Sohn des Rabbiners Moritz Rosenfeld und dessen Frau Margarete geboren, wurde der blutjunge Kollege zu einem scharfsichtigen Beobachter der internationalen Filmszene und des österreichischen Kinobetriebs. Geleitet wurde Rosenfeld von der ‚Erkenntnis der versteckt kapitalistisch-reaktionären Tendenz' des scheinbar harmlosen Unterhaltungsfilms.[271]

Von anderen Kritikern wurde die identitätsstiftende Funktion der österreichischen Filmproduktion positiver bewertet. Unter dem Titel ‚Geistiges Leben in Wien' schrieb Alfred Polgar am 14. November 1920 im *Prager Tagblatt*: ‚Das einigende Band, das die Völker Wiens umschlingt – früher war dieses Band bekanntlich die Dynastie – ist das Kino'. Die niedrigen Eintrittspreise machten den Kinobesuch allen sozialen Schichten möglich, und das neue Medium, wie Bela Balazs bereits 1924 in *Der sichtbare Mensch oder die Kultur des Films* erkannte, wurde zur ‚*Volkskunst* unseres Jahrhunderts'.[272]

Der Pionier der österreichischen Filmproduktion, Alexander Graf Kolowrat-Krakowsky, war ein Großgutsbesitzer aus Böhmen mit weit verzweigten internationalen Beziehungen (geboren war er 1886 in New Jersey). Nach einem Studium an der Katholischen Universität in Löwen (Belgien) entdeckte er 1909 in Paris unter dem Einfluss von Charles Pathé das Wunder der Kinematographie. In Wien gründete er 1913 die Sascha-Filmfabrik, die im Weltkrieg Propagandastreifen für die Zentralmächte herstellte. Nach Gründung der Republik erlebte er seine große Stunde, indem er Monsterfilme im amerikanischen Stil wie *Sodom und Gomorrha* (1922) herstellte. Sascha-Kolowrat verstand, dass es bei der Filmproduktion auf Teamwork ankam. Als Regisseur gewann er für *Sodom und Gomorrha* Michael Kertesz, für den Szenenbau Julius von Borsody, als Kameramann Gustav Ucicky. ‚Nirgendwo in Europa', heißt es vom damaligen Betrieb, ‚fand die Filmbranche mehr Talente und mehr Ideen als in Wien'.[273] Der künstlerisch bedeutendste Sascha-Film, *Café Elektric*, wurde 1927 unter der Regie von Gustav Ucicky gedreht. Ein Vergleich mit Georg Pabsts zwei Jahre vorher erschienenem Film *Die freudlose Gasse* zeigt, wie wichtig Ucickys Fokus auf ein Kaffeehaus für die Darstellung der modernen Metropole war.

Auch *Die freudlose Gasse*, die Verfilmung eines Bettauer-Romans, spielt in Wien, aber dort waren sowohl Szenenwahl als auch Charakterdarstellung allzu schematisch. In einer tristen Vorstadtgasse flackert bei Pabst eine Reihe von sozialkritisch konzipierten Szenen auf: die ausgebeutete Armut, verkörpert durch die Tochter einer Wäscherfrau, Maria Lechner (Asta Nielsen); die heruntergekommene Anständigkeit beim pensionierten Hofrat Rumfort (Jaro Fürth); die gefährdete Tugend in der Gestalt seiner Tochter Grete (Greta Garbo); die Habgier, dargestellt von Werner Krauss als der grobe Fleischermeister, der seine verarmten Kunden ausbeutet; und die sündige Versuchung in dem Bordell, das in der Nachbarschaft von einer Schneiderin (Valeska Gert) geführt wird. Die sozialen Verhältnisse werden durch krasse Gegenüberstellungen unterstrichen, die Frauen als Beute einer lüsternen Männerwelt dargestellt. Die tugendhafte Grete wäre beinahe ihrer Freundin Maria in die Prostitution gefolgt, wenn nicht ein Retter aus der Ferne erschienen wäre – ein amerikanischer Soldat aus der Überwachungskommission, ausgerüstet mit Dollarscheinen und Konservenbüchsen. Das führt nach weiteren Verwicklungen zu einem allzu simplistischen Happy End. Auch psychologisch wird alles schwarz-weiß dargestellt, und am Ende werden die Bösewichter durch den gerechten Volkszorn besiegt.

In *Café Elektric* dagegen wird alles durch eine schillernde Ambivalenz kompliziert. Schon die Straßenszenen, mit denen der Film beginnt, zeigen die fließenden Identitäten modisch gekleideter Bummler auf einer Einkaufsstraße der Metropole. Eine junge Frau ist von den Schaufenstern so fasziniert, dass sie ihre Pakete fallen lässt, ein charmanter junger Mann namens Ferdl (von Willi Forst gespielt) eilt herbei, um ihr zu helfen – und verschwindet mit ihrer Handtasche! In den Interieurs wird diese Ambivalenz gesteigert. ‚Umschlagplatz und Knotenpunkt aller Bewegungen des Films ist das Café Elektric, ein rauchiges Amüsierlokal der Vorstadt, in dem Licht stets Kunstlicht ist', schreibt Elisabeth Büttner in *Kampf um die Stadt*. ‚Hier ist Echtes von Gefälschtem nicht zu unterscheiden, hier wird die Pose zelebriert, regiert die Oberfläche. [...] Es gilt, Zeichen des Körpers zu setzen, sie lesen zu lernen und sich nichts vormachen zu lassen.'[274] Das Kaffeehaus, schon vor dem Krieg ein Rendezvous-Platz für amphibische Wesen, erlebte jetzt auf der Leinwand seine Apotheose.

Graphik 21:
Plakat für *Café Elektric*

Wie unterscheidet man eine emanzipierte junge Frau in einem duftigen Kleid von einer eleganten Dirne, einen höflichen Begleiter mit Regenschirm von einem hochstaplerischen Gigolo? Das Nachtcafé wird zur Liebesbörse, wo nicht nur Animiermädchen von einer besseren Zukunft träumen.

Eine flatterhafte junge Frau namens Erni (Marlene Dietrich), Tochter des Fabrikanten Göttlinger, wird abends im Café von Ferdl zum Tanz aufgefordert und verfällt seinem Charme. Um Ferdl auszuhelfen, wird die gut erzogene junge Frau zur Verbrecherin, indem sie aus Vaters Tresor Geldscheine und einen Ring entwendet – und dabei von Max, einem ehrlichen jungen Ingenieur (Igo Sym), ertappt wird. Max versucht Erni zu schützen, wird dann selber des Diebstahls beschuldigt – und von Göttlinger entlassen. Den Ring, den Ferdl neben den Geldscheinen von Erni erhalten hat, gibt er im Café Elektric an seine frühere Geliebte Hansi weiter. Auf einmal erscheint Göttinger im Café, von Detektiven begleitet, erblickt den Ring auf Hansis Finger – und die Unschuldige wird verhaftet. In diesem zwielichtigen Sündenpfuhl verschwimmen die Grenzen, und Erni wäre beinahe untergegangen, wenn der rechtschaffene Max nicht eingesprungen wäre.

Die Vorteile dieses Stummfilms liegen darin, dass alles auf Kamera und Lichtregie, Körpersprache und Gestik ankommt. Während eine Frau ihre Zigarette von ihrem Tischnachbarn anzünden lässt, deuten die Rhythmen der Tänzer die erotische Anziehung an. ‚Freudlos' war Pabsts Gasse auch in der Psychologie gewesen, während Ucicky sein Café für Kunden gestaltete, die mit der Freud'schen Sexualsymbolik vertraut waren. Es wäre sogar verlockend, die erotischen Posen Marlene Dietrichs mit der Körpersprache von Gustav Klimts Frauenporträts zu vergleichen. Denn der Regisseur, der auch Kunstsammler war, hatte Grund für die Vermutung, dass er der uneheliche Sohn des Malers sei. Um die Zeit von Ucickys Geburt (am 6. Juli 1899) hatte seine Mutter Mizzi als Aushilfe in Klimts Haushalt gearbeitet und ihm als Modell gedient.[275] Darüber hinaus lag das Unheimliche des Films in der moralisch unbestimmbaren Haltung des Regisseurs, unter dessen Händen nicht Igo Syms redlicher Ingenieur, sondern Willi Forsts Hochstapler zur Glanznummer gedieh.

Als satirisches Pendant zu der Profilierung von *Café Elektric* wird in *Kampf um die Stadt* ein Linolschnitt von Wilhelm Traeger abgebildet, welcher ein ‚Wiener Volkskaffeehaus' darstellt und zu einer Bilderfolge mit dem Titel ‚Wien 1932' gehört.

Traeger war ein künstlerisch begabter Gymnasiallehrer mit sozialem Gewissen. Stoff für solche Bilder lieferten ihm seine Beobachtungen während langer Fußmärsche durch die Straßen Wiens. Seine Blätter zeigen ‚den ärmlichen Alltag in den Vorstädten – mit ausgemergelten Prostituierten, feisten Freiern und Bettlern als Personal'.[276] Einzig die Thonet-Stühle auf unserem

Graphik 22: Wilhelm Traeger, *Wiener Volkskaffeehaus*

Bild erinnern an die eleganten Kaffeehäuser der Innenstadt. Die Szene illustriert die ungelösten sozialen Gegensätze der Stadt, und die Datierung ‚Wien 1932' erinnert daran, dass in den fünf Jahren seit der glanzvollen Premiere von *Café Elektric* eine schwere Wirtschaftskrise das Land politisch destabilisiert hatte.

Gerade in jenen Jahren gewann die deutschsprachige Filmindustrie eine schärfere politische Ausstrahlung, und Gustav Ucicky sollte bei dieser Entwicklung eine bedenkliche Rolle spielen. In Wien galt er als ungewöhnlich begabter Vertreter der Moderne. Nach 1930 übersiedelte er nach Berlin, wo er für Alfred Hugenbergs deutschvölkische Universum-Film AG (Ufa) arbeitete. Als Regisseur war Ucicky für den ersten einer Reihe von populären ‚Preußenfilmen' verantwortlich, *Das Flötenkonzert von Sanssouci*, eine Verherrlichung der Staatskunst Friedrichs des Großen. Das Drehbuch für diesen bahnbrechenden Tonfilm lieferte ein anderer Österreicher, der vielseitige Walter Reisch, ein Autor jüdischer Herkunft – wie Rosenfeld mit Erstaunen feststellte.[277] Was damals bei der Ufa zählte, war nicht rassische Herkunft, sondern filmische Begabung.

Nach der nationalsozialistischen Machtergreifung zog Reisch wieder nach Wien, um an einer Reihe betont österreichischer Filme mitzuarbeiten. Besonders bekannt wurde der Schubert-Film *Leise flehen meine Lieder* mit Hans Jaray in der Hauptrolle (siehe Abbildung 25: Gemischte Filmgesellschaft: Hans Jaray, Martha Eggerth, Willi Forst und Walter Reisch). Im Gegensatz zur Schubert-Feier von 1928, als der Komponist im deutschvölkischen Sinne gefeiert wurde, nahm diese filmische Interpretation eine spezifisch österreichisch-ungarische Perspektive ein, indem er die Spannungen zwischen dem Komponisten und der aristokratischen Caroline Esterhazy (gespielt von Martha Eggerth) hervorhob. Der Film knüpfte an die romantische Tradition an, die nicht die Erfüllung sondern die Sehnsucht nach Liebe feiert. Das Unvollendete am Leben des Komponisten spiegelte nicht nur eine persönliche Tragik, sondern wohl auch das Dilemma der Ersten Republik wider (nach dem Anschluss wurden Jaray, Eggerth und Reisch aus Österreich vertrieben, während Forst unter den Nazis als Schauspieler und Regisseur auch weiterhin reüssierte).

Gerade das politische Potential des Kinos war die Grundfrage, mit der sich Fritz Rosenfeld und seine Parteigenossen auseinandersetzten. Die in allen Bezirken leicht zugänglichen Lichtspielhäuser machten den Film zu einer demokratischen Kunstform. Dagegen lag die Filmproduktion in den Händen von kapitalkräftigen Konzernen und die Kinos wurden von profitorientierten Unternehmern betrieben. Mit Ausnahme von Sowjetfilmen wie Eisensteins *Panzerkreuzer Potemkin* und französischen Kunstfilmen wie René Clairs *Unter den Dächern von Paris* stand Rosenfeld den kinematischen Erzeugnissen der Zeit skeptisch gegenüber. Sein Ton wurde militanter, als völkische Propagandafilme aus Berlin Österreich zu überschwemmen drohten. Auch in den Filmwochenschauen erblickte er eine wachsende Gefahr: ‚Die Ufa-Woche dient Herrn *Hugenberg*, also den deutschen Hakenkreuzlern', schrieb er im Herbst 1931 kurz und bündig in der Zeitschrift *Bildungsarbeit*.[278]

Vorbildlich für Rosenfelds politische Filmkritik ist die am 17. Februar 1932 in der *Arbeiter-Zeitung* veröffentlichte Rezension von Ucickys *Yorck*, die unter dem Titel erschien: ‚Geschichtsbetrachtungen eines Kanonenfabrikanten: YORCK, ein nationalsozialistischer Hetzfilm der Ufa'. Der Inhalt jenes patriotischen Filmmärchens aus der Zeit der Befreiungskriege gegen Napoleon ließ sich auf einen einfachen Nenner bringen: ‚**Revanchekrieg gegen Frankreich**'. Rosenfeld war aufgefallen, dass das für die arisch-nationalistische Ufa geschriebene, ‚mit Franzosenhass geladene' Drehbuch von einem jüdischen Autor namens Hans Müller stammte. Hier knüpfte er, ohne Karl Kraus zu nennen, an die Polemik gegen Müllers deutschnationalen Chauvinismus an, die während des Weltkriegs in der *Fackel* erschienen war. Mit den schärfsten Antikriegstexten der *Fackel* lässt sich diese Filmkritik ohne Weiteres vergleichen, besonders in der prophetischen Schlusspassage:

> Wenn Yorck seine letzten patriotischen Phrasen gedreht hat, drücken einem beim Ausgang des Kinos die Hakenkreuzler ihre Propagandazettel in die Hand; so greift der ‚unpolitische' Hugenberg-Film in die politische Wirklichkeit über, aus deren Wirren er nur einen Ausgang weiß: **heldisches Sterben**, angeblich für den Glanz der Nation, in Wahrheit für den Profit der internationalen Rüstungsindustrie und für das hitlerische Abenteuer.[279]

Die Hakenkreuzler, die in der Mariahilfer Straße am Ausgang des Stafakinos ihre Propaganda verteilten, hätten keine Aussicht auf Erfolg gehabt, wäre nicht die deutsche Demokratie durch die von der internationalen Finanzkrise ausgelöste Massenarbeitslosigkeit und den damit verbundenen Sieg der Nationalsozialisten in den Reichsratswahlen von Juli 1930 destabilisiert worden. Auch in Österreich erzeugte der Zusammenbruch führender Finanzinstitute Panik, und die Zentralsparkasse der Gemeinde Wien wurde in Mitleidenschaft gezogen. Ängstlich warteten die ehemals so vertrauensvollen Kunden auf die Auszahlung ihrer Ersparnisse. Die Wirren der Wirtschaftskrise hatten das demokratische Fundament so sehr erschüttert, dass die sanfte Gewalt kulturpolitischer Propaganda das Fass zum Überlaufen bringen konnte.

Durch eine aktive Filmpolitik versuchten die österreichischen Sozialdemokraten, die braune Propagandawelle einzudämmen. Die oft beschworene ‚Eroberung des Kinos' wurde durch die Gründung einer von der Partei initiierten Kinobetriebsgesellschaft (‚Kiba') gestartet. Mit Rückendeckung von der Arbeiterbank gelang es in Zusammenarbeit mit einem parteinahen Unternehmer namens Edmund Hamber, bis Ende 1931 ein Netz von etwa dreißig österreichischen Arbeiterkinos aufzubauen. Für eine eigene Filmproduktion reichten die Mittel allerdings nicht aus – eine Ausnahme bildete *Das Notizbuch des Mr. Pim* (1930), eine filmische Aufarbeitung der Errungenschaften der Gemeinde Wien.

Die Kiba-Kinos, zu denen auch der Apollo Filmpalast in Mariahilf gehörte, waren nach wie vor auf kommerzielle Filmverleiher angewiesen. Fritz Rosenfeld regte sich auf, als er entdeckte, dass die von ihm bekämpften, beim österreichischen Publikum so beliebten monarchistischen Uniformfilme mit ihren ‚süß lächelnden Leutnants' auch in den Arbeiterkinos gespielt wurden. So kritisch war seine Einstellung zum Programm des Apollo, dass David Bach eine Zeitlang die Filmkritik übernahm. Er verstand es besser, wie Rosenfeld später erzählte, ‚diplomatisch zu sein und nur ganz sanft durchleuchten zu lassen, dass der betreffende Film künstlerisch wertlos war'.[280]

Unter dem Titel ‚Sozialdemokratische Filmpolitik' setzte sich Rosenfeld im März 1929 in *Der Kampf* mit der Programmierung der Arbeiterkinos auseinander. Die ‚Beherrschung der Gehirne' durch bürgerlich-kapitalistische Filme, welche ‚die alten Zeiten der Monarchie, die Segnungen der Klassengesellschaft' verherrlichten, musste doch verhindert werden! Zu den von ihm vorgeschlagenen Gegenmaßnahmen gehörte die ‚Schaffung eines großen zentral gelegenen *Uraufführungstheaters*, an das die anderen Arbeiterkinos angeschlossen werden, und das weit über den Kreis der Arbeiterkinos hinaus auf die Kinopolitik Wiens und Österreichs Einfluss üben könnte'.[281]

Dieser Vorschlag erinnert an ein Projekt, das fünf Jahre früher von David Bach konzipiert wurde: der Bau von einem multimedialen ‚Volkshaus der Kunst'. Im 1923 erschienenen Sammelband *Kunst und Volk: Eine Festgabe der Kunststelle* hatte Bach die

Vorteile eines solchen Kulturzentrums dargestellt. Unter einem Dach sollten ein größeres Theater, ein Konzerthaus und ein Kino, Vortragssäle und Ausstellungsräume untergebracht werden.[282] Aus finanziellen Gründen konnte diese Idee nicht realisiert werden. Von diesem grandiosen Projekt gibt es aber in der Geburtstagskassette, die Bach bald darauf geschenkt bekam, eine kolorierte Skizze vom Architekten Franz Löwitsch mit dem Titel ‚EIN HEIM DER KUNST'. Löwitsch, Autor eines interdisziplinären Artikels über ‚Raumempfinden und moderne Baukunst', der 1928 in *Imago* erschien, wäre wohl für einen solchen multimedialen Baukomplex der richtige Mann gewesen. Denn er verstand, dass verschiedene Kunstformen – ‚Architektur, Kunstgewerbe, Plastik, Tanz, Bühnenregie' – alle von der Fähigkeit geleitet waren, ‚räumlich zu gestalten'.[283]

Bachs ‚Volkshaus der Kunst' wurde offensichtlich als Konkurrenz zu dem bürgerlichen Kulturzentrum der Metropole gesehen, dem 1913 eröffneten Konzerthaus (siehe Abbildung 26: Haupteingang zum Konzerthaus). Mit drei Sälen verschiedener Größe, die auch für nichtmusikalische Veranstaltungen umfunktioniert werden konnten, war das Konzerthaus beim Ringen um kulturelle Hegemonie zu einer der wichtigsten Arenen geworden. Man liest das Verzeichnis der Veranstalter in den Jahren 1913–1938 und staunt über ihre Vielfältigkeit. An erster Stelle stand die Wiener Konzerthausgesellschaft, gefolgt von anderen musikalischen Institutionen, Orchestern, Gesangsvereinen und Konzertdirektionen. Dazu kam ein Kaleidoskop von nichtmusikalischen Veranstaltern: parteipolitische Organisationen, Bildungsvereine, Veteranenvereine, Heimatvereine und nationale Vereinigungen, deutschnationale aber auch jüdische Organisationen, Berufsvertretungen und Gewerkschaften, Studentenvereinigungen und Schulvereine, kirchliche Organisationen und Wohltätigkeitsvereine, literarische Vereine und sportliche Organisationen. In Februar 1933 zum Beispiel wurde im Großen Konzerthaussaal das ‚Erste Hallen-Handball-Rundspiel' vom Wiener Athletiksport-Club veranstaltet ‚mit Unterstützung der Firma Schuhcremefabrik Schmoll'.[284]

Ein Querschnitt durch die Saison 1924/25 muss hier genügen als Nachweis für die Funktion dieses Forums im Kulturkampf.

Es war nach der Stabilisierung des Staatshaushaltes eine Zeit der Hoffnung, symbolisiert durch die Einführung der Schilling-Währung. Der kulturelle Höhepunkt des Herbstes war das von David Bach geleitete Musik- und Theaterfest der Stadt Wien. Zeittypisch war die Reaktion der Antisemiten. Eines der Plakate, die das Fest ankündigten, wurde in der Zeitschrift *Kikeriki* gehässig parodiert: ‚KUBISTISCHES GESCHNASFEST DER STADT JERUSALEM – UNTER OBERKANTOR DAVID BACH'.[285] Das war eine boshafte Verdrehung des Tatbestandes, denn die erste Anregung zu dem Fest ging von Bundespräsident Michael Hainisch aus. Und bei der Programmgestaltung und Finanzplanung kollaborierte Bach nicht nur mit Größen der Sozialdemokratie wie Seitz und Breitner, sondern auch mit Vertretern der bürgerlichen Kulturszene: dem Kunsthistoriker Hans Tietze, dem Musikologen Guido Adler, Franz Schalk als Operndirektor, Franz Herterich als Direktor des Burgtheaters, und Richard Strauss als Komponisten einer Fest-Fanfare.[286]

Auch hier ging es Bach um eine Versöhnung ideologischer Gegensätze und eine Überbrückung der Kluft zwischen Klassik und Moderne. Sowohl musikalisch wie auf der Bühne wollte er nachweisen, ‚welche Linie die Wiener klassische Tradition mit der zeitgenössischen Kunst verbinde'.[287] Daher reichte die Skala der Angebote von der Sakralmusik bis Schönberg, von Schiller bis Max Mell. Während die Staatsoper einen Tanzabend zu Musik von Gluck und Beethoven veranstaltete, trat im Konzerthaus die Gruppe Gertrud Bodenwiesers auf, um unter Titeln wie ‚Dämon Maschine' moderne Ausdruckstänze auszuführen.[288] Eine vergleichbare Kontinuität sollte durch zwei Ausstellungen deutlich werden: ‚Das volkstümliche Theater in Wien seit 150 Jahren' im Rathaus, und die ‚Internationale Ausstellung neuer Theatertechnik' im Konzerthaus.

Es war die Ausstellung im Konzerthaus, die für Schlagzeilen sorgte. Für die Wahl des experimentellen Bühnenbildners Friedrich Kiesler als Kurator war Hans Tietzes ‚Gesellschaft zur Förderung moderner Kunst' verantwortlich, doch mit einem solchen Eklat hatten sie nicht gerechnet. Im September/Oktober 1924 war der Mittlere Konzerthaussaal von einer riesigen spiralförmigen Staffage dominiert, auf der Theaterstücke aufgeführt werden sollten. Das war Kieslers Raumbühne. Um der Dynamik der mechanisierten Neuzeit gerecht zu werden, wollte er das alte Guckkastentheater durch einen Bühnenraum ersetzen, der alles in Bewegung hielt. Vom Boden weg führte eine Rampe in einer halben Umdrehung zu einer ringförmigen Spielfläche mit einem Turm, der durch Eisenleitern und einen Lift erreicht werden sollte. Diese Konstruktion, die sich wegen schlechter Sichtlinien als unpraktikabel erwies, wurde nicht nur in der populären Presse verlacht, sondern auch von Kraus in der *Fackel*: ‚Weil Motorfahren und Preisboxen etwas Schönes ist und Theaterspielen auch, wie schön müsse erst ein Theater mit Fahrbahn und Boxring sein' (F 668-75, 61).

In einer weiteren Kontroverse wurde Kiesler vorgeworfen, er habe das Konzept der Raumbühne von Jakob Moreno Levy entlehnt, dem Proponenten einer neuen Form des Stegreiftheaters, das später in den Vereinigten Staaten unter dem Namen ‚Psychodrama' bekannt werden sollte. Solche Ideen sind natürlich nicht im einem luftleeren Raum entstanden, sondern an den Rauchtischen des Café Herrenhof, wo expressionistische Dichter mit radikalen Künstlern und Psychologen die neuesten internationalen Trends ausbrüteten. Kiesler, der wie Moreno Levy aus einer jüdischen Familie in Osteuropa stammte, war erfolgreicher bei der Gestaltung der Ausstellung neuer Theatertechnik, für die er in einem Nebenraum des Konzerthauses ein flexibles, freistehendes Leger- und Trägersystem schuf. Zum ersten Mal wurde das an älteren Bühnentraditionen hängende Wiener Publikum mit der Radikalität des internationalen Konstruktivismus konfrontiert.

Sachverständige wie Josef Hoffmann erkannten Kieslers außerordentliches Talent. Die Ausstellung markierte den Ausgangspunkt einer großen Karriere, die ihn über Paris in die Vereinigten Staaten führen sollte. So holperig seine im Konzerthaus aufgebaute Bühne gewesen sein mochte, als Theoretiker nahm Kiesler innovative Raumkonzepte auf und entwickelte sie zu einer grandiosen Synthese, die er das ‚Endlose Haus' nannte. Anstelle der rigiden Trennungsmauern der patriarchalischen Familienwohnung schuf er ‚Open-Plan' Interieurs für einen aufgeschlossenen modernen Lebensstil, wo die Räume rhythmisch ineinanderfließen. Höhepunkt seiner Karriere sollte nach Gründung des Staates Israel die Zusammenarbeit mit dem Architekten Armand Bartos sein, die zur Errichtung vom ‚Schrein des Buches' in Jerusalem führte. Wer sich an die Wiener Raumbühne erinnert, wird beim Betreten des Schreines eine fundamentale Kontinuität wahrnehmen. Nur in Jerusalem wurden die Spiralformen und aus der Tiefe führenden Treppen mit dem Zweck des herrlichen Gebäudes vermählt: die Besucher zur andächtigen Betrachtung von hebräischen Schriftrollen aus dem Alten Testament hinaufzuführen, die in den Höhlen von Qumran am Toten Meer aufgefunden wurden.

Das Konzerthaus war also keineswegs nur Pflegestelle klassischer Musik. Einen entscheidenden Beitrag zur Moderne leistete das Gebäude im Herbst 1924, als die Österreichische Radio-Verkehrs AG (RAVAG) ihren regelmäßigen Sendebetrieb aufnahm. Da das originale Sendestudio im benachbarten Heeresministerium zu klein war, unterzeichnete die Konzerthausgesellschaft ein Abkommen mit der RAVAG, welches nicht nur hausinterne Konzertsendungen voraussah, sondern ‚auch die radiophonische Verbreitung von Veranstaltungen anderer Unternehmungen' von den Konzerthaussälen aus gestattete.[289] Ein Teil des Gebäudes wurde als Studio eingerichtet, um das technisch avancierteste Medium der zwanziger Jahre zu fördern. Bei der Eröffnungssendung sprachen sowohl Bundeskanzler Ignaz Seipel als auch Bürgermeister Karl Seitz. Das setzte ein Zeichen dafür, dass die RAVAG unter ihrem dynamischen Generaldirektor Oskar Czeija ein parteiübergreifendes Gemeinschaftsprojekt sein sollte, das von Regierung, Gemeinde Wien, Industrie und Banken unterstützt wurde. Ein Exekutivkomitee, auf dem auch die Länder vertreten waren, sollte dafür sorgen, dass die Sendungen politisch ‚neutral' waren.[290] Neben Musiksendungen waren Sportkommentare besonders populär, denn damals wurde Österreich vom Fußballfieber befallen.

Auch die Konzerthausgesellschaft war bemüht, politisch neutral zu bleiben, aber es war ein Wagnis, im August 1925 ihre Räumlichkeiten dem 14. Internationalen Zionistenkongress zur Verfügung zu stellen. Zwanzig Jahre nach Herzls Tod war Wien keineswegs die Hauptstadt der Zionisten-Bewegung, denn das

Projekt der Assimilation schien unter der sozialdemokratischen Landesregierung auf dem rechten Wege zu sein. Die Premiere des von Bettauers Roman inspirierten Films *Die Stadt ohne Juden* am 25. Juli 1924 hatten nur wenige als ein Alarmzeichen empfunden, denn die ätzende Satire des Romans wurde wie erwähnt im Film unter H. K. Breslauers Regie abgeschwächt. Die Ausweisung der Juden dauert nicht lange, denn die Bodenständigen finden das Leben ohne Juden fast unerträglich. Die Kultur verarmt, die Theater verlieren ihre Attraktion, und die kosmopolitischen Cafés werden in Stehbierhallen für den Verkauf von heißen Würstchen umgebaut. Da es auch in der Wirtschaft steil bergab geht, wird im Parlament vorgeschlagen, die Juden zurückzuholen – was eine Zweidrittelmehrheit verlangt.

Die Schlüsselfigur, der Parlamentarier Bernart, wurde vom beliebten Volksschauspieler Hans Moser gespielt. Wenn Bernart dagegen stimmt, wird der Rückholungsantrag abgelehnt werden, aber seine Schwäche liegt darin, dass sein Antisemitismus von einem Hang zum Alkoholismus bedingt wird. Auf lustigen Irrwegen landet Bernart in einer Nervenheilanstalt, und in einer expressionistischen Schlussszene entpuppt sich die ganze Handlung des Films als Traum eines betrunkenen Politikers. Bernart wacht auf und sagt (in Worten, die im Filmprogramm abgedruckt wurden): ‚Gottlob, dass der dumme Traum vorbei ist – wir sind ja alle nur Menschen und wollen keinen Hass – leben wollen wir, ruhig nebeneinander leben'. Diese Schlusswendung, weitaus versöhnlicher als in Bettauers Roman, greift ein Motiv aus einer früheren Vorlage auf. Um die Jahrhundertwende war unter dem Titel *Aus dem Jahre 1920: Ein Traum vom Landtag und Reichsrats Abgeordneten Dr. Joseph Scheicher* ein antisemitischer Zukunftsroman erschienen, der auch die Vertreibung der Juden aus Wien zum Thema hatte. Scheichers politischer Wunschtraum wurde in Breslauers Film zu einer besoffenen Phantasie.[291]

Auf den Straßen Wiens schaute die Situation im Sommer 1925 bedrohlicher aus als im Kino. Schon vor Beginn des von 18. bis 31. August dauernden Internationalen Zionistenkongresses hatten antisemitische Banden auf den Straßen Wiens gewalttätige Gegendemonstrationen gestartet. ‚Haut die Juden, hinaus mit den Juden!', schrien randalierende Hakenkreuzler, als sie Gäste aus Hübners Kursalon, dem eleganten Restaurant im Stadtpark, zu verjagen versuchten. Als der Präsident der Zionistischen Weltorganisation, Chaim Weizmann, den Internationalen Kongress im überfüllten Großen Konzerthaussaal eröffnete, wurden die Proteste noch heftiger. Die Polizeiwachen, welche die Umgebung beschützten, mussten durch Militäreinheiten verstärkt werden, um das Ärgste zu verhindern, und die Protestwelle wurde eingedämmt. Der Schwerpunkt der Debatten im Konzerthaus lag bei Herzls Modell des harmonischen Zusammenlebens zwischen den Arabern und den jungen zionistischen Siedlern – eine idealistische Vision, die durch das Plakat für die gleichzeitige Palästina-Ausstellung in glühenden Farben verbildlicht wurde.[292]

Gleich nach dem Zionistenkongress kam es zu einem skurrilen musikalischen Nachspiel. An der Oper sollte die neue Saison mit Karl Goldmarks *Die Königin von Saba* eröffnet werden, einem am Hofe König Salomons situierten orientalischen Liebesdrama, das seit seiner Wiener Uraufführung im März 1875 zu einem beliebten Teil des Repertoires gehörte. Nun wurde der Leiter der Bundestheater auf einmal von der Angst befallen, die Wahl dieser ‚jüdischen Oper' könnte von völkischen Gegnern der Regierungspartei als Akt der Solidarität mit dem Judentum aufgefasst werde. Daher wurde der Kunsthistoriker Hans Tietze um den Nachweis gebeten, dass die in der Bibel gefeierte Begegnung zwischen Salomon und der Königin von Saba ikonographisch als Vorwegnahme der Ankunft der drei Könige in Bethlehem verstanden werden sollte! Tietze verfasste die erwünschte Notiz.[293] Nicht nur von seiner kunstgeschichtlichen Ausbildung her war er mit der jüdisch-christlichen Überlieferung vertraut. Wie seine Frau Erica war Hans von Geburt mosaisch, beide wurden aber in der Kindheit getauft und gehörten zur Evangelischen Kultusgemeinde.

Die von konsensualen Geistern wie Hans Tietze, Guido Adler und David Bach verfolgte Versöhnungsstrategie im kulturellen Bereich wurde nicht nur durch Überempfindlichkeit in der Judenfrage durchkreuzt, sondern auch durch eine betont politische Instrumentalisierung der Musik im deutschvölkischen Lager. Die Beethovenfeier des Jahres 1927 war unter der Leitung Adlers im

Einvernehmen mit der sozialdemokratischen Kunststelle auf Internationalität gestimmt und galt als großer Erfolg. Für gemäßigte Vertreter des Austromarxismus gab es einen weiteren Erfolg, als im April bei den Nationalratswahlen die Sozialdemokraten über 40% der Stimmen erreichten. So eng waren die Beziehungen mit der intellektuellen Elite geworden, dass am 20. April eine pro-sozialistische Kundgebung in der *Arbeiter-Zeitung* erschien, unterzeichnet unter anderen von Alfred Adler, Karl Bühler, Sigmund Freud, Fritz Grünbaum, Hans Kelsen, Alma Mahler, Robert Musil, Alfred Polgar, Anton Webern, Egon Wellesz und Franz Werfel. Allerdings blieb die Partei in der Opposition, da die Christlichsozialen mit anderen Rechtsparteien unter Ignaz Seipel eine neue Koalitionsregierung bildeten.

Das Projekt einer gewaltlosen Übernahme der Macht durch die Austromarxisten schien trotzdem auf dem besten Wege zu sein, als diese Strategie durch eine unerwartete Katastrophe durchkreuzt wurde. Ein unscheinbarer Vorfall am 30. Januar 1927 im burgenländischen Ort Schattendorf, als aus den Fenstern eines Gasthofes das Feuer auf die Teilnehmer eines sozialdemokratischen Aufmarsches eröffnet wurde und zwei Demonstranten das Leben kostete, hätte keine bedeutenden Konsequenzen gehabt, wenn die Geschworenengerichte richtig funktioniert hätten. Ein Wiener Geschworenengericht aber entschied, dass die Täter aus Notwehr gehandelt hätten, und sprach die Angeklagten frei.

Am darauf folgenden Tag kam es in Wien aus Protest gegen das Urteil zu gewalttätigen Unruhen, die darin gipfelten, dass der an der Ringstraße gelegene Justizpalast in Brand gesteckt wurde. Die normalerweise unbewaffneten Polizisten unter dem Kommando des Polizeipräsidenten Johannes Schober versuchten die Demonstranten mit Gewalt abzuwehren, mit dem tragischen Ausgang, dass 89 Zivilisten getötet wurden und Dutzende verwundet auf den Straßen lagen. In den folgenden Tagen verloren auch fünf Polizisten bei weiteren tragischen Vorfällen ihr Leben. Der Satiriker Karl Kraus war über das Massaker so entrüstet, dass er an vielen Orten ein Plakat aufschlagen ließ mit dem Wortlaut: ‚An den Polizeipräsidenten Johannes Schober / Ich fordere Sie auf, abzutreten. / Karl Kraus, Herausgeber Der Fackel'.

Anstelle des angestrebten Konsenses zwischen den konkurrierenden Lagern kam es im Anschluss an den Schattendorfprozess zu einer Zuspitzung der Polarisierung in der Politik. Daher rutschten die Wiener Schubert-Feiern des folgenden Jahres ins andere Extrem, indem sie strikt nach politischen Lagern getrennt durchgeführt wurden. Die ideologische Instrumentalisierung der Musik erreichte einen Höhepunkt beim 10. Deutschen Sängerbundfest, das im Juni 1928 in Wien als Teil der Feierlichkeiten anlässlich des 100. Todestages von Franz Schubert abgehalten wurde. Der Sängerbund, der 1862 in Nürnberg gegründet worden war, war eine grenzüberschreitende Vereinigung deutschsprachiger Sänger mit insgesamt mehr als 600.000 Mitgliedern. Es war ein reiner Männerchor, der sich vorwiegend aus dem Mittelstand rekrutierte und dessen deutschvölkische Grundhaltung stark antisemitisch gefärbt war. Arbeiter-Sänger-Verbände sowie Chöre mit weiblichen oder jüdischen Mitgliedern, wurden nicht zugelassen

Ungefähr 150.000 Sänger, hauptsächlich aus dem Deutschen Reich, wurden von der Gemeinde Wien willkommen geheißen, als sie im Juni in die Hauptstadt strömten, um gemeinsam mit den österreichischen Brüdern den volkstümlichen Traditionen des deutschen Liedes zu huldigen. Aber aus einem Fest, das in erster Linie dem Gedächtnis Schuberts gewidmet sein sollte, wurde eine große Kundgebung für die alldeutsche Solidarität. Das Fest wurde von völkischen Gruppen vereinnahmt, um Massenkundgebungen für den Anschluss mit dem Deutschen Reich zu inszenieren. Im Prater wurde für die Massenversammlung eine Rotunde gebaut, mit einer Kapazität von 120.000 Plätzen. Das Abschlusskonzert am 21. Juli galt als Kundgebung für den Anschluss an das Deutsche Reich, denn es wurde im Rundfunk von deutschen Sendern mit einer potentiellen Hörerschaft von Millionen übertragen.[294] In anderen Ländern reagierte man mit Befremden. Wenn die Anschlussbestrebungen erfolgreich sein sollten, so hieß es in einer tschechischen Zeitung, würde man eine ganz andere Musik hören – begleitet von Maschinengewehren.[295]

Am 21. Juli säumten ungefähr eine Million Zuschauer die Straßen Wiens, als der Festzug der Chorsänger beim Abschluss aufmarschierte. Es war klar, dass nicht nur die Deutschnationalen, sondern auch unzählige österreichische Sozialdemokraten sich mit der Anschlussbewegung solidarisierten – eine Tendenz, die Kraus scharf kritisierte. Als er im September die Vorgänge kommentierte, mokierte er sich über den Versuch, durch eine Kombination aus Musik, Bier und Würsten den deutschen Nationalstolz zu stärken. Er fand es völlig absurd, dass ‚brave Leute, die Bändchen trugen, einander aufgeregt bestätigten, dass sie Deutsche seien, was kein Mensch je bezweifelt hat' (F 795-9, 15-17).

Die Krise der musikalischen Kultur, die beim Sängerbundfest und der damit verbundenen Schubert-Feier einen ersten Höhepunkt erreichte, berührte auch die Sphären des Wiener Lieds und der Operette. Die Wiener Lieder, die nostalgisch die guten, alten Zeiten besingen, gelten in der Literatur als unpolitisch.[296] In Zeiten von sozialer Migration und ethnischen Spannungen gewinnt auch die volkstümliche Musik einen ideologischen Unterton. In Wien war die Volksmusik durch Immigranten aus den österreichischen Provinzen stark beeinflusst, wodurch sie einen kosmopolitischen Beigeschmack bekam. Hochbegabte Komponisten wie Franz Lehár kamen aus Ungarn und sogar der Schöpfer des Wiener Walzers, Johann Strauss senior, stammte von einer jüdischen Großmutter ab, eine Herkunft, die von den Advokaten völkischer Musik ängstlich verheimlicht wurde.[297]

Viele der Lieder, die als ausgesprochen ‚wienerisch' galten, wurden von Immigranten geschrieben, und zu diesen populären Komponisten gehörten jüdische Musiker wie Gustav Pick, Alexander Krakauer, Leo Fall, Paul Abraham, Emmerich Kalman und Fritz Beda-Löhner. Diese österreichisch-jüdische Musiksymbiose wird durch Gustav Picks ‚Fiakerlied' beispielhaft verkörpert. Dieses Lied mit seiner wunderbaren Mischung aus Stolz auf die Wiener Identität und Bewusstsein der Vergänglichkeit, wurde 1885 zum ersten Mal vom Volkssänger Alexander Girardi vorgetragen, der in den Worten des Liedes ein ‚Echtes Wiener Kind' war (siehe Grafik 23).

Graphik 23: Das Fiakerlied

In der *Fackel* erschien im Oktober 1925 ein Zitat aus der christlichsozialen *Reichspost*, das die Bedeutung eines Liedes veranschaulicht, das vierzig Jahre vorher von Alexander Girardi zum ersten Mal vorgetragen wurde:

> Die ‚Gesellschaft zur Hebung und Förderung der Wiener Volkskunst' begeht den Vorabend dieses Wiener Gedenktages durch eine große Veranstaltung in Weigls Dreherpark und bittet alle Wiener, den Etablissementsbesitzerverband, den Verband der Lichtspieltheater, den Musikerverband, die Internationale Artistenorganisation, die Kapellmeisterverbände,

den ‚Zwölferbund', den Bund der Berufssänger, die Schrammelmusiker-, und -sängerorganisation, alle sonstigen Musiker und Sänger, am 23.d. um 9 Uhr zur Feier des Tages in allen Wiener Familien, in allen Etablissements und Kinos das ‚Fiakerlied' zu spielen und zu singen.

Am Ende eines witzigen Kommentars bemerkt Kraus ironisch: ‚Bedenkt man, dass Text und Musik dieses bodenständigen Liedes von einem Juden stammen, dann mag man erst ermessen, was da die Reichspost einer Bevölkerung angesonnen hat, die schon durch die Abhaltung des Zionistenkongresses unausdenkbare Schmach erleiden sollte' (F 697-705, 7-8).

Auch die anhaltende Popularität der Wiener Operette wurde von Kraus problematisiert. Allerdings wurde seine Auffassung von Historikern in Frage gestellt, vor allem von Moritz Csaky. Für Csaky gilt die Wiener Operette als eine multikulturelle Kunstform, welche die zerstrittenen Nationen der Habsburger Monarchie zu versöhnen half. Da in den erfolgreichsten Operetten auch soziale Wandlungen widergespiegelt werden, kommt er zu dem Schluss, dass sich Kraus mit seiner Gleichsetzung der Operette mit dem Geist des ‚Drahertums' geirrt habe, da die sozialen und politischen Lebensstrategien aufsteigender Gesellschaftsschichten durch Dialog und Gesang orchestriert würden.[298]

Kraus dagegen hatte schon vor dem Ersten Weltkrieg anlässlich eines im Sommer 1912 in Nürnberg abgehaltenen Sängerbundfestes die Funktion der Musik als Mittel zur Versöhnung der Nationen als journalistisches Klischee hinterfragt. Unter dem ironischen Titel ‚Die Kunst verbindet' bemerkte er: ‚Alle bestätigen es. Und alle sagen, dass das Lied verbindet. Nämlich die Nationen. Aber in Wirklichkeit verbindet das Lied nur jene Nationen, die schon verbunden, von vornherein zusammengehörig und geradezu von ihrer Stammesverwandschaft überzeugt sind, zum Beispiel die Wiener und die Nürnberger.' Nach weiteren Reflektionen spielt er auf den Streit um die Errichtung eines Heine-Denkmals an: ‚Hält aber dann einer trotzdem ein Heine Denkmal für überflüssig, so erhebt sich ein Tumult, bei dem die Biergläser fliegen [...] Während die Antisemiten ‚Die Wacht am Rhein' anstimmten, grölten die Juden ‚Ich weiß nicht, was soll es bedeuten', und die Sozialdemokraten die ‚Arbeitermarseillaise' ...' (F 354-6, 34-9).

In einem Punkt aber stimmen Kraus und Csaky überein: Die leichte Musik verdient ernst genommen zu werden, weil volkstümliche Lieder einen ‚kulturellen Code' schaffen, der sich auf das Verhalten von Gesellschaftsschichten auswirkt. Darüber hinaus gibt Csaky zu, dass die österreichisch-ungarische Operette nach dem Zusammenbruch der Monarchie ihre kritische Funktion verlor und zu einer Quelle der Nostalgie verkam.[299] Bestätigt wird das durch die ausführlicheren Analysen von Martin Lichtfuss, die die Wiener Operette als eine eskapistische Kunstform bezeichnen. Neben Lehár führten auch andere Komponisten ihr Publikum in eine tröstliche Sphäre aus Illusionen, von der Sehnsucht nach der Restauration der alten Ordnung musikalisch untermalt.[300]

Wie die Romane von Joseph Roth und die von Fritz Rosenfeld kritisierten sentimentalen Filme, trug auch die Wiener Operette zur Bildung eines ‚Habsburgischen Mythos' bei, also zu einer Verherrlichung der untergegangenen Monarchie. Zu den bedeutendsten Operetten der Zwischenkriegszeit gehörten international berühmte Werke, wie Oscar Straus' *Der letzte Walzer* (1920), Kalmans *Gräfin Mariza* (1924) und *Die Zirkusprinzessin* (1926), Lehárs *Paganini* (1925), *Der Zarewitsch* (1927), *Friederike* (1928) und *Das Land des Lächelns* (1929), und Benatzkys *Im Weißen Rössl* (1930). Trotz finanzieller Schwierigkeiten, die durch die Konkurrenz des Kinos verstärkt wurden, gilt diese Periode als das Silberne Zeitalter der Operette. Gerade die Beliebtheit dieser Kunstform reflektierte die Anomie der Zwischenkriegszeit und die Ängste der Modernität. Denn die ironisch-melodischen Klischees schufen für ein wenig anspruchsvolles Publikum einen Mythos, der mit dem nüchternen republikanischen Alltag halb versöhnte.

Musikalisch gewann die Moderne eine größere Resonanz auf der Bühne der Wiener Oper, als der neue Direktor Franz Schneiderhahn 1926 ein avantgardistisches Programm einführte. Neben Alban Bergs *Wozzeck* sorgte *Jonny spielt auf*, ein bahnbrechendes Werk von Ernst Krenek, 1927 für Schlagzeilen. Die Oper handelt von dem Kontrast zwischen Max, einem weißen europäischen Komponisten, und Jonny, einem schwarzen Jazzmusiker. Max ist als ein von

Hemmungen geplagter, europäischer Intellektueller konzipiert, während Jonny seine Anziehungskraft auf weiße Frauen zügellos auslebt. Die Oper rief starke Reaktionen hervor durch das dramatische Bühnenbild, das durch Telefone, Lautsprecher und sogar eine lebensgroße Lokomotive sensationell wirkte. Obgleich es keine reine Jazzoper war, benutzte Krenek Jazzmotive, um Jonnys Charakter aufzubauen und seine sexuelle Anziehungskraft zu betonen. Die Premiere in Leipzig im Februar 1927 war solch ein Erfolg, dass das Stück auch in Wien ins Repertoire aufgenommen wurde.

Bei der Premiere am 31. Dezember entrüsteten sich die konservativen Theaterkritiker über solch ein vulgäres modernes Machwerk, das auf der heiligen Bühne der Wiener Oper völlig deplatziert sei. Die Reaktion der österreichischen Hakenkreuzler ging sogar so weit, dass sie Aufführungen durch Stinkbomben störten und gegen diesen Akt von ‚künstlerischem Bolschewismus' eine ‚Riesen-Protest-Kundgebung' organisierten. Auf dem Plakat stand: ‚Unsere Staatsoper, die erste Kunst- und Bildungsstätte der Welt, der Stolz der Wiener, **ist einer frechen jüdisch-negerischen Besudelung zum Opfer gefallen**' (siehe Graphik 24). Trotz dieser Proteste wurde die Oper im Laufe des Jahres 1928 zweiundzwanzig Mal gespielt.[301]

Kreneks geistiges und musikalisches Engagement führte ihn um diese Zeit in den Kreis von Karl Kraus. Aus seinen ‚Erinnerungen an die Moderne' wissen wir, wie wichtig die Kaffeehausbesuche für den satirischen Nachtarbeiter und seine Verbündeten geblieben waren. An ein und demselben Abend gab es dabei drei Phasen, von denen Kraus' Gespräche mit seinem Rechtsanwalt Oskar Samek vor der Zusammenkunft im Café Parsifal die Priorität hatten:

Kraus traf sich mit Samek gewöhnlich in einem anderen Kaffeehaus, kurz nachdem er aufgestanden war, um sieben oder acht Uhr abends. Ungefähr um zehn begab er sich dann ins ‚Parsifal', wo er mit den anderen Freunden zusammenkam. Dort saß er bis Mitternacht oder länger, und wenn er in Gesprächslaune war, übersiedelte die ganze Gesellschaft in ein anderes Kaffeehaus in der Gegend, je nachdem, welches an dem jeweiligen Wochentag bis vier Uhr früh offen war. […]

Graphik 24: Nazi-Protestkundgebung

Gewöhnlich waren diese Nachtschwärmertreffs schreckliche Lokale, in denen Prostituierte und zwielichtige Gestalten aller Art verkehrten, aber Kraus schenkte dem keine Aufmerksamkeit und fuhr fort, die moralischen und intellektuellen Fragen zu diskutieren, die seinen satirischen Geist gerade beschäftigten. Anschließend ging er nach Hause und ließ sich für mehrere Stunden zu ungestörter Arbeit nieder.[302]

Das Bündnis zwischen Satiriker und Komponisten erwies sich als umso bedeutender, als Krenek neben seiner musikalischen Tätigkeit zu einem rührigen Essayisten wurde. Seine Argumente wurden auch in Deutschland wahrgenommen, nachdem er vom Feuilletonchef der *Frankfurter Zeitung*, Friedrich Gubler, eingeladen wurde, regelmäßig Artikel für diese führende liberale Zeitung zu schreiben. Auch sein Briefwechsel mit Gubler, der unter dem Titel *Der hoffnungslose Radikalismus der Mitte* später veröffentlicht wurde, beleuchtet die Kulturkrise dieser Zeit der politischen Wende.

Im Wiener Konzerthaus wurde der Kampf um die ideologische Vorherrschaft fortgesetzt. Ein Meilenstein der modernen Geschichte war im Oktober 1926 der Erste Paneuropa-Kongress, der über zweitausend Teilnehmer aus mehr als zwanzig Ländern anzog. Durch die Publikation seines bahnbrechenden Buches *Pan-Europa* hatte der aus dem böhmischen Adel stammende Richard Coudenhove-Kalergi eine völkerversöhnende Bewegung gestartet, die zu den zukunftsträchtigen Erscheinungen der Zeit gehörte und unter liberalen Intellektuellen und Politikern viele Anhänger gewann. Doch wie so viele Impulse der Wiener Moderne wurde auch dieses Projekt nach 1930 vom internationalen politisch-wirtschaftlichen Debakel in den Schatten gestellt und sollte erst Jahrzehnte später in Erfüllung gehen.

Nicht nur die Modernen, auch die Hitler-Bewegung benutzte die Bühne des Konzerthauses, um die Herzen potentieller Anhänger zu gewinnen. Bezeichnend für die Kulturpolitik der Hitlerbewegung war das Konzert, das zur Feier des 1. Wiener Gautags am 10. und 11. Mai 1930 im Konzerthaus veranstaltet wurde (siehe Graphik 25). Als Redner traten Dr. Joseph Goebbels, Gauleiter von Berlin, Hauptmann von Göring, letzter Kommandant der Kampffliegerstaffel Richthofen, und Alfred Eduard Frauenfeld, Gauleiter von Wien, auf. Nach einleitenden Reden der Parteiprominenz folgte ein musikalisches Programm, das von der Wiener S.A. Kapelle und der Deutschen Trompeter-Kameradschaft aufgeführt wurde.

Die völkischen Gruppen waren dabei, ihre Netzwerke genauso aktiv auszubauen wie die Modernisten. Schon im Herbst 1927, als Karl Kraus wegen seiner Kritik an der Wiener Polizei von Rechtsradikalen gefährliche Drohbriefe erhielt, erstattete er Strafanzeige gegen einen unbekannten Täter, dessen Adresse er mit der Hilfe seines Rechtsanwalts Oskar Samek aufgespürt hatte. Es bestand der

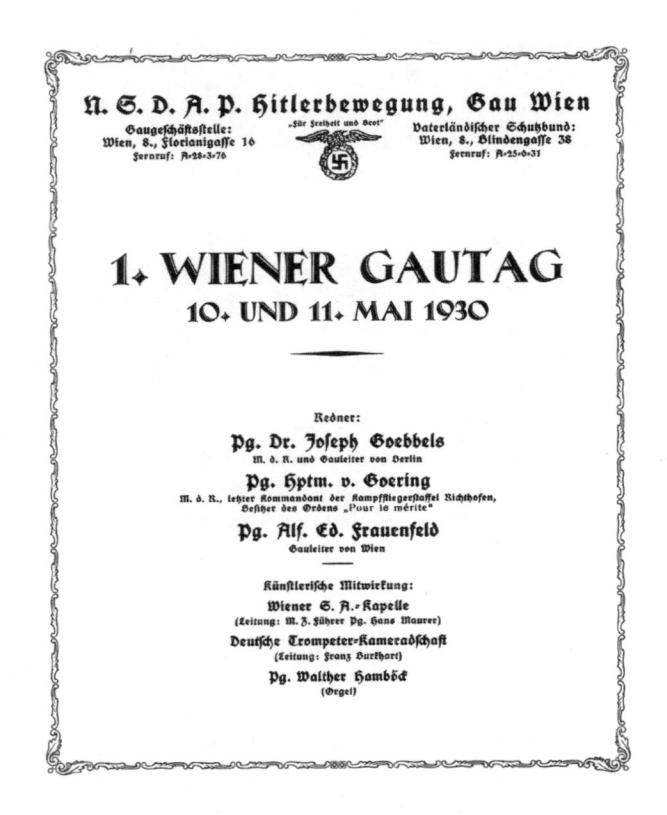

> **N. S. D. A. P. Hitlerbewegung, Gau Wien**
> Gaugeschäftsstelle:　„Für Freiheit und Brot"　Vaterländischer Schutzbund:
> Wien, 8., Florianigasse 16　　　　　　　　　Wien, 8., Blindengasse 38
> Fernruf: A-28-3-76　　　　　　　　　　　　Fernruf: A-25-0-31
>
> ## 1. WIENER GAUTAG
> ### 10. UND 11. MAI 1930
>
> Redner:
> **Pg. Dr. Joseph Goebbels**
> M. d. R. und Gauleiter von Berlin
> **Pg. Hptm. v. Goering**
> M. d. R., letzter Kommandant der Kampffliegerstaffel Richthofen,
> Besitzer des Ordens „Pour le mérite"
> **Pg. Alf. Ed. Frauenfeld**
> Gauleiter von Wien
>
> Künstlerische Mitwirkung:
> Wiener S. A.-Kapelle
> (Leitung: M. J.-Führer Pg. Hans Maurer)
> Deutsche Trompeter-Kameradschaft
> (Leitung: Franz Burkhort)
> **Pg. Walther Hamböck**
> (Orgel)

Graphik 25: Wiener Gautag 1930

Verdacht, dass der Schreiber des Briefes einem der Vereine angehörte, welche im Haus Wien I, Elisabethstraße 9, ihren Sitz hatten. In diesem Haus logierten (wie aus der Strafanzeige hervorgeht):

> Der Antisemitenbund, Bund deutsch-österr. Gau ‚Ostmark', Christl. Metallarbeiterverband, Christl. Bau und Steinarbeiter, Deutschösterr. Jugendbund, Deutscher Schulverein Ortsgruppe ‚Jugendgruppe', Deutscher Verband für Jugendwohlfahrt, Deutsche Wandervogel Schule, Engelsbergbund, Nationalsozialistische Arbeiterpartei, Verband deutsch-völkischer

Vereine Deutschösterreichs, Verein deutscher Studenten und andere gleichgesinnte Vereine.[303]

Zu seinem Erschrecken entdeckte Kraus auch, dass die Adresse Elisabethstrasse 9 ein österreichisches Regierungsgebäude war! Solche Tendenzen wurden von Kraus in der *Fackel* als ‚schleichender Faschismus' angeprangert (F 820-6, 16). Schon im Januar 1921 hatte er prophetisch von Deutschland als dem Land geschrieben, ‚wo das Hakenkreuz über den Trümmern des Weltbrands ragt' (F 557-60, 59). Auch in Österreich wurden die Aktivitäten der ‚Hakenkreuzler' immer wieder zur Zielscheibe seiner Satire, und auf Hitlers Machtergreifung reagierte er im Sommer 1933 mit der vernichtenden Polemik *Dritte Walpurgisnacht*, die allerdings erst nach dem Zweiten Weltkrieg posthum erschien.

Diese Tradition der anti-faschistischen Satire wurde in den 1930er Jahren von einer jüngeren Generation fortgesetzt, vor allem von den Kabarettisten der Kleinbühnen und Kellertheater: ‚Der liebe Augustin', gegründet von Stella Kadmon und Peter Hammerschlag im Café Prückel; die von Rudolf Weys, Jura Soyfer und Hans Weigel geführte ‚Literatur am Naschmarkt' im Café Dobner an der Linken Wienzeile; das ‚ABC' zunächst im Café City im 9. Bezirk, dann im Café Arkaden hinter der Universität; und die ‚Stachelbeere' im Café Doblingerhof.[304] Auch unter dem Druck des autoritären Ständestaates und des anbrechenden Nationalsozialismus erwiesen sich die Kaffeehäuser als wertvolle Ressourcen, indem sie den nicht einzuschüchternden Artisten eine Bühne boten. Als Autor von Volksstücken wie *Der Weltuntergang* hat Soyfer eine Zeitlang die apokalyptische Linie von Kraus revolutionär weitergeführt.

Als Conférenciers waren jüdische Artisten wie Fritz Grünbaum, Karl Farkas und Armin Berg zu Publikumslieblingen geworden. Doch der außerordentliche Erfolg des „Lieben Augustin" bezeugt, dass es – wie so oft in der Wiener Moderne – vor allem auf die Talente eines gemischten Ensembles ankam. Wenn Stella Kadmon die mondäne Kokotte spielte, so Gusti Wolf die Unschuld vom Lande. Der Durchbruch gelang, als ein Abendprogramm vom Rundfunk ausgestrahlt wurde, begleitet von einem

Kommentar von Hans Nüchtern, Leiter der literarischen Abteilung der Wiener RAVAG. Zwischen Oktober 1931 und März 1938 hat die Gruppe ihre begeisterten Zuschauer nicht nur ins Kellertheater des Café Prückel gelockt; mit der Hilfe eines politischen Flüchtlings aus Deutschland, Gerhart Hermann Mostar, führte Kadmon auch im Park-Café auf der Hohen Warte ein erfolgreiches Sommertheater. In jener ländlichen Umgebung wurde Mostars *Waldlegende* aufgeführt, ein Höhepunkt des Repertoires, wie aus einer Rezension hervorgeht:

> Noch nie ist so offen, in sich durchdringender Klarheit, in einer ganz eigenartigen Mischung von packend-realistischer Sinnfälligkeit und traumhaft-visionärem Symbolismus, die Judenfrage dramatisch behandelt worden. Die Figur des Juden, der von den Menschen gepeinigt, verfolgt und ausgestoßen, zu den Tieren des Waldes flüchtet, um sich unter diesen eine neue Welt, ein neues Leben aufzubauen, ist ein Produkt wahrhaft dichterischer Schau.[305]

Trotz der Zensur des Ständestaates gelang es also, hochaktuelle Themen wie die drohende Ausgrenzung der Juden anzusprechen. Nach dem Anschluss stoben die teils politisch, teils rassistisch verfolgten Mitglieder des Ensembles nach allen Himmelsrichtungen auseinander. Kadmon gelang es nach Palästina zu entkommen, Mostar in die Schweiz, doch Hammerschlag – nach einem vergeblichen Fluchtversuch nach Jugoslawien – wurde in Wien verhaftet und in Auschwitz ermordet.

Neben jener artistischen Subkultur gab es Mitte der 1930er Jahre auch einen politischen Untergrund, angeführt von radikalen Sozialisten wie Marie Jahoda, Autorin einer bahnbrechenden Studie über die Arbeitslosen von Marienthal. Von den deutschvölkischen Gruppierungen unterschieden sich die linksgerichteten, die christlich-autoritären und die jüdisch-wienerischen Netzwerke nicht nur durch ihre pro-österreichische Grundhaltung, sondern auch durch ihr intellektuelles Niveau. Der Salon Genia Schwarzwalds zog immer noch die begabtesten Geister der Moderne an – auch der frauenfeindliche Elias Canetti hielt dort eine erfolgreiche Lesung.

Um Alma Mahler und ihrem zweiten Gatten Franz Werfel bildete sich um 1930 ein zum Katholizismus tendierender Kreis, zu dem auch Mitglieder der Regierungspartei und des hohen Klerus gehörten. Mit dem Theologen Johannes Hollnsteiner knüpfte Werfels Frau sogar ein Verhältnis an, das als weiteres Beispiel der schöpferischen Dreierbeziehungen der Wiener Moderne eingereiht werden kann. Die Moderne im Almas Salon auf der Hohen Warte war zwar konservativ geworden, aber die Teilnehmer verteidigten die Selbständigkeit ihres Heimatlandes.[306] Die Familie Carl Molls aber, die in einer Nachbarvilla wohnte, gehörte zum ‚direkt gegnerischen Lager', wie Moll in seinen Erinnerungen notiert, denn sie waren überzeugte Nazis geworden.[307]

In jenen für die Unabhängigkeit Österreichs entscheidenden Jahren trat auf dem linken Mittelfeld des ideologischen Spektrums die geistig anspruchsvollste Gruppierung der Moderne öffentlich hervor: der von Professor Moritz Schlick geführte, von Wittgenstein inspirierte Zirkel von Philosophen, die als ‚Der Wiener Kreis' weltbekannt werden sollten. Das Schicksal des Kreises, der als Mikrokosmos der unvollendeten Wiener Moderne gesehen werden kann, führte von glänzenden Erfolgen zu einem tragischen Ausgang.

14. Der Wiener Kreis, die Bildstatistik und der Streit der Fakultäten

Innerhalb des umstrittenen Feldes der kulturellen Produktion war das Denken des Wiener Kreises kein abstraktes Studium. Es wurde zu einer Waffe im Kulturkampf gegen die reaktionären Kräfte von Klerikalismus und Faschismus. So wurde die Sache wenigstens von dem linken Flügel des Kreises aufgefasst, der von Otto Neurath angeführt wurde. Auch liberale Figuren wie der Begründer und Leiter des Kreises, Moritz Schlick, verstanden den Ernst der Lage. Aber für ihn waren die philosophischen Auswirkungen des Kreises wichtiger: die Wende zum Logischen Empirismus.

Die Frühgeschichte des Wiener Kreises – des so genannten ‚Proto-Kreises' – wurde im Standardwerk von Friedrich Stadler aufgearbeitet. In den Jahren 1907–1912 waren drei junge Männer zusammengetroffen, die später die Kerngruppe des Philosophenkreises bilden sollten: der Mathematiker Hans Hahn, der Physiker Philipp Frank und der Soziologe Otto Neurath. In benachbarten Kaffeehäusern wurden die Diskussionen über wissenschaftliche Probleme fortgesetzt, die damals unter dem Einfluss von Ernst Mach die Philosophische Gesellschaft der Universität beschäftigten.

Zu dieser Kerngruppe gehörte auch eine brillante junge Frau namens Olga Hahn, die am 20. Juli 1882 in Wien geboren war, an der Universität Philosophie und Mathematik studierte und 1911 ihre Doktorarbeit ‚Über die Koeffizienten einer logischen Gleichung und ihre Beziehungen zur Lehre von den Schlüssen' vorlegte. Diese wissenschaftliche Leistung war umso erstaunlicher, da sie infolge einer Sehnerventzündung schon im Alter von 22 Jahren völlig erblindet war. Auf Otto Neurath übte sie eine solche Faszination aus, dass die beiden 1912 heirateten, und ab 1924 sollten sie zu Schlüsselfiguren im linken Flügel des Wiener Kreises werden. An der Gründung des Vereins Ernst Mach im November 1928 waren sie aktiv beteiligt, denn diese zusammen mit dem Österreichischen Freidenkerbund organisierte bildungspolitische Initiative hatte das Ziel, auch unter Arbeitern eine ‚wissenschaftliche Weltauffassung' zu verbreiten.[308]

Für Veranstaltungen des Ernst Mach-Vereines stand – unter dem Vorsitz von Moritz Schlick – das Alte Rathaus in der Wipplingerstraße zur Verfügung. Für die Diskussionen des Wiener Kreises aber wurden intimere Räume benötigt. Der offizielle Treffpunkt des Kreises war das Mathematische Seminar der Universität Wien in der Boltzmanngasse 5 (siehe Abbildung 27: Mathematisches Seminar). Im Parterre gab es einen düsteren Leseraum. Die Teilnehmer bildeten dort einen Halbkreis, und neben der Tafel saß der Professor und leitete das Seminar.

Noch schöpferischer wurden die Diskussionen mit dem Übergang vom Seminarraum zur Kaffeehausrunde. Unweit von der Boltzmanngasse befand sich in der Währinger Straße das Café Josephinum (siehe Abbildung 28: Café Josephinum). Dieser gemütliche Raum wurde (in Stadlers Worten) neben dem Mathematischen Seminar zum ‚wichtigsten Treffpunkt' des Wiener Kreises.[309] Die Gruppe verlagerte sich jeden Donnerstag ins Café, und dort wurden auf den Marmor-Tischplatten des Hauses die mathematischen Formeln weiterentwickelt, die Neurath, Schlick, Carnap und Gödel so faszinierten. Da die Familie Kurt Gödels im selben Häuserblock wohnte, war der Sprung aus dem Privatleben in die Halböffentlichkeit der Kaffeehausrunde für diesen exzentrischen Teilnehmer umso leichter.

Wie fanden die Ideen des Schlick-Kreises, die – wie bei Freud in der Berggasse – ursprünglich hinter geschlossenen Türen formuliert wurden, eine weltweite Verbreitung? Bei seinen Vorlesungen im großen Hörsaal der Philosophischen Fakultät wirkte Schlick ‚human, bescheiden, in der Darlegung seiner radikalen Ansichten von äußerster Behutsamkeit', so Hilde Spiel, während er ‚auf sanfteste Weise die metaphysischen Spinnweben vieler Jahrhunderte aus der Philosophie entfernte'.[310] Weitergetragen wurden die Theorien seines Kreises durch eine Reihe von internationalen Kongressen, die zwischen 1929 und 1939 in Prag, Paris, Kopenhagen, Cambridge/England und Harvard/Massachusetts organisiert wurden. Aber man sollte zwei weitere Faktoren nicht vergessen, welche die Resonanz erweiterten: Publikationen und Öffentlichkeitsarbeit.

Im Jahre 1928 veröffentlichte Rudolf Carnap eine von Wittgenstein beeinflusste Kritik des philosophischen Irrationalismus unter dem Titel *Scheinprobleme der Philosophie*. Damit wollte er beweisen, dass metaphysische Begriffe wie Gott, der Weltgeist oder das Sein keinen haltbaren Sinn hatten, weil sie empirisch nicht belegt werden konnten. 1929 folgte das Manifest, das unter dem Titel *Wissenschaftliche Weltauffassung: Der Wiener Kreis*, herausgegeben vom Verein Ernst Mach, veröffentlicht wurde. Auf knapp 60 Seiten sollte eine Brücke geschlagen werden zwischen den Erkenntnissen eines akademischen Zirkels und einer weiteren Öffentlichkeit: ‚Der Wiener Kreis begnügt sich nicht damit, als geschlossener Zirkel Kollektivarbeit zu leisten. Er bemüht sich auch, mit den lebendigen Bewegungen der Gegenwart Fühlung zu nehmen'. Nicht nur eine ‚metaphysikfreie Wissenschaft' sollte vermittelt werden, denn der Wiener Kreis glaubte durch seine

Mitarbeit im Verein Ernst Mach eine ‚Forderung des Tages' zu erfüllen: ‚Denkwerkzeuge für den Alltag zu formen'.[311]

Derselbe Abschnitt enthält einen Hinweis auf ‚Bemühungen um eine rationale Umgestaltung der Gesellschafts- und Wirtschaftsordnung'. Daran erkennt man, dass die Leitgedanken des Manifestes vom ‚linken Flügel' u.a. von Otto Neurath stammten. Durch seine Öffentlichkeitsarbeit hatte er schon seit Jahren zur dynamischen Kulturpolitik der Wiener Landesregierung beigetragen. Aufgrund seiner Erfahrungen bei den Siedlungsprojekten hatte er 1924 das bahnbrechende Gesellschafts- und Wirtschaftsmuseum der Stadt Wien gegründet – unter Anwendung einer neuartigen Bildstatistik (siehe Abbildung 29: Otto Neurath/Gerd Arntz, Modelle für Bildstatistik). Mit Hilfe des Graphikers Gerd Arntz schuf Neurath eine neue, leicht verständliche Methode, um komplizierte demographische Strukturwandlungen in bildhafter Form dazustellen. Als Mitglied der Kölner ‚Gruppe Progressiver Künstler' hatte der 1900 in Deutschland geborene Arntz begonnen, mit den Mitteln des Konstruktivismus die schädigenden Wirkungen der kapitalistischen Klassengesellschaft zu beleuchten. Mit Neurath ging er ab 1929 als Graphischer Leiter des Wiener Gesellschafts- und Wirtschaftsmuseums eine ideale Partnerschaft ein.

Erweitert wurde Neuraths Team durch einen begabten Fotografen namens Walter Pfitzner, dessen Aufnahmen bei den Ausstellungen als weitere Zeitdokumente dienten. Nicht zufällig gehörten atmosphärische Kaffeehausinterieurs zu diesen Bildern, denn auch diese Gruppe trat gerne in Cafés zusammen (Neurath bezeichnete das Wiener Kaffeehaus als einen ‚Klub für jedermann').[312] Ergänzt wurde die Arbeitsgruppe durch einen soziologisch interessierten Volontär namens Rudolf Brunngraber, der später durch seinen Roman *Karl und das 20. Jahrhundert* (1933) ein weiteres Zeugnis für die Bedeutung von Neuraths statistisch begründeter Kapitalismuskritik ablegen sollte.[313]

International bekannt wurde die Wiener Methode der Bildstatistik durch Ausstellungen und durch den Atlas ‚Gesellschaft und Wirtschaft', den das Museum 1930 herausgab. Welche Dynamik, welcher Optimismus wird hier dargestellt, wenn Arbeiter und Angestellte, Mann, Frau und Kind nebeneinander in eine bessere Zukunft schreiten! ‚Mit uns zieht die neue Zeit' war ihr Refrain. Für das Museum stellte die Gemeinde Wien die Volkshalle im Rathaus zur Verfügung, und es wurde zu einer Triebkraft der Kommunalpolitik, denn die Ausstellungen, die auch an anderen Orten veranstaltet wurden, zielten auf die Überwindung von Klassengegensätzen. Brücken wurden gebaut zu einer besseren Welt.

Nicht nur im Bereich der Philosophie verzeichnete die Erste Republik hervorragende Leistungen, denn neben den Mitgliedern des Wiener Kreises erlangten auch andere österreichische Wissenschaftler Weltruf. Nobelpreise erhielten für Physik Erwin Schrödinger, Otto Pauli und Victor Hess; für Chemie Fritz Pregl, Richard Zsigmondy und Richard Kuhn; für Medizin Julius Wagner-Jauregg, Karl Landsteiner und Otto Loewi. In Wien hatten Josef Schumpeter und Friedrich Hayek das Institut für Konjunkturforschung gegründet, und mit ihren Entdeckungen (mit Otto Hahn) im Bereich der Nuklearphysik wurde die in Wien geborene Lise Meitner zu einer der führenden Wissenschaftlerinnen der Zeit (auch wenn ihr eine entsprechende öffentliche Anerkennung als Frau und Jüdin verwehrt blieb).

Nachdem Hugo Portisch in *Österreich I* diese wissenschaftlichen Leistungen beschrieben hat, wendet er sich der Haltung der Studentenschaft zu:

Man würde meinen, eine derartige Konzentration an genialen Menschen, von denen fast alle auch Hochschullehrer sind, würde die österreichischen Universitäten in jenen Jahren zu wichtigen internationalen Zentren für Lehre und Forschung machen. Die Studenten würden überglücklich sein, bei solchen Professoren in die Lehre gehen zu können, und in Anbetracht der ringsum herrschenden wirtschaftlichen Not dankbar sein für die Chance, eine erstklassige Ausbildung zu genießen.

Neben der altehrwürdigen Universität Wien besaß die Hauptstadt eine Technische Hochschule und eine Hochschule für Bodenkultur. Sollten nicht bei den Studierenden wissenschaftliche

Impulse entstehen, die sich mit der Kreativität der außeruniversitären Zirkel und Vereine messen konnten? Dazu Portisch:

> Doch die Zustände an den österreichischen Hochschulen zeigen ein geradezu spiegelverkehrtes Bild: Viele der international angesehenen Professoren werden sowohl von den Kollegen als auch von einem Teil der Studentenschaft angefeindet, nicht wegen den von ihnen vertretenen Lehren, sondern wegen ihrer politischen Gesinnung oder weil sie Juden waren.[314]

Es entstand ein Streit der Fakultäten völlig anderer Art als ihn sich Kant 150 Jahre früher vorgestellt hatte (als Aufklärer hatte er für den Vorrang der Philosophie als Schlüssel zu anderen Disziplinen plädiert). In Wien entbrannte nun ein Streit *innerhalb* der Fakultäten. An die Situation am Anatomischen Institut in der Währinger Straße erinnert sich ein Student aus jener Zeit:

> Die Anatomie war damals zweigeteilt. Es gab zwei Lehrkanzeln. Eine hatte Professor Tandler, das war ein Roter, ein berühmter Sozialreformer und Stadtrat von Wien, ein blendender Anatom und Jude. Die andere war die von Prof. Hochstetter. Jeder, der auf sein ‚Ariertum' besonderen Wert gelegt hat, hat natürlich bei Hochstetter inskribiert, sodass auf der Tandlerseite praktisch nur Juden und Rote übrig geblieben sind.[315]

Die Spaltungen unter den Studenten führten zu verschärften Konflikten, weil die Burschenschaften nach ideologischen Grundsätzen straff gegliedert waren. Das galt vor allem für deutschnationale ‚schlagende Verbindungen'. Sie boten idealtypisch einen extremen Gegensatz zu kulturellen Kreisen wie dem Akademischen Verband für Literatur und Musik, der vor dem Weltkrieg so kreativ gewesen war:

Schöpferische Kreise	**Schlagende Verbindungen**
kosmopolitisch	deutschvölkisch
Geistigkeit	Männlichkeit
Frauen zugelassen	Frauen ausgeschlossen

ethnisch gemischt	judenfeindlich (Arierparagraph)
improvisierte Gruppe	ritualisierter Lebensbund
pluralistisch	dogmatisch
Kaffeetrinker	Alkoholkonsum
Debatten	Chorgesänge
Notizbuch	Kommersbuch
psychologisch aufgeschlossen	emotional gepanzert
Einfluss von Schlüsselfiguren	Einfluss von Alten Herren
Bewährung durch Referate	Bewährung auf dem Paukboden

Da die Verbindungen mit einer Unzahl anderer völkischer Verbände – inner- und außerhalb Österreichs – vernetzt waren, übten sie seit Jahrzehnten einen antidemokratischen Einfluss aus. In der Ersten Republik wurden die Gegensätze noch extremer, als völkische Burschenschaften gewalttätig gegen Andersdenkende auftraten:

> Was kommt heran mit Gummiknütteln?
> Der Schlagring blinkt, die Fahne weht,
> Es naht mit Schrein und Fäusteschütteln –
> die Universität.[316]

Ein bekanntes Kommerslied, das an die demokratischen Studentenaktionen des Revolutionsjahres 1848 erinnert, wurde durch diese Parodie aus dem Jahre 1923 umgekehrt: Studenten im Dienste der Gegenrevolution!

Unter dem Eindruck des Kriegserlebnisses hatten die deutschnationalen und die katholischen Verbindungen, die bis dahin einander befehdet hatten, beschlossen, künftig auf Hochschulboden zusammenzuarbeiten – eine Entwicklung von ‚großer, nicht nur hochschulpolitischer Bedeutung', wie Erika Weinzierl nachgewiesen hat.[317] Dagegen hatten die kleineren liberalen und sozialistischen Studentengruppen einen schweren Stand. Da der Polizei das Betreten des Universitätsgeländes untersagt war, konnte gegen Sozialisten und Juden eine Art von akademischem Terror ausgeübt werden. Dazu kam, dass der Rektor, ein Geologe namens Carl Diener, in seiner Antrittsrede den ‚deutschen Charakter' der Universität Wien betonte und einen *numerus clausus* einzuführen versuchte, um den Anteil jüdischer Studenten und Studentinnen einzuschränken.

Zu Beginn des Studienjahres 1922 trat an der Universität Wien ein Frontkämpfer namens Robert Körber auf, der aus sibirischer Kriegsgefangenschaft heimgekehrt war. Durch seine Erlebnisse war er zu einem verbissenen Rassenantisemiten geworden, der in einer Reihe von Pamphleten das ‚Deutsche Wissen' gegen die ‚Verjüdung' verteidigte. Sein Ansatz stand unter dem Eindruck unbewältigter Weltkriegserlebnisse, die durch einen fanatischen Antisemitismus kompensiert wurden. ‚Arisch-germanische oder jüdisch-orientale Deutschtum?' war die Alternative, die er in einer Streitschrift von 1928 verkündete. Körber wurde zum Leiter des Kulturamtes der Deutschen Studentenschaft, und das von ihm mitbegründete ‚Institut zur Pflege deutschen Wissens' diente als Dachverband für verschiedene studentische Organisationen: Akademische Vereinigung für Rassenpflege, Völkische Arbeitsgemeinschaft, Sektion Universität der Frontkämpfervereinigung, Akademische Sektion des Deutschen Turnerbundes, Wiener Gesellschaft für Rassenpflege, Alldeutscher Verband (Ortsgruppe Universität) und Sektion Universität des nationalsozialistischen Vaterländischen Schutzbundes, um nur eine Auswahl zu nennen. Diese Organisationen, wie Wolfgang Lamsa in einem aufschlussreichen Artikel nachgewiesen hat, ‚prägten im Wesentlichen die studentischen Interessenvertretungen'.[318]

Im Jahrzehnt von 1920 bis 1930 dominierten unter den Studenten ‚Anschlussgedanke, Antidemokratismus und Antisemitismus'.[319] Die andauernden Krawalle erreichten im April 1931 einen Höhepunkt, als der österreichische Verfassungsgerichtshof entschied, dass die herrschenden Studentenordnungen das Prinzip der Gleichheit aller Bundesbürger vor dem Gesetz verletzten. Die enragierten Reaktionen der Burschenschaften führten dazu, dass sowohl die Universität als auch die Hochschule für Bodenkultur geschlossen werden mussten, da es ‚zu wüsten Schlägereien und Attacken nationalsozialistischer Studenten gegen jüdische und sozialistische Studenten gekommen war'.[320]

Zwei weitere Beispiele dürften hier ausreichen, um die Gefahren für die Republik zu veranschaulichen, die durch Gewalttaten auf akademischem Boden geschaffen wurden. Am 9. Mai 1933, als Hitlers Machtergreifung in Deutschland auch in Österreich gewaltige Wellen schlug, kam es in der Währinger Straße zur berühmten ‚Schlacht im Anatomischen Institut', die von Franz Hahn in folgendem Bericht festgehalten wurde. Zunächst erinnerte er an die Teilung des Instituts in zwei Lehrkanzeln: Professor Hochstetter galt als ‚arischer' Rivale des jüdischen Sozialreformers, Professor Julius Tandler. Dann beschreibt er einen zeittypischen Krawall:

> Eines Morgens, als wir ins Institut kamen, haben wir schon gesehen: oh weh, oh weh, oh weh! Jetzt wird's losgehen. Die durch Technik-, Tierärztestudenten und andere Kollegen verstärkte nationalsozialistisch orientierte Mannschaft versuchte die Tandlerabteilung zu stürmen. Wir haben vorne noch den Zugang verteidigt, ein Großteil der Leute konnte flüchten, zum Teil durch Hinterausgänge, zum Teil sind sie aus den Fenstern gesprungen, die liegen vielleicht zwei Meter über dem Erdboden. Schließlich ist uns nix übrig geblieben, wir mussten zurück in das so genannte Studierlokal und haben ganz einfach die Tür verbarrikadiert. Schätzungsweise waren wir noch 30 Leute, während die Angreifer sicher ein-, zweihundert waren. Da haben wir ein paar Sessel zerlegt, weil Stuhlbeine eignen sich herrlich als Knüppel. Dann kam ein Assistent und sagte: ‚Schauts, ihr seht doch, wie's ausschaut, steigts auch aus dem Fenster, wir werden draußen Leitern aufstellen'.[321]

Zufällig war gerade im richtigen Augenblick ein Feuerwehrwagen vorbeigefahren – was auf einem zeitgenössischen Foto festgehalten wurde (siehe Abbildung 30: Die Krawalle im Anatomischen Institut). Leitern wurden an der Mauer des Institutes aufgestellt, und die von den Nazis besonders verpönten weiblichen Hochschulstudenten konnten auf diese Weise aus den Fenstern gerettet werden.

Nicht nur die Universität war in jenen Jahren unter politischem Druck. Die Auswirkungen der Weltwirtschaftskrise erschütterten die Finanzwelt. Das führte in Österreich zu einer Kette von Bankkrisen, welche die Industrieproduktion unterminierten und erhöhte Arbeitslosigkeit zur Folge hatten. Nachdem die Bodenkreditanstalt in Schwierigkeiten geraten war, musste die hoch angesehene Rothschild-Bank, die Creditanstalt, die Bodenkreditanstalt-Verpflichtungen übernehmen, was innerhalb kurzer Zeit auch die Zahlungsfähigkeit der Creditanstalt in Frage stellte. Auf den Straßen Wiens standen nicht nur die Arbeitslosen in langen Schlangen, sondern auch besser situierte Bürger, die um ihre Ersparnisse bangten. Auch die Zentralsparkasse der Gemeinde Wien wurde in Mitleidenschaft gezogen (siehe Abbildung 31: Sparer vor dem Eingang der Zentralsparkasse der Gemeinde Wien).

Nachdem das Parlament durch Bundeskanzler Engelbert Dollfuß ausgeschaltet und die verzweifelte Februarrevolte der Sozialdemokraten 1934 niedergeschlagen worden war, wurde die Lage in Österreich äußerst prekär. Exemplarisch wird der Bankrott der bestehenden Institutionen durch einen Vorfall versinnbildlicht, der sich auf der Philosophenstiege der Universität ereignete. Es war das Sommersemester 1936, und seit zwei Jahren herrschte in Österreich der von Dollfuß und Schuschnigg geführte Ständestaat. Neben hunderten von progressiven und sozialistischen Organisationen war auch der Verein Ernst Mach verboten worden, und der Wiener Kreis hatte sich sukzessive aufgrund der politischen Entwicklung langsam aufgelöst. Radikale Mitglieder des Kreises wie Otto und Olga Neurath waren ins Ausland geflüchtet, und für Moritz Schlick war es kein Leichtes, das Seminar auf seiner alten Höhe fortzuführen. Dazu kamen verschärfte Spannungen im Bereich der Personalpolitik, aus politischen aber auch aus individualpsychologischen Gründen.

Von einem ehemaligen Studenten namens Dr. Johann Nelböck hatte der Professor sogar Morddrohungen bekommen, weil der junge Mann, der eine Zeitlang zur psychiatrischen Behandlung in Steinhof gewesen war, sich beruflich benachteiligt fühlte. Auch für Frustrationen in seinem Liebesleben wollte er Professor Schlick verantwortlich machen. Um diese pathologischen Minderwertigkeitsgefühle wettzumachen, wählte er als sein Instrument des Hasses einen kleinen Revolver, der leicht in der Tasche zu verstecken war. Der Ausgang war, dass Nelböck am 22. Juni den

Professor auf der Philosophenstiege der Universität Wien erwartete und ihn erschoss.

Auf diese persönliche Tragödie folgte ein ideologisches Nachspiel, das klarer als jede andere Episode den selbstzerstörerischen Riss innerhalb der Universität veranschaulicht. Durch bahnbrechende Publikationen und Beiträge zu internationalen Kongressen hatten die Mitglieder des Wiener Kreises ein wachsendes Renommee gewonnen. Da diese Entwicklung bei weniger erfolgreichen Kollegen Neidgefühle erzeugte, erweckte die Nachricht von Schlicks Tod einen Ausbruch von Schadenfreude. Zeittypisch war die Reaktion eines obskuren Priesters namens Johann Sauter, der als Privatdozent Vorlesungen über Rechtsphilosophie an der Juridischen Fakultät der Wiener Universität hielt. Unter dem Pseudonym ‚Austriacus' veröffentlichte er in der katholischen Zeitschrift *Schönere Zukunft* einen Artikel über den angeblichen ‚Weltanschauungskampf' zwischen Nelböck und Schlick:

> Was diesem Schuss auf der Feststiege der Wiener Universität einen wahrhaft unheimlichen Charakter verleiht, ist der Umstand, dass der 33jährige Dr. Nelböck nicht etwa ein geborener Psychopath war, sondern dass er es manchen Anzeichen nach erst unter dem Einfluss der radikal niederreißenden Philosophie, wie sie Schlick seit 1922 an der Wiener Universität vortrug, geworden ist.

Man konnte daher ‚nachempfinden, was in den Seelen unserer akademischen Jugend, die in den Mittelschulen in der christlichen Weltanschauung erzogen worden ist, vorging, wenn sie hier vom hohen Katheder herab die pure Negation alles dessen vernahm, was ihr bisher heilig war'.

Abschließend versuchte Sauter die Ermordung des Akademikers mit dem fast gleichzeitig eskalierten Skandal um die Phönix-Versicherung zu verbinden, deren Leiter ein korrupter jüdischer Finanzier namens Wilhelm Berliner gewesen war:

> Der Fall Schlick ist eine Art Gegenstück zum Fall Berliner von der ‚Phönix'-Versicherung. Wie dort verhängnisvoller Einfluss des Judentums auf wirtschaftlichem und politischem Gebiet

ans Tageslicht gekommen ist, so kommt hier der unheilvolle geistige Einfluss des Judentums an den Tag. Es ist bekannt, dass Schlick, der einen Juden (Waismann) und zwei Jüdinnen als Assistenten hatte, der Abgott der jüdischen Kreise Wiens war. [...] Denn der Jude ist der geborene Ametaphysiker, er liebt in der Philosophie den Logizismus, den Mathematizismus, den Formalismus und Positivismus, also lauter Eigenschaften, die Schlick in höchstem Maße in sich vereinigte.

Seinen Vorschlag für eine Lösung des philosophischen Streites verbindet der Autor mit einer kaum verhüllten Androhung antisemitischer Gewalt:

Wir möchten aber doch daran erinnern, dass wir Christen in einem christlich-deutschen Staate leben, und dass wir zu bestimmen haben, welche Philosophie gut und passend ist. Die Juden sollen in ihrem Kulturinstitut ihren jüdischen Philosophen haben! Aber auf die philosophischen Lehrstühle der Wiener Universität im christlich-deutschen Österreich gehören christliche Philosophen! Man hat in letzter Zeit wiederholt erklärt, dass die friedliche Regelung der Judenfrage in Österreich im Interesse der Juden selbst gelegen sei, da sonst eine gewaltsame Lösung derselben unvermeidlich sei. Hoffentlich beschleunigt der schreckliche Mordfall an der Wiener Universität eine wirklich befriedigende Lösung der Judenfrage![322]

Sauter kämpfte unter dem Namen ‚Austriacus' gegen ein ‚verhängnisvolles Judentum', mit dem Schlick – ein Protestant Augsburger Konfession aus altdeutscher Adelsfamilie – nur durch hirnrissige Assoziationen zu identifizieren war.

Solche Argumente drückten die Minderwertigkeitsgefühle eines rückständigen Katholizismus aus, dem jede Regung modernen Denkens einen Schrecken einjagte. Zeittypisch waren auch Sauters Versuche, sich an den Nationalsozialismus anzubiedern, um die Schwächen seiner völkisch unterlaufenen Religiosität auszugleichen. Wenn ‚der Jude' als Erbfeind der ‚christlichen'

Philosophie nicht existierte, musste man ihn erfinden! Der durch die *Schönere Zukunft* verkörperte Antisemitismus richtete sich im Grunde gegen einen imaginären Feind (mit wenigen Ausnahmen waren die Juden Wiens ständig loyale Österreicher gewesen). Doch nach dem Einmarsch deutscher Truppen im März 1938 trafen die antijüdischen Maßnahmen Männer, Frauen und Kinder aus Fleisch und Blut.

15. Zusammenleben, Säuberung, Vertreibung: Kreative Auswirkungen des Exils

Nicht alle Katholiken waren so borniert wie ‚Austriacus', denn im Ständestaat hatte eine Erneuerung der Österreich-Idee eingesetzt, die gerade in dem Zusammenleben verschiedener Gruppen und Strömungen das Wesentliche erkannte. Unter dem Titel *Das goldene Buch der Vaterländischen Geschichte für Volk und Jugend von Österreich* war 1934 ein Lesebuch erschienen, das folgende Charakterisierung des Österreichischen enthielt:

> Aus dem Zusammenleben mit vielen Völkern, ihren Mischungen und Legierungen seit der kelto-romanischen Zeit mit dem deutschen Wesen in Österreich hat sich ein konstanter musischer Typus herausentwickelt, dass man mit Fug und Recht von einer österreichischen Rasse, zumindest von einer österreichischen Nation reden kann. In seinem Idealtypus kann man eine glückliche Vereinigung aller Kultureigentümlichkeiten Europas vereinigt finden: die persönliche Freiheit Englands, die leichte, heitere Grazie Frankreichs, sogar die Etiquette Spaniens, den musikalischen und architektonischen Genius, der schier italienisch anmutet, das feurige Temperament der Ungarn, die Talente und Musikalität der Slawen, auch ihre Melancholie, dies alles harmonisiert und vertieft durch den deutschen Grundton.[323]

Solche Wortmalerei sollte dazu dienen, Österreich gegen eine Vereinnahmung durch ‚alldeutsche völkische Ideologie' zu schützen. Man vermisst zwar den Hinweis auf jüdische Kultureigentümlichkeiten, der das Panegyrikon abgerundet hätte. Aber der Autor, ein angesehener Kulturhistoriker namens Josef August Lux, der zum Katholizismus konvertiert war, hat das Prinzip des schöpferischen Zusammenlebens erfasst. Vor dem Weltkrieg war er Mitbegründer der Gartenstadt Hellerau bei Dresden gewesen und hatte dort Kurse für Kunstgewerbe geleitet. Nach Österreich zurückgekehrt, war er zu einem leidenschaftlichen Patrioten geworden, dessen Bücher das Wien Beethovens und Schuberts feierten.

Der Gegenspieler zu Josef Lux war der völkische Studentenführer Robert Körber, der fünf Jahre später sein Österreich-Buch unter dem Titel *Rassesieg in Wien, der Grenzfeste des Reiches* vorlegte. Als Leiter des Instituts zur Pflege deutschen Wissens hatte er seit Jahren Belege für die – von ihm verhasste – enge Kooperation unter Österreichern deutscher und jüdischer Herkunft gesammelt. Mit Recht erkannte er, dass seit den letzten Jahren der Habsburgermonarchie solche Synergien fast alle Lebensbereiche umfasst hatten. Nur versuchte Körber in einem mit einer Fülle von Fotos und Faksimiles ausgestatteten Prachtband das Ganze unter negativem Vorzeichen darzustellen. Denn alles musste in das Schema hineingezwängt werden, das er in seiner Schlussbetrachtung zusammenfasst: ‚In Art und Erscheinung, in Charakter und Wesen, in Seele und Geist, im Denken und Fühlen, im Wirken und Schaffen, im Sprechen und Lachen – bildet Deutsch und Jüdisch das ewig Gegensätzliche und Gegenrassische'.[324]

Was unfreiwillig aus Körbers Buch hervorgeht, ist eher das Gegenteil: das kulturschaffende und staatserhaltende Zusammenwirken der deutschsprachigen katholischen Elite Österreichs mit hochbegabten assimilierten Juden. Im Abschnitt über die Zeit nach dem Ersten Weltkrieg zum Beispiel wird das Denkmal zur Errichtung der Republik Österreich abgebildet, wo Büsten von drei hervorragenden Politikern aufgestellt waren: Jakob Reumann, erster Landeshauptmann des neuen Bundeslandes Wien; Viktor Adler, langjähriger Führer der Sozialdemokraten; und Ferdinand Hanusch, Gründer der Arbeiterkammer. Dass zwei ‚arische Arbeiterführer' mit dem ‚Juden Dr. Viktor

Adler' zusammengearbeitet hatten, war für Körber fast unbegreiflich.[325]

Körber wollte also den Strukturwandel nicht wahrhaben, der den Kerngedanken des gegenwärtigen Buches bildet: die schöpferischen Impulse, die von Kreisen ausgingen, deren Mitglieder verschiedene Talente beisteuerten, um gemeinsame Ziele zu erreichen. Das war die Wiener Moderne, die Körber und seinesgleichen ungeschehen machen wollten, für die aber Josef Lux die Formel fand: ‚Mischungen und Legierungen'. Anstelle von Reumann-Adler-Hanusch hätte man sich an die anderen Trios und Quartette erinnern können, die in diesem Buch profiliert wurden: Burckhard – Schnitzler – Sonnenthal; Mahler – Roller – Walter; Freud – Jung – Spielrein; Klimt – Zuckerkandl – Engelhart; Altenberg – Kraus – Loos – Kokoschka; Schönberg – Webern – Berg; Hoffmann – Moser – Wärndorfer; Hofmannsthal – Strauss – Reinhardt; Lehár – Leon – Stein; die Schwarzwalds – Bernatzik – Kelsen; Breitner – Glöckel – Tandler – Seitz; Bach – Bittner – Koenig – Rosenfeld; Werfel – Alma Mahler – Hollnsteiner; Carnap – Schlick – Waismann; Neurath – Arntz – Brunngraber – Pfitzner; Armin Berg – Glinger – Hofer – Hans Moser; Jaray – Forst – Reisch – Eggerth; Kadmon – Hammerschlag – Mostar – Wolf, und andere mehr.

Allerdings glaubte Körber, als sein Buch 1939 erschien, das Urteil der Geschichte auf seiner Seite zu haben: Gewidmet wurde es Adolf Hitler, ‚dem Gründer, Führer und Kanzler des Großdeutschen Reiches'. Gleichzeitig war Josef Lux neben anderen österreichischen Patrioten wie Friedrich Funder ins KZ Dachau deportiert worden; und die Größen der Wiener Moderne, von Alfred Adler bis Stefan Zweig, waren fast alle geflüchtet. Für Körber bedeutete die Vertreibung der Juden selbstverständlich eine Säuberung. Daher die Vision, die er auf seiner letzten Seite in Sperrdruck verkündete: ‚Innerlich gereinigt, geläutert und erlöst von der Geißel und dem Fluche, der seit der Zerstreuung der Juden die Welt belastet, marschiert das deutsche Volk als erstes an der Spitze der erwachten Kulturvölker'.[326]

Auch äußerlich ‚gereinigt' wurde das Wiener Straßenbild nach dem Einmarsch der deutschen Truppen. Anfang März 1938 war die Straße buchstäblich zu einer Szene des Schreibens geworden, als Schuschnigg die österreichische Unabhängigkeit durch Abhaltung einer Volksabstimmung zu retten versuchte. Politische Parolen, wie ‚Rot-weiß-rot: bis in den Tod' wurden an die Wände und aufs Pflaster geschrieben. Als Hitler durch militärischen Druck die Abstimmung verhinderte und die Deutschen in Österreich einzogen, veranstalteten frohlockende Nazis auf den Straßen Wiens ein Spektakel, das einen säkularen Tiefpunkt in der Geschichte der Stadt markiert. Der Begriff ‚Säuberung' wurde zur krassen Wirklichkeit, als johlende Österreicher ihre jüdischen Mitbürger in verschiedenen Bezirken dazu zwangen, auf ihren Knien die patriotischen Parolen wegzuschrubben.

Die Phase der Säuberung bot den Bodenständigen ungeahnte Gelegenheiten, sich zu bereichern. Gleich nach dem Anschluss begannen die Behörden des Großdeutschen Reichs, das Vermögen der Juden zu beschlagnahmen. Jeder Jude musste ein ‚Verzeichnis über das Vermögen von Juden nach dem Stand vom 27. April 1938' ausfüllen. Zu den Betroffenen gehörte auch David Josef Bach, ehemaliger Leiter der Sozialdemokratischen Kunststelle. Bach hatte, nach dreißigjähriger Arbeit als Redakteur der *Arbeiter-Zeitung*, kein nennenswertes Vermögen. Die Bestandsaufnahme der Wertgegenstände in seiner Wohnung (Wien IV, Mollardgasse 69) ergab folgende, ziemlich dürftige Liste:

Büchersammlung	RM 80.–
diverse Bilder und Noten	40.–
Harmonium mit 22 Register Fab. Kotykiewicz	140.–
Flügel Schiedmayer u So	200.–
Broncefigur	15.–
geschnitzte Holzfigur	12.–
Altwiener Uhr mit 2 Säulen	20.–
Geburtstagsadressen in Mappenform, wertlos	
gold. Uhr samt Kette und Crayon	50.–
silb. Kassette	40.–
	RM 597.–

Die einzigen Objekte von überdurchschnittlichem Wert waren der Schiedmayer-Flügel und das Harmonium. Doch der Besitz dieser Musikinstrumente konnte kaum als Nachweis für die stereotype Behauptung dienen, dass wohlhabende Juden die armen Arier ausgebeutet hätten. Denn Bach war stadtbekannt als Begründer der Arbeiter-Sinfonie-Konzerte – das erste Konzert hatte zu Kaisers Zeiten, am 29. Dezember 1905, im Großen Musikvereinssaal stattgefunden.

Bach war kein Hausbesitzer mit Aktienkapital (wie der Dichter Richard Beer-Hofmann, dessen Reinvermögen beinahe dreihunderttausend Reichsmark betrug). Er wurde also nicht dazu verurteilt, eine so genannte ‚Sühneabgabe' zu bezahlen. Aber bevor er nach England emigrieren konnte, wurde er gezwungen, auf seine von der Versicherungsanstalt der Presse bezogene Altersrente zu verzichten. Das bedeutete einen Verlust von jährlich dreitausendeinhundert Reichsmark – den Ersparnissen eines ganzen Lebens.

Bei der Bewertung von Bachs Wertgegenständen entstand eine merkwürdige Lücke: ‚Geburtstagsadressen in Mappenform, wertlos'. Man fragt sich, was für eine Mappe das gewesen sein kann: wertlos (in den Augen der Nazi-Behörden), aber dennoch ins Verzeichnis seiner Wertsachen aufgenommen. Auf alle Fälle: Die Sache schien unbedenklich, und Bach durfte die Mappe, zusammen mit seinen Büchern, unversehrt in die englische Emigration mitnehmen. Die Mappe, deren unschätzbarer Inhalt oben im Kapitel über die Kunststelle dargestellt wurde, befindet sich jetzt in Cambridge – im Archiv von Gonville und Caius College. Die Nazi-Behörden hatten offensichtlich keine Ahnung, dass jene Kassette einen unersetzlichen Wert repräsentierte – die Symbiose zwischen gemäßigten österreichischen Sozialdemokraten, kultivierten Katholiken und fortschrittlichen jüdischen Bildungsbürgern.

In allzu vielen Fällen bedeutete ‚Säuberung' die Beschlagnahme des Besitzes von Juden und anderen zur Emigration gezwungenen Personen durch zunächst wilde, später behördlich koordinierte ‚Arisierung'. Der ungewöhnlichste Aspekt dieser Vorgänge war der Kunstraub. Wie in kaum einer anderen Stadt der Welt war unter dem kunstsinnigen jüdischen Bildungsbürgertum ein Mäzenatentum entstanden, ohne das es wohl keine

Wiener Moderne gegeben hätte und ältere Kulturtraditionen in Vergessenheit geraten wären. Die Ehrentafel jener großzügigen Sammler und Kunstkenner reicht von Abramowicz bis Zuckerkandl. Insgesamt werden in Sophie Lillies Handbuch über die Kunstenteignung über 250 Namen aufgelistet.[327] In vielen Fällen waren es Ehepaare, bei denen Mann und Frau verschiedene ästhetische Richtungen verfolgten. Ferdinand Bloch-Bauer sammelte Porzellan, während es bei seiner schon 1925 verstorbenen Frau Adele um die weltberühmten Klimt-Porträts handelte, für die sie Modell gesessen hatte.[328]

Bald ging es nicht mehr darum, Besitztümer zu retten, sondern das nackte Leben. Die von Panik begleitete Phase der Vertreibung setzte im November 1938 nach der ‚Kristallnacht' ein, als die von Goebbels angeordneten Angriffe auf Wohnungen und Synagogen das jüdische Kulturgut verwüsteten. Von allen Synagogen und Bethäusern in Wien blieb nur eine erhalten – der 1826 erbaute Stadttempel, der in der Seitenstettengasse so eingebettet war, dass die fanatisierten Brandstifter nicht daran herankamen. Auswanderung war jetzt die einzige Wahl. Die finanziellen und bürokratischen Schikanen, denen österreichische Juden ausgesetzt wurden, wollten aber kein Ende nehmen. Im beschlagnahmten Palais Rothschild unweit vom Südbahnhof war unter der Leitung Adolf Eichmanns die Zentralstelle für jüdische Auswanderung eingerichtet worden. Tagelang mussten diejenigen, die eine Aussicht auf Flucht ins Ausland hatten, sich anstellen, um die ‚Reichsfluchtsteuer' zu bezahlen und die nötigen Auswanderungspapiere genehmigt zu bekommen.

Die Familie Sigmund Freuds gehörte zu den Privilegierten, die durch internationale Protektion begünstigt waren. Trotzdem musste Anna Freud sich neben hunderten von anderen von Panik ergriffenen Menschen anstellen, um die Ausreiseerlaubnis zu bekommen. Solche Szenen spielten sich nicht nur beim Palais Rothschild ab, sondern ebenso in anderen Stadtteilen, denn auch in ihren Wohnbezirken mussten die Auswanderer alles bürokratisch bereinigen (siehe Abbildung 32: Anstellen für die Vertreibung). Bis zum Ausbruch des Zweiten Weltkriegs waren schätzungsweise zwei Drittel der 185.000 in Österreich lebenden

Juden unter furchtbaren Strapazen ins Ausland geflüchtet. Für mehr als 60.000, denen die Flucht nicht gelang, bedeutete der Kriegsausbruch das Todesurteil.

In den meisten Ländern waren Flüchtlinge unerwünscht, weil die Behörden die dadurch erzeugten finanziellen Bürden für den Staatshaushalt fürchteten. Dazu kam die Angst, dass Ströme von jüdischen Flüchtlingen auch in demokratischen Ländern einen latenten Antisemitismus aufwühlen könnten. Trotzdem fanden schätzungsweise 90.000 Flüchtlinge aus dem Großdeutschen Reich (inklusive der Tschechoslowakei und Österreich) wenigstens vorübergehend ein Asyl in Großbritannien. Von den negativen Reaktionen, die die Behörden befürchteten, war zunächst wenig zu spüren. Erst nach dem Einmarsch der deutschen Truppen in Paris kam es im Sommer 1940 zu einer Panik. Fast alle deutschen und italienischen Staatsbürger männlichen Geschlechtes wurden auf Order Winston Churchills festgenommen und interniert, darunter zehntausende deutschsprachige Juden.

Auf längere Sicht aber brachten die Auswirkungen der jüdischen Immigration keine Gefährdung, sondern eine Bereicherung der britischen Kultur. Man sollte hier nicht nur an die ‚großen Namen' der österreichischen Emigration denken: Adler, Bach, Canetti, Freud, Gombrich, Jahoda, Koestler, Kokoschka, Korda, Perutz, Popper, Spiel, Suschitzky, Weidenfeld, Wellesz, Wittgenstein und Zweig. Auch der Durchschnitt war darauf bedacht, ‚loyale feindliche Ausländer' zu werden und nach den Schrecknissen und Zerstörungen des Krieges als britische Staatsbürger zum Wiederaufbau der neuen Heimat beizutragen.

Die Auswirkungen der erzwungenen Emigration waren unerwartet, weil sie sich in so vielen Lebensbereichen als kreativ erwiesen – von der Atomforschung über Kunstgeschichte und Fotojournalismus bis zu Volkswirtschaft und Verlagswesen. Fast alle Weltteile wurden davon berührt. Durch die Aktivitäten der Exilanten gewannen die schöpferischen Impulse der Wiener Moderne eine weltweite Resonanz, und für die Nachgeborenen hat jene Generation doch Brücken gebaut zu einer besseren Welt. Ganz besonders im konservativen Großbritannien kam es durch den Einfluss der Flüchtlingsgeneration zu bedeutenden Sozialreformen und einer radikalen Modernisierung des Geisteslebens. Hier sollen zum Abschluss drei Einzelschicksale skizziert werden, um aus englischer Sicht die durch die Zuwanderung erzeugten kulturellen Wandlungen anzudeuten.

Während es David Josef Bach mangels englischer Sprachkenntnisse verwehrt blieb, in seiner Wahlheimat eine leitende Stellung einzunehmen, kam der vielseitige Otto Neurath schnell zurecht, denn seine Bildersprache kannte keine Grenzen. Mit einigen Mitarbeitern war er rechtzeitig nach Den Haag ausgewandert, wo seine Frau Olga an den Folgen einer Krankheit starb. Dort konnte er bei der ‚International Foundation for Visual Education' weiterhin mit Gerd Arntz an der Entwicklung der Wiener Bildstatistik arbeiten. Vor der deutschen Invasion musste Neurath 1940 wieder die Flucht ergreifen, nur wurde er bald nach seiner Ankunft in England als deutscher Staatsbürger interniert. Nach seiner Entlassung übersiedelte er nach Oxford und hielt Vorlesungen über sein jetzt unter dem Namen ISOTYPE immer bekannter werdendes ‚International System of Typographic Picture Education'.

In einer englisch geschriebenen Autobiographie, die leider schon 1945 durch seinen Tod abgebrochen wurde, reflektierte Neurath über seinen Lebensweg. Auf seine fortschrittlichen Publikationen im Exil konnte er stolz sein. Schon 1939 erschien seine durch Isotypes illustrierte Broschüre *Modern Man in the Making* bei Knopf in New York. Zu Ronald Davisons *Social Security: The Story of British Social Progress and the Beveridge Plan* trug er 1943 typische Isotypes bei, und im selben Jahr schuf er für den von Paul Rotha gedrehten Film *World of Plenty* animierte Formen der Bildstatistik.[329]

Ein weiteres Beispiel der Anwendung seiner Methoden auf britische Verhältnisse trägt den Titel *Battle for Health*. Auch dieses von Stephen Taylor verfasste Buch erschien vor dem Ende des Krieges.[330] Schon der Buchtitel *Battle for Health* (Kampf um die Gesundheit) erinnert an die Rhetorik des Roten Wien. Stephen James Lake Taylor war ein britischer Arzt und Sozialreformer, der 1940–1944 im Ministry of Information die Abteilung ‚Home Intelligence and Wartime Social Survey' leitete. Neben Lord Beveridge, Autor des Beveridge Reports, gehört Taylor zu den geistigen Ahnen der wichtigsten aller Reformen, die nach 1945 von Clement Atlees Labour-Regierung durchgeführt wurden: die Gründung des National Health Service.

Taylor hatte enge Kontakte zu den Flüchtlingen, und die Wahl von Neurath als Mitarbeiter unterstreicht die Kontinuität. Reformen im Gesundheitswesen und Wohlfahrtssystem, die an die Innovationen von Julius Tandler und Charlotte Bühler erinnern, sollten nun in England vollzogen werden. Auch hier galt es den Widerstand konservativer Kreise zu überwinden, besonders der British Medical Association. Dazu haben Neuraths Isotypes in *Battle for Health* wesentlich beigetragen, indem sie die traurigen Folgen veralteter Methoden (durch eine graphische Darstellung von ‚Deaths in London' auf Seite 21) mit dem Aufbau eines modernen Systems der sozialen Medizin (auf Seite 105) kontrastierten:

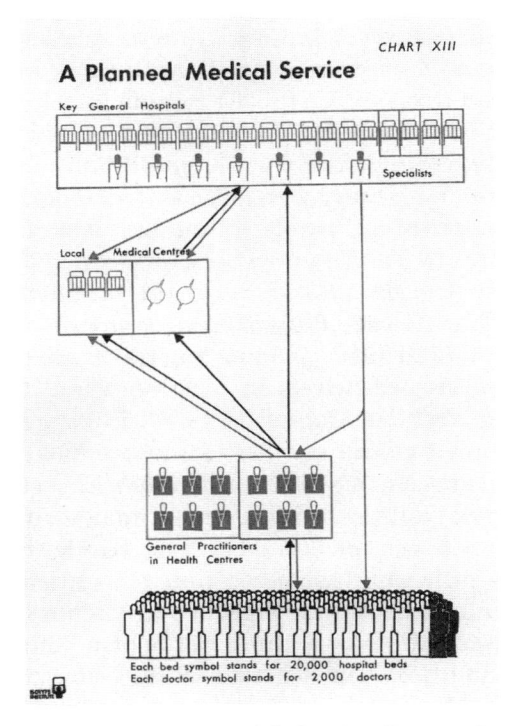

Graphik 26: A Planned Health Service (Isotype Institute)

‚Mit uns zieht die neue Zeit', war in Wien ein beliebter Refrain sozialistischer Jugendlieder gewesen. Nun sollte diese Vision nach dem Sieg über Nazi-Deutschland in England in Erfüllung gehen. Von den verschiedenen Gesundheitsreformen, die durch die Flüchtlingsgeneration von Wien nach London übertragen wurden, steht die Betreuung von Kindern wohl an erster Stelle. Während beim ‚Wartime Social Survey' eine verbesserte Kinderfürsorge vorgeplant wurde, waren Anna Freud und ihre Mitarbeiterinnen am Hampstead Nursery schon dabei, innovative Erziehungsmethoden in die Praxis umzusetzen.

Als Analytikerin und Pädagogin führte Anna Freud eine Art von Doppelleben. Ein Jahr vor der erzwungenen Emigration hatte sie eine neue Richtung eingeschlagen, indem sie eine Kinderkrippe gründete. Wien im Jahre 1937 war kaum der richtige Ort oder Augenblick, um ein innovatives Kinderheim zu gründen. Denn die Sozialdemokraten waren nach dem Aufstand vom Februar 1934 durch die Dollfuß-Regierung zerschlagen worden, und trotz der Bemühungen um die Aufrechterhaltung der österreichischen Unabhängigkeit war der Anschluss an das Deutsche Reich nur noch eine Frage der Zeit. Trotzdem hat Anna Freud sich entschlossen, im Januar 1937 auf dem Rudolfsplatz die so genannte ‚Jackson- Kinderkrippe' zu eröffnen.

Hier zeigte Anna Freud ihre Begabung für geschicktes Netzwerken und Fundraising, insbesondere aus amerikanischen Quellen. Das Startkapital kam von einer amerikanischen Anhängerin der psychoanalytischen Bewegung, Edith Jackson, die Räumlichkeiten wurden von der Montessori-Gesellschaft gepachtet, und das Unternehmen wurde von der Gemeinde Wien genehmigt. Innerhalb von ein paar Wochen wurden zehn kindgerechte Holzbetten erworben, mit großen Rädern, damit sie auf die Terrasse hinausgeschoben werden konnten. Die Kinderkrippe diente verarmten Familien mit kleinen Kindern, bei denen der Vater arbeitslos war und die Mutter tagsüber arbeiten musste.

Das Ziel war, die Entwicklung der Schlaf- und Essgewohnheiten der Kinder zu beobachten und dabei psychologisch die ersten Regungen der Über-Ich-Entwicklung und Triebbeherrschung zu studieren. Theoretisch versuchte Anna Freud ihre eigene Einstellung zur Kinderfürsorge mit den empirischen Methoden zu verbinden, die Charlotte Bühler im Wiener Psychologischen Institut entwickelt hatte. Damit sollte die Rivalität zwischen diesen beiden wichtigsten Wiener Schulen der Kinderpsychologie überwunden werden. Als politische Geste kann die Gründung der Kindergruppe auch verstanden werden, denn die deutschen Truppen standen schon an der österreichischen Grenze, aber die Familie Freud hielt ihrer österreichischen Heimat noch die Treue. Als Sigmund und Martha Freud und ihre Tochter gezwungen wurden, nach England auszuwandern, zog das Kinderkrippenprojekt mit um. Sogar die Kinderbetten aus Wien konnten eingepackt und nach London mitgenommen werden. Daher hatte sie im Herbst 1940 die nötige Einrichtung, um in Hampstead das später weltberühmt gewordene Kriegskinderheim (Hampstead War Nursery) zu eröffnen.[331]

In England führte Anna Freud ihr ‚Doppelleben' fort. Als Theoretikerin und führendes Mitglied der Internationalen Psychoanalytischen Gesellschaft setzte sie sich energisch mit den so genannten ‚controversial discussions' über die Zukunft der Bewegung auseinander, die an erster Stelle von Melanie Klein vorangetrieben wurde. Als Pragmatikerin leitete sie ein Programm der empirischen Beobachtung der Entwicklung von mehr als hundert Kleinkindern im Kinderheim. Ermöglicht wurde dieses anspruchsvolle Programm durch die großzügige Unterstützung, welche das Kinderheim vom amerikanischen ‚Foster Parents Plan for War Children' erhielt. Unter ihren engagierten Mitarbeiterinnen und Mitarbeitern spielte eine weitere Emigrantin aus Wien, Ilse Hellman, die von Charlotte Bühler als Kinderpsychologin ausgebildet worden war, eine führende Rolle. Im Jahre 1941 erhielt sie ganz unerwartet von Anna Freud die Einladung, die Hampstead Nursery zu besuchen, die in Netherhall Gardens, wieder mit Finanzierung aus den Vereinigten Staaten, weiter ausgebaut wurde.

In einem Interview hat Hellman später jene erste unvergessliche Begegnung mit Anna Freud beschrieben:

Ich werde es nie vergessen, dass bei meiner Ankunft die Kinder gerade beim Mittagessen waren, und die eineinhalb bis zweijährigen Kinder alles mit ihren Händen aßen. Sie saßen in einer ungezwungenen Gruppe um einen großen Tisch und durften sich die Speisen frei aussuchen, die sie essen wollten. Als man mich später um meinen Eindruck bat, sagte ich nicht ohne Ironie: ‚Sie aßen Spinat mit den Händen, was verwunderlich aussah, aber emotional hat das wahrscheinlich zu ihrem Wohlergehen beigetragen!' Damals leuchtete mir das nicht ein.[332]

Zu jener Zeit hatte Hellman kaum eine Ahnung von Psychoanalyse, aber sie hatte von ihren Erfahrungen in Wien her gute Kenntnisse im Umgang mit emotional gestörten Kindern. Daher war sie genau die richtige Person für die Hampstead Nursery. Nachdem Anna Freud sie dabei beobachtet hatte, wie sie auf dem Fußboden saß und mit den Kindern spielte, bot sie ihr spontan eine Anstellung an.

Nachdem sie sich eingearbeitet hatte, begriff Hellman, dass es möglich war, zwischen den Methoden der Freudianer und Bühlerianer im Bereich der Kinderentwicklung eine gemeinsame Grundlage zu finden. Die Kinder in der Hampstead Nursery kamen fast alle aus zerrütteten Familien und brauchten tatkräftige Unterstützung. Vier Jahre lang hat Hellman als ‚Ersatzmutter' für eine Gruppe dieser besonders bedürftigen Kinder gearbeitet. Bald erkannte sie den Wert von Anna Freuds lockeren Erziehungsmethoden und ihrem Nachdruck auf das Konzept der ‚emotionalen Bindung' als Schlüssel zur psycho-sozialen Entwicklung des Kindes.

Das Heim musste unter den allerschwierigsten Bedingungen geführt werden, denn London wurde von der Luftwaffe bombardiert und es mangelte an Nahrungsmitteln. Hellman erinnert sich an den Fall eines besonders schwierigen Jungen namens Kenneth, der ständig die Spiele anderer Kinder störte und die von ihnen erbauten Spielzeughäuser umwarf. Als in Hampstead die bekannte Marie Curie Klinik durch Bomben zerstört wurde, ging sie mit den Kindern am Tag danach während eines Nachmittagsspaziergangs an den Trümmern vorbei. Vom Gebäude waren nur noch Steine und Glasscherben übrig und der Bub nahm ihre Hand und sagte: ‚Ich war es nicht!' (‚Me not done it!').[333]

Viele Jahre lang wurde Anna Freuds Werk mit dem Nachdruck auf Ich-Psychologie weniger beachtet als die theoretisch gewagteren Einsichten von Melanie Klein. Daher verdienen die Erkenntnisse, die aus der Arbeit der Hampstead Nursery hervorgingen, besonders betont zu werden. Mit der Hilfe von Kolleginnen wie Hellman wurde in der Kinderpsychologie eine neue Synthese entwickelt. Erst wenn wir die Jahresberichte der Hampstead Nursery studieren, erkennen wir, dass die rivalisierenden Methoden Charlotte Bühlers, Melanie Kleins und Anna Freuds keineswegs unvereinbar waren. In der Hampstead Nursery gelang es, einen schöpferischen Raum zu schaffen, wo diese Traditionen zusammengeführt wurden – dank dem Engagement von Anna Freud und anderen Flüchtlingen, die von den Nationalsozialisten vertrieben wurden.[334]

Epilog

Schließlich berührte die Flüchtlingswelle auch das Familienleben eines anglikanischen Pfarrers namens John Timms, der für das Seelenheil einer ländlichen Gemeinde unweit von London sorgte und zusammen mit seiner Frau Joan drei kleine Kinder aufzog. Eine von der britischen Regierung sanktionierte Rettungsaktion erlaubte rund 20.000 deutschsprachigen Frauen, die von den Nazis aus ‚rassischen Gründen' verfolgt wurden, nach England zu fliehen unter der Bedingung, dass sie als Dienstmädchen in britischen Haushalten arbeiteten.[335] Für meine Eltern, John und Joan Timms, kam diese Entwicklung gerade recht. Ende 1938 boten sie eine neue Heimat für einen Flüchtling namens Hilde, und diese junge Frau wohnte zwei Jahre lang als Kindermädchen bei uns im Pfarrhaus.

Zur Zeit von Hildes Ankunft war ich achtzehn Monate alt, und ein Foto aus dem Frühjahr 1939 zeigt eine typische Familienszene im Garten nach starkem Schneefall. Im Vordergrund stehen meine beiden Geschwister, im Hintergrund hält mich Hilde schützend in den Armen, während wir einen gigantischen Schneemann bewundern, der wohl von Vater gebaut wurde.[336] Abends war es neben meiner Mutter oft Hilde, die mich zu Bett brachte. Zwei Sprachen wurden mir in die Wiege gelegt, denn die Kinderlieder, die Hilde gesungen hat, waren natürlich die Lieder ihrer Heimat: ‚Hänschen klein', ‚Ach, du lieber Augustin', ‚Schlaf, Kindlein, schlaf' ... Irre ich mich, oder habe ich die Resonanz ihrer Stimme noch im Ohr, während ich diese Zeilen schreibe?

Brighton im Herbst 2012   *Edward Timms*

Abb. 1: Der Eucharistische Kongress

Abb. 2: Goldman & Salatsch am Michaelerplatz

Abb. 3: Behandlungszimmer in der Berggasse

Abb. 4: Rosa Mayreder beim Schachspiel

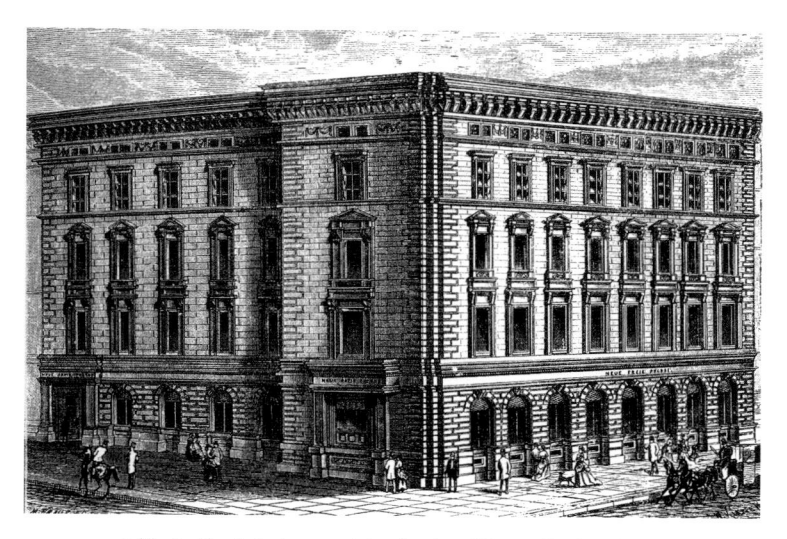

Abb. 5: Redaktionsgebäude der *Neuen Freien Presse*

Abb. 6: Herzl an Bord der Imperator Nikolaus II.

Abb. 7: Café Griensteidl, Leseraum

Abb. 8: Die Zedlitzhalle um 1902

Abb. 9: Pavillon der Secession

Abb. 10: Gustav Klimt, *Die Feindlichen Gewalten*

Abb. 11: Cabaret Fledermaus, Zuschauerraum
(zeitgenössische Ansichtskarte)

Abb. 12: Grete, Bertha und Elsa Wiesenthal

Abb. 13: Eingangspavillon der Kunstschau

Abb. 14: Peter Altenberg und Helga Malmberg

Abb. 15: Gustav Klimt, *Porträt von Adele Bloch-Bauer*

Abb. 16: Broncia Koller, *Sitzende*

Abb. 17: Josef Engelhart,
Wiener Wäschermädl

Abb. 18: Egon Schiele,
*Sitzender Mädchenakt, die Arme
aufs rechte Knie gestellt*

Abb. 19: Festsaal der Schwarzwald-Schule

Abb. 20: Fast Ausgelernt: Schülerinnen in einer Revue
von Peter Hammerschlag

Abb. 21: Gleiche körperliche Rechte für Mann und Frau

Abb. 22: Gruppe von Psychoanalytikern um Wilhelm Reich

Abb. 23: Das Vorwärts-Gebäude

Abb. 24: Arbeiterbücherei

Abb. 25: Gemischte Filmgesellschaft: Hans Jaray, Martha Eggerth, Willi Forst und Walter Reisch

Abb. 26: Haupteingang zum Konzerthaus

Abb. 27: Mathematisches Seminar

Abb. 28: Café Josephinum

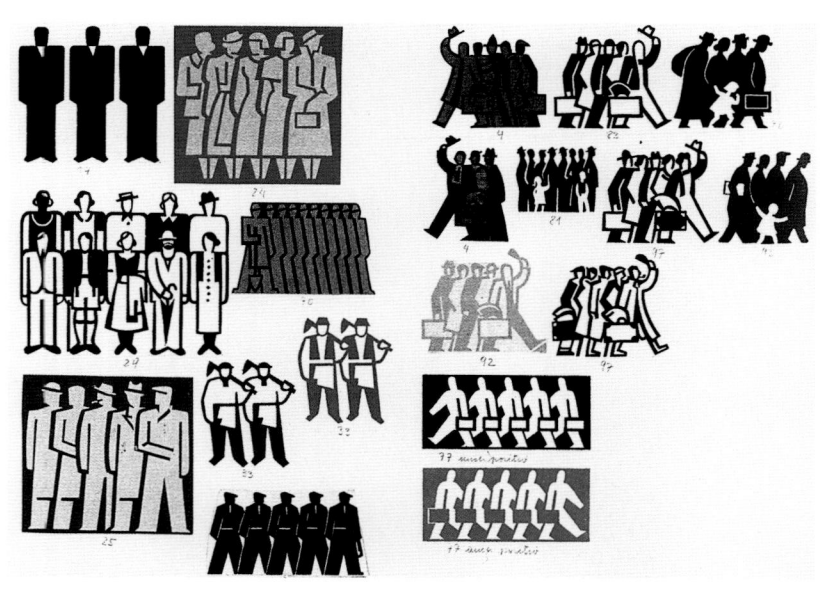

Abb. 29: Otto Neurath/Gerd Arntz, Modelle für Bildstatistik

Abb. 30: Die Krawalle im Anatomischen Institut

Abb. 31: Sparer vor dem Eingang der Zentralsparkasse der Gemeinde Wien

Abb. 32: Anstellen für die Vertreibung

Danksagung

Dieses Buch ging von einem Vortrag aus, den ich im Rahmen der Wiener Vorlesungen am 30. November 2011 im Wiener Rathaus gehalten habe. Ich danke Hubert Christian Ehalt ganz besonders für die Einladung und dafür, dass er mich zur Publikation ermuntert hat. Dankbar bin ich auch meinem Freund Seyran Uz, der mich damals nach Wien begleitete – ein treuer Weggefährte, dessen Begeisterung für Kaffeehäuser in meinem Text deutliche Spuren hinterlassen hat.

Für die Erlaubnis, aus dem Typoskript der Tagebücher Erica Tietze-Conrats zu zitieren, möchte ich Süheyla Tietze und Alexandra Caruso besonders herzlich danken.

Was das Thema – Kreisbildung betrifft, so hat mir Friedrich Stadler durch seine Forschungen über den Philosophenzirkel, der weltweit als Der Wiener Kreis bekannt ist, wesentlich weitergeholfen. Da es mir auch darum ging, die Tätigkeit von Frauen in der Wiener Moderne hervorzuheben, bin ich Deborah Holmes ganz besonders zu Dank verpflichtet. Aus ihren Forschungsergebnissen rund um das Leben und Wirken der Reformpädagogin Eugenie (Genia) Schwarzwald gewann ich wertvolle Einsichten.

Bei der Ausgestaltung der Abbildungen und der Graphik im Text ist mir Dr. Julia Winckler, Senior Lecturer in Photography at Brighton University, mit Rat und Tat beigestanden. Wertvolle Hinweise und Verbesserungsvorschläge verdanke ich auch Jared Armstrong, Emil Brix, Alexandra Caruso, Raymond Coffer, Jon Hughes, Phillip Marriott, Diane Silverthorne und Lisa Silverman. Meiner Frau Saime, mit der ich so vieles durchdiskutiert habe, danke ich ganz besonders für tatkräftige Unterstützung und geduldiges Zuhören.

In der Schlussphase des Schreibprozesses hat mir mit technischem Geschick und wunderbarer Einfühlung die freischaffende Journalistin und Übersetzerin Jennifer Bligh geholfen, gesundheitlich bedingte Hindernisse und Hemmungen zu überwinden. Als auch mein Computer von Viren bedroht wurde, sprang Richard Kerry ein, um die Katastrophe eines kompletten Textverlustes abzuwenden.

Anmerkungen

1. Ernst Gombrich, ‚The Visual Arts in Vienna circa 1900' in *Occasions 1*, edited with a preface by Emil Brix, London: Austrian Cultural Institute, 1996, S. 22-25.
2. *Birth of the Modern: Style and Identity in Vienna 1900*, hrsg. Christian Witt-Döring und Jill Lloyd, mit einem Vorwort von Ronald S. Lauder, New York: Neue Galerie, 2011 (288 Seiten).
3. Jacques Le Rider, *Das Ende der Illusion: Die Wiener Moderne und die Krise der Identität*, aus dem Französischem übersetzt von Robert Fleck, Wien: Österreichischer Bundesverlag, 1990, S. 21.
4. Hinweise auf *Die Fackel* werden durch die Abkürzung F, gefolgt von Heftnummer und Seitenzahl, belegt.
5. Alma Mahler-Werfel, *Tagebuch-Suiten 1898–1902*, hrsg. Antony Beaumont und Susanne Rode-Breymann, Frankfurt/M: Fischer Taschenbuch Verlag, 2002, S. 48.
6. Max Burckhard, ‚Modern' in *Die Zeit: Wiener Wochenschrift für Politik, Volkswirtschaft, Wissenschaft und Kunst*, Bd. 20, Nr. 185 (16.9.1899), S. 185-186; zitiert nach *Die Wiener Moderne: Literatur, Kunst und Musik zwischen 1890 und 1910*, hrsg. Gotthart Wunberg unter Mitwirkung von Johannes J. Braakenburg, Stuttgart: Reclam, 1982, S. 275-276.
7. Stefan Zweig, *Die Welt von Gestern: Erinnerungen eines Europäers*, Frankfurt/M: Fischer Bücherei, 1970, S. 28.
8. Siehe Edward Timms, *Karl Kraus – Apocalyptic Satirist: Culture and Catastrophe in Habsburg Vienna*, New Haven and London: Yale University Press, 1986, S. 8.
9. Helga Malmberg, *Widerhall des Herzens: Ein Peter Altenberg-Buch*, München: Langen Müller, 1961, S. 65-76 (hier S. 75).
10. Vgl. Bachs Brief aus dem Jahre 1905 an Viktor Adler, zitiert in Henriette Kotlan Werner, *Kunst und Volk: David Josef Bach 1874–1947*, Wien: Europa Verlag, 1977, S. 21-22.
11. Christian H. Stifter, *Geistige Stadterweiterung: Eine kurze Geschichte der Wiener Volkshochschulen, 1887–2005*, Weitra: Bibliothek der Provinz, S. 43-49; Zitat aus Dannebergs Artikel auf S. 47.
12. Vgl. *Jüdisches Wien/Jewish Vienna*, Redaktion Julia Kaldori mit einem Vorwort von Robert Schindel, Wien: Mandelbaum, 2001, S. 120-147.
13. Siehe Werner Hanak, ‚quasi una fantasia: Zur Dramaturgie einer Ausstellung' in *quasi una fantasia: Juden und die Musikstadt Wien*, hrsg. Leon Botstein und Werner Hanak, Wien: Wolke Verlag, 2003, S. 23.
14. Siehe John W. Boyer, *Karl Lueger (1844–1910) – Christlichsoziale Politik als Beruf: Eine Biographie*, aus dem Englischen übersetzt von Otmar Binder, Wien: Böhlau, 2010, S. 181-190.
15. Siehe Ilona Sarmany-Parsons, ‚Religious Art and Modernity in the Austro-Hungarian Empire around 1905' in *Catholicism and Austrian Culture* (Austrian Studies 10), hrsg. Ritchie Robertson und Judith Beniston, Edinburgh University Press, 1999, S. 79-100 (hier S. 84-89).
16. Boyer, *Karl Lueger*, S. 209.
17. Friedrich Funder, *Vom Gestern ins Heute: Von dem Kaiserreich in die Republik*, Wien: Herold, 1971, S. 269.
18. Adolf Hitler, *Mein Kampf*, München: Zentralverlag der NSDAP, 1939, S. 18 und 83.

19 Hitler, *Mein Kampf*, S. 55-59 und 64-66.
20 Adolf Loos, ‚Die potemkinsche Stadt' (1898), nachgedruckt in Loos, *Sämtliche Schriften in zwei Bänden*, Wien: Herold, 1962, Bd. 1, S. 153-156 (hier S. 155).
21 Loos, ‚Ornament und Verbrechen' (1908) in *Sämtliche Schriften*, S. 276-288 (hier S. 286).
22 Siehe Hermann Czech und Wolfgang Mistelbauer, *Das Looshaus*, Wien: Löcker, 1984, S. 42-43.
23 Carl E. Schorske, *Wien: Geist und Gesellschaft im Fin de siècle*, Frankfurt/M: S. Fischer, 1982, S. 8.
24 Emil Brix, ‚Wesen und Gestalt kreativer Milieus' in *Woher kommt das Neue? Kreativität in Wissenschaft und Kunst*, hrsg. Christian Smekal, Walter Berka und Emil Brix, Wien: Böhlau, 2003, S. 104-110.
25 Siehe *Sigmund Freud Museum, Wien IX, Berggasse 19: Katalog*, hrsg. Harald Leopold-Löwenthal, Hans Lobner und Inge Scholz-Strasser, Wien: Christian Brandstätter, 1994, S. 17.
26 Sigmund Freud und Josef Breuer, *Studien über Hysterie*, Frankfurt/M: Fischer Taschenbuchverlag, 1975, S. 185-186.
27 Herman Nunberg und Ernst Federn (Hrsg.), *Protokolle der Wiener Psychoanalytischen Vereinigung*, 4 Bände, Frankfurt: S. Fischer, 1976; zitiert als *Protokolle* gefolgt von Datum und Seitenzahl).
28 Elke Mühlleitner, *Biographisches Lexikon der Psychoanalyse*, Tübingen: Edition Diskord, 1992, S. 379.
29 Lou Andreas-Salomé, *In der Schule bei Freud: Tagebuch eines Jahres (1912/1913)*, Frankfurt/M: Ullstein, S. 78.
30 Aufgelistet werden Stekels Zeitungsbeiträge in Francis Clark-Lowes, *Freud's Apostle: Wilhelm Stekel and the Early History of Psychoanalysis*, AuthorsOnline, 2011, S. 305-353.
31 Mühlleitner, *Biographisches Lexikon der Psychoanalyse*, S. 379-380.
32 Waltraud Heindl, ‚Die Studentinnen der Universität Wien: Zur Entwicklung des Frauenstudiums (ab 1897)' in ‚*Das Weib existiert nicht für sich': Geschlechterbeziehungen in der bürgerlichen Gesellschaft*, hrsg. von Heide Dienst und Edith Saurer, Wien: Verlag für Gesellschaftskritik, 1990, S. 174-188.
33 *Protokolle 1908–1910*, S. 461.
34 Sigmund Freud an Sabina Spielrein, 24. Juni 1909, abgedruckt in Sabina Spielrein, *Tagebuch und Briefe: Die Frau zwischen Freud und Jung*, hrsg. von Traute Hensch, Giessen: Psychosozial Verlag, 2003, S. 111.
35 Spielrein, *Tagebuch und Briefe*, S. 53 und 94.
36 *Protokolle 1910–1911*, S. 314.
37 Siehe vor allem Spielreins Brief vom 20. Dezember 1917 an Carl Jung, abgedruckt in Spielrein, *Tagebuch und Briefe*, S. 149-155.
38 Rosa Mayreder, *Tagebücher 1873–1937*, herausgegeben und eingeleitet von Harriet Anderson, Frankfurt/M: Insel Verlag, 1988, S. 44.
39 Vgl. ‚Portrait photograph of Rosa Mayreder in a reform dress', abgebildet in Harriet Anderson, *Utopian Feminism: Women's Movements in fin-de-siècle Vienna*, New Haven und London: Yale, 1992, S. 17.
40 Rosa Mayreder, *Zur Kritik der Weiblichkeit*, erweiterter Neudruck, Hamburg: Verlag Tredition, o. J., S. 86-87.

41 Grete Meisel-Hess, ‚Zur Frauenclub-Eröffnung' in *Dokumente der* Frauen, Bd. 4, Nr. 17, S. 541-544.
42 ‚Der Wiener Frauen Club (Sein erster Abend)', Bericht in der *Neuen Wiener Tageszeitung* vom 15. November 1900, zitiert nach Burkhardt Rukschcio und Roland Schachel, *Adolf Loos: Leben und Werk*, Salzburg und Wien: Residenz Verlag, 1982, S. 71-72.
43 Mayreder, *Tagebücher*, S. 83.
44 Carl Brockhausen, ‚Wie Rosa Mayreder mich dreimal schlug' in *Aufbruch in das Jahrhundert der Frau: Rosa Mayreder und der Feminismus in Wien um 1900*, hrsg. Reingard Witzmann, Eigenverlag der Museen der Stadt Wien, 1989, S. 9.
45 Mayreder, *Tagebücher*, S. 70-77.
46 Weiteres über die Beteiligung von Männern an der österreichischen Frauenbewegung in Harriet Anderson, *Utopian Feminism: Women's Movements in fin-de-siècle Vienna*, New Haven und London: Yale, 1992, S. 18-21.
47 Silvia Svoboda, ‚Die Dokumente der Frauen' in *Aufbruch in das Jahrhundert der Frau*, S. 53-59 (hier S. 54).
48 Vgl. Boyer, *Karl Lueger*, S. 170-171.
49 Deborah Holmes, *Langeweile ist Gift. Das Leben der Eugenie Schwarzwald*, Salzburg: Residenz Verlag 2012, S. 96 und 103.
50 *Dokumente der Frauen*, Bd. 3, Nr. 8 (Juli 1900), S. 258-264.
51 Adelheid Popp, *Die Jugendgeschichte einer Arbeiterin, von ihr selbst erzählt*. Mit einführenden Worten von August Bebel [Austrian literature online: Reprint der Originalausgabe von 1909], S. 81.
52 *Dokumente der Frauen*, Bd. 2, Nr. 21, S. 572 und 579.
53 *Dokumente der Frauen*, Bd. 2, Nr. 21, S. 580.
54 Mayreder, *Tagebücher*, S. 159.
55 Mayreder, *Tagebücher*, S. 84 und 92.
56 Mayreder, *Tagebücher*, S. 90.
57 Mayreder, *Tagebücher*, S. 97-98.
58 Mayreder, *Tagebücher*, S. 99-100.
59 Mayreder, *Zur Kritik der Weiblichkeit*, S. 151.
60 Mayreder, *Tagebücher*, S. 112-115.
61 Grete Meisel-Hess, *Die sexuelle Krise: Eine sozialpsychologische Untersuchung*, Jena: Eugen Diedrichs, 1909, S. 317-318.
62 Mayreder, *Tagebücher*, S. 132
63 Mayreder, *Tagebücher*, S. 160-161.
64 Mayreder, *Tagebücher*, S. 146-147.
65 Mayreder, *Tagebücher*, S. 156-157 und 163-164.
66 Mayreder, *Tagebücher*, S. 160.
67 Mayreder, *Zur Kritik der Weiblichkeit*, S. 52-57.
68 Siehe die Statistik in Michael John und Albert Lichtblau, *Schmelztiegel Wien einst und jetzt: Zur Geschichte und Gegenwart von Zuwanderung und Minderheiten*, Wien: Böhlau, 1993, S. 12-15 und 36.
69 Robert E. Park, ‚Human Migration and the Marginal Man' in *American Journal of Sociology*, 33, Nr. 6 (Mai 1928), S. 881-893.

70 Edward Timms, ‚The Literary Editor of the *Neue Freie Presse*' in *Theodor Herzl: Visionary of the Jewish State*, hrsg. Gideon Shimoni und Robert Wistrich, Jerusalem: Magnes Press, 1999, S. 52-67.
71 Oskar Kokoschka, *Erinnerungen*, München: Piper, 1971, S. 72f.
72 Siehe Robert Wistrich, *The Jews of Vienna in the Age of Franz Joseph*, Oxford University Press, 1986, S. 372-375 und 445-450.
73 Zitiert in Julius H. Schoeps, *Theodor Herzl 1860–1904*, Wien: Melzer Verlag, 1995, S. 56.
74 Siehe John C. G. Röhl, ‚Herzl and Kaiser Wilhelm II: A German Protectorate in Palestine?' in *Theodor Herzl and the Origins of Zionism*, hrsg. Ritchie Robertson und Edward Timms, Edinburgh University Press, 1997, S. 27-38.
75 Theodor Herzl, *Altneuland: Ein utopischer Roman*, Norderstedt: Books on Demand GmbH, 2004, S. 117.
76 Dietrich Heither, Michael Gehler, Alexandra Kurth und Gerhard Schäfer, *Blut und Paukboden: Eine Geschichte der Burschenschaften*, Frankfurt/M: Fischer Taschenbuch Verlag, 1997, S. 351.
77 Jürgen Habermas, *Strukturwandel der Öffentlichkeit: Untersuchungen zu einer Kategorie der bürgerlichen Gesellschaft*, Neuwied: Luchterhand, 1971, S. 48-49 und 59.
78 Karl Kraus, *Die demolierte Literatur*, 3. Auflage, Wien: Verlag A. Bauer, 1899, S. 3-4.
79 Anonym, ‚Ein altes Wiener Kaffeehaus', *Fremden-Blatt*, 23. Jänner 1897, S. 13-14; zitiert in Gilbert J. Carr, ‚Austrian Literature and the Coffee-House before 1890' in *From ‚Ausgleich' to ‚Jahrhundertwende': Literature and Culture, 1867 – 1890*, hrsg. Judith Beniston und Deborah Holmes (Austrian Studies, 16; Leeds: Maney Publishing, 2008), S. 156.
80 Siehe Gilbert J. Carr, ‚Austrian Literature and the Coffee-House before 1890', S. 164-167.
81 Boyer, *Karl Lueger*, S. 115.
82 Siehe Hans Veigl, *Wiener Kaffeehausführer*, Wien: Kremayr & Scheriau, 1989, S. 74-76.
83 Für eine ausführliche Beschreibung des Innenraums, siehe Rukschcio und Schachel, *Adolf Loos*, S. 418-420.
84 Carl Moll, Mein Leben (Typoskript), S. 178a und 178b.
85 Kokoschka, *Mein Leben*, Wien: Metro Verlag 2007, S. 81-82.
86 Peter Altenberg, *Vita ipsa*, achte bis zehnte Auflage, Berlin: S. Fischer, 1919, S. 60.
87 Zitiert nach Peter Altenberg, *Leben und Werk in Texten und Briefen*, hrsg. Hans Christian Kosler, München: Matthes & Seitz, 1981, S. 118.
88 Altenberg, *Vita ipsa*, S. 166.
89 Zitiert in Andrew Barker und Leo A. Lensing, *Peter Altenberg: Rezept die Welt zu sehen,* Wien: Braumüller, 1995, S. 73.
90 Kurt Wolff, *Autoren/Bücher/Abenteuer: Betrachtungen und Erinnerungen eines Verlegers*, Berlin: Verlag Klaus Wagenbach, o. J., S. 98.
91 ‚Erinnerungen von Dr. Adolf Seitz' (unveröffentlichtes Typoskript), S. 266-267.
92 Michael Schulte, *Berta Zuckerkandl: Saloniere, Journalistin, Geheimdiplomatin*, Zürich: Atrium, 2006, S. 12.
93 Mahler-Werfel, *Tagebuch-Suiten*, S. 723.
94 Zweig, *Die Welt von Gestern*, S. 69.

95   Zitiert nach Veigl, *Wiener Kaffeehausführer*, S. 79.
96   Siehe Lisa Fischer, *Lina Loos oder wenn die Muse sich selbst küsst,* Wien: Böhlau, 1994, S. 59-61 und 75-99.
97   Erica Tietze-Conrat, *Tagebücher*, Eintrag vom 15. August 1923, zitiert aus dem von Alexandra Caruso für die Publikation vorbereiteten Typoskript.
98   Peter Gay, *Freud, Juden und andere Deutsche*, Hamburg: Hoffmann und Campe, 1986, S. 53.
99   Das Original, durch zahllose Farbdrucke populär gemacht, wurde 1945 im Laufe von Hitlers ‚Verbrannte Erde'- Politik zerstört.
100 Mahler-Werfel, *Tagebuch-Suiten*, S. 95.
101 Vgl. den Abschnitt ‚Klimt the Seducer' in Anne-Marie O'Connor, *The Lady in Gold: The Extraordinary Tale of Gustav Klimt's Masterpiece, Portrait of Adele Bloch-Bauer*, New York: Knopf, 2012, S. 26-30.
102 Malmberg, *Widerhall des Herzens*, S. 202.
103 Stefan Zweig, *Die Welt von Gestern*, S. 69.
104 Oskar Kokoschka, *Briefe I: 1905–1919*, hrsg. Olda Kokoschka und Heinz Spielmann, Düsseldorf: Claassen, 1984, S. 109.
105 Fischer, *Lina Loos*, S. 62-63.
106 Zitiert in Rukschcio und Schachel, *Adolf Loos*, S. 105.
107 Raymond Coffer, ‚Richard Gerstl and Arnold Schönberg: A Reassessment of their Relationship (1906–1908)', University of London doctoral dissertation, 2011.
108 Siehe *Geheimsache: Leben – Schwule und Lesben im Wien des 20. Jahrhunderts*, Katalog einer Ausstellung in der Wiener Neustifthalle, Wien: Löcker Verlag, 2005, S. 97.
109 Siehe Jens Rieckmann, ‚Knowing the Other: Leopold von Andrian's *Der Garten der Erkenntnis* and the Homoerotic Discourse of the Fin der Siècle' in *Gender and Politics in Austrian Fiction*, hrsg. Ritchie Robertson und Edward Timms (Austrian Studies 7, Edinburgh University Press, 1996), S. 61-78.
110 Siehe Peter Singer, *Pushing Time Away: My Grandfather and the Tragedy of Jewish Vienna,* London: Granta Books, 2003, Part II: David and Amalie.
111 Otto Weininger, *Geschlecht und Charakter*, 3. Auflage, Wien: Braumüller, 1904, S. 13, 31 und 33.
112 Dokumentiert in Edward Timms (hrsg), *Freud und das Kindweib: Die Memoiren von Fritz Wittels*, aus dem Englischen übersetzt von Marie-Therese Pitner, Wien: Böhlau, 1996, S. 75-96 und 198-200.
113 Siehe Reinhard Merkel, *Strafrecht und Satire im Werk von Karl Kraus,* Baden-Baden: Nomos, 1994, S. 252-256.
114 Lou Andreas-Salomé, *Lebensrückblick*, aus dem Nachlass herausgegeben von Ernst Pfeiffer, Frankfurt/M: Insel Taschenbuch, 1974, S. 106.
115 Malmberg, *Widerhall des Herzens*, S. 27.
116 G. Tobias Natter, ‚Der Hagenbund – Zur Stellung einer Wiener Künstlervereinigung' in *Die verlorene Moderne: Der Künstlerbund Hagen 1900–1938*, Katalog einer Ausstellung der Österreichischen Galerie im Schloss Halbturn, Burgenland, 1993, S. 9-15 (Lueger-Zitat S. 14).
117 Oskar Pausch, *Gründung und Baugeschichte der Wiener Secession mit Erstedition des Protokollbuchs von Alfred Roller*, Wien: Österr. Kunst- und Kulturverlag, 2006, S. 98. Diesen Hinweis verdanke ich der englischen Kunsthistorikerin Diane Silverthorne.

118 Josef Engelhart, *Ein Wiener Maler erzählt: Mein Leben und meine Modelle*, Wien: Wilhelm Andermann, 1943, S. 205.
119 Hermann Bahr, ‚Meister Olbrich: Über das neue Gebäude der Secession'; zitiert nach *Die Wiener Moderne*, hrsg. Gotthart Wunberg, S. 510-512.
120 Ludwig Hevesi, ‚Zwei Jahre Secession' (1899); zitiert nach *Finale und Auftakt: Wien 1898-1914 – Literatur – Bildende Kunst – Musik*, hrsg. Otto Breicha und Gerhard Fritsch, Salzburg: Otto Müller, 1964, S. 193-194.
121 Zitiert bei Marian Bisanz-Prakken, ‚Der Beethovenfries von Gustav Klimt in der XIV. Ausstellung der Secession (1902)' in *Traum und Wirklichkeit Wien 1870–1930*, Katalog einer Sonderausstellung des Historischen Museums der Stadt Wien, 1985, S. 528-543 (hier S. 528 und 560).
122 http://www.bda.at/text/136/908/10569/Suchen-Sie-sich-einen-reichen-Mann-Oskar-Kokoschka-und-das-Mödchen-Li. Besucht am: 3. Februar 2012.
123 Peter Vergo, *Art in Vienna 1898–1918: Klimt Kokoschka Schiele and their Contemporaries*, London: Phaidon, 1981, S. 132-134.
124 Zitiert bei Elisabeth Schmuttermeier, ‚Die Wiener Werkstätte' in *Traum und Wirklichkeit*, S. 336-340 (hier S. 338).
125 Malmberg, *Widerhall des Herzens*, S. 40.
126 Gabriele Fahr-Becker, *Wiener Werkstätte*, Köln: Taschen Verlag, 2003, S. 55-56.
127 Malmberg, *Widerhall des Herzens*, S, 77-78.
128 Grete Wiesenthal, *Der Aufstieg: Aus dem Leben einer Tänzerin*, Hamburg: Ernst Rowohlt, 1919, S. 68.
129 Malmberg, *Widerhall des Herzens*, S. 82-85.
130 Abgebildet in Andrea Amort, ‚Free Dance in Interwar Vienna' in *Interwar Vienna: Culture between Tradition and Modernity*, hrsg. Deborah Holmes und Lisa Silverman, Rochester, NY: Camden House, 2009, S. 122.
131 Lisa Fischer, *Lina Loos*, S. 110-113.
132 Maria Josefa Schaffgotsch, ‚Aus der Ekstase geboren', Wiener Staatsoper Programm ‚Wiesenthal-Tänze', 25. Oktober 1984, zitiert in Amort, ‚Free Dance in Interwar Vienna', S. 123.
133 Malmberg, *Widerhall des Herzens*, S. 79.
134 Malmberg, *Widerhall des Herzens*, S. 88.
135 Malmberg, *Widerhall des Herzens*, S. 80-81.
136 Malmberg, *Widerhall des Herzens*, S. 53.
137 Fahr-Becker, *Wiener Werkstätte*, S. 54 und 60.
138 Siehe den Hinweis auf Lilith Lang, Grete Wiesenthal und das Cabaret Fledermaus in Kokoschkas vermutlich Ende 1907 datiertem Brief an Erwin Lang in Oskar Kokoschka, *Briefe 1905–1919*, S. 6-7.
139 Engelhart, *Ein Wiener Maler erzählt*, S. 100.
140 Engelhart, *Ein Wiener Maler erzählt*, S. 123-124.
141 Siehe Sarmany-Parsons, ‚Religious Art and Modernity in the Austro-Hungarian Empire around 1905' in *Catholicism and Austrian Culture*, S. 79-100 (hier S. 89-92).
142 Siehe *Traum und Wirklichkeit*, S. 534-535.
143 Malmberg, *Widerhall des Herzens*, S. 129-130.
144 Richard Hamann und Jost Hermand, *Stilkunst um 1900*, München: Nymphenburger Verlagsbuchhandlung, 1973, S. 326 und 348-350.

145 Hans Bisanz, ‚Wiener Stilkunst um 1900: Idee und Bildsprache' in *Wiener Stilkunst um* 1900, Katalog des Museums der Stadt Wien, 1979, S. 7-17 (hier S. 7).
146 Frank Whitford, *Klimt*, London: Thames and Hudson, 1990, S. 169-173.
147 Zitiert in Frank Whitford, *Oskar Kokoschka – A Life*, London: Weidenfeld and Nicolson, 1986, S. 28.
148 Oskar Kokoschka, *Mein Leben*, S. 74.
149 Engelhart, *Ein Wiener Maler erzählt*, S. 124-125.
150 Aufgelistet (auf S. 326-327) und abgebildet werden diese Werke in Engelhart, *Ein Wiener Maler erzählt*.
151 Siehe die illustrierte Broschüre *Der Huldigungs-Festzug: Eine Schilderung und Erklärung seiner Gruppen*, hrsg. Rudolf Junk und Emil Schiller in Gemeinschaft mit den Künstlern, Wien: Christoph Reissers Söhne, 1908.
152 Frank Whitford, *Egon Schiele*, London: Thames and Hudson, 1981, S. 115-116 und 122; vgl. Natter, ‚Der Hagenbund', S. 16-18.
153 Siehe Henry A. Lea, *Gustav Mahler: Man on the Margin*, Bonn: Bouvier, 1985, S. 32-33.
154 *Das Orchester* (1921–1923), Tempera und Öl auf Leinwand, 298 x 432 cm, abgebildet in *MOPP: Max Oppenheimer 1885–1954*, Katalog des Jüdischen Museums der Stadt Wien, 1994, S. 142-143.
155 Zitiert nach Oliver Hilmes, *Witwe im Wahn: Das Leben der Alma Mahler-Werfel*, München: btb, 2005, S. 47.
156 Zitiert nach Hilmes, *Witwe im Wahn*, S. 69.
157 Fischer, *Lina Loos*, S. 164.
158 Zitiert nach Hilmes, *Witwe im Wahn*, S. 73.
159 Zitiert nach Hilmes, *Witwe im Wahn*, S. 104.
160 Siehe Hilmes, *Witwe im Wahn*, S. 109-110.
161 Alma Mahler, Tagebuch, 27. Juli 1920, zitiert nach Hilmes, *Witwe im Wahn*, S. 107.
162 Zitiert in Natter, ‚Der Hagenbund', S. 15-16.
163 Zitiert nach Hilmes, *Witwe im Wahn*, S. 132.
164 Kokoschka, *Briefe 1905–1919*, S. 52.
165 Kokoschka, *Briefe 1905–1919*, S. 69.
166 Kokoschka, *Briefe 1905–1919*, S. 110.
167 Kokoschka, *Briefe 1905–1919*, S. 111.
168 Kokoschka, *Briefe 1905–1919*, S. 59.
169 Kokoschka, *Briefe 1905–1919*, S. 76.
170 Kokoschka, *Briefe 1905–1919*, S. 112.
171 Heinz Spielmann, *Kokoschkas Fächer für Alma Mahler,* Dortmund: Harenberg, 1988, S. 23.
172 Kokoschka, *Briefe 1905–1919*, S. 102.
173 Kokoschka, *Briefe 1905–1919*, S. 123.
174 Kokoschka, *Briefe 1905–1919*, S. 59.
175 Kokoschka, *Briefe 1905–1919*, S. 206-207; vgl. auch S. 166, 176 und 352 (Anmerkung).
176 Kokoschka, *Briefe 1905–1919*, S. 159 und 349 (Anmerkung).
177 Kokoschka, *Briefe 1905–1919*, S. 200 und 356 (Anmerkung).
178 Zitiert in Hilmes, *Witwe im Wahn*, S. 153.

179 Kokoschka, *Briefe 1905–1919*, S. 140.
180 Kokoschka, *Briefe 1905–1919*, S. 188-189.
181 Kokoschka, *Briefe 1905–1919*, S. 200.
182 Kokoschka, *Briefe 1905–1919*, S. 221.
183 Kokoschka, *Briefe 1905–1919*, S. 222.
184 Rudolf von Ihering, *Der Kampf um's Recht*, 10. Auflage, Wien: Manz, 1891, S. 2, 8, 19-20, 45-49. Vgl. Edward Timms, *Karl Kraus und der Kampf ums Recht,* Wien: Picus Verlag, 2006.
185 Ihering, *Kampf um's Recht*, S. 54-55.
186 Funder, *Vom Gestern ins Heute*, S. 336.
187 Funder, *Vom Gestern ins Heute*, S. 343.
188 Veröffentlicht wurde der Brief in der *Fackel* (F 568-71, 33) erst zehn Jahre später – nach dem Zusammenbruch der Monarchie.
189 'Erinnerungen von Dr. Adolf Seitz', S. 267.
190 Heinz Lunzer, ‚Karl Kraus und der Akademische Verband für Literatur und Musik in Wien' in *Karl Kraus – Ästhetik und Kritik*, hrsg. Stefan Kaszynski und Sigurd Paul Scheichl, München: edition text + kritik, 1989, S. 141-178.
191 Lunzer, ‚Karl Kraus und der Akademische Verband', S. 147 und 169.
192 Siehe die Chronologie dieser elf Vorlesungen in Lunzer, ‚Karl Kraus und der Akademische Verband', S. 173-178.
193 Walter Benjamin, ‚Karl Kraus' in *Illuminationen: Ausgewählte Schriften*, Frankfurt/M: Suhrkamp, 1961, S. 394.
194 Siehe Irmgard Schartner, *Karl Kraus und die Musik*, Frankfurt/M: Peter Lang, 2002, S. 145-170.
195 Siehe das Kapitel ‚The Crisis of Musical Culture' in Edward Timms, *Karl Kraus – Apocalyptic Satirist: The Post-War Crisis and the Rise of the Swastika*, Yale University Press, 2007, S. 412-432.
196 ‚'S wird schöne Maderln geb'n, und mir werd'n nimmer leb'n', Marschlied, Text von Josef Hornig, Musik von Ludwig Gruber. Siehe *Wiener Lieder und Tänze*, im Auftrage der Gemeindevertretung der Stadt Wien herausgegeben von Eduard Kremser, Wien und Leipzig: Verlag Gerlach & Wiedling, 1912, S. 215.
197 Siehe *Leben mit provisorischer Genehmigung: Leben, Werk und Exil von Dr Eugenia Schwarzwald (1872–1940)*: Eine Chronik von Hans Deichmann, Wien: Verlag Wolf Peterson, 1998.
198 Holmes, *Langeweile ist Gift*, S. 118.
199 Coffer, ‚Richard Gerstl and Arnold Schönberg: A Reassessment', S. 80.
200 Zitiert nach Deichmann, *Leben mit provisorischer Genehmigung*, S. 77-78.
201 Siehe Rukschcio und Schachel, *Adolf Loos: Leben und Werk*, S. 505.
202 Deichmann, *Leben mit provisorischer Genehmigung*, S. 105-106.
203 Siehe die Dokumentation in Deichmann, *Leben mit provisorischer Genehmigung*, S. 140-160 und das auf S. 98 abgebildete Foto.
204 In Faksimile abgebildet wird der Briefkopf in Deichmann, *Leben mit provisorischer Genehmigung*, S. 143.
205 Siehe die Dokumentation in Deichmann, *Leben mit provisorischer Genehmigung*, S. 187-200 (Briefzitat auf S. 198).
206 Siehe Holmes, *Langeweile ist Gift*, S 198-199.

207 Elsie Altmann-Loos, *Mein Leben mit Adolf Loos*, Wien: Amalthea, 1984, S. 70, 85-86, 89 und 95.
208 Lilli Weber-Wehle, ‚Erinnerungen an die Schwarzwaldschule‘, zitiert nach Holmes, *Langeweile ist Gift*, S. 132.
209 Holmes, *Langeweile ist Gift*, S. 143.
210 Herdan-Zuckmayer, Brief an Hans Deichmann, 19. September 1986, zitiert nach Holmes, *Langeweile ist Gift*, S. 144.
211 Aus Elsa Björkman-Goldschmidt, *Det var i Wien*, zitiert nach Deichmann, *Leben mit provisorischer Genehmigung*, S. 206.
212 Holmes, *Langeweile ist Gift*, S. 212.
213 Zitiert nach Deichmann, *Leben mit provisorischer Genehmigung*, S. 207.
214 *Wien und der Wiener Kreis: Orte einer unvollendeten Moderne. Ein Begleitbuch*, hrsg. Volker Thurm unter Mitarbeit von Elisabeth Nemeth, Wiener Universitätsverlag, 2003.
215 Siehe Karl Fallend, *Wilhelm Reich in Wien: Psychoanalyse und Politik*, Wien und Salzburg: Geyer-Edition, 1988, S. 28-34.
216 Dr. Alfred Adler, *Über den nervösen Charakter*, Wiesbaden: Bergmann, 1912, S. 26.
217 Adler, *Über den nervösen Charakter*, S. 152.
218 www.oevip.at/; besucht am: 1. August 2012.
219 Sofie Lazarsfeld, *Wie die Frau den Mann erlebt: Fremde Bekenntnisse und eigene Betrachtungen*, Leipzig und Wien: Verlag für Sexualwissenschaft Schneider & Co, 1931, S. 5, 15-16 und 296.
220 Lazarsfeld, *Wie die Frau den Mann erlebt*, S. 10, 17, 262-266, und 316.
221 Lazarsfeld, *Wie die Frau den Mann erlebt*, Bild 23, Bild 24 und S. 323-325.
222 Siehe Mühlleitner, *Biographisches Lexikon der Psychoanalyse*, S. 384-385 und 394.
223 Gerhard Benetka, ‚Akademische Soziologie in Österreich vor 1938‘ in *Wien und der Wiener Kreis*, S. 221-225 (hier S. 223).
224 Siehe Paul Weindling, ‚A City Regenerated: Eugenics, Race and Welfare in Interwar Vienna‘ in *Interwar Vienna*, S. 80-113 (hier S. 86).
225 Zitiert nach Fallend, *Wilhelm Reich in Wien*, S. 111-112.
226 Murray G. Hall, *Der Fall Bettauer*, Wien: Löcker Verlag, 1978, S. 15.
227 Hall, *Der Fall Bettauer*, S. 41.
228 Zitiert nach Hall, *Der Fall Bettauer*, S. 164.
229 ‚Bürgermeister zur Verantwortung des Bettauer-Skandals gezogen: Schwere Niederlage der jüdischroten Rathaus-Terroristen‘: Bericht in *Der Volkssturm: Wochenzeitung des deutschen Christenvolkes für christlich-nationale Kultur, gegen Judaismus, Materialismus, Kapitalismus*, 5. Jahr, Nr. 13 (30. März 1924), S. 1-2; zitiert nach Hall, *Der Fall Bettauer*, S. 166-168.
230 Zitiert nach Hall, *Der Fall Bettauer*, S. 64.
231 *Bettauers Wochenschrift*, Nr. 15 (21. August 1924), S. 17, ‚Briefkasten‘; zitiert nach Fallend, *Wilhelm Reich in Wien*, S. 110.
232 Zitiert nach Hall, *Der Fall Bettauer*, S. 79.
233 Zitiert nach Hall, *Der Fall Bettauer*, S. 112-115.
234 Hall, *Der Fall Bettauer*, S. 122-123 und 127-128.
235 Zitiert nach Hall, *Der Fall Bettauer*, S. 140.
236 Wilhelm Reich, *Die Funktion des Orgasmus*, Wien: Internationaler Psychoanalytischer Verlag, 1927, S. 157

237 Reich, *Die Funktion des Orgasmus*, S. 161.
238 Reich, *Die Funktion des Orgasmus*, S. 198.
239 Mühlleitner, *Biographisches Lexikon der Psychoanalyse*, S. 258 und 387. Siehe auch Fallend, *Wilhelm Reich in Wien*, S. 115-121.
240 ‚Die erste Arbeiterbildungskonferenz' in *Bildungsarbeit*, Nr. 12 (1928), S. 238; zitiert nach Brigitte Mayr und Michael Omasta, ‚Schreiben links vom Feuilleton: Aus dem Leben eines Filmkritikers vom Roten Wien ins Londoner Exil' in *Fritz Rosenfeld, Filmkritiker*, hrsg. Brigitte Mayr und Michael Omasta, Wien: Verlag Filmarchiv Austria, 2007, S. 7-69 (hier S. 14).
241 *Der Volkssturm*, Wochenschrift gegen Judaismus, Materialismus, Kapitalismus, Wien, 13. Juni 1920, zitiert nach Kotlan-Werner, *Kunst und Volk*, S. 74-76.
242 Hartmut Krones, ‚Zu Wiens Musikleben der Zwischenkriegszeit' in *quasi una fantasia*, S. 143.
243 Manfred Wagner, ‚Zur österreichischen Kulturgeschichte der Zwischenkriegszeit' in *Die ungewisse Hoffnung: Österreichische Malerei und Graphik zwischen 1918 und 1938*, hrsg. Christoph Bertsch und Markus Neuwirth, Salzburg: Residenz, 1993, S. 7-15 (hier S. 13).
244 Siehe *Oskar Kokoschka 1886–1980*, London: Katalog der Tate Gallery, 1986, Abbildung 76 und S. 317.
245 Erica Tietze-Conrat, *Tagebücher* (Typoskript, für den Druck vorbereitet und kommentiert von Alexandra Caruso), Einträge von 21. August und 7. September 1923.
246 Henriette Kotlan-Werner, *Kunst und Volk: David Josef Bach 1874–1947*, Wien: Europaverlag, 1977, S. 71.
247 Siehe Jared Armstrong und Edward Timms, ‚Souvenirs of Vienna 1924: The Legacy of David Josef Bach' in *Culture and Politics in Red Vienna*, hrsg. Judith Beniston und Robert Vilain (Austrian Studies 14), Leeds: Maney Publishing, 2006, S. 61-97.
248 Abgedruckt wird Weinhebers Sonett in Edward Timms, ‚Die Sammlung David Josef Bach – Eine Zeitkapsel aus den Zwanziger Jahren', in *Stimulus: Mitteilungen der Österreichischen Gesellschaft für Germanistik*, Wien: Edition Praesens, 2001/2, S. 80.
249 *Kunst und Volk*, 3. Jahrgang, Heft 5 (Januar 1929), S. 149.
250 Julius Bittner, ‚Proletarische Musikkultur' in *Kunst und Volk*, 1. Jahrgang, Heft 5 (Juni 1926), S. 5-6.
251 Zitiert nach Bernhard Denscher, *Tagebuch der Straße: Geschichte in Plakaten*, Wien: öbv, 1981, S. 167.
252 Bach, Briefe an die Bundestheaterverwaltung vom 2. Dezember 1922 und 14. Juni 1926; zitiert nach Pryah, ‚The ‚Enemy Within'? The Social Democratic Kunststelle and the State Theatres in Red Vienna' in *Culture and Politics in Red Vienna*, S. 146 und 148.
253 [Hans Brečka], ‚Die Wiener Kunststellen', in: *Der Kunstgarten*, 3 (1924-1925), S. 202-203, zitiert nach Pryah, ‚The ‚Enemy Within'?', S. 152.
254 Ignaz Seipel, ‚Die Sanierung der Seelen' in *Seipels Reden in Österreich und andertwärts*, hrsg. Josef Gessl, Wien: Heros, 1926, S. 95-97.
255 Ignaz Seipel, ‚Die geistige Arbeit am Wiederaufbau', Vortrag vom 14. Februar 1924, in *Seipels Reden*, S. 107-114.

256 Hans Brečka, ‚Kunststelle für christliche Volksbildung' in *Wiener Stimmen*, 6. März 1920, S. 3-4; zitiert nach Judith Beniston, ‚Cultural Politics in the first republic: Hans Brečka and the ‚Kunststelle für christliche Volksbildung" in *Catholicism and Austrian Culture* (Austrian Studies 10), hrsg. Ritchie Robertson und Judith Beniston, Edinburgh University Press, 1999, S. 101-118 (hier S. 104).

257 Karl Wache, ‚Österreichs Dichtung seit dem Umsturz' in *Neu Österreich: Seine Kultur, Bodenschätze, Wirtschaftsleben und Landschaftsbilder*, hrsg. Eduard Stepan, Amsterdam und Wien: Van Looy, 1923, S. 157-164.

258 S. G. van Looy, ‚Vorwort' in *Neu Österreich*.

259 Ida Maria Deschmann, ‚Alpenvolk' in *Neu Österreich*, S. 577-596 (hier S. 585).

260 Deschmann, ‚Alpenvolk' in *Neu Österreich*, S. 596.

261 Siehe Willy Lorenz, ‚Katholisches Geistesleben in der Zwischenkriegszeit' in *Das geistige Leben Wiens in der Zwischenkriegszeit*, hrsg. Norbert Leser, Wien: Bundesverlag, 1981, S. 18-27.

262 Vgl. Bernhard Doppler, ‚Der katholische Kulturkritiker Richard von Kralik (1852–1934)' in *Österreich und der Große Krieg 1914–1918*, hrsg. Klaus Amann und Hubert Lengauer, Wien: Brandstätter, 1989, S. 96-104.

263 Friedrich Heer, *Gottes erste Liebe: 2000 Jahre Judentum und Christentum*, München: Bechtle Verlag, 1967.

264 Boyer, *Karl Lueger*, S. 209.

265 Siehe Alfred Diamant, *Austrian Catholics and the First Republic*, Princeton University Press, 1960, S. 140-152: ‚The Vogelsang School and Austrian Democracy'.

266 Klemens von Klemperer, *Ignaz Seipel: Christian Statesman in a Time of Crisis*, Princeton University Press, 1972, S. 274-292: ‚In Search of ‚True Democracy".

267 Siehe Erika Weinzierl, ‚Hochschulleben und Hochschulpolitik zwischen den Kriegen' in *Das geistige Leben Wiens in der Zwischenkriegszeit*, S. 72-85.

268 Siehe Nina Scholz und Heiko Heinisch, *‚Alles werden sich die Christen nicht gefallen lassen': Wiener Pfarrer und die Juden in der Zwischenkriegszeit*, Wien: Czernin, 2001.

269 Willy Lorenz, ‚Dr. Friedrich Funder: Mythos und Wirklichkeit' in Funder, *Vom Gestern ins Heute*, S. 8.

270 Siehe Julia Danielczyk und Claudia Weinhapl, ‚Hans Mosers Veräußerung und Rettung: Vom Typendarsteller zum Charakterschauspieler' in *Hans Moser 1880–1964*, hrsg. Ulrike Dembski und Christine Mühlegger-Henapel, Wien: Brandstätter/Österreichisches Theatermuseum, 2004, S. 33-48.

271 Fritz Rosenfeld, ‚Wir und das Kino' in *Der jugendliche Arbeiter*, Februar 1928; zitiert nach *Fritz Rosenfeld, Filmkritiker*, S. 18.

272 Zitiert nach Alys X. George, ‚Hollywood on the Danube? Vienna and the Austrian Silent Film of the 1920s' in *Interwar Vienna*, S. 143-160 (S. 143 Polgar und 144 Balazs).

273 Hugo Portisch, *Österreich I: Die unterschätzte Republik*, Wien: Kremayr & Scheriau, 1989, S. 178-179.

274 Elisabeth Büttner, ‚Der Film *Café Elektric*' in *Kampf um die Stadt*, hrsg. Wolfgang Kos, Wien: Czernin Verlag, 2009, S. 154-157 (hier S. 157).

275 Siehe O'Connor, *The Lady in Gold*, S. 147-150.

276 *Kampf um die Stadt*, S. 311.

277 *Fritz Rosenfeld, Filmkritiker*, S. 270.

278 Zitiert nach *Fritz Rosenfeld, Filmkritiker*, S. 266-267.

279 *Fritz Rosenfeld, Filmkritiker*, S. 268-270.

280 Fritz Rosenfeld, Brief vom 13. September 1976 an Henriette Kotlan-Werner, abgedruckt in Kotlan-Werner, *Kunst und Volk*, S. 97-98.
281 Zitiert nach *Fritz Rosenfeld, Filmkritiker*, S. 214-221.
282 *Kunst und Volk: Eine Festgabe der Kunststelle zur 1000. Theateraufführung*, Wien: Heidrich, 1923, S. 118.
283 Franz Löwitsch, ‚Raumempfinden und moderne Baukunst' in *Imago: Zeitschrift für die Anwendung der Psychoanalyse auf die Natur- und Geisteswissenschaften*, 14 (1928), Heft 2/3, S. 293-321 (hier S. 294).
284 Siehe das Verzeichnis in Friedrich C. Heller und Peter Revers, *Das Wiener Konzerthaus: Geschichte und Bedeutung 1913–1983*, Wien: Selbstverlag der Wiener Konzerthausgesellschaft, 1983, S. 148-160 und S. 83: Programm des Hallen-Handball-Rundspiels.
285 Abgebildet zusammen mit der eleganten Vorlage in *quasi una fantasia*, S. 138.
286 Siehe John Warren, ‚David Josef Bach and the ‚Musik- und Theaterfest' of 1924' in *Culture and Politics in Red Vienna*, S. 119-142.
287 Siehe Gabriele Johanna Eder, *Wiener Musikfeste zwischen 1918 und 1938*, Wien: Geyer, 1991, S. 74.
288 Vgl. Warren, ‚David Josef Bach and the ‚Musik- und Theaterfest' of 1924', S. 134-135 und 139.
289 Heller und Revers, *Das Wiener Konzerthaus*, S. 70.
290 Siehe ‚Das Radio erobert Österreich' in *Das größere Österreich: Geistiges und soziales Leben von 1880 bis zur Gegenwart*, hrsg. Kristian Sotriffer, Wien: Edition Tusch, 1982, S. 245-251.
291 Siehe die nuancierten Analysen von Bettauers Roman und Breslauers Film (mit entsprechenden Hinweisen auf Scheicher) in Lisa Silverman, *Becoming Austrians: Jews and Culture between the World Wars*, Oxford University Press, 2012, S. 66-93.
292 Abgedruckt in Joachin Riedl (Hrsg.), *Wien, Stadt der Juden*, Wien: Zsolnay, 2004, S. 60.
293 Erica Tietze-Conrat, *Tagebücher* (Typoskript, für den Druck vorbereitet und kommentiert von Alexandra Caruso), Eintrag vom 1. September 1925.
294 Eder, *Wiener Musikfeste*, S. 176.
295 Artikel aus *Narodni Politiko*, abgedruckt in der *Neuen Freien Presse*, 25. Juli 1928; zitiert in Eder, *Wiener Musikfeste*, S. 200.
296 Harry Zohn, ‚Das Wienerlied als Psychogramm einer Bevölkerung' in *Literatur und Kritik*, 239-240 (November/Dezember 1989), S. 452-465 (S. 457).
297 Siehe Camille Crittenden, *Johann Strauss and Vienna: Operetta and the Politics of Popular Culture*, Cambridge, 2000, S. 104.
298 Moritz Csaky, *Ideologie der Operette und Wiener Moderne: Ein kulturhistorischer Essay zur österreichischen Identität*, Wien: Böhlau, 1996, S. 54, 64-65 und 101.
299 Csaky, *Ideologie der Operette*, S. 25-27 und 291-293.
300 Martin Lichtfuss, *Operette im Ausverkauf: Studien zum Libretto des muikalischen Unterhaltungstheaters im Wien der Zwischenkriegszeit*, Wien: Böhlau, 1989, S. 108-109 und 134-140.
301 Wagner, ‚Zur österreichischen Kulturgeschichte der Zwischenkriegszeit', S. 9
302 Ernst Krenek, *Im Atem der Zeit – Erinnerungen an die Moderne*, aus dem amerikanischen Englisch übersetzt von Friedrich Saathen und Sabine Schulte, Hamburg: Hoffmann und Campe, 1998, S. 752.

303 Karl Kraus contra ... Die Prozessakten der Kanzlei Oskar Samek, bearbeitet und kommentiert von Hermann Böhm, Bd. 2, Wiener Stadt- und Landesbibliothek, S. 81.
304 Vgl. Wagner, ‚Zur österreichischen Kulturgeschichte der Zwischenkriegszeit', S. 14.
305 Undatierte Rezension im Wiener Tag, zitiert nach Henriette Mandl, Cabaret und Courage: Stella Kadmon – Eine Biographie, Wien: WUV-Universitätsverlag, 1993, S. 80.
306 Siehe Hilmes, Witwe im Wahn, S. 233-252.
307 Carl Moll, Mein Leben (Typoskript), S. 224.
308 Friedrich Stadler, The Vienna Circle. Studies in the Origins, Development, and Influence of Logical Empiricism, Wien: Springer, 2001, S. 328-334.
309 Stadler, The Vienna Circle, S. 144.
310 Hilde Spiel, Die hellen und die finsteren Zeiten: Erinnerungen, zitiert nach Wien und der Wiener Kreis, S. 257-258.
311 Siehe den 2. Abschnitt: ‚Der Kreis um Schlick' in Wissenschaftliche Weltauffassung: Der Wiener Kreis, herausgegeben vom Verein Ernst Mach, Wien: Artur Wolf Verlag, 1929. Reprint der Erstausgabe: Mit Übersetzungen ins Englische, Französische, Spanische und Italienische. Hrsg. mit Einleitungen und Beiträgen von Friedrich Stadler und Thomas Uebel. Wien und New York: Springer, 2012.
312 Die Definition ‚a club for everybody' findet sich neben zwei Pfitzner-Fotos in Otto Neurath, From hieroglyphics to Isotype: a visual autobiography, hrsg. Matthew Eve und Christopher Burke, London: Hyphen Press, 2010, S. 60-61.
313 Siehe Jon Hughes, ‚Facts and Fiction: Rudolf Brunngraber, Otto Neurath and Viennese Neue Sachlichkeit' in Interwar Vienna, S. 206-223.
314 Portisch, Österreich I, S. 278.
315 www.doew.at/frames.php?/service/archiv/eg/hahn1.html; besucht am: 15. Juli 2012.
316 Die Parodie erschien am 19. März 1923 in der Wiener Tageszeitung Der Morgen; zitiert nach Weinzierl, ‚Hochschulleben und Hochschulpolitik', S. 72.
317 Weinzierl, ‚Hochschulleben und Hochschulpolitik', S. 73.
318 Wolfgang Lamsa, ‚Antisemitismus und Universität: Der Siegfriedskopf' in Context XXI, 2001, 7-8; www.contextxxi.at/context/content/view/167/93, besucht am 19. August 2012.
319 Weinzierl, ‚Hochschulleben und Hochschulpolitik', S. 74.
320 Weinzierl, ‚Hochschulleben und Hochschulpolitik', S. 81.
321 www.doew.at/frames.php?/service/archiv/eg/hahn1.html; besucht am 15. Juli 2012.
322 Prof. Dr. Austriacus [= Johann Sauter], ‚Der Fall des Wiener Professors Schlick – eine Mahnung zur Gewissensforschung' in Schönere Zukunft, Juli – August 1936, S. 1-2.
323 Josef August Lux, Das goldene Buch der Vaterländischen Geschichte für Volk und Jugend von Österreich, Wien, 1934, S. 340.
324 Dr. Robert Körber, Rassesieg in Wien, der Grenzfeste des Reiches, Wien: Universitäts-Verlag Wilhelm Braumüller, 1939, S. 292.
325 Körber, Rassesieg in Wien, S. 206-207.
326 Körber, Rassesieg in Wien, S. 306.
327 Sophie Lillie, Was einmal war: Handbuch der enteigneten Kunstsammlungen Wiens, Wien: Czernin Verlag, 2003, S. 22-25.

328 Ausführlich über das Schicksal der beschlagnahmten Klimts berichtet Anne-Marie O'Connor in *The Lady in Gold*.
329 Siehe die Abbildungen in Neurath, *From hieroglyphics to Isotype*, S. 109, 111 und 123.
330 Stephen Taylor, *Battle for Health: A Primer of Social Medicine*, with 13 pictorial charts in colour designed by the Isotype Institute and 91 photographs, London: Nicholson and Watson, 1944.
331 Siehe Elisabeth Young-Bruehl, *Anna Freud: A Biography*, London: Macmillan, 1989, S. 246-249.
332 Ilse Hellman, *From War Babies to Grandmothers: Forty-eight Years in Psychoanalysis*, London: Karnac, 1990, S. 7.
333 Interview with Edward Timms, London, 1990 (Timms Collection).
334 Für eine ausführlichere Analyse, siehe Edward Timms, ‚New Approaches to Child Psychology: From Red Vienna to the Hampstead Nursery' in *Intellectual Migration and Cultural Transformation*, hrsg. Edward Timms and Jon Hughes, Wien und New York: Springer, 2003, S. 219-39
335 Traude Bollauf, *Dienstmädchen-Emigration: Die Flucht jüdischer Frauen aus Österreich und Deutschland nach England 1938/39*, Wien: LIT Verlag, 2010, S. 107.
336 Abgebildet wird das Foto in Edward Timms, *Taking up the Torch: English Institutions, German Dialectics and Multicultural Commitments*, Brighton: Sussex Academic Press, 2011, S. 2.

Bildnachweis

Graphiken im Text:

1, 4, 5, 7, 15: Edward Timms Collection; 2: Architecture of Adolf Loos (Arts Council of Great Britain); 3: Sigmund Freud Museum Katalog (Brandstätter); 6: Heinrich Schnitzler, Christian Brandstätter, Reinhard Urbach (Hrsg.), Arthur Schnitzler, Sein Leben, sein Werk, seine Zeit (S. Fischer); 8: Traum und Wirklichkeit Wien 1870–1930 (Museum der Stadt Wien); 9, 11, 13: Experiment Weltuntergang Wien um 1900 (Hamburger Kunsthalle); 10: Whitford, Klimt (Thames and Hudson); 12: Seckerson, Mahler (Omnibus Press); 14: Fischer, Lina Loos (Böhlau); 16: Der Stürmer; 17: Fallend, Wilhelm Reich in Wien (Geyer-Edition); 18, 19: Gonville and Caius College Cambridge; 20, 24: Denscher, Tagebuch der Straße (Bundesverlag); 21, 22: Kampf um die Stadt (Wien Museum); 23: Sag zum Abschied... Wiener Publikumslieblinge in Bild und Ton (Museum der Stadt Wien); 25: Heller/Revers, Das Wiener Konzerthaus (Archiv der Wiener Konzerthausgesellschaft); 26: Taylor, Battle for Health (Nicholson and Watson).

Abbildungen:

1: Sotriffer, Das größere Österreich (Edition Tusch); 2: Architecture of Adolf Loos (Arts Council of Great Britain); 3: Engelmann, Berggasse 19 (Basic Books); 4, 16: Aufbruch ins Jahrhundert der Frau (Museum der Stadt Wien); 5: Endler, Österreich zwischen den Zeilen (Molden); 6: Theodor Herzl and Austria (Austrian Ministry of Foreign Affairs); 7: Heinrich Schnitzler, Christian Brandstätter, Reinhard Urbach (Hrsg.), Arthur Schnitzler, Sein Leben, sein Werk, seine Zeit (S. Fischer); 8: Hagenbund (Österreichische Galerie); 9, 10, 13: Traum und Wirklichkeit Wien 1870–1930 (Museum der Stadt Wien); 11: Vergo, Art in Vienna (Phaidon); 12, 14: Malmberg, Widerhall des Herzens (Langen Müller); 15: Finale und Auftakt Wien 1898 – 1914 (Otto Müller); 17: Engelhart, Ein Wiener Maler erzählt (Andermann); 18: Experiment Weltuntergang Wien um 1900 (Hamburger Kunsthalle); 19: Deichmann, Leben mit provisorischer Genehmigung (Guthmann-Peterson); 20, 22, 29: Riedl, Wien, Stadt der Juden (Zsolnay); 21: Lazarsfeld, Wie die Frau den Mann erlebt (Verlag für Sexualwissenschaft); 23: Archive der Arbeiterbewegung Wien; 24, 30, 31: Portisch, Österreich I: Die unterschätzte Republik (Kremayr & Scheriau); 25: Sag zum Abschied... Wiener Publikumslieblinge in Bild und Ton (Museum der Stadt Wien); 26: Heller/Revers, Das Wiener Konzerthaus (Archiv der Wiener Konzerthausgesellschaft); 27, 28: Stadler, The Vienna Circle (Springer); 32: Wien 1938 (Museum der Stadt Wien).

Namensregister

Abdülhamid, Sultan 56f.
Abensperg und Traun, Rudolf 109
Abraham, Paul 205
Adler, Alfred 30f., 33, 80, 135, 153, 158, 164, 203, 229, 233
Adler, Friedrich 47
Adler, Guido 198, 202
Adler, Max 38
Adler, Victor (Viktor) 8, 14, 17, 21, 171, 228f.
Aehrenthal, Alois Lexa 131f.
Altenberg, Peter 2, 16, 39, 51, 64ff., 68, 70, 72, 74, 76, 80ff., 94ff., 102, 117, 229, 247
Altmann, Elsie 71, 147, 149
Andreas-Salomé, Lou 31, 35, 82
Andrian, Leopold 77f.
Arntz, Gerd 218, 229, 234, 254
Atlee, Clement 235
Auchentaller, Josef Maria 90
Auerbach, Eugen 138
Aurednicek, Anna 176
Austerlitz, Friedrich 50, 153, 171f.
Bach, David Josef 17, 50, 172ff., 181ff., 189, 196ff., 202, 229, 230f., 233f.
Bacher, Eduard 52
Bahr, Hermann 9, 16, 39, 62, 65, 87, 143, 176
Balazs, Bela 189
Barrison, Gertrude 93
Bartok, Bela 178
Bartos, Armand 200
Bartosch, Josef 137
Bartsch, Rudolf Hans 185
Bauer, Ida (‚Dora') 80
Bauer, Otto 8, 38, 166, 171
Bebel, August 41
Beda-Löhner, Fritz 205
Beer, Laura 81

Beer, Theodor 39, 81
Beer-Hofmann, Richard 64f., 176, 231
Beethoven, Ludwig 79, 87ff., 93, 97, 198, 202, 228
Benatzky, Ralph 208
Benda, Arthur 71
Benedek, Ludwig 109
Benedikt, Moriz 16, 52, 56, 131
Beniston, Judith 184
Benjamin, Walter 137
Berg, Alban 51, 143, 147, 178, 208, 229
Berg, Armin 188, 213, 229
Berger, Philipp 99, 135f.
Berliner, Wilhelm 225
Bernatzik, Edmund 145, 229
Bernays, Minna 28
Bernfeld, Siegfried 161f.
Bethge, Hans 115
Bettauer, Hugo 165ff., 190, 201
Beveridge, William 234
Bezecny, Joseph 112
Bibring, Grete 161
Billinger, Richard 176, 178
Bismarck, Otto 52
Bittner, Julius 175f., 181f.
Bittner, Markus 178, 229
Blau, Tina 71
Bloch-Bauer, Adele 103f., 248
Bloch-Bauer, Ferdinand 232
Bodenheimer, Max 54, 57
Bodenwieser, Gertrud 71, 198
Böhm, Alfred 89
Böhm-Bawerk, Eugen 14
Bonnard, Pierre 106
Borsody, Julius 190
Braun, Lily 39
Breitenstein, Max 53f.
Breitner, Hugo 171ff., 198, 229

Breslauer, Hans Karl 201
Breuer, Josef 29, 39
Brix, Emil 25
Bruce, Bessie 76
Brügel, Fritz 176
Brunngraber, Rudolf 218, 229
Bucharin, Nikolai 171
Bühler, Charlotte 163, 235, 237, 239
Bühler, Karl 163, 203
Büttner, Elisabeth 191, 268
Burckhard, Max 9, 13, 20, 68, 229
Buschbeck, Erhard 135
Calm-Wierink, Lotte 97
Canetti, Elias 214, 233
Capek, Karel 176
Carnap, Rudolf 217, 229
Chaltas, John 83
Churchill, Winston 233
Clair, René 194
Clemenceau, Georges 68
Clemenceau, Sophie 68
Coffer, Raymond 77
Coudenhove-Kalergi, Richard 147
Csaky, Moritz 207f.
Csokor, Franz Theodor 176
Czeija, Oskar 200
Czeschka, Carl 90, 106, 117
Danneberg, Robert 18
Davison, Ronald 234
Deichmann, Hans 2, 149
Delitz, Leo 177, 180
Diederichs, Eugen 44
Diener, Carl 221
Dietrich, Marlene 191f.
Dollfuß, Engelbert 224
Dreyfus, Alfred 53
Duncan, Isadora 93
Eberle, Josef 187
Ebner-Eschenbach, Marie 18, 37
Eggerth, Martha 194, 229, 252
Ehrenstein, Albert 117

Eichmann, Adolf 27, 232
Eisenstein, Sergej 194
Eisler, Hanns 178, 181
Engelhart, Josef 84f., 101, 108, 110, 229, 249
Ephrussi, Karl 19
Epstein, Ernst 19, 22
Ernst, Sigi 75
Ertl, Emil 185
Eugen, Prinz 109
Eulenburg, Fürst 81
Ewers, Hanns Heinz 78
Faistbauer, Anton 109
Fall, Leo 205
Farkas, Karl 213
Federn, Paul 31, 80
Fenichel, Otto 157
Ferdinand, Erzherzog Franz 21, 139
Ficker, Ludwig 186
Ficker, Auguste 36, 38f., 45
Fischer, Ernst 176
Fischer, Lisa 114
Fliess, Wilhelm 31
Flöge, Emilie 71, 74, 105
Flögl, Mathilde 97, 178
Forel, August 43
Forest, Karl 70
Forgach, Johann 132, 139
Forst, Willi 191f., 194, 229, 252
France, Anatole 39
Frank, Philipp 216
Frauenfeld, Alfred Eduard 211
Freud, Amalie 28
Freud, Anna 29, 232, 236ff.
Freud, Martha 28, 30, 237
Freud, Sigmund 2, 8, 11ff., 16f., 24, 27, 29ff., 46f., 50f., 53, 63, 65, 72f., 75, 79f., 83, 116, 120, 153, 157f., 164, 169, 192, 203, 217, 229, 232f.
Friedell, Egon 70, 92f., 135, 147, 176

Friedjung, Heinrich 129ff., 139
Fürth, Jaro 190
Funder, Friedrich 20f., 130ff., 154, 187, 229
Galsworthy, John 176f.
Garbo, Greta 190
Gauguin, Paul 106
Gellert, Oskar 46
Gerstl, Richard 76f.
Gert, Valeska 190
Gessner, Franz 171
Gessner, Hubert 171
Ginzkey, Franz Karl 185
Girardi, Alexander 205f.
Glinger, Adolf 188, 229
Glöckel, Otto 153, 163, 229
Gluck, Christoph Willibald 198
Gödel, Kurt 217
Goebbels, Josef 211, 232
Goethe, Johann Wolfgang 92f., 115
Goldmark, Karl 202
Goldscheid, Rudolf 38, 47, 163
Gombrich, Ernst 11, 233
Gomperz, Theodor 19
Göring, Hermann 211
Graf, Max 27
Graf, Rosa 27
Greinz, Rudolf 185
Gropius, Manon 125
Gropius, Walter 75, 83, 116, 125, 127
Grossmann, Stefan 39
Grünbaum, Fritz 203, 213
Gubler, Friedrich 211
Güdemann, Moritz 54
Gutheil-Schoder, Maria 112
Gutmann, Familie 19
Haagen (Hagen) 84
Habermas, Jürgen 59ff.
Hahn, Franz 223
Hahn, Hans 216
Hahn, Olga 216, 219

Hainisch, Marianne 39f.
Hainisch, Michael 18, 198
Hall, Murray 165
Hamber, Edmund 196
Hammerschlag, Peter 149, 213f., 229, 250
Hanak, Anton 177f.
Handel-Mazzetti, Enrica 185
Hanusch, Ferdinand 228f.
Hardt, Ludwig 135
Hartmann, Ludo Moritz 18, 40
Hauptmann, Gerhard 13, 134
Hauser, Carry 177
Häutler, Adolf 80
Hayek, Friedrich 219
Heller, Hugo 30, 80
Hellering, Kaspar 168
Hellman, Ilse 163, 237ff.
Hentschel, Grethe 149
Herterich, Franz 198
Herzl, Jakob 52
Herzl, Jeanette 52
Herzl, Theodor 2, 8, 16, 24, 51ff., 62, 64f., 200, 202, 243
Hess, Victor 219
Hevesi, Ludwig 86f., 106
Hilferding, Margarethe 33
Hirsch, Maurice de 55
Hitler, Adolf 21f., 188, 211, 213, 223, 229f.
Hitschmann, Eduard 31, 80
Hochstetter, Ferdinand 220, 223
Hock, Stefan 175f.
Hofer, Sigi 188
Hoffmann, Josef 2, 9, 15, 51, 64, 82, 89f., 96f., 102f., 108, 154, 177, 199, 229
Hofmannsthal, Hugo 9, 12, 16, 52, 65, 71, 77, 95, 153, 174, 176, 229
Hohlbaum, Robert 185
Holger, Hilde 181
Holländer, Friedrich 138

Hollitzer, Carl 109
Hollnsteiner, Johannes 215, 229
Holmes, Deborah 40, 142, 148
Horwitz, Karl 143
Hugenberg, Alfred 193ff.
Ihering, Rudolf 128
Jackson, Edith 236
Jahoda, Georg 137
Jahoda, Johanna 138
Jahoda, Marie 163, 214, 233
Jalowetz, Heinrich 143
Janikowski, Ludwig 136
Janowitz, Otto 137
Jaray, Hans 194, 229, 252
Jaworek, Karl 166
Jung, Carl 33ff., 62, 75, 77, 229
Junk, Victor 137
Kadmon, Stella 213f., 229
Kahane, Max 80
Kaiser, Georg 176
Kallir-Nirenstein, Otto 174
Kallmus, Dora 70
Kalman, Emmerich 205, 208
Kann, Helene 137
Kant, Immanuel 220
Karczewska, Irma 75, 80f.
Kelsen, Hans 38, 145, 149, 203, 229
Kertesz, Michael 190
Key, Ellen 39
Kienzl, Hermann 178
Kiesler, Friedrich 198f.
Klein, Melanie 237, 239
Klimt, Gustav 8f., 14, 24, 51, 68f., 72ff., 80, 82ff., 86f., 89, 96f., 100ff., 108, 143, 192, 229, 232, 245, 248
Klinger, Max 88
Knepler, Georg 137, 147
Kodaly, Zoltán 178
Koenig, Otto 182f., 229

Kokoschka, Oskar 2, 8, 50f., 65, 72, 75f., 83, 98, 100f., 105ff., 109, 116ff., 122ff., 135, 137, 142f., 145, 148, 174, 177, 229, 233
Kolbenheyer, Erwin 185
Kolig, Anton 78f., 109
Kolisch, Rudolf 147
Kollarz, Franz 71f.
Koller, Broncia 105f., 248
Koller, Hugo 105f.
Kolowrat, Sascha 189f.
Königswarter, Familie 19
Körber, Robert 222, 228f.
Kornauth, Egon 137
Korngold, Erich Wolfgang 178
Koromia, Schey von 19
Krafft-Ebing, Richard 39
Krakauer, Alexander 205
Kralik, Richard 101, 154, 176, 178, 184, 186
Kraus, Karl 2, 9, 12, 16, 24, 50ff., 55, 61f., 64ff., 71, 75, 78ff., 109, 117, 127ff., 131ff., 145ff., 151, 153, 155, 159, 165, 176, 185, 195, 199, 203, 205, 207ff., 213, 229
Krauss, Werner 190
Krenek, Ernst 208ff.
Kubin, Paul 43ff.
Kuhn, Richard 219
Kurz, Selma 112
Lafite, Carl 178
Lamsa, Wolfgang 222
Landsteiner, Karl 219
Lang, Edmund 39
Lang, Lilith 91, 98
Lang, Marie 36, 38f., 91
Lasker-Schüler, Else 117
Lazarsfeld, Sofie 160f.
Le Rider, Jacques 12
Lederer, August 82, 87
Leffler, Heinrich 84

Lehár, Franz 138f., 178, 205, 208, 229
Lenau, Nikolaus 30
Lenin, Wladimir 171
Leon, Viktor 138, 229
Levy, Jakob Moreno 199
Lichnowsky, Mechtilde 138
Lichtfuss, Martin 208
Lieben-Auspitz, Familie 19
Liechtenstein, Alfred 109
Lillie, Sophie 232
Loewi, Otto 219
Löffler, Bertold 90ff., 98, 103, 109, 117
Loos, Adolf 2, 8f., 15, 22ff., 37, 39, 51f., 63, 65, 70, 76, 81, 109, 117, 135f., 142ff., 147, 149, 153f., 176, 229
Loos, Lina 69f., 76, 94, 114, 176
Löw, Fritzi 178
Löwe, Ferdinand 17
Löwitsch, Franz 197
Lueger, Karl 2, 18ff., 40, 48, 53, 84f., 112, 186
Lunzer, Heinz 135
Lux, Josef August 228f.
Mach, Ernst 8f., 14, 17f., 51, 216ff., 224
Mackintosh, Charles Rennie 91
Mahler, Alma (siehe auch: Schindler, Alma) 74ff., 83, 118, 121, 147, 175, 203, 215, 229
Mahler, Anna (Mutter) 74
Mahler, Anna (Tochter) 114
Mahler, Gustav 2, 9, 13f., 17, 50, 68f., 90, 110ff., 123, 135, 229
Mahler, Justine 68
Mahler, Maria 114
Makart, Hans 72
Malmberg, Helga 16, 74, 82, 91ff., 102, 104, 247
Mann, Heinrich 176

Markovic, Bozo 131f.
Marx, Joseph 178
Masaryk, Thomas 39, 133
Matisse, Henri 106
May, Karl 135
Mayreder, Karl 36, 42
Mayreder, Rosa 2, 8, 15, 18, 35ff., 42f., 52, 69, 72, 75, 83, 242
Meisel-Hess, Grete 37, 39, 45f., 157, 163
Meitner, Lise 219
Mell, Max 176, 184, 198
Meyer, Conrad Ferdinand 30, 62
Michaelis, Karin 147
Migerka, Katharine 42
Mildenburg, Anna 112
Mises, Ludwig 153
Mittler, Franz 137
Moll, Carl 12, 51, 64, 68, 74, 84, 91, 96f., 101, 113, 118, 177, 215
Montenuovo, Alfred 112
Moser, Hans 188f., 201
Moser, Koloman 9, 20, 51, 71, 84f., 90f., 97, 229
Mostar, Gerhart Hermann 214, 229
Müller, Hans 195
Müller, Robert 135
Müller-Guttenbrunn, Adam 184
Munch, Edvard 106
Musil, Robert 14, 78f., 153, 176, 203
Nabl, Franz 185
Nadherny, Sidonie 137, 145
Naschauer, Julie 52
Nelböck, Johann 224f
Nestroy, Johann Nepomuk 136ff.
Neurath, Olga 224
Neurath, Otto 8, 11, 14, 50, 215ff., 229, 234, 254
Nielsen, Asta 190
Nietzsche, Friedrich 30, 115
Nordau, Max 54

Novakovic, Olga 138
Nüchtern, Hans 214
Obermayer, Franz 35f.
Obermayer, Marie 35
Obertimpfler, Carl 69
Obertimpfler, Caroline 69, 76
Ochs, Siegfried 124
Offenbach, Jacques 112, 137f., 147
Ofner, Julius 42
Olbrich, Josef Maria 9, 71, 85ff., 108, 154
Olden, Rudolf 167
Oppenheimer, David 78f.
Oppenheimer, Max 105, 112
Orel, Anton 166f., 187
Pabst, Georg 190ff.
Pappenheim, Marie Frischauf 77, 170
Park, Robert 50
Pasch, Pius 186
Pathé, Charles 189
Pauli, Otto 219
Pausch, Oskar 85
Peche, Dagobert 96
Pernerstorfer, Engelbert 172
Pfitzner, Hans 124
Pfitzner, Walter 218
Pfliegler, Michael 186
Piaget, Jean 35
Pick, Gustav 205
Pisk, Paul 178
Polgar, Alfred 39, 92, 189, 203
Pollak, Amalie 78
Pollak, Fritzi 138
Pollak, Oskar 182
Popp, Adelheid 40f.
Popper, Abraham 51
Popper, Karl 163
Popper, Katharina 51
Popper-Lynkeus, Josef 9, 51, 233
Portisch, Hugo 154, 219f.
Powolny, Michael 92
Pregl, Fritz 219

Pyrah, Robert 183
Radetzky, Josef Wenzel 109
Rank, Otto 30f., 33, 80
Ray, Marcel 145
Redl, Alfred 79
Reich, Annie 162
Reich, Wilhelm 157, 161f., 169f., 251
Reik, Theodor 33
Reinhardt, Max 9, 174, 229
Reisch, Walter 193f., 229, 252
Reisser, Christian 52
Renner, Karl 171
Reumann, Jakob 228f.
Reuter, Gabriele 39
Richter, Hans 111
Richter-Roland, Emil 188
Riedl, Ludwig 63
Riehl, Walter 45, 168
Rilke, Rainer Maria 66, 135, 145, 147
Rix-Ueno, Felice 178
Roessler, Arthur 117
Roland, Ida 147
Roller, Alfred 9, 17, 39, 85, 89f., 112, 144, 229
Rommel, Otto 145
Rosenfeld, Fritz 171, 189, 193ff., 208, 229
Rosenfeld, Margarete 189
Rosenfeld, Moritz 189
Roth, Joseph 189, 208
Rotha, Paul 234
Rothschild, Louis de 147
Rothschild, Familie 19, 224
Rothstock, Otto 168ff.
Salmhofer, Franz 178
Salten, Felix 65, 75
Samek, Oskar 209, 211
Sandrock, Adele 75
Sauter, Johann 225f.
Scala, Arthur 90

Schalk, Franz 198
Schiele, Egon 8, 72, 81f., 105, 109f., 174, 249
Schiller, Friedrich 134, 198
Schindler, Alma (siehe auch: Mahler, Alma) 12, 68f., 74, 112f.
Schindler, Anna 113
Schindler, Emil 113
Schlenther, Paul 68
Schlesinger-Eckstein, Therese 39
Schlick, Moritz 14, 215ff., 224ff., 229
Schmidt-Friese, Johanna 42
Schneiderhahn, Franz 208
Schnirer, Moritz 54, 57
Schnitzler, Arthur 8f., 13f., 16, 24, 37, 50, 52, 62, 65, 71f., 74ff., 82f., 143, 153, 176, 229
Schober, Johannes 155, 203
Schönberg, Arnold 8f., 11, 14, 17, 23, 50f., 76f., 134ff., 142f., 146f., 153, 173f., 178, 181, 198, 229
Schönberg, Mathilde 76f.
Schönerer, Georg 19, 21
Schorske, Carl 25
Schreker, Franz 102
Schrödinger, Erwin 219
Schubert, Franz 73f., 134, 204, 228
Schumpeter, Josef 219
Schuschnigg, Kurt 224, 230
Schwarzwald, Eugenie (Genia) 2, 5, 8, 15, 24, 40, 50, 64, 142ff., 149f., 214, 229, 249
Schwarzwald, Hermann 142f., 148f., 229
Schwetz-Lehmann, Ida 97
Seipel, Ignaz 153, 166f., 183f., 187, 200, 203
Seitz, Adolf 68, 134
Seitz, Karl 18, 153, 166, 171, 198, 200, 229
Shaw, George Bernard 135

Siedek, Victor 144
Singer-Schinnerl, Susi 97, 178
Slezak, Leo 112
Sobal, Max 134
Sokrates 30
Sonnenthal, Adolf 13, 229
Soyfer, Jura 213
Soyka, Otto 78f.
Spann, Othmar 154
Spiel, Hilde 149, 217, 233
Spielmann, Heinz 120, 122
Spielrein, Sabina 34f., 75, 229
Spitzer, Friedrich Victor 68
Stadler, Friedrich 215f.
Stefan, Paul 135
Stein, Leo 138, 229
Steiner, George 11, 31
Stekel, Wilhelm 30ff., 80
Sterba, Richard 161
Steuermann, Eduard 138
Stiller, Mauritz 95
Stillfried, Alfons 109
Stoclet, Adolphe 97
Stoclet, Suzanne 97
Stoessl, Otto 176
Straus, Oscar 208
Strauss, Johann 19, 93, 95, 147, 205
Strauss, Richard 178, 198, 229
Strauss-Likarz, Maria 97, 178f.
Strnad, Oskar 177
Strobl, Karl Hans 185
Stürgkh, Karl 47
Suk, Josef 178
Supilo, Franjo 131f.
Suschitzky, Wolfgang 233
Swoboda, Heinrich 79
Sym, Igo 192
Szeps, Moritz 68
Tandler, Julius 153, 162ff., 171, 220, 223, 229, 235
Täuber, Harry 177
Taylor, Stephen 234f.

Tesar, Ludwig Erik 117
Tietze, Christoph 70
Tietze, Hans 70, 117, 175, 198, 202
Tietze-Conrat, Erica 70, 119, 175
Todesco, Eduard 19
Toller, Ernst 176
Traeger, Wilhelm 192f.
Trauttmansdorff, Max 109
Trebitsch, Arthur 176
Trotzki, Leo 171
Tschechow, Anton 39
Ucicky, Gustav 190, 192ff.
Ucicky, Maria (Mizzi) 74, 192
Ullmann, Ludwig 135f.
Umansky, Konstantin 175f.
Uprka, Jóža 65
Urban, Joseph 84, 108
van Gogh, Vincent 106
Viertel, Berthold 117
Vogelsang, Karl 187
Wagner, Otto 2, 8f., 15, 20, 24, 85
Wagner, Richard 17, 21, 30, 112, 182
Wagner-Jauregg, Julius 219
Waismann, Friedrich 226, 229
Walden, Herwarth 117
Walter, Bruno 112, 114, 116, 229
Wärndorfer, Felix 51, 82, 91f., 96, 98, 106, 229
Wassermann, Jakob 147
Webern, Anton 51, 143, 147, 153, 174, 178, 203, 229
Wedekind, Frank 30, 81, 135
Weigel, Hans 213
Weinheber, Josef 176, 179
Weininger, Otto 9, 46, 79f.

Weinzierl, Erika 221
Weizmann, Chaim 202
Wellesz, Egon 145, 203, 233
Werfel, Franz 117, 176, 203, 215, 229
Weyl, Josef 19
Weys, Rudolf 213
Wied, Martina 176
Wiesenthal, Bertha 82, 93, 102, 246
Wiesenthal, Elsa 82, 93, 102, 246
Wiesenthal, Grete 82, 93f., 98, 102, 126, 147, 246
Wilde, Oscar 102
Windisch-Graetz, Elisabeth 145
Wittek, Heinrich 12
Wittels, Fritz 33, 75, 80f.
Wittgenstein, Karl 82, 85
Wittgenstein, Ludwig 8, 11, 19, 80, 82, 215, 217, 233
Wolf, Gusti 213
Wolf, Hugo 9, 36, 69, 112, 229
Wolff, Kurt 67
Wolffsohn, David 54, 57
Zangwill, Israel 55
Zemlinky, Alexander 69, 113, 143, 178
Zimmermann, Maria (Mizzi) 74
Zsigmondy, Richard 219
Zuckerkandl, Berta 2, 51, 64, 68, 71, 112, 142f., 153, 229, 232
Zuckerkandl, Emil 18, 51, 68
Zuckmayer, Carl 147
Zweig, Stefan 14, 16, 52, 69, 75, 135, 176, 229, 233

EDWARD TIMMS, Forschungsprofessor für Geschichte an der Universität Sussex, gründete dort im Jahre 1994 das Centre for German-Jewish Studies. Als Mitherausgeber von *Austrian Studies* hat er jahrelang die Forschung auf diesem Gebiet gefördert, mit besonderem Augenmerk auf die Frühgeschichte des Zionismus und der Psychoanalyse, das Lebenswerk von Karl Kraus, die Errungenschaften des ‚Roten Wien' und die Exilforschung. Zu seinen wichtigsten Buchpublikationen gehören *Karl Kraus – Apocalyptic Satirist* (in zwei Bänden) und *Romantic Communist: The Life and Work of Nazim Hikmet* (mit seiner Frau Saime Göksu). In deutscher Übersetzung erschienen auch *Karl Kraus: Satiriker der Apokalypse* und *Freud und das Kindweib: Die Erinnerungen von Fritz Wittels*. Für wissenschaftliche Verdienste bekam er den Österreichischen Staatspreis für die Geschichte der Gesellschaftswissenschaften und das Österreichische Ehrenkreuz für Wissenschaften und Künste, und er wurde auch zum Fellow of the British Academy und Officer of the Order of the British Empire ernannt. Seine Lebenserinnerungen erschienen 2011 unter dem von Karl Kraus inspirierten Titel *Taking up the Torch: English Institutions, German Dialectics and Multicultural Commitments*.

ENZYKLOPÄDIE DES WIENER WISSENS
herausgegeben von Hubert Christian Ehalt

Band I
Matthias Marschik
Massen Mentalitäten Männlichkeit
Fußballkulturen in Wien
18 €, ISBN 3 902416 03 3

Band II
Peter F. N. Hörz
Kunde vom Volk
Forschungen zur Wiener Volkskultur im 20. Jahrhundert
18 €, ISBN 3 902416 05 X

Band III
Christian Stifter
Geistige Stadterweiterung
Eine kurze Geschichte der Wiener Volkshochschulen
18 €, ISBN 978 3 902416 06 3

Band IV
Natalia Wächter
Wunderbare Jahre?
Jugendkultur in Wien
22 €, ISBN 978 3 902416 09 4

Band V
Alexandra Millner
Von ALPHA bis zirkular
Literarische Runden und Vereine in Wien
20 €, ISBN 978 3 902416 12 4

Band VI
Gernot Sonneck
Krisenintervention
Von den Anfängen der Suizidprävention bis zur Gegenwart
15 €, ISBN 978 3 902416 00 1

Band VII
Eugen Maria Schulak /
Herbert Unterköfler
Die Wiener Schule der Nationalökonomie
Eine Geschichte ihrer Ideen, Vertreter und Institutionen
24 €, ISBN 978 3 902416 17 9

Band VIII
Klaus Dermutz
Das Burgtheater und die Wiener Identität
Kontinuität und Krisen, 1888–2006
19 €, ISBN 978 3 902416 14 8

Band IX
Gabriele Frisch
Vom Stegreiftheater Tschauner zu impro-x
Die Kunst der Improvisation im Wien des 20. Jahrhunderts
24 €, ISBN 978 3 902416 16 2

Band X
Christiane Feuerstein
Vom Armenhaus zur sozialen Infrastruktur
Altersversorgung in Wien
18 €, ISBN 978 3 902416 15 5

Band XI
Martin Scheutz
Der Wiener Hof und die Stadt Wien im 20. Jahrhundert
Die Internalisierung eines Fremdkörpers
20 €, ISBN 978 3 902416 30 8

Band XII
Franz Xaver Eder
Homosexualitäten
Diskurse und Lebenswelten
18 €, ISBN 978 3 902416 13 1

Band XIII
Marcus G. Patka
Wege des Lachens
Jüdischer Witz und Humor aus Wien
20 €, ISBN 978 3 902416 78 0

Band XIV
Heinz von Foerster,
Karl H. Müller, Alfred Müller
Radikaler Konstruktivismus aus Wien
Eine kurze Geschichte vom Entstehen und vom Ende eines Wiener Denkstils
24 €, ISBN 978 3 99028 029 4

Band XV
Markus Oppenauer
Der Salon Zuckerkandl im Kontext von Wissenschaft, Politik und Öffentlichkeit
Populärwissenschaftliche Aspekte der Wiener Salonkultur um 1900
18 €, ISBN 978 3 99028 031 4

Band XVI
Ernst Weber
Mir geht alles contraire
100 Volkssänger-Couplets aus Wien, mit CD
28 €, ISBN 978 3 901862 19 9

Band XVII
Edward Timms
Dynamik der Kreise, Resonanz der Räume
Die schöpferischen Impulse der Wiener Moderne
24 €, ISBN 978-3-99028-233-5

ENZYKLOPÄDIE DES WIENER WISSENS, PORTRÄTS
herausgegeben von Hubert Christian Ehalt

Band I
Martina Kaller-Dietrich
Ivan Illich (1926–2002)
Sein Leben, sein Denken
22 €, ISBN 978 3 85252 871 7

Band II
Alexander Emanuely
Ausgang: Franz Hebenstreit
Schattenrisse der Wiener Demokrat*innen. 1794
15 €, ISBN 978 3 902416 42 1

KARL KRAUS VORLESUNGEN ZUR KULTURKRITIK
herausgegeben von Hubert Christian Ehalt

Band I
Josef Haslinger
Am Ende der Sprachkultur?
Über das Schicksal von Schreiben, Sprechen und Lesen
10 €, ISBN 3 902416 01 7

Band II
Erwin Riess
Die Ferse des Achilles
Die Bedeutung behinderter Menschen für die Gesellschaft
10 €, ISBN 3 902416 02 5

Band III
Franzobel
Über die Sprache im sportiven Zeitalter
10 €, ISBN 3 902416 04 1

Band IV
Klaus Kastberger
Im Assessment Center
Sprache im Zeitalter von Coaching, Controlling und Monitoring
10 €, ISBN 3 902416 08 7

Band V
Sigurd Paul Scheichl
Zur Aktualität von Karl Kraus' „Letzten Tagen der Menschheit"
10 €, ISBN 3 99028 034 8

BIBLIOTHEK URBANER KULTUR

Band I
Ehalt Hubert Christian (Hg.)
Schlaraffenland?
Europa neu denken. Auf der Suche nach einer neuen Identität für den alten Kontinent.
20 €, ISBN 3 85252 589 6

Band II
Ehalt Hubert Christian (Hg.)
Wien: Die Stadt lesen
Erzählungen, Gedichte, Diskurse, Bilder
22 €, ISBN 978 3 902416 07 0

Band III
Eugen Antalovsky
Stadtkultur und Urbanität
mit Beiträgen von Eugen Antalovsky u.a.
18 €, ISBN 978 3 902416 10 0

ENZYKLOPÄDIE DES WIENER WISSENS